*Kraszewski* · Brühl

JÓZEF IGNACY KRASZEWSKI

# Brühl

Roman

*Aus dem Polnischen von*
*Alois Hermann*
*Mit einem Nachwort*
*von Walter Fellmann*

lkg
e a e

Titel der polnischen Originalausgabe: Bruehl

Der Verlag dankt der Sächsischen Landesbibliothek Dresden, Abteilung Deutsche Fotothek, und dem Bildarchiv Preußischer Kulturbesitz, Berlin, für freundliche Unterstützung.

Die Deutsche Bibliothek – CIP-Einheitsaufnahme

Kraszewski, Józef Ignacy:
Brühl : Roman / Józef Ignacy Kraszewski. Aus dem Poln. von Alois Hermann. Mit einem Nachw. von Walter Fellmann. - Leipzig : LKG, 1996
Einheitssacht.: Bruehl <dt.>
ISBN 3-376-05002-3


Gesamtgestaltung: Jochen Busch
Druck: Westermann Druck Zwickau GmbH
Printed in Germany

ISBN 3-376-05002-3

# ERSTER BAND

Heinrich von Brühl

## I

An einem wunderbaren Herbstabend, gegen Sonnenuntergang, erklangen in dem Wald, wo uralte Tannen und Buchen standen, die letzten Hornsignale, die die Jäger zum Sammeln riefen. Auf der breiten Landstraße zogen die Jägerabteilungen des sächsischen Hofes dahin, Leute mit Speeren und Netzen, Berittene in grüner Tracht mit goldenen Tressen und Hüten mit schwarzen Federn. In der Mitte des Zuges sah man eine herausgeputzte Gesellschaft und Wagen mit dem erlegten Wild, das mit grünen Zweigen geschmückt war. Die Beute mußte sehr groß gewesen sein, denn die Jäger waren in fröhlicher Stimmung. Von den Wagen ragten Hirschgeweihe in die Luft, und Wildschweine ließen ihre Köpfe und Klauen herunterhängen. Vorn war das Gefolge des Königs zu sehen: glänzende Gewänder, schöne Pferde und einige Amazonen mit rosigen Gesichtchen. Alle hatten sich wie zu einer Festlichkeit oder einem Hofball geschmückt, denn die Jagd war das Lieblingsvergnügen des damals in Sachsen und Polen mehr oder minder glücklich herrschenden August II.

Der König selbst führte die Jagd an; an seiner Seite ritt sein geliebter erstgeborner Sohn, der Thronfolger Sachsens, dem die Hoffnungen des Volkes galten. Der König sah trotz seines Alters herrlich und rüstig aus. Er saß ritterlich auf seinem Pferd, und man konnte seinen Sohn, der ebenfalls eine schöne Erscheinung, nur mit etwas sanfteren Gesichtszügen, war, fast für seinen jüngeren Bruder halten. Ein großes und prächtiges Gefolge umgab die beiden. In dem nahen Schloß Hubertusburg sollte übernachtet werden; dort wollte der Sohn den Vater empfangen, denn dieses Jagdschloß gehörte ihm. Auf Hubertusburg erwartete sie die Kronprinzessin Josepha, die königliche Schwiegertochter, die Tochter des kaiserlichen Hauses von Habsburg, die unlängst dem jungen Friedrich verlobt worden war.

Die Jagdgesellschaft umfaßte so viele Personen, daß es schwierig war, alle im Schloß unterzubringen. In kluger Voraussicht hatte man daher in einem nahen Wäldchen Zelte aufgeschlagen. Dort sollte der größte Teil des herrschaftlichen Gefolges die Nacht verbringen. Die Tische waren schon zur Abendmahlzeit hergerichtet, und in dem Augenblick, als der König in das Schloß einritt, begannen seine ausgelassenen Gäste sich die zugewiesenen Plätze zu suchen. Allmählich brach die Dämmerung herein. In den Zelten ging es laut und lustig zu; das Lachen der Jugend, das nur die Gegenwart des Königs und der Älteren eindämmte, erklang jetzt freier. Nach den Mühen des Tages griff man zu den bereitstehenden Flaschen, obwohl der Marschall noch nicht das Zeichen zum Beginn der Mahlzeit gegeben hatte. Die Zelte für die Hofleute, im Schatten der Bäume, wurden von Laternen beleuchtet. Gleich daneben standen an behelfsmäßig errichteten Krippen die Pferde, deren Wiehern manchmal das fürchterliche Fluchen der Stallknechte hervorrief. Die einander unbekannten Rosse begannen sich durch Beißen und Schnauben anzufreunden; das Klatschen der Peitschen stellte hier den Frieden wieder her. Die Hundemeute des Königs machte sich durch Knurren und Bellen bemerkbar. Man legte Koppeln an; auch hier hatten die Wärter genug zu tun, um Ruhe zu schaffen. Aber in den Zelten gab es keinen, der es gewagt hätte, das Lachen, die Lieder und den Streit der Jugend durch seine Autorität zu besänftigen. Man stritt sich um das schönste Gesicht, um den besten Schuß, um das Wort, das Seiner Majestät am meisten geschmeichelt hätte.

Der Kronprinz war der Held des Tages; er hatte mit einer Kugel aus seinem Stutzen einen Eber, der direkt auf ihn zurannte, mitten in den Schädel getroffen. Man bewunderte die ungeheure Geistesgegenwart und die Ruhe, mit der er lange gezielt und schließlich abgedrückt hatte. Als die Jäger auf den Schuß hin herbeieilten, um der wütenden Bestie mit den Hirschfängern den Garaus zu machen, lag diese schon am Boden und besudelte mit ihrem Blute die Erde. König August küßte seinen Sohn, der die Hand seines Vaters und Herrn ehrfurchtsvoll mit den Lippen berührte und auch nach seinem Erfolg so kalt und ruhig wie vorher blieb. Das einzige Zeichen seiner guten Laune war, daß er beiseite ging und sich eine Pfeife reichen ließ, um den Rauch in bedeutend größeren Wolken als gewöhnlich in die Luft zu blasen. Das Rauchen einer Pflanze, »tobacco« genannt, kam damals allgemein in Gebrauch. Stanislaus Leszczynski liebte sie, der Kronprinz Friedrich rauchte ebenso leidenschaftlich wie August der Starke. Vor allem bei Festen der Männer und beim Bier ging es nicht ohne Pfeifen. Man reichte sie am Hofe des preußischen Königs jedem, ob er rauchen wollte oder nicht, und wenn der Rauch jemandem Beklemmungen in der Herzgegend verursachte, bog man sich vor Lachen.

Es gehörte zum guten Ton, zur Würde des trinkfesten Genießers, die Pfeife vom Morgen bis zum Abend zu schmauchen. Die Frauen ekelten sich davor, doch ihr Widerwille nahm den Herren von damals nicht die Lust an dem angenehmen Rausch, den dieser tobacco verschaffte.

Nur den ganz jungen Leuten war es untersagt, sich frühzeitig an diesen Rausch zu gewöhnen, der neben Wein und Kartenspiel als gefährlicher Verführer verrufen war.

So konnte man auch bei den Zelten kein Pfeifenglimmen beobachten. Die ermüdeten Reiter fielen fast von den Pferden, um auf Teppichen, Holzklötzen und Bänken die Nacht zu verbringen. Vom Schloß her schimmerte der Glanz der vielen angezündeten Kerzen, und der Klang der Musik tönte bis zum Hain hinüber, wo sich der Hof, die Bediensteten und das Gesinde niedergelassen hatten. Für den nächsten Tag war ein anderes Waldgebiet zur Jagd vorgesehen, und man hatte bekanntgegeben, daß alle frühzeitig bereit sein sollten. Auf dem Wege zum Schloß, in einiger Entfernung von den in Gruppen zusammenstehenden älteren Herren, spazierte ein schöner zwanzigjähriger Jüngling. An seinem Gewande erkannte man leicht den Leibpagen Seiner Majestät.

Diese sehr gewandte, wohlgeformte, biegsame und eigenartige Gestalt, die etwas von weiblicher Anmut an sich hatte, mußte die Aufmerksamkeit auch des gleichgültigsten Auges auf sich lenken. Die Kleider umhüllten ihn, als wäre er in ihnen zur Welt gekommen, die Perücke ruhte auf seinem Haupt, als wäre er mit dieser Frisur geboren worden; sie war nicht einmal durch die Jagd in Unordnung geraten, und unter ihr schaute ein Gesicht wie aus Meißener Porzellan hervor – weiß, rosig, von einer fast kindlichen und mädchenhaften Schönheit. Stets hatte es ein Lächeln in Bereitschaft, das auf Wunsch seine Züge erhellen konnte. Seine scharfen Augen glänzten, harrten jedoch ständig der Befehle des Herrn. Der Glanz konnte jeden Augenblick verlöschen und zum Schweigen kommen oder aufflammen und das vorspiegeln, was in der Seele nicht vorhanden war.

Dieser schöne Jüngling war so anziehend wie ein Rätsel. Fast alle liebten ihn, auch der König, und trotzdem gab es kein gehorsameres, dienstfertigeres und sanfteres Geschöpf am Hofe. Er trachtete nie danach, sich besonders hervorzutun, er stellte niemanden in den Schatten, und immer, wenn er zu irgendeiner Arbeit gerufen wurde, führte er sie mit außerordentlicher Geschicklichkeit, Leichtigkeit, Schnelligkeit und Klugheit aus.

Es war dies ein armer Edelmann aus Thüringen, der letzte und jüngste der vier Gebrüder Brühl von Gangloff-Sömmern. Sein Vater war an jenem kleinen Hofe in Weißenfels ein noch kleinerer Rat; nachdem er sein ganzes verschuldetes väterliches Gut verloren hatte, wußte er nichts mit dem Sohne anzufangen. Beizeiten schickte er ihn daher – damit er die Hofklinke fest in der Hand behielt – zur Fürstin Friederike Elisabeth, einer Witwe, die sich meistens in Leipzig aufhielt. Zu den damaligen Messen kamen die Fürstenhöfe in diese Stadt. August der Starke liebte sie überaus, und man erzählt, auf einer solchen Messe sei ihm der junge Page mit seinem lachenden Gesichtchen aufgefallen. Die Fürstin trat ihn gern an Seine Majestät ab.

Es war sonderbar – der Junge, der einen solch vornehmen und prächtigen Hof mit seiner vollendeten Etikette noch nie im Leben gesehen und wahrscheinlich auch noch nicht davon geträumt hatte, schlug vom ersten Tage an instinktiv die richtige Bahn ein und verstand seinen Dienst so gut zu verrichten, daß er die älteren Pagen durch Eifer und Geschicklichkeit überflügelte. Der König gönnte ihm manch dankbares Lächeln; ihn ergötzte die Demut des Jungen, der ihm in die Augen blickte, seine Gedanken erriet, nie ein verdrießliches Gesicht zog und vor der Sonnenmajestät des Königs Herkules und Apoll voller Bewunderung auf das Gesicht fiel.

Seine Gefährten waren auf ihn eifersüchtig, doch versöhnte er sie bald durch seine Güte, Sanftmut, Bescheidenheit und sein hilfsbereites Herz. Niemand dachte im entferntesten daran, daß solch ein demütiges Geschöpf hoch steigen könnte. Arm war es auch noch. Die Familie derer von Brühl war trotz ihres alten Adels damals so heruntergekommen, daß sogar die Verwandten sich ihrer nicht mehr erinnern wollten. Er hatte also keinen anderen Protektor als sein anmutiges, liebes und lächelndes Gesicht.

Er war aber auch zum Malen schön. Die Frauen, vor allem die älteren, blickten ihn mit lockenden Augen an; er ließ dann seinen Blick verwirrt zu Boden sinken. Niemals entschlüpfte seinem Munde ein bösartiges Wörtchen, jener »Pagenwitz«, der damals ein Kennzeichen der höfischen Jugend war. Brühl war seinem Herrn, den hohen Würdenträgern, den Damen, den ihm Gleichgestellten und der ganzen Dienerschaft zutiefst ergeben – vor allem aber den Kammerdienern des Königs, denen er eine außerordentliche Hochachtung bezeigte, gerade so, als ob ihm schon damals das Geheimnis bekannt gewesen wäre, daß durch die Kleinsten die größten Dinge vollbracht werden und daß die Lakaien in aller Stille Minister stürzen und den Ministern es dagegen selten gelingt, die Lakaien anzutasten –, all das diktierte dem so hochbegabten Jüngling der glückliche Instinkt, mit dem ihn die freigebige Mutter Natur ausgestattet hatte.

Als Hein (so nannte man ihn gewöhnlich voll Zärtlichkeit) einsam den Weg entlangspazierte, der vom Schloß zu den Zelten führte, hätte man annehmen können, daß er dies tat, um niemanden zu stören und trotzdem, von jedem Auge bemerkbar, jederzeit dienstbereit zur Verfügung zu stehen.

Solchen Menschen ist das Glück oft wundersam hold. Während er so ziellos dahinschlenderte, kam aus dem Schloß ein ebenso schöner Jüngling gelaufen. Er mochte fast im gleichen Alter sein, doch unterschied er sich durch seine Kleidung und sein Äußeres sehr von dem bescheidenen Brühl.

Man konnte ihm anmerken, daß er seiner selbst bewußt war und alles, was er sich wünschen konnte, besaß. Er war von stattlichem Wuchs, männlich, gewandt; seine schwarzen Augen musterten scharf die Welt. Mit der Haltung eines Herrn schritt er lebhaft einher. Eine Hand hatte er hinter seine weite, reich bestickte Weste geschoben, die andere hinter die Schöße seines wunderbar betreßten Jägerrockes. Die Perücke, die er während der Jagd trug, ersetzte ihm den Hut. Seine Gesichtszüge hatten im Vergleich zu dem lieblichen, wie von einem italienischen Meister des XVII. Jahrhunderts gemalten Gesicht Brühls einen ganz anderen Charakter. Der erste war mehr zum Höfling geschaffen, der zweite zum Soldaten.

Alle, die ihm unterwegs begegneten, verneigten sich und grüßten höflich, denn er war seit Kindesbeinen der Spielgefährte und Freund des Kronprinzen, sein liebster Jagdgefährte, der Vertraute seiner kleinen Geheimnisse. Es war der Graf Alexander Sulkowski, ein Sohn des unvermögenden polnischen Edelmannes, der als Page einst an den Hof Friedrichs gekommen war und dem heute das Haus- und Jagdwesen unterstand. Das wollte schon etwas heißen, daß der Kronprinz ihm das Liebste anvertraute, was er auf der Welt besaß, denn die Jagd war für ihn nicht Spiel oder Unterhaltung, sondern seine ganze Beschäftigung und wichtigste Arbeit. Man verehrte und fürchtete Sulkowski zugleich; denn obwohl August II. bei seiner Gesundheit und Kraft wie ein Unsterblicher aussah, so mußte auch diese Gottheit doch einmal, früher oder später, wie ein ganz gewöhnlicher Sterblicher ihr Leben beenden. Mit der neuen aufgehenden Sonne mußte auch dieser Stern am sächsischen Himmel aufgehen und ihm mit seinem Glanz leuchten.

Als Brühl Sulkowski herankommen sah, gab er als bescheidener königlicher Page den Weg frei, verwandelte sich in ein unschuldiges Lamm, verneigte sich leicht, lächelte ihm lieblich zu und schien über diese Begegnung eine so große Freude zu empfinden, als ob zu ihm die schönste der Göttinnen am Hofe August II. herabgestiegen wäre. Sulkowski quittierte dieses Lächeln und die stumme, respektvolle Begrüßung zugleich würdevoll und gnädig. Schon von weitem grüßte er mit der Hand, die er aus der Weste herausgezogen hatte, neigte ein wenig den Kopf, verlangsamte den Schritt, kam näher, wandte sich Brühl zu und sagte fröhlich:

»Wie geht es dir, Heinrich? Worüber sinnst du hier so allein nach? Du Glücklicher, du kannst dich ausruhen, während ich hier für alles verantwortlich bin und nicht weiß, was ich zuerst machen soll, um nichts zu vergessen.«

»Wenn es mir vergönnt wäre, Euch, Graf, zu helfen?«

»Ach nein, ich danke dir; man muß seine Pflichten erfüllen! Für solch einen Gast wie unseren Allergnädigsten Herrn ist mir jede Mühe lieb.« Er seufzte leicht auf. »Na? Die Jagd ist gelungen. Wie du weißt, konnte ich nicht daran teilnehmen; den Jagdmeister habe ich mit den Equipagen weggeschickt, im Schloß mußten viele Vorbereitungen getroffen werden ...«

»Ja, die Jagd ist außerordentlich gut gelungen. Der Allergnädigste Herr war so gut aufgelegt wie seit langem nicht mehr.«

Sulkowski neigte sich flüsternd zu Brühls Ohr herab:

»Wer regiert denn jetzt im Alkoven, hm? Sag mir's!«

»Wirklich, das weiß ich nicht. Wir haben jetzt offenbar ein Interregnum.«

»Aber, aber! Das kann doch nicht sein!« lachte Sulkowski auf. »Dieskau? Nein ...«

»Ach nein, das sind längst begrabene Dinge ... Ich weiß es nicht.«

»Wie? Du, Page des Königs, solltest es nicht wissen?«

Brühl sah ihn lächelnd an. »Wenn es alle wissen, so dürfen es die Pagen nicht wissen ... Wir sind den türkischen Muezzins ähnlich, taub und stumm.«

»Aha! Ich verstehe«, entgegnete Sulkowski, »aber so unter uns ...«

Brühl näherte seinen Mund dem Ohr des Grafen und warf ein Wörtchen hinein, diskret und still, wie das Rauschen eines im Herbst vom Baum fallenden Blättchens.

»Intermezzo!« sagte Sulkowski. »Es scheint, daß wir uns jetzt nach vielen Dramen, von denen ein jedes unseren geliebten Herrn so viel Schmerzen, Geld und Kummer gekostet hat, mit Intermezzi zufriedengeben.«

Sulkowski eilte es schon nicht mehr, seinen Gang zu den Zelten fortzusetzen oder zum Schloß zurückzukehren. Er schob seinen Arm unter den Brühls, was den Pagen offensichtlich beglückte, und begann, ganz in Gedanken versunken, mit ihm einen Spaziergang.

»Ich kann einen Augenblick Atem schöpfen«, bemerkte er. »Es ist mir lieb, diesen in Eurer Gesellschaft zu verbringen, obwohl wir beide ermüdet sind, so daß vielleicht sogar ein Gespräch eine Anstrengung sein wird.«

»Oh! Für mich durchaus nicht!« entgegnete Brühl. »Und glaubt mir, Graf, für Euch setzte ich den Weg die ganze Nacht hindurch fort, ohne auch nur die geringste Müdigkeit zu verspüren. Vom ersten Augenblick an, als ich das Glück hatte, mich Euch zu nähern, empfand ich die höchste Verehrung und, wenn es sich mir auszusprechen geziemt, die herzlichste und tiefste Freundschaft. Soll ich's gestehen? Es ist wahr, ich habe mich zum Spaziergang auf diesen Weg begeben mit der leisen Ahnung, mit der stillen Hoffnung, daß ich Euch, wenn auch nur von ferne, zu sehen bekäme und Euch grüßen könnte – und da begegnete mir ein solches Glück.«

Sulkowski schaute in das erfreute, strahlende Gesicht und drückte die dargebotene Hand.

»Glaubt mir«, bemerkte er, »Ihr habt keinen Undankbaren erwählt. Am Hof ist solch eine uneigennützige Freundschaft selten, und wenn wir uns beide die Hände reichen, können wir viel ausrichten.«

Ihre Blicke trafen sich, Brühl nickte mit dem Kopfe.

»Ihr seid beim König und erfreut Euch seiner Gunst.«

»Oh, ich schmeichle mir nicht ...«, entgegnete Brühl.

»Ich verbürge mich dafür! Ich hörte dies aus dem eigenen Munde Seiner Majestät. Er lobte Eure Dienstfertigkeit und Euren Verstand. Ihr steht in seiner Gunst oder seid auf dem Wege dazu ..., das hängt von Euch ab.«

Brühl faltete überaus bescheiden die Hände. »Ich wage es nicht zu glauben.«

»Ich sage es Euch«, wiederholte Sulkowski, »ich besitze das Herz Friedrichs, ich kann mich dessen rühmen, daß er mich seinen Freund nennt. Ich glaube, er könnte mich nicht entbehren.«

»Ihr seid etwas ganz anderes«, unterbrach ihn Brühl lebhaft. »Ihr hattet das Glück, dem Kronprinzen von seiner frühesten Jugend an Gesellschaft zu leisten. Ihr hattet Zeit, sein Herz zu gewinnen. Wer könnte Euch, nachdem er Eure Bekanntschaft gemacht, seine Zuneigung versagen? Was mich betrifft, so bin ich hier fast fremd. Ich verdanke es der Gnade der Fürstin, daß sie mich an der Seite Seiner Majestät untergebracht hat; ich versuche meine Dankbarkeit zu beweisen, aber es ist schwer, sich auf dem glatten Parkett des Hofes irgendwie zu behaupten. Je mehr Eifer ich für meinen verehrten und geliebten Herrn an den Tag lege, um so mehr Neider habe ich. Für jedes Lächeln meines Herrn muß ich einen Blick voller Gift in Kauf nehmen. Wenn der Mensch am glücklichsten sein könnte, muß er zittern.«

Sulkowski hörte zerstreut zu.

»Ja, das stimmt«, sagte er leise, »doch es steht gut für Euch, und Ihr habt keinen Grund zur Besorgnis. Ich habe Euch beobachtet: eine wunderbare Methode habt Ihr Euch zu eigen gemacht. Ihr seid bescheiden und habt Geduld. Am Hofe genügt es, auf der Stelle stehenzubleiben, um vorwärts geschoben zu werden; wer dagegen zu sehr nach oben schnellen will, der fällt am leichtesten.«

»Oh! Die teuersten Ratschläge schöpfe ich aus Eurem Mund!« rief Brühl aus. »Was ist es doch für ein Glück, solch einen Führer zu haben!«

Sulkowski schien diesen Ausruf seines Freundes für bare Münze zu nehmen und lächelte mit kaum wahrnehmbarem Stolz. Ihm schmeichelte diese Anerkennung, die ihm das bestätigte, wovon er in der Tiefe seiner Seele selbst am meisten überzeugt war. »Fürchte dich nicht, Brühl«, fügte er hinzu, »schreite mutig vorwärts und rechne auf mich!«

Diese Worte schienen den jungen Heinrich in das größte Entzücken zu versetzen; er faltete die Hände wie zum Gebet, sein Gesicht strahlte vor Freude, er blickte auf Sulkowski und schien nur noch zu überlegen, ob er sich ihm nicht zu Füßen werfen sollte.

Der hochherzige Graf umarmte ihn mit der Güte eines Gönners. Da schallten vom Schloß her Trompetensignale. Das war anscheinend dem jungen Favoriten ein wohlbekanntes Zeichen. Er deutete seinem Gefährten bloß noch mit der Hand an, daß er sich sputen müsse, und eilte mit hastigen Schritten dem Schlosse zu.

Brühl blieb allein; er überlegte eine Weile, was er nun anfangen könnte. Der König hatte ihn vom Abenddienst befreit und ihm diesen Abend zum Ausruhen geschenkt. Er hatte also vollkommene Freiheit. In den Zelten begann das Abendessen für den Hof. Zuerst wollte er sich hinzugesellen, um sich mit den anderen zu amüsieren, doch dann, nachdem er ihnen aus der Ferne zugesehen, schlug er einen Seitenweg ein und ging nachdenklich mit langsamen Schritten den Weg entlang, der in den Wald führte. Vielleicht wollte er mit seinen Gedanken allein sein, obwohl eigentlich sein jugendliches Alter und sein Gesicht eine solche Annahme nicht zuließen. Eher hätte – bei den damaligen Verhältnissen am Hofe mit seinen Liebeleien und Frauenintrigen – der Verdacht einer Herzenskrankheit aufkommen können. Aber in dem ruhigen Gesicht las man nichts von Liebeskummer, der sich dort gewöhnlich mit leicht erkennbaren Symptomen bemerkbar macht. Brühl seufzte nicht, er blickte kalt, seine Augenbrauen waren zusammengezogen und die Lippen fest aufeinandergepreßt. Er schien eher angestrengt zu rechnen und zu kombinieren, als mit einem Gefühl zu kämpfen.

Ganz in Gedanken versunken, ließ er die Zelte hinter sich, die Pferde, die Hundemeute, die Lagerfeuer und die für die Jagd zusammengetriebenen Leute, die sich an in Säcken mitgebrachtem Brot und Salz stärkten, während dicht daneben für die Herren Hirsche gebraten und würzige Suppen gekocht wurden. Ungefähr zweihundert für die Treibjagd zusammengetriebene Sorben unterhielten sich leise in einer unverständlichen Sprache und trauten sich nicht einmal, laut zu lachen. Von den Zelten her erreichten sie fröhliche Rufe; sie blickten nach dort, und je lauter es dort herging, desto mehr waren sie bemüht, sich leise aufzuführen. Einige Jagdaufseher bewachten das Volk, das sein Brot von daheim mitbringen mußte; denn für sie allein sorgte keiner im Schloß. Für die Hunde kochte man Futter in Kesseln, um sie scherte sich keiner. So hatten sie denn auch schnell ihre Abendmahlzeit aus Wasser und Brot beendet. Die meisten von ihnen legten sich unter den Bäumen ins Gras nieder, um sich bis zum Morgen mit Schlaf zu stärken. Brühl warf kaum einen Blick auf sie und setzte seinen Weg fort.

Der Abend war schön, ruhig, warm, hell. Wenn nicht die herabfallenden gelben Blätter der alten Buchen gewesen wären, hätte er an den Frühling erinnert. Ein leiser Windhauch durchzog die Luft, bewegte kaum ein Zweiglein und trug den wohligen Duft des Waldes, den Geruch verwelkten Grüns und die Ausdünstungen des Tannenholzes herbei.

Hinter dem Hain, in dem gelagert wurde, herrschten schon Ruhe, Einsamkeit und Leere. Der Lärm war hier kaum zu vernehmen, die Bäume verdeckten das Schloß. Weit entfernt von jeder Menschenseele hätte man sich hier wähnen können.

Brühl erhob sein Haupt und schöpfte freier Atem; sein Gesicht, das er nun für die Menschen nicht mehr zu verstellen brauchte, nahm, als ob es aller Fesseln ledig wäre, einen ganz anderen Ausdruck an: ein leichtes, höhnisches Lächeln überzog es, und jene kindliche, gutmütige, sanfte Anmut war verschwunden. Die eine Hand stützte er in die Hüfte, die andere legte er auf die Lippen. Er überlegte. Er glaubte sich hier vollkommen allein, doch wie groß war sein Erstaunen, ja seine Bestürzung, als er nur einige Schritte entfernt unter einer riesigen alten Buche zwei Gestalten erblickte – zwei unbekannte, verdächtige Gestalten. Unwillkürlich hielt er inne und begann genauer hinzusehen. In der Tat, nur einige Dutzend Schritte vom königlichen Lager mußten die beiden unter dem Baum sitzenden Menschen einen seltsamen Eindruck machen und Verdacht erregen. Neben ihnen lagen Wanderstäbe und zwei eben von den Schultern heruntergenommene Säcke.

Wegen der abendlichen Dämmerung vermochte Brühl weder die Gesichter noch die Kleidung zu erkennen; er erriet mehr, als er sah: es waren zwei Männer in bescheidener Reisekleidung, jung wie er selbst.

Nachdem er schärfer hingesehen hatte, konnte er ihre Gesichter erkennen, die vornehmere Züge aufzuweisen schienen, als dies bei wandernden Handwerksburschen der Fall zu sein pflegte, für die er sie erst gehalten hatte. Leise wurde ein Gespräch geführt, doch er konnte nichts verstehen.

Was konnten hier, in der Abgeschiedenheit, in der Nähe des Königs, diese Reisenden wollen? Neugier, Besorgnis, Mißtrauen ließen ihn verweilen. Er erwog, ob er nicht im Lager Bescheid sagen sollte.

Schließlich – mehr vom Instinkt als vom Verstand geleitet – beschleunigte er seinen Schritt und stellte sich so, daß ihn die am Boden Sitzenden sahen. Sein Erscheinen mußte die Ruhenden überrascht haben, denn einer von ihnen stand eilends auf und blickte den Ankömmling an, als wollte er ihn fragen, was er hier tue und von ihnen wolle. Brühl wartete die Frage nicht ab, sondern trat näher heran und sagte mit ziemlich strenger Stimme:

»Was treiben die Herren hier?«

»Wir ruhen aus«, gab der auf der Erde Sitzende zur Antwort. »Ist es Reisenden verboten, hier auszuruhen?« Seine Stimme klang sanft, und seine Sprache verriet einen gebildeten Menschen.

»Einige Dutzend Schritte von hier befindet sich der Hof Seiner Majestät und der König selbst.«

»Wäre es möglich, daß wir da störten?« entgegnete der Sitzende, der überhaupt nicht eingeschüchtert zu sein schien.

»Aber Ihr könnt Euch selbst sehr schaden«, erwiderte Brühl lebhaft, »jeden Augenblick kann einer der Jägermeister Euch hier entdecken und schlechter Absichten beschuldigen.«

Mit einem sanften Lächeln antwortete der auf der Erde Ruhende. Er erhob sich, und als er aus dem Schatten der Bäume hervorgetreten war, zeigte sich Brühl ein Jüngling von schöner und edler Gestalt, mit langen Haaren, die ihm über die Schultern herabfielen. An seinem Gewande konnte man leicht den Studenten einer der deutschen Universitäten erkennen. Er hatte keine besonderen Merkmale an sich, doch kennzeichneten ihn genügend das einfache Kleid, die langen Stiefel, das aus der Tasche herausschauende Buch, das Mützchen, wie es die ›studiosi‹ trugen.

»Was treiben die Herren hier?« wiederholte Brühl.

»Wir befinden uns auf Wanderschaft, um Gott in der Natur zu preisen, um die Luft der Wälder zu atmen, mit ihrer Stille die Seele zum Gebet zu stimmen«, begann der Jüngling langsam. »Die Nacht hat uns hier überrascht. Vom König, vom Hof wüßten wir nichts, wenn nicht der Lärm der Jagdgesellschaft bis zu uns gedrungen wäre.«

Die Worte und die Art und Weise, wie sich der vor ihm Stehende aussprach, frappierten Brühl. Dieser Mensch kam aus irgendeiner anderen Welt.

»Erlaubt, daß ich Euch, der Ihr hier bestimmt irgendein Amt innehabt, meine Person vorstelle«, fügte der Student ruhig hinzu. »Ich bin Nikolaus Ludwig Graf und Herr von Zinzendorf und Pottendorf, augenblicklich

Studiosus, der die Quellen der Weisheit und des Lichtes sucht, ein im Labyrinth dieser Welt verirrter Wanderer.«

Er verbeugte sich.

Als er den Namen vernahm, wurde Brühl aufmerksamer. Das Licht des Abends und der matte Glanz des aufgehenden Mondes beschienen das schöne Antlitz des Sprechenden.

Einen Augenblick blieben sie stumm, als ob beide nicht wüßten, in welcher Sprache sie miteinander zu reden hätten.

»Ich bin Heinrich Brühl, ein Page Seiner Majestät des Königs.«

Er verneigte sich leicht.

Zinzendorf maß ihn mit den Augen.

»Ach! Ich bedaure Euch!« seufzte er auf.

»Wieso bedauern? Warum das?« fragte der erstaunte Page.

»Darum, weil der Hofdienst Sklaverei bedeutet, und Pagentum ist ein Teil davon. Obwohl ich unseren Herrn achte, ziehe ich vor, mich mit Leib und Seele der Ehre und dem Dienst des himmlischen Herrn zu weihen, dem Herrn des Himmels und der Erde, und mich in Liebe zu Jesus Christus, dem Erlöser, zu versenken. Ihr habt uns hier im stillen Gebet angetroffen, als wir gerade bemüht waren, uns in Gedanken mit dem Herrn zu vereinen, der uns mit seinem Blut losgekauft hat.«

Brühl war so erstaunt, daß er um einen Schritt zurückwich, als ob er fürchtete, der Jüngling, der mit großer Süße und starkem Pathos die Worte gesprochen hatte, sei wahnsinnig.

»Ich weiß«, fuhr Zinzendorf ruhig fort, »daß Euch das alles irgendwie seltsam und vielleicht ungehörig anmuten muß – Euch, dem noch das Geplauder und das Lachen des Hofes in den Ohren klingt. Aber sooft es gelingt, an das Herz eines eingeschlafenen Christen zu rühren, warum sollte man es nicht tun?« Brühl stand schweigend da. Zinzendorf trat nahe an ihn heran. »Die Stunde des Gebetes ist da ... Hört, die Wälder singen den Abendchoral: ›Ehre sei Gott in der Höhe!‹ Der Fluß murmelt Gebete, der Mond ist aufgegangen, um dem Gottesdienst der Natur zu leuchten. Sollte unser Herz sich nicht in dieser feierlichen Stunde mit dem Erlöser verbinden?«

Der erstarrte Page hörte zu und schien nichts zu verstehen.

»Ihr seht einen Sonderling vor Euch«, fuhr Zinzendorf fort, »doch begegnen einem nicht oft genug weltliche Sonderlinge, denen man verzeiht, und da sollte man nicht auch mit dem Entzücken, das aus heißer Seele aufsteigt, Nachsicht üben?«

»Doch«, flüsterte Brühl, »ich bin selbst fromm, aber ...«

»Aber sicherlich verbergt Ihr Eure Frömmigkeit in der Tiefe Eures Herzens, weil Ihr fürchtet, die Hand oder das Wort eines Unwürdigen könnte sie berühren. Ich hänge sie wie eine Fahne heraus, da ich bereit bin, für sie mit meinem Leben und meinem Blute einzustehen. Bruder in Christo«, sagte er, indem er noch näher an Brühl herantrat, »wenn dir das Leben im Strudeln und Wogen des Hofes zu schwer geworden ist – denn anders kann ich mir Euren einsamen abendlichen Spaziergang nicht erklären –, so setze dich zu uns, um mit uns zu ruhen, mit uns gemeinsam zu beten. In mir fühle ich das Verlangen nach dem Gebet, und zu zweit, zu dritt kann das Gebet, um vieles stärker durch die brüderliche Gemeinsamkeit, bis zum Thron dessen aufsteigen, der für uns Erdenwürmer sein Blut geopfert hat, Bruder!«

Brühl wich etwas zurück, als ob er fürchtete, festgehalten zu werden.

»Ich bete immer allein«, sagte er, »und dort warten Pflichten auf mich, verzeiht mir also.«

Er wies mit der Hand in die Richtung, aus der der Lärm kam.

»Ich bedaure Euch!« rief Zinzendorf aus. »Hätten wir hier unter diesem Baum gemeinsam das Abendlied angestimmt: ›Ein' feste Burg ist unser Gott, ein' gute Wehr und Waffen‹ ...«

»Dann«, warf der Page ein, »hätte es der Jagdmeister oder einer der Unterkämmerer des Königs gehört, und man hätte uns nicht in die Wachstube gesperrt, denn eine solche gibt es hier nicht, sondern nach Dresden gebracht und in der Hauptwache bei der Frauenkirche hinter Schloß und Riegel gesetzt.«

Bei diesen Worten zog er die Schultern hoch, machte eine kleine Verbeugung und wollte gehen, doch Zinzendorf vertrat ihm den Weg.

»Ist es denn wirklich nicht gestattet, sich hier aufzuhalten?« fragte er.

»Es kann Verdacht auf Euch lenken und Euch Unannehmlichkeiten bereiten. Ich möchte mich entfernen. Hinter der Hubertusburg ist ein Dorf und ein Wirtshaus, wo Ihr ein bequemeres Nachtlager als einen Buchenstamm vorfinden werdet.«

»Wie sollen wir gehen, um nicht Seiner Majestät in den Weg zu laufen?« fragte Zinzendorf.

Brühl zeigte die Richtung und schickte sich schon zum Gehen an.

»Es wird schwierig sein, die Landstraße zu umgehen, Graf; doch wenn ich Euch helfen kann, indem ich Euch unter meinem Schutz auf den Weg geleite: bitte, verfügt über mich.«

Zinzendorf und sein schweigender Gefährte ergriffen schnell die Bündel und Stöcke und eilten Brühl nach, der über diese Begegnung gar nicht froh zu sein schien. Zinzendorf hatte Zeit, sich etwas von seiner Ekstase zu erholen, in welcher ihn Brühl bei seinem plötzlichen Erscheinen angetroffen hatte. Es stellte sich heraus, daß er ein Mensch aus der höheren Gesellschaft mit guten Umgangsformen war. Nachdem er sich etwas gefaßt hatte, bat er sogar wegen seiner seltsamen Rede um Entschuldigung.

»Wundert Euch nicht«, sagte er. »Wir nennen uns alle Christen und Söhne Gottes, und in Wirklichkeit sind wir Heiden trotz der bei der Taufe gegebenen Versprechungen. Die Pflicht eines jeden ist es, Apostel zu sein und zu bekehren; ich habe mir das zur Lebensaufgabe gemacht. Was nützt eine Lehre in Worten, wenn sie nicht durch Taten sichtbar wird? Katholiken, Protestanten, Reformierte, alle sind wir durch unseren Lebenswandel Heiden. Wir beten keine Götzen an, weil es keine Altäre für sie gibt, aber wir opfern ihnen. Einige Geistliche bekeifen sich wegen der Dogmen, der Erlöser aber wird am Kreuze von seinem Blute überströmt, das vergebens in die Erde sickert, da die Menschen nicht erlöst werden wollen.«

Er seufzte.

Als er seine feierlichen Worte beendet hatte, tauchte das Lager auf, das von dem klirrenden Anstoßen der Krüge, die lärmend gefüllt wurden, widerhallte. Zinzendorf sah das mit Entsetzen.

»Sind das nicht Bacchanalien? Nur das Evoe fehlt noch!« rief er aus. »Fort von hier, ich fühle mich erniedrigt an der Erde kleben!«

Der vorausschreitende Brühl erwiderte nichts. So umgingen sie das Lager. Brühl ging in einiger Entfernung von den beiden, er wies ihnen die nahe Landstraße und sprang selbst, als ob er so schnell wie irgend möglich von dieser Gesellschaft befreit sein wollte, zu einem erleuchteten Zelt. Noch lagen ihm die wunderlichen Worte Zinzendorfs in den Ohren, als sich seinen Augen ein eigenartiges Schauspiel darbot. Eigentlich stand es in den damaligen Verhältnissen und an diesem Hofe gar nicht so beispiellos da, daß man darüber erstaunt sein konnte; doch zeigte sich selten jemand öffentlich in einem derartigen Zustand, in dem Brühl nun den Herrn Kriegsrat Pauli vorfand.

Der Rat lag in der Mitte des Zeltes auf dem Boden, neben ihm eine riesige geleerte, bauchige Flasche, die zerschlagen war; beide Arme hatte er weit auseinandergebreitet, sein Gesicht war karmesinrot, die Kleider waren aufgeknöpft, zerrissen, und der große Jagdhund, der Liebling seines Herrn, saß daneben und leckte ihm jaulend das Gesicht ... Der Kriegsrat Pauli, der verpflichtet war, ständig für den König wegen der vielen Korrespondenzen erreichbar zu sein, die er im nüchternen und trunkenen Zustand mit der Fertigkeit eines Kanzleischreibers abzufassen wußte, war nicht zum ersten Male so unglücklich von der Flasche besiegt worden. Es geschah öfter, daß er nach Trinkgelagen in ein weiches Bett, unter eine Bank oder in eine Ecke zu liegen kam; aber so skandalös dem Gespött der Menge ausgesetzt zu sein – das war zuviel des Guten!

Als Brühl dies sah, stürzte er sofort zu dem Unglücklichen und versuchte ihn vom Boden aufzuheben. Die anderen besannen sich und halfen; so gelang es mit nicht geringem Kraftaufwand, den Herrn Rat den Augen der Neugierigen zu entziehen und ihn auf das in der Ecke bereitete Heulager zu betten. Als man ihn zu dritt von der Erde aufhob, erwachte Pauli. Er ließ seinen Blick über die nächsten Gesichter wandern und stammelte mühsam: »Ich danke dir, Brühl ... ich weiß alles, ich begreife, ich bin nicht betrunken ... ja, die Ohnmacht. Du bist ein guter Junge; ich danke dir, Brühl.«

Nach diesen Worten schloß er die Augen wieder, stieß einen tiefen Seufzer aus und brummte: »Ja, das ist der Dienst!« und entschlummerte.

## II

In dem königlichen Schloß hatten die Leibpagen Augusts II. ihre bestimmten Zimmer, wo sie, der Befehle harrend, Dienst taten. Für den Fall, daß einer von ihnen ausgeschickt werden sollte, standen immer Pferde bereit. Die Pagen wechselten sich an den Türen und in den Vorzimmern ab, sie begleiteten Seine Majestät und wurden oft, wenn Ältere nicht zur Hand waren, mit verschiedenen Schreiben und Befehlen abgesandt. Eifrig verrichtete der junge Brühl seinen anstrengenden Dienst, wenn die Reihe an ihm war, und sogar gern für andere, so daß der König ihn oft unter seine Augen bekam und sich allmählich an sein Gesicht und seine Bedienung gewöhnte.

»Ach, das bist wieder du, Brühl?« pflegte er zu fragen.

»Zu Befehl, Eure Majestät.«

»Wird es dir nicht zuviel?«

»Ich bin am glücklichsten, wenn man mir gestattet, das Antlitz Eurer Majestät zu sehen.«

Und der junge Bursche verneigte sich.

Nie blieb er eine Antwort schuldig, niemals gab es etwas, was ihm zu schwer oder unmöglich gewesen wäre; sofort sprang er davon und führte das, was man befahl, unverzüglich aus. An diesem Tage erwartete man Armeepost, und Antworten sollten abgesandt werden; man wartete auf sie seit dem Morgen. Sehr oft traf die Post damals verspätet ein, weil ein Pferd krepierte oder ein Fluß Hochwasser führte oder der Postillion erkrankte; es gab also keine bestimmte Zeit für ihr Eintreffen. Seit dem Morgen wartete der Kriegsrat Pauli, der dem König die Depeschen aufsetzte, auf die Post von den Grenzen und auf Befehle.

Anfangs wartete er geduldig.

Der Rat, den wir bei dem unglücklichen Ereignis auf der Hubertusburg kennenlernten, hatte sich dann ausgeschlafen, gewaschen und war aufgestanden. Er fühlte nichts außer einem peinigenden Durst.

Er wußte, daß die Mutter Natur ihm eine Falle stellen wollte, um ihn zum Wassertrinken zu verleiten. Er war aber schon seit langem ein geschworener Feind des Wassers und hatte die Gewohnheit zu behaupten, der Herrgott habe es für die Gänse geschaffen und nicht für die Menschen. Er ließ sich also durch den Durst nicht hinters Licht führen und ertränkte den Wurm im Wein. Gleich fühlte er sich wohler, rasch war jene Krankheit vergangen und nur eine trübe Erinnerung an sie übriggeblieben.

Der Rat hatte nicht vergessen, daß ihn Brühl an jenem Unglückstage gerettet und zum Schlaf gebettet hatte; seit jener Zeit knüpfte sich eine gefühlvolle Freundschaft zwischen dem alten Pauli und dem jungen Pagen.

Brühl, der keine Gunst verschmähte, schloß sich dem Rat an. Zwar war dieser schon ein nicht mehr junger Mensch, gräßlich vom schweren Dienst an der Kanne mitgenommen, dazu ungemein wohlbeleibt, was ihm die Bewegungen erschwerte; auch die Beine wollten nicht recht mit; sofort nach dem Mittagessen war er zu schlafen bereit, wo es nur möglich war, und wenn es stehend sein mußte. Das Gesicht Paulis war gerötet, mit einem Schein ins Violette, die Züge waren verschwommen, das Kinn hing herab. Die Hände, die Füße und der ganze Körper sahen wie gedunsen aus.

Doch wenn er sich für den Hofdienst fertiggemacht, zugeknöpft und die Haltung einer Amtsperson angenommen hatte, hätte man ihn für einen sehr angesehenen Menschen halten können. Er war so an den König gewöhnt und der König an ihn, daß er aus einem Wort, aus einem Blick Augusts einen ganzen Brief spann, den Gedanken erriet, die Form so traf, daß der König nie etwas zu verbessern brauchte. Deshalb liebte er Pauli, benötigte ihn immer und wollte ihn ständig in seiner Nähe wissen; darum verzieh er dem Rat großherzig, sogar wenn dieser sich betrank, sich so vollaufen ließ, daß er in wichtigen Augenblicken sich nicht hochrappeln konnte.

Drei Kammerdiener mußten ihn dann wecken. Der Rat antwortete, ohne die Augen zu öffnen, wenn sie ihn im Bett herumwälzten: »Gleich!

Sofort! Hier bin ich schon! Im Augenblick!« Aber er stand nicht eher auf, als bis ihm klargeworden war, was er angestellt hatte.

Wenn er nüchtern wurde, pflegte er sich mit kaltem Wasser zu waschen. Man reichte ihm zur Aufhellung seiner Gedanken ein Gläschen mit irgend etwas Starkem, dann ging er zum König.

Derartige Geschichten passierten damals nicht nur ihm allein, noch ganz andere Leute betranken sich, sogar Flemming, der Freund des Königs. Man lachte darüber, obwohl damals ein umnebelter Kopf als eine große Schande angesehen wurde.

An diesem Tage saß Rat Pauli, während man auf die besagten Nachrichten von der Armee wartete, im Marschallsaal und gähnte. Er hatte sich einen bequemen Stuhl ausgesucht, die Beine weit von sich gestreckt, die Hände über dem Bauch gefaltet, den Kopf gesenkt, um ihn bequem auf das Fundament seiner ausgedehnten Kinnpartien zu betten, und überlegte. Von Schlaf konnte keine Rede sein, denn wer hätte ohne einen Schlaftrunk, ohne jede Vorbereitung durch eine kräftigende Wegzehrung, die einer Reise mit Morpheus in das Land der Träume angemessen war, einschlummern können?

Er kannte die im Saal hängenden Bilder, also konnte er sie nicht mehr betrachten. Ab und zu gähnte er, und er gähnte dann so ungeheuerlich, daß ihm die Kiefer krachten.

Es war dies ein herzzerreißender Anblick. Solch ein gewichtiger, hochverdienter Rat war gezwungen, nüchtern zu gähnen.

Die Uhr zeigte die zehnte, dann die elfte Stunde an, und der Rat saß da, gähnte und schüttelte sich, denn Schüttelfröste der Nüchternheit überliefen ihn. Er war zu dieser Stunde der unglücklichste aller Menschen.

Im gleichen Saal trieben sich viele Leute umher: Pagen, Unterkämmerer, Kämmerer, Personen, die auf Audienz beim König warteten oder davon zurückkehrten. Niemand wagte, die Ruhe des Herrn Rates zu stören.

Um elf Uhr kam der junge Brühl herein, um auf die Stunde seines Dienstbeginns zu warten. Wie ein Engel so schön war er in seiner Pagentracht, die er mit großer Eleganz zu tragen wußte. Sein Gesicht strahlte wie immer vor Gutmütigkeit und erlesener Artigkeit; niemand besaß einen wohlgeformteren Fuß als er, kein schöneres Bein, frischere Spitzen an den Manschetten, einen besser sitzenden Frack und eine kunstvoller frisierte Perücke. Seine Augen lachten, indem sie über die Gesichter und Wände glitten. Er war ein wirklicher Zauberer und eroberte alle Herzen mit einem Lächeln, mit Wort und Bewegung, mit seiner ganzen Gestalt. Als ihn der Rat erblickte, streckte er die Hand nach ihm aus, ohne sich zu erheben.

Brühl lief hurtig herbei.
»Wie bin ich glücklich!« rief er aus.
Und er verbeugte sich demütig.
»Hoffentlich rettest du mich, Brühl! Stell dir vor, ich habe nichts im Magen! Wann kommt die Armeepost?«
Der Page schaute sofort auf die Uhr und zuckte bedauernd mit den Achseln. »Wer kann es wissen?« entgegnete er auf italienisch, das neben dem Französischen schon fast zur Hofsprache geworden war, da sich damals die italienische Kolonie in Dresden langsam zu vergrößern begann.
»Elf Uhr! Und ich nüchtern! Die Natur macht ihre Rechte geltend! Ich werde Hungers sterben!«
Bei diesen Worten gähnte der Rat, sein ganzer Körper erbebte: brrr! – und er schüttelte sich.
Brühl stand da, als ob er über etwas nachdachte. Sein Rücken wurde ganz rund, und er beugte sich tief zum Ohr Paulis hinab:
»Für alles gibt es einen Rat. Warum habt Ihr Euch hier wie auf einer gewöhnlichen Landstraße niedergelassen? Gleich nebenan befindet sich ein Zimmer, dessen Tür zum Gang führt, der in die Küchen und Speisekammern mündet. Dort könnte man sich sehr gut, bevor hier etwas geschieht, eine Kleinigkeit aus der Küche oder dem Keller bringen lassen.«
Die Augen des biederen Rates leuchteten auf. Sofort wurde er lebendig; doch für ihn war das Aufstehen gar nicht so einfach. Mit beiden Armen mußte er sich auf die Armlehnen stützen, die Ellbogen in die Höhe drükken, und schließlich erhob er sich stöhnend mit seiner ganzen schweren Figur.
»Mein Erlöser!« rief er aus. »Rette mich Unglücklichen!«
Brühl nickte, und sie schoben sich beide durch die Seitentür, die in ein Kabinett mit einem Fenster führte ... Hier, o Wunder, hatte eine Zauberhand, als ob man Pauli erwartete, den Tisch schon gedeckt. Davor stand ein breiter, bequemer Stuhl, der speziell für die Leibesfülle Paulis angefertigt zu sein schien. Auf dem schneeweißen Tischtuch stand ein weiß- und blaugemustertes Gedeck aus Meißner Porzellan, eine kleine Terrine, ein Schüsselchen mit einem Deckel und eine ansehnliche bauchige Flasche voll goldig funkelnden Weines.
Als der Rat dies sah, schwang er die Hand in der Luft, und als ob er fürchtete, jemand könnte ihm zuvorkommen, nahm er, ohne zu fragen, schnellstens Platz, schob die Serviette unters Kinn, langte mit der Hand nach der Suppenschüssel und wandte sich, erst jetzt an Brühl denkend, zu diesem um.
»Und Ihr?«

Der Page schüttelte den Kopf: »Das ist für Euch, lieber Herr Rat!«

»Die Götter mögen es dir vergelten!« rief Pauli voller Entzücken aus. »Möge dir Venus die schönste Jungfrau Dresdens schenken; möge dir Hygieia, die Göttin der Gesundheit, einen Magen schenken, der selbst Steine verdauen kann; möge dir Bacchus ewigen Durst bescheren und Ungarwein, um ihn zu löschen, möge dir …«

Aber das Essen gestattete ihm nicht, den Satz zu beenden; es nahm ihn voll in Anspruch. Brühl stand, mit einer Hand auf das Tischende gestützt, in anmutiger Haltung da und sah dem Rat lächelnd zu. Pauli füllte das erste Glas mit Wein. Er hatte mit einem leichten, gewöhnlichen Ungarwein gerechnet, der am Hofe gereicht wurde; doch als er einen Schluck nahm und ihn probierte, erstrahlte und erglänzte sein Gesicht, seine Augen blitzten auf, und nachdem er ausgetrunken und in den Lehnstuhl zurückgefallen war, strich er sich nur noch mit glückseliger Zufriedenheit über die Brust. Das Lächeln eines Engels erschien auf seinen Lippen.

»Ein göttliches Getränk! Du mein Wundertäter, wo hast du es hergenommen? Ich kenne es, das ist der Wein des Königs, das ist Tokajer! Riech mal, koste: Ambrosia, Nektar!«

»Möge der Herr Rat ihm seine Gunst schenken und nicht zulassen, daß er in der Flasche eintrocknet oder die Lippen Unwürdiger benetzt, die, ohne ihn zu schmecken, ihn durch die Gurgel gießen.«

»Das wäre wirklich eine Entweihung!« rief der Rat aus, sich das zweite Glas eingießend. »Auf Eure Gesundheit, auf Euren Erfolg! Brühl … ich werde dir dankbar bis an mein Lebensende sein: du hast mir das Leben gerettet. Noch eine halbe Stunde – und man hätte eine Leiche von hier nach Friedrichstadt getragen. Ich fühlte, wie das Leben aus meinem Körper entwich.«

»Ich freue mich sehr«, entgegnete Brühl, »daß ich mit so geringer Anstrengung meines Verstandes dem Herrn Rat eine kleine Gefälligkeit erweisen konnte, aber bitte, trinkt doch!«

Pauli leerte das zweite Glas, schnalzte mit der Zunge und begann mit den Händen in der Luft den Vogelflug nachzuahmen:

»Oh, was ist das für ein Wein! Was ist das für ein Wein! Das ist ja ein Getränk von jener Sorte, von der jedes folgende Gläschen immer besser mundet. Er ist wie ein guter Freund, mit dem wir uns desto verbundener fühlen, je besser wir ihn kennenlernen und je enger unsere Beziehungen zu ihm werden. Aber, Brühl, lieber Brühl, wenn die Depeschen eintreffen, wenn Seine Majestät rufen sollte, wenn ich einen Brief nach Berlin, nach Warschau aufsetzen müßte oder einen nach Wien …«

Er wandte den Kopf fragend um, goß sich aber das dritte Glas ein.

»Herr Rat, solch eine Flasche für Euch? Was ist denn das? Das ist nur eine unschuldige Freude, das ist nur ein kleiner Ansporn, das ist ... nichts.«

»Du hast recht, Brühl; unsere Köpfe sind schon mit ganz anderen Dingen fertig geworden«, lachte der Rat auf. »Am gefährlichsten ist, die Getränke zu mischen. Wer kann wissen, in welchem Verhältnis sie zueinander stehen? Sie können unversöhnliche Feinde sein, wie zum Beispiel der österreichische und der französische Wein: sie beginnen sich gegenseitig im Kopf und Magen anzugreifen, und der Mensch muß es büßen. Aber wenn man einen anständigen, vernünftigen, reifen Wein trinkt, hat es keine Gefahr: er schaltet und waltet ruhig im Menschen und tut einem nichts Böses.«

Während er so redete, aß er gebratenes Fleisch mit dickflüssiger Soße, dazu trank er Tokajer und lächelte vor sich hin. Brühl stand da, sah zu, und wenn das Glas leer war, übernahm er das Amt des Mundschenks und goß fleißig nach.

Am Schluß sahen die Teller wie abgeleckt aus, das Brot war verschwunden. Nur eine halbe Flasche Wein war übriggeblieben.

Pauli sah sie schmachtend an, seufzte und brummte unwillig: »Aber die Depeschen?«

»Wie könnt Ihr Euch überhaupt ängstigen?«

»Du hast recht, wenn ich Angst hätte, wäre ich ein Feigling, und auf der Welt gibt es nichts Verachtungswürdigeres als ein solches Geschöpf. Gieß ein! Auf deine Gesundheit! Du wirst es noch weit bringen! Im Kopf wird mir klarer! Es kommt mir so vor, als wäre die Sonne hinter den Wolken hervorgekrochen, denn erst jetzt erscheint mir alles fröhlicher. Ich fühle mich in der richtigen Stimmung, gut zu stilisieren. Jetzt würde ich etwas Ordentliches fertigbringen. Eh, wenn mir doch heute der König etwas Gepfeffertes zu schreiben gäbe! Eh, eh, das würde mir gut gelingen!«

Brühl goß dauernd ein.

Der Rat schaute auf die Flasche, die unten breiter wurde und noch für eine gewisse Zeit auszureichen versprach.

»Ich brauche nichts zu befürchten«, redete Pauli wie zu seiner eigenen Beruhigung. »Ich weiß nicht, ob Ihr Euch darauf besinnen könnt: Einmal, erinnere ich mich, war ein sehr heißer Tag. Der Allergnädigste Herr hatte mich zu der unglücklichen Göttin geschickt, die sich Cosel nannte; dort hat man mich mit schäumendem, verräterischem Sekt traktiert. Er war schmackhaft wie dieser Tokajer hier, aber voller Tücke. Als ich die Straße betrat, bemerkte ich ringsumher ein Wirbeln. Oh! Schlecht stand es um mich, und ich mußte gehen, um Depeschen zu schreiben. Zwei Hofleute liehen mir ihren Arm. Mir deuchte, ich hätte Flügel und flöge ... Sie setzten mich an den Tisch, sie mußten mir sogar die eingetauchte Feder in die Hand drücken und das Papier zurechtlegen: der König sagte einige Worte, und eine Depesche wurde geboren, wie man sie wünschte, eine ganz wunderbare! Aber am nächsten Tage erinnerte ich mich nicht mehr, was ich geschrieben hatte, und – schlag mich tot! – bis zum heutigen Tage weiß ich es noch nicht. Der König gab mir lachend zur Erinnerung an diese Tat einen Ring mit einem Saphir.« Aus der Flasche floß der Wein in das Glas, und aus dem Glas floß er in Paulis Gurgel. Der Rat strich sich die Brust und lachte.

»Ein Hundedienst«, bemerkte er leise, »aber ein Weinchen gibt es hier, wie es der Mensch woanders nicht zu riechen bekäme.«

Unter Seufzern ging die Flasche zur Neige. Das letzte Glas war etwas trübe; Brühl wollte es weggießen.

»Tyrann!« schrie der Rat auf. »Was tust du da! Die Natur hat diese Teile nicht deshalb ausgeschieden, damit sie weggegossen werden, sondern um auf dem Grunde die Wahrheit des Weines zu offenbaren: den Lebenssaft, die Substanz selbst und die nahrhaftesten Teile.«

Als Pauli nach dem Glas langte, holte Brühl unter dem Tisch eine zweite Flasche hervor. Bei ihrem Anblick wollte sich der Rat erheben, doch die Freude hatte ihn an den Stuhl geschmiedet. »Was ist das?« rief er, »was sehe ich!«

»Nichts, nichts«, sagte der Page leise. »Das ist nur der zweite Band des Werkes, der den Schluß und die Quintessenz enthält. Leider konnte ich«, fuhr der Page fröhlich fort, »als ich mich um ein komplettes Werk für den Herrn Rat bemühte, der die Literatur liebt ...«

Pauli kreuzte beide Arme und nickte mit dem Kopf.

»Wer hätte solche Literatur nicht gern?« Er seufzte.

»Als ich mich um ein komplettes Werk bemühte«, schloß der Page, »konnte ich leider nicht zwei Bände der gleichen Ausgabe bekommen. Dieser zweite Band« – dabei hob er langsam eine bemooste Flasche hoch – »ist von einer älteren, früheren Ausgabe: eine Erstausgabe!«

»Ach!« rief Pauli aus, indem er ihm das Glas hinschob, »gieß mir von dieser werten Gotik eine Seite ein: man darf das verehrte Altertum nicht über die Maßen genießen.«

»Aber was ist es schon wert, wenn es verwitterte und sich der Geist der Jahrhunderte aus ihm verflüchtigt!«

»Die Wahrheit! Die tausendfache Wahrheit! Aber die Depeschen! Die Depeschen!« rief achselzuckend Pauli.

»Die Depeschen werden heute nicht eintreffen. Die Wege sind unpassierbar.«

»Wenn doch die Brücken zusammengebrochen wären!«
Ein weiteres Glas wurde eingeschenkt. Pauli trank es aus.
»Diesen Wein trinkt selbst der König nur dann, wenn er sich unwohl fühlt«, flüsterte Brühl.
»Du Allheilmittel! Kein Frauenmund kann süßer sein!«
»Na, na!« unterbrach ihn der Jüngling.
»Für Euch ist das etwas anderes«, bemerkte der Rat. »Für mich haben sie schon jede Süße verloren. Aber der Wein! Der Wein ist ein Nektar, der bis zum Tode für mich seinen Zauber nicht verlieren kann. Wenn doch nur nicht diese Depeschen wären!«
»Na und? Die Depeschen! Jetzt noch ...«
»Es ist wahr! Hol sie der Henker!«
Der Rat leerte ein Glas nach dem anderen, aber offensichtlich schienen ihn diese rasch aufeinanderfolgenden Gläser in Träume einzuwiegen. Müdigkeit packte ihn, er ließ sich in einen Sessel sinken, lächelte, und die Lider wurden immer schwerer.
»Jetzt ein kleines Schläfchen und ...«
»Aber die Flasche muß ausgetrunken werden!« drang der Page in ihn.
»Gewiß, das ist die Pflicht eines anständigen Menschen: entweder fängt man ein Werk gar nicht erst an, oder man führt es ganz zu Ende. Es stimmt doch?« meinte der Rat. »Was eine Angelegenheit des Gewissens ist, muß gewissenhaft ausgeführt werden.«
Nachdem Brühl das letzte Glas eingegossen hatte, holte er eine Pfeife und ein Säckchen mit Tabak hervor.
»Herr Rat, wie wär's mit einem Pfeifchen?«
»Du mein Engel!« rief Pauli, die Augen aufschlagend. »Auch daran hast du gedacht. Wird mich aber dieses Kraut nicht noch stärker benebeln? Was meinst du dazu?«
»Es wird Euch ernüchtern!« unterbrach der Page, ihm die Pfeife reichend.
»Wie kann man dieser Versuchung widerstehen! Gib her! Gib schon! Was kommen soll, wird kommen. Vielleicht wird der Postillion sich das Genick brechen und die Post nicht eintreffen. Ich wünsche ihm nichts Böses, doch wenn er es sich doch ausrenkte?« Sie lachten. Gierig zog er den Rauch ein. »Ein starker tobacco.«
»Der des Königs«, entgegnete der Page.
»Weil der König wohl mehr als ich verträgt, was?«
Wahrscheinlich vom Tabak berauscht, murmelte der Alte nur noch; er machte noch einige Züge, dann rutschte ihm die Pfeife aus der Hand und fiel auf den Boden. Er ließ den Kopf auf die Brust sinken und begann

fürchterlich zu schnarchen. Durch den halbgeöffneten Mund kam ein sonderbares und unangenehmes Geräusch.

Brühl sah ihm einen Augenblick zu, lachte kaum vernehmbar, ging leise auf den Zehenspitzen zur Tür und schob sich auf den Korridor hinaus. Hier verharrte er ein Weilchen und lief dann auf dem kürzesten Wege in das Vorzimmer des Königs.

Ein junger, stattlicher, vornehmer Junge, wie Brühl in Pagentracht, mit einer herrischen Miene, hielt den Eintretenden fest.

Es war dies Anton Graf Moszynski. Sein weißes Gesicht, seine schwarzen Haare, seine nicht schön zu nennenden, aber ausdrucksvollen Züge, seine funkelnden Augen und vor allem seine aristokratische Haltung und die etwas gezwungenen Manieren zeichneten ihn unter den anderen Pagen des Königs aus. Gemeinsam mit Sulkowski diente er seit langem dem Kronprinzen und war jetzt zeitweilig zu August II. gelangt, der, wie man sagte, seine Geschicklichkeit, seine Lebhaftigkeit und scharfe Auffassungsgabe liebte. Man prophezeite ihm damals eine große Karriere am Hofe.

»Brühl«, fragte er, »wo warst du?«

Der Page zögerte mit der Antwort.

»Im Marschallsaal.«

»Du hast jetzt Dienst.«

»Ich weiß, ich habe mich nicht verspätet.«

Er blickte auf die in der Ecke stehende Uhr.

»Ich dachte schon, daß ich dich vertreten müßte«, fügte lachend der sich hin- und herwiegende Moszynski hinzu.

Über das Gesicht Brühls huschte gleichsam ein Schatten, der aber sogleich wieder verschwand.

»Herr Graf«, sagte er sanft, »Euch, dem Favoriten des Königs, ist es gestattet, die Stunde zu versäumen und sich vertreten zu lassen; mir, der ich hier nur ein armer Diener bin, wäre so etwas unverzeihlich.« Er verbeugte sich tief. »Ich habe oft andere vertreten, mich aber noch keiner.«

»Du willst damit sagen, daß niemand in der Lage ist, dich vertreten zu können!« griff Moszynski auf.

»Oh! Herr Graf! Schickt es sich denn, mit mir armen, einfachen Menschen so zu scherzen? Ich muß mir das erst aneignen, worin Ihr Herren schon Meister seid.«

Er verbeugte sich wieder. Moszynski reichte ihm die Hand.

»Es ist gefährlich, mit Euch ein Gefecht mit Worten zu führen, ich zöge eines mit dem Degen vor.«

Brühl nahm eine bescheidene Haltung an.

»Auf keinem Gebiet kann ich mir eine Überlegenheit anmaßen«, fügte er leise hinzu.

»Na, viel Spaß!« rief Moszynski. »Euer Dienst beginnt jetzt. Auf Wiedersehen!« Er verließ das Vorzimmer.

Brühl atmete auf. Langsam ging er zum Fenster, blieb dort stehen und schien gleichgültig auf den Hof zu sehen, der mit Steinplatten ausgelegt war und einem großen Saale glich. Da unten wogte der zahlreiche, geschäftige und betriebsame Hofstaat des Königs. Soldaten in prächtigen Uniformen und Waffen, Kämmerer in goldbetreßten Röcken, Kammerdiener und Lakaien, eine Unzahl von Dienstboten des Königs eilten dort hin und her. Einige Sänften standen an den Ausgängen; die gelb gekleideten Träger warteten auf ihre Herren; weiter Galakutschen und Reitpferde, deutsche und polnische Gespanne, Heiducken in roter Uniform, Kosaken – all das verhielt sich ziemlich ruhig und vermischte sich zu einem bunten, malerischen Ganzen.

Der Kämmerer kam vom König.

»Sind die Nachrichten von der Armee schon da?« fragte er Brühl.

»Bisher noch nicht.«

»Wenn sie eintreffen, bringt sie mir. Der Rat Pauli?«

»Ist im Marschallsaal.«

»Ist gut, soll dort warten.«

Brühl verneigte sich leicht. Langsam leerte sich das Zimmer; die Mittagsstunde trieb die Menschen auseinander. Brühl, der, wie von irgendeiner Ungeduld erfüllt, zum Fenster hinaussah, erblickte endlich auf einem schäumenden Pferd den in den Hof einreitenden Postillion mit seinem auf dem Rücken baumelnden Horn, riesigen Stiefeln und einer Ledertasche auf der Brust.

Sofort sprang er die Treppen hinunter und hatte die versiegelten Pakete schon in der Hand, bevor sie die Bediensteten in Empfang nehmen konnten. Ein silbernes Tablett stand im Vorzimmer bereit; Brühl legte die Papiere darauf und ging zum König.

August spazierte mit Hoym im Zimmer umher. Als er den Pagen, das Tablett und die Papiere erblickte, streckte er die Hand danach aus und begann sofort, die Siegel zu erbrechen.

Er und Hoym näherten sich dem Tisch und sahen die angekommenen Briefschaften durch.

Brühl stand wartend da.

»Aha!« rief August aus. »Rasch, Pauli soll kommen!«

Brühl bewegte sich nicht.

»Geh und hole den Rat Pauli!« wiederholte der König ungeduldig.

Der Page verneigte sich und lief hinaus. Er schaute in das Kabinett. Pauli schlief wie ein Stein. Brühl kehrte eilends zum König zurück.

»Pauli!« rief August, als er ihn eintreten sah.

»Majestät!« stotterte Brühl, »der Rat Pauli ... Rat Pauli ...«

»Ist hier?«

»Jawohl, Majestät.«

»Warum kommt er nicht?«

»Rat Pauli«, der Page schlug die Augen nieder, »ist etwas unpäßlich.«

»Und läge er auf dem Sterbelager, bring ihn hierher!« schrie der König. »Er soll seine Pflichten erfüllen, dann kann er sterben, wenn er Lust hat!«

Brühl lief wieder davon, sah wieder in das Kabinett, schaute auf den Schlafenden, lachte und kehrte zum König zurück. Augusts Augen brannten vor wachsender Wut, er begann zu erbleichen, was das schlimmste Zeichen war; wenn er weiß wurde, begann seine Umgebung zu zittern.

Brühl blieb stumm und aufrecht an der Tür stehen.

»Pauli!« brüllte der König, mit dem Fuß aufstampend.

»Rat Pauli ist in einem Zustand ...«

»Betrunken?« griff August auf. »Ach, dieses widerliche alte Schwein! Wenn er doch nur für ein paar Stunden aufs Trinken verzichten könnte. Begießt ihn mit Wasser! Stellt ihn unter den Springbrunnen! Traktiert ihn mit Essig! Der Arzt soll ihm eine Arznei geben, er soll ihn für eine Stunde zur Besinnung bringen, dann mag dieses Stück Vieh krepieren.«

Der König tobte.

Brühl lief gehorsam noch einmal davon. Er versuchte, den Rat zu wekken, doch dieser war zu einem Holzklotz geworden. Kein anderer Arzt als nur die Zeit allein hätte ihn zur Besinnung bringen können. Langsamen Schrittes kehrte er nachdenklich zum König zurück. Er schien innerlich mit sich zu kämpfen, zu zögern, zurückzuschrecken, ängstlich zu sein. An der Tür sandte er einen Seufzer gen Himmel, bevor er die Klinke ergriff.

Der König wartete in der Mitte des Zimmers. Er hielt die Papiere in den Händen, seine Lippen waren aufeinandergepreßt, die Brauen gerunzelt.

»Pauli!«

»Es ist unmöglich, ihn zur Besinnung zu bringen.«

»Der Schlag soll ihn rühren! Die Depeschen! Wer wird mir die Depeschen ... hörst du?«

»Allergnädigster Herr«, sagte Brühl, sich mit über der Brust gekreuzten Armen halb verbeugend. »Allergnädigste Majestät, groß ist meine Kühnheit, sie ist fast verwegen. Möge mir Eure Königliche Gnade sie zu verzeihen wissen! Ich weiß, daß ich ohne Verstand bin, aber meine Liebe und

Achtung zu Eurer Majestät leiten mich. Ein Wort, ein Hinweis ... ich werde versuchen, die Depeschen abzufassen.«

»Du Milchgesicht?«

Brühl errötete: »Allergnädigster Herr, bestraft mich, wenn ...«

August sah ihn lange an.

»Komm her«, sagte er, zum Fenster gehend, »hier ist ein Brief, lies ihn durch, erteile eine abschlägige Antwort; aber lasse hinter der Absage durchblicken, daß die Absage nicht endgültig ist. Laß eine Hoffnung offen, aber enthülle sie nicht allzu deutlich. Verstehst du?«

Brühl verbeugte sich und wollte mit dem Brief hinauseilen.

Ein silberner Tisch stand vor dem kleinen Kanapee.

»Was? Wohin?« rief der König. »Hier« – er wies mit der Hand auf das Tischchen – »hier setzt du dich hin und schreibst sofort.«

Der Page neigte noch einmal sein Haupt und setzte sich auf die Kante des mit seidenem, geblümtem Stoff bezogenen Kanapees. Mit einer Handbewegung warf er die Manschette zurück, beugte sich über das Papier, und die Feder begann in einer Schnelligkeit dahinzueilen, die den König wunderte.

August II. beobachtete den schönen Jüngling aufmerksam wie ein interessantes Schauspiel. Brühl hatte die gewichtige Miene eines Kanzlisten aufgesetzt und faßte die Depesche ab, als wäre es ein Liebesbrief.

Die Annahme wäre ein Irrtum gewesen, der Page hätte bei der Durchführung einer so wichtigen Aufgabe, die seine ganze Zukunft entscheiden konnte, seine Haltung vernachlässigt.

Er hatte scheinbar widerwillig, ohne zu überlegen, Platz genommen und doch seine geschickten Füßchen manierlich gesetzt, seinen Händen eine zierliche Krümmung verliehen, den Kopf geschickt geneigt. Kühle Überlegung leitete ihn bei dieser Angelegenheit, die er in fieberhafter Eile auszuführen schien. Der König ließ kein Auge von ihm; Brühl fühlte dies. Ohne lange nachzudenken, schrieb der Page; er schrieb, als ob man ihm fertige Gedanken diktierte. Nicht ein einziges Mal strich er etwas durch, nicht einen Augenblick hielt er inne. Die Feder ruhte erst dann, als die Depesche fertig war. Dann überflog er sie noch mit den Augen und stand in straffer Haltung auf.

Mit offensichtlicher Neugier, bereit, nachsichtig zu sein, kam der König etwas näher.

»Lies!« befahl er.

Brühl räusperte sich; seine Stimme wurde leise und zitterte etwas. Wer weiß, ob dieser Beweis seiner Unsicherheit nicht auch kluge Berechnung war?

Der König fügte ermutigend hinzu: »Langsam, deutlich, laut.«

Der junge Page begann also, die Depesche zu lesen; seine Stimme, die anfänglich gezittert hatte, wurde bald deutlich und metallisch klar. Auf dem Gesicht Augusts malten sich nacheinander Erstaunen, Freude, Fröhlichkeit, Bewunderung und eine gewisse Ungläubigkeit.

Als Brühl zu Ende gelesen hatte, wagte er kaum die Augen zu heben.

»Noch einmal, von Anfang an!« befahl der König.

Diesmal las Brühl noch lauter, mutiger und nachdrücklicher.

Das Gesicht des Königs hellte sich auf; er klatschte in die Hände und rief:

»Hervorragend! Pauli hätte es nicht besser, nicht einmal so gut getroffen. Schreib es ins reine!«

Brühl reichte mit tiefer Verbeugung sein Blatt hin, das so geschrieben war, daß es gleich verwendet werden konnte.

August schlug ihm auf die Schulter.

»Du bist vom heutigen Tage an mein Sekretär für die Depeschen. Pauli soll sich ja nicht erdreisten, mir unter die Augen zu kommen. Der Henker soll ihn holen, mag er sich besaufen und dann krepieren.«

Der König läutete: der diensthabende Kämmerer erschien.

»Graf«, sagte der König, sich an ihn wendend, »laßt Pauli nach Hause schaffen. Wenn er nüchtern geworden ist, drückt ihm mein größtes Mißfallen aus. Niemals soll er mir wieder unter die Augen kommen! Sekretär für die Depeschen ist ab heute Brühl. Befreit ihn vom Pagendienst, nur die Uniform mag er weiter tragen. Wir werden sehen.«

Der Kämmerer lächelte von weitem dem bescheiden in der Ecke stehenden Jungen zu.

»Er hat mich aus einer großen Verlegenheit befreit«, fuhr August fort. »Ich kenne Pauli, er wird bis morgen wie ein Holzklotz liegen, die Depeschen müssen gleich erledigt werden.« Der König unterschrieb. »Eine Kopie abschreiben!«

»Aus dem Gedächtnis werde ich sie auf das Wort genau abschreiben«, sagte Brühl leise.

»Das ist ein Sekretär!« rief August aus. »Zahlt ihm dreihundert Taler!«

Brühl wollte ihm danken. Der König reichte ihm die Hand zum Kusse. Dies war ein nicht unbedeutendes Zeichen seines Wohlwollens.

Eine Minute später befand sich der versiegelte Brief schon in den Händen des bereitstehenden Kuriers, der trompetend über die Brücke galoppierte. Brühl schob sich demütig in das Vorzimmer hinaus. Hier hatte schon die vom Kämmerer Friesen verbreitete Geschichte von der Depesche und der unerwarteten Gnade, die dem Jungen zuteil geworden, die

Runde gemacht. Niemand hätte ihm so außergewöhnliche Fähigkeiten zugetraut. Allgemeine Neugier und Neid wurden wach. Als Brühl erschien, blickten alle Augen auf ihn. An dem von der Gnade des Königs so Ausgezeichneten war nichts von Stolz zu bemerken; er versteckte sogar seine Freude hinter einer solchen Demut, gerade als ob er sich dessen schämte, was er vollbracht.

Moszynski lief auf ihn zu.

»Was höre ich?« rief er aus. »Brühl, Leibsekretär des Allergnädigsten Herrn? Wann, was, wie?«

»Ach! Laßt mich erst von der Überraschung und dem Schreck etwas erholen!« bemerkte leise Brühl. »Wie es geschah, weiß ich nicht. Die Vorsehung hat über mich gewacht, den armen jüngsten Sohn in der Familie. Die Liebe zum König hat ein Wunder bewirkt ... ich weiß nicht ... ich bin geblendet, bewußtlos.«

Moszynski sah ihn an. »Wenn du so weitermachst, wirst du uns alle bald überholt haben. Man wird sich rechtzeitig deiner Gunst empfehlen müssen.«

»Graf, habt doch Mitleid und treibt keinen Spott mit mir Armen.«

Während dieser Worte rieb sich Brühl, als ob er ermüdet sei und die Kräfte ihn verließen, den Schweiß von der Stirne und setzte sich, den Kopf in die Hände vergraben, auf den nächsten Stuhl.

»Wer Euch so zu Gesicht bekäme, müßte meinen, das größte Unglück habe Euch getroffen«, bemerkte Moszynski.

Brühl, ganz in Gedanken versunken, hörte dies schon nicht mehr. Im Zimmer flüsterten alle, auf ihn blickend, und erzählten den neu Hinzukommenden die Geschichte des glücklichen Jünglings. Abends durchlief sie die Stadt, und als Brühl bescheiden mitten unter den Pagen in der Oper erschien, kam Sulkowski, der den Kronprinzen begleitete, um ihn zu begrüßen und zu beglückwünschen.

»Siehst du, Brühl«, flüsterte Sulkowski, auf ihn von oben herabsehend, »ich habe dir immer prophezeit, daß man dich erkennen wird. Ich habe mich nicht getäuscht: Das Adlerauge unseres Herrn hat dich entdeckt.«

Man begann dem Tenor Beifall zu spenden, der den Soliman gesungen hatte; Sulkowski klatschte mit, drehte sich aber zum Freunde um und sagte:

»Ich klatsche dir zu!«

Mit großer Demut und Bescheidenheit verbeugte sich der errötende Page.

Nach dem Theater erlaubte man ihm, zu verschwinden. Man rechnete es ihm hoch an, daß er nicht umhergegangen war, um zu prahlen und sein Glück auszuplaudern. Die Freunde, die ihn in seinem Zimmer im Schloß suchten, fanden ihn dort nicht; das Zimmer war abgeschlossen, und der Diener versicherte, Brühl habe sich schon vor einer ganzen Weile in die Stadt begeben.

Und wirklich, nach der Oper schlich sich Brühl, in einen Mantel gehüllt, in die Schloßstraße und von dort hin zum Taschenbergschen Palais, wo einst die Cosel geglänzt hatte und wo jetzt die Tochter des Kaisers, Josepha, ihrem jungen Hof gebot.

Vorsichtig schlich er an den Mauern entlang. Die Vermutung lag nahe, daß er zu irgendeiner rosigen Göttin eilte, um ihr die eroberten Lorbeeren zu Füßen zu legen. Eine solche Vermutung wäre wohl begründet gewesen. Er war zwanzig Jahre alt, hatte das Gesicht eines Cherubims, und die Frauen, die von August II. verdorben waren, waren ja so großzügig ... Man sah, daß er darauf bedacht war, ungesehen und unerkannt zu bleiben. Mit dem Mantel hatte er das Gesicht bedeckt; wenn er Schritte vernahm, schmiegte er sich an die Mauern oder beschleunigte seinen Gang. Brühl hatte schon fast das Palais des Kronprinzen erreicht, als er rasch in das Nebenhaus schlüpfte. Er warf zuerst nur noch einen Blick auf die Fenster des ersten Stockwerkes, durch deren dichte Vorhänge Licht schimmerte. Leise lief er die ihm anscheinend wohlbekannten Stufen hinauf. An der Tür angelangt, klopfte er dreimal.

Keine Antwort erfolgte. Er wartete noch eine Weile und wiederholte sein Klopfen in der gleichen Weise.

Drinnen wurden langsame Schritte hörbar, die Tür öffnete sich, und der Kopf eines alten Mannes mit kurzgeschorenem Haar erschien. Brühl huschte rasch hinein.

Das Zimmer, das er betrat, war von einer Kerze beleuchtet, die ein an der Tür stehender Diener in der Hand hielt. Es war mit Schränken vollgestellt, düster und traurig. Der Alte antwortete auf eine Frage flüsternd etwas Unverständliches, machte mit der Hand eine Bewegung. Brühl warf den Mantel ab und ging auf den Zehenspitzen zur Tür, wo er leise anklopfte.

Eine lebhafte Stimme antwortete ihm schnell: »Favorisca, bitte!«

Das Zimmer, in das der junge Page hineinhuschte, wurde von zwei unter einem Lampenschirm auf einem Tischchen brennenden Kerzen erhellt. Es war geräumig und irgendwie eigenartig eingerichtet: ein halbgeöffneter Schrank mit Büchern, einige Tischchen mit daraufgeworfenen Papieren, zwischen den Fenstern ein großes Kruzifix mit der Gestalt des Erlösers, auf dem Sofa, mitten unter den Kleidern, die achtlos hingeworfene Gitarre.

Am Tisch erwartete ihn, mit einer Hand aufgestützt, so als ob er eben jetzt zur Begrüßung des Gastes aufgestanden wäre, ein nicht mehr junger Mensch; er war etwas gebeugt, mit gelber Gesichtshaut, einem schmalen, langgezogenen Gesicht mit abstehendem Bart und schwarzen Augen. Man konnte leicht am Typ und Schnitt der Züge den Italiener erkennen. Hinter seinen schmalen, blassen Lippen verbarg sich etwas Geheimnisvolles, aber sein Gesicht hatte eher einen schalkhaften als rätselhaften Ausdruck. In ihm lagen zugleich Gutmütigkeit und Ironie. Eine große Hakennase ragte fast über seine Oberlippe. Auf den kurzgeschorenen Haaren trug er eine schwarze Seidenkappe; ein dunkles, langes Kleid umhüllte ihn, wie es gewöhnlich Geistliche trugen; an den Füßen hatte er schwarze Strümpfe und Schuhe mit großen Schnallen.

Beim Anblick Brühls breitete er die Arme aus.

»Ach, du bist es, mein Kind! Wie ich mich freue! Gott segne dich!«

Mit tiefer Demut näherte sich ihm der Jüngling, beugte sich über seine Hand und küßte sie.

Der Hausherr setzte sich, schob die Bücher und die Kleider, die sich auf dem Kanapee angehäuft hatten, schnell zur Seite und bot Brühl den nächsten Stuhl an. Brühl behielt den Hut in der Hand und nahm mehr auf der Kante als auf dem Stuhl selbst Platz.

»Ecco, ecco! Sieh da, sieh da!« flüsterte der auf dem Kanapee Sitzende. »Du glaubst, daß du mir eine Neuigkeit bringst? Ich kenne sie schon! Ich weiß alles und freue mich darüber. Siehst du, die Vorsehung belohnt, Gott hilft seinen Getreuen.«

»Ihm lege ich auch meinen Dank zu Füßen«, antwortete Brühl leise.

»Und bleibe dem Glauben treu, zu dem dich dein von der Gnade erleuchtetes Herz bekehrt hat, und du wirst sehen ...«

Er hob die Hand in die Höhe.

»Du wirst hoch steigen, hoch! Unsichtbare Hände werden dich emportragen. Ich sage es dir, ich. Ich bin bettelarm und ein ganz kleiner Mensch, aber ich bin Diener des allmächtigen Herrn.«

Er maß mit blitzenden Augen den bescheiden dasitzenden Pagen, lächelte, und als ob er damit seiner frommen Pflicht als Priester genügt hätte, fuhr er fröhlich fort:

»Warst du in der Oper? Wie hat Celesta gesungen? Hat sie der König angeschaut? Der Kronprinz war da?«

Die Fragen prasselten nur so hernieder.

Padre Guarini – so nannte sich der, den Brühl besuchte – war der Beichtvater des Kronprinzen, der Vertraute der Königin, der geistliche Betreuer des jungen Hofes. Ihn schien die Oper mindestens genauso stark wie die Bekehrung des vor ihm sitzenden Sünders zu beschäftigen.

Er fragte nach dem Tenor, nach der Kapelle, nach den Gästen und schließlich, ob der Page nicht hinter die Kulissen gegangen wäre.

»Ich?« rief Brühl mit einer gewissen Verwunderung.

»Nichts für ungut! Ich denke nichts Schlechtes: vielleicht wegen der Musik, wegen der Kunst oder um zu erfahren, wie die Engel aussehen, wenn sie einfache Menschen sein müssen. Celesta singt wie ein Engel, ist aber so häßlich wie Satan. Sie heißt wohl wegen ihrer Stimme ›die Himmlische‹. Man braucht keine Angst zu haben, der König wird sich nicht in sie verlieben.«

Und Padre Guarini bog sich vor Lachen.

»Und wer schwingt über dem König das Zepter?« fragte er. Ohne die Antwort abzuwarten, sprach er weiter: »Es ist wohl so wie in Polen, die Wahl soll erst erfolgen.«

Der Alte lachte wieder.

»Verrate mir wenigstens etwas Neues außer deiner Ernennung zum Sekretär.«

»Vielleicht das, daß kein Erfolg mein Herz und meine Gefühle ändern wird.«

»Ja, ja, das rate ich dir: sei ein guter, wenn auch heimlicher Katholik. Von unserem jetzigen König können wir nicht viel Eifer erwarten, geschweige denn verlangen. Es ist gut, daß er wenigstens so ist, wie er nun einmal ist; aber der junge König wird anders sein. Die heilige Frau Josepha wird ihm ein Abweichen vom richtigen Wege nicht gestatten. Er ist gläubig, ein treuer Gatte, ein überzeugter Katholik. Unter seiner Regierung muß auch unsere beginnen. Wir verzweifeln nicht; die Protestanten würden uns auffressen, wenn sie könnten, aber wir sind hart, und ihr Rachen ist zu klein … chi va piano, va sano … chi va sano, va lontano!« Er wiederholte noch einige Male »lontano, lontano!« und seufzte tief.

»Zur Erinnerung an den heutigen Tag will ich dir außer meinem Segen etwas geben, was dir Glück bringen wird. Warte einen Augenblick.«

Padre Guarini zog eine Schublade auf. Er wühlte in ihr herum und zog einen Rosenkranz mit einer Medaille und einem Kreuzchen hervor. »Der Heilige Vater hat ihn mit eigener Hand gesegnet. Ein großer Ablaß ist mit ihm verbunden, aber man muß ihn jeden Tag beten.« Brühl stammelte seinen Dank, küßte ihm die Hand und erhob sich. Guarini beugte sich zu seinem Ohr nieder und begann etwas hineinzuflüstern, worauf der Page, nur bejahend mit dem Kopf nickend, einige Male den Kuß auf die magere Hand wiederholte und leise hinausging. An der Tür erwartete ihn der Alte mit der Kerze. Brühl drückte ihm einen Taler in die Hand und eilte, von seinem Mantel bedeckt, die Treppe hinab. An der Haustür schaute er vorsichtig auf die Straße; als er dort niemand sah, lief er schnell hinaus. Nach einigen Schritten hielt er erst inne, anscheinend um nachzudenken. Er lief weiter, hielt inne, drehte sich um, ging wieder weiter, drehte sich nochmals um, als ob er nicht wüßte, was er beginnen sollte. Den Rosenkranz, den er um die Hand geschlungen hatte, verbarg er eilends in der Seitentasche und begann, nachdem er die Augen gehoben, ein gewisses Haus bei der Sophien-Kirche zu suchen.

Er schaute sich noch einmal um.

Die Tür des Hauses, zu dem er eilte, stand offen. An dem Treppengeländer erhellte ein an einer kleinen Stange baumelndes Lämpchen nur schwach das Dunkel des Gewölbes. In dem weiten Flur mit den gotischen Bögen war es still und leer. Im ersten Stockwerk angelangt, läutete Brühl.

Eine Magd öffnete.

Brühl fragte: »Ist der Herr Pastor zu Hause?«

»Er ist zu Hause und hat Gäste, mit denen er sich unterhält.«

»Gäste?« griff Brühl unsicher auf, als ob ihm die Lust am Eintreten vergangen wäre. »Wen denn?«

»Junge Menschen aus Leipzig, die Gottes Wort und Erleuchtung begehren.«

Brühl stand noch an der Schwelle, als eine behäbige Gestalt von mittleren Jahren aus der nächsten Tür trat.

»Ich möchte nicht aufdringlich sein«, sagte der Page und verbeugte sich.

»Niemals wart Ihr das und seid es auch heute nicht«, entgegnete mit trockener, kalter und deutlicher Stimme der Hausherr. »Ich bin jetzt nicht der Gefahr ausgesetzt, daß die Leute mir das Haus einlaufen. Bitte kommt! Man muß in einem protestantischen Lande heimlich zum Geistlichen kommen, wie die ersten Christen in die Katakomben. Lob denen, die den Mut haben, unsere Schwelle zu überschreiten.«

Mit diesen Worten führte er Brühl in ein geräumiges, bescheiden eingerichtetes Zimmer, dessen Fenster aber mit Blumen geschmückt waren. Ein aufgeschlagenes kleines Spinett stand an der Wand. Zwei Jünglinge waren die einzigen Gäste, von denen der stattlicher gewachsene Brühl bekannt vorkam. Er konnte sich nur nicht erinnern, wann und wo er ihn schon gesehen hatte. Dieser schöne Jüngling blickte den Gast auch aufmerksam an und trat nach einer Weile an ihn heran.

»Wenn ich mich nicht irre«, sagte er, »begegnen wir uns zum zweiten Male im Leben. Euch verdanke ich, daß ich den rechten Weg fand und nicht wie ein Landstreicher in die Hände der Knechte des Königs fiel.«

»Graf Zinzendorf ...«

»Bruder in Christo«, entgegnete der Jüngling, »und wäret Ihr ein Katholik, ein Arianer, ein Anhänger Wiclifs oder sonstwer, wenn Ihr nur an den Erlöser glaubt und ihm vertraut, so werde ich Euch immer mit den Worten grüßen: Bruder in Christo!«

Der Hausherr, dessen seltsam zusammengewachsene und gerunzelte Brauen seinem strengen Gesicht einen scharfen Ausdruck verliehen, stöhnte:

»Laßt uns mit Euren Träumereien in Frieden, Graf! Die Spreu muß vom Weizen geschieden werden, obgleich sie auf einem Halm gewachsen ...« Brühl schwieg.

»Was hört man Neues am Hofe?« fragte der Hausherr. »Ich schätze, nichts anderes als am Morgen Litaneien und am Abend die Oper; aber ich will darüber lieber schweigen.«

»Setzt Euch, mein Gast.«

Alle nahmen Platz. Brühls Mund wurde offensichtlich durch die Anwesenheit der beiden Fremden geschlossen. Zinzendorf sah ihn lange und aufmerksam an, so, als wolle er in seiner Seele lesen, doch diese Fenster, durch die er in das Innere hätte schauen können, die Augen Brühls, schlossen sich vor ihm: jener schien den Blicken ausweichen zu wollen und ihre Durchdringlichkeit zu fürchten.

»Ist es wahr, daß sie eine katholische Kirche erbauen wollen?« fragte der Hausherr.

»Ich habe nichts davon gehört, nur von einem Projekt, das in weiter Ferne liegt«, entgegnete Brühl. »Ich bezweifle aber sehr, daß der König, unser Herr, der so viele Baulichkeiten angefangen hat, an eine neue Kirche denken könnte.«

»Entsetzlich wäre das!« stieß der Pastor hervor.

»Warum, ehrwürdiger Herr?« unterbrach ihn Zinzendorf. »Wir werfen den anderen Unduldsamkeit vor und sollten sie selbst üben? Möge in allen Sprachen und auf viele Weisen der Ruhm des Erlösers sich vermehren, ob Katholiken ihn singen werden oder wir.«

Brühl nickte eifrig bejahend mit dem Haupte, doch da traf ihn der strenge Blick des Pastors, und diese Bewegung wurde, wie plötzlich gebremst, zweideutig und verwandelte sich in ein Lächeln; Röte überzog sein Gesicht.

»Graf«, entgegnete der Pastor, sich an Zinzendorf wendend, »das sind die Gedanken eines Jünglings, die sehr schön in Eurem Munde klingen; leider sind sie aber im Leben unmöglich. Man kann nicht auf beiden Schultern tragen, man kann nicht zwei Göttern dienen, auch nicht zwei Glauben lieben, denn dann hätte man gar keinen, wie das heute bei vielen, sogar sehr hochgestellten Persönlichkeiten der Fall ist.«

Der Pastor stieß einen Seufzer aus. Alle begriffen, auf wen die Worte gemünzt waren. Brühl gab vor, diese Äußerung zu überhören. Vielleicht bedauerte er sogar, in eine Gesellschaft geraten zu sein, die sich mit so heiklen Problemen beschäftigte. Zinzendorf dagegen schien sehr beglückt zu sein und ergriff mit Achtung die Hand des Pastors.

»Ehrwürdiger Herr«, rief er aus, »wie könnten wir bekehren und die Wahrheit verbreiten, wenn wir uns nicht den Andersgläubigen näherten und mit ihnen verbrüderten? Christus mied nicht die Pharisäer und die Ungläubigen, sondern bekehrte sie mit Sanftmut und Güte.«

»Du bist jung und träumst«, seufzte der Pastor. »Graf, wenn du gezwungen sein wirst, zu kämpfen und von deiner Poesie zur Tat überzugehen ...«

»Ach! Das ist ja mein Ziel, das will ich ja!« entgegnete der junge Schwärmer, die Hände in die Höhe hebend. »Wenn ich nur mich liebte, ginge ich den Erlöser in der Wüste und in meinem Inneren suchen; aber ich liebe meine Brüder, ich liebe alle, sogar die Verirrten. Deshalb werfe ich mich in den Strudel, auch wenn ich darin untergehen sollte!«

Der Pastor, Brühl und der junge Freund hörten, jeder mit anderen Empfindungen, dem Sprechenden zu. Der erste stand verdüstert und gereizt da, dem anderen war trotz seines Lächelns unbehaglich zumute, der dritte trank voller Bewunderung jedes Wort.

»Ich glaube, Eure Glut, lieber Herr«, bemerkte etwas scherzhaft der Pastor, »wird am Hofe erkalten.«

»Am Hofe?« fragte Brühl leise. »Wir werden das Glück haben, ihn am Hofe zu sehen?«

»Nein, nein, niemals in der Welt!« rief Zinzendorf zurückweichend aus. »Ich am Hofe? Keine Macht der Welt kann mich dahin bringen. Mein Hof, das sind die an Leib und Seele armen Kinder Gottes, meine Zukunft, das ist die Anwendung der Lehre Christi und die Verbreitung der Liebe des Erlösers in unserer morschen Gemeinschaft. Christus hat einmal die Toten zum Leben erweckt; zweimal kann keiner die Sterbenden ins Leben zurückrufen, und zu denen gehören diejenigen, die durch die Taufe das Leben geschenkt bekamen und es freiwillig in sich gemordet haben. Ich werde zu jenen gehen, in denen der Geist lebt, um ihn zu entfachen und zum Erglühen zu bringen; am Hofe würde ich verlacht werden; dort werde ich vollbringen, wozu ich mich berufen fühle.«

»Und Eure Familie, Herr Graf?« fügte der Pastor hinzu.

»Mein Vater ist im Himmel«, schloß rasch Zinzendorf, »ihm bin ich Gehorsam schuldig.«

Brühl hatte sich bald überzeugt, daß er hier nichts mehr zu suchen hatte; Zinzendorf wurde ihm mit seinen wunderlichen Reden langsam unheimlich. Er führte den Pastor zur Seite an das Fenster und verabschiedete sich nach einem kurzen Gespräch höflich von ihm. Dem jungen Apostel machte er mit wirklich höfischer Artigkeit nur noch von weitem eine Verbeugung und verschwand.

Ob er beim Jesuitenpater oder beim Pastor ein aufrichtiger Freund und Gast war, darüber können wir kein Urteil abgeben; nur eines steht fest, er besuchte beide eifrig und bemühte sich um beider Gunst, mehr noch Guarini als Knöfel umschmeichelnd, obwohl weder der Jesuitenpater ihn noch er den Italiener in der Öffentlichkeit zu kennen schien.

Auf der Straße verfiel Brühl wieder in Nachdenken. Hier war das Palais des Kronprinzen. Vor dem Tore hielten zwei Gardisten Wache. Nach einem Augenblick ging der junge Page in den Hof und bog nach rechts zum Seitengebäude ein. Die noch offenen Türen und die erleuchteten Fenster gestatteten ihm, noch sein Glück am jungen Hofe zu versuchen. Hier wohnte die Oberhofmeisterin des kronprinzlichen Hofes, die Gräfin Kolovrath-Krakowski, eine sehr einflußreiche Person von mittleren Jahren, die die Liebe der Gemahlin des Kronprinzen, Josephas, besaß. Sie schaute mit gnädigen Augen auf den jungen Pagen, der ihr jeden Klatsch vom Schloß zutrug, wofür er mit allen Sorten von Naschwerk gefüttert wurde.

Der Zutritt war hier Brühl zu jeder Tageszeit gestattet; er machte von diesem Recht nur sehr vorsichtig Gebrauch, damit die Leute nicht zu oft sein Gesicht zu sehen bekämen und auf gewisse Beziehungen schließen könnten. Im Vorzimmer stand, in der Galalivree des Hofes, der Kammerdiener der Oberhofmeisterin, mit seiner Perücke auf dem Kopfe. Er verbeugte sich schweigend vor Brühl und öffnete ihm die Tür. Brühl trat auf den Zehenspitzen ein.

Der Salon war fast dunkel, einige Wachskerzen mit langen Dochten brannten auf einem Tischchen, und die in dem trüben Licht an den Wänden hängenden geschwärzten Bilder leuchteten in einer wunderlichen Mischung von Licht und Schatten gespenstisch auf. Still war es auch in den anderen Zimmern.

Nur rechts ergoß sich durch die halbgeöffneten Flügeltüren ein Strom von hellerem Licht in den Saal, und von dorther war auch ein Geräusch zu vernehmen. Als auf dem Parkett der Hall von Brühls Schritten ertönte, erschien unten im Türspalt das Köpfchen eines Kindes.

Brühl näherte sich vorsichtig.

»Ach, Ihr seid es, Herr Heinrich!« erklang ein frisches Kinderstimmchen. »Ach, Ihr seid es! Wartet einen Augenblick.«

Das Köpfchen verschwand; kurz danach gingen die Türflügel weit auf, und ein achtjähriges Mädchen trat herein. Konnte man sie so nennen, oder sollte man eigentlich ›Puppe‹ oder ›eine achtjährige Gräfin‹ sagen? In einem spitzenbesetzten Atlaskleidchen, in seidenen, hauchdünnen Strümpfchen, in Schühchen mit hohen Absätzen, mit einem frisierten und gepuderten Köpfchen trat ein bezauberndes kleines Fräulein hervor, leider kein Kind mehr, sondern schon eine Dame, die, Brühl mit einem Lächeln begrüßend, so knickste, wie es am Hof Sitte war und wie es sie der Maître des ballets, Herr Favier, in eigener Person gelehrt hatte, so, wie sie es auch vor Beginn eines Menuetts vor König August tat. Und ein Gesichtchen hatte sie, ein so lächerlich ernsthaftes, ein so unaussprechlich strenges, wie jene Prozellanfigürchen der befrackten Engelchen, die in Meißen hergestellt wurden.

Sie machte vor Brühl einen Hofknicks, den Brühl mit einer Verbeugung erwiderte, wie es sich einer alten Frau gegenüber geziemt hätte. Mit großen, schwarzen Augen blickte ihn das Kind an, als erwarte es die gebührende Huldigung und Achtung für sein wunderbares Knickschen; aber da verlor es die Beherrschung und platzte mit einem hellen Lachen heraus. Die Komödie war beendet.

»Ach, Ihr seid es, Herr Heinrich?«

»Und Ihre Exzellenz?«

»Meine mütterliche Exzellenz befindet sich bei der Gemahlin des Kronprinzen zum Gebet. Padre Guarini liest die Litanei und die Betrachtungen … und ich, ich langweile mich! Und mein Hündchen Philidor, Frau Braun und ich Waise sind geblieben. Höre, Brühl, du könntest mit mir ›Hof‹ spielen: ich werde die Königin sein und du der Oberhofmeister, und was wird Philidor sein?«

»Fräulein Franziska, ich würde gern mit Euch spielen, was Ihr befehlt, doch ich muß zum König, nicht zum Spiel, sondern zum Dienst.«

»Du bist Damen gegenüber sehr ungalant!« antwortete die Komtesse und machte ein Gesicht wie eine alte Dame, was sie unvergleichlich lächerlich erscheinen ließ. »Ich werde Euch nicht lieben, und wenn Ihr Euch irgendwann einmal in mich verlieben solltet …«

»Ach, das geschieht ganz bestimmt, und zwar sehr bald!« rief Brühl lachend.

»Dann wirst du erleben, was ich für ein Gesicht ziehen und wie schrecklich ich sein werde«, entgegnete Franziska. Sie zeigte ihm den Rücken und ergriff den auf dem Stuhl liegenden Fächer. Das Köpfchen warf sie in den Nacken, hob das Näschen in die Höhe und sah Brühl mit unaussprechlicher Verachtung an. In den Augen dieses achtjährigen Mädchens spiegelte sich – so früh leider schon – das ganze Hofleben wider, die ganze Verdorbenheit und der ganze Leichtsinn des Jahrhunderts.

Brühl stand entzückt da, und diese Szene hätte vielleicht noch länger gedauert, wenn sie nicht durch das Rascheln eines Atlaskleides und eine lachende Stimme beendet worden wäre.

»Franziska! Brühl, du verführst mir meine Tochter ...«

Die Person, die das sagte, war von stattlichem Wuchs, majestätischer Haltung, von einer reifen Schönheit, sah aber überaus herrisch und aristokratisch aus. Es war dies die Mutter Franziskas, die Gräfin Kolovrath-Krakowski, die Oberhofmeisterin des Hofes Josephas. Franziska war durch das Erscheinen ihrer Mutter durchaus nicht verwirrt; sie wiederholte, bevor sie zur Hand der Mutter eilte, zuerst ihren zeremoniellen Hofknicks gemäß Herrn Faviers Vorschriften. Brühl richtete sich aus seiner tiefen Verbeugung auf und sah mit Entzücken in die schwarzen Augen der Gräfin.

Ihre erste, vielleicht sogar schon ihre zweite Jugend mochten vergangen sein, aber beide hatten in den Zügen keine Spuren hinterlassen. Ihr Antlitz schien wie aus weißem Alabaster gehauen zu sein, das von einer geliehenen lebendigen Röte überhaucht war. Die Weiße dieses Gesichts unterstrich das rabenschwarze, an diesem Tage ungepuderte, aber mit großer Sorgfalt aufgesteckte Haar. Ihre Figur war trotz der Fülle kraftvoll und wohlgeformt. Mit leicht gesenkten Augenlidern blickte sie auf den Pagen.

»Franziska, geh zu Frau Braun, ich habe etwas mit Herrn Heinrich zu sprechen!«

Das Mädchen warf der Mutter einen schalkhaften Blick zu und entfernte sich. Die Oberhofmeisterin setzte ihren Fächer lebhaft in Bewegung und begann im Saal auf und ab zu gehen. Sie neigte sich Brühl zu und führte mit ihm ein vertrauliches Gespräch.

Brühl ging, die Arme auf dem Rücken, eher hinter als neben ihr und bezeigte ihr große Hochachtung, obwohl er sich ihr einige Male etwas zu sehr näherte. Dieses geheime Gespräch vermochten sogar die Bilder an den Wänden nicht zu belauschen. Eine halbe Stunde danach saß der Page im Vorzimmer des Königs auf einem Stuhl und schien zu schlummern.

## III

Zehn Jahre waren seit jenem Prolog zum Leben Brühls verstrichen, seit jenen ersten Szenen des langen Dramas. Brühl war immer noch der gleiche glänzende, liebe, gehorsame, reizende Jüngling, dessen Zauber selbst seine Feinde nicht widerstehen konnten. Aber er hatte es schon weit gebracht seit jener Zeit, als er noch Page, dann Sekretär für die Depeschen Seiner Majestät gewesen war.

An dem immer gleich prächtigen Hof dieses Ludwig XIV. des Nordens, den Schmeichler mit dem Sonnenkönig gleichstellten, jenem die Apoll, diesem die Herkules gebührende Verehrung erweisend, hatten die Gestalten, die Menschen, die Lieblinge und Favoriten gewechselt. Einige Jahre nach dem »Begräbnis« des Rates Pauli, dessen Platz Brühl so glücklich einzunehmen verstanden hatte, wurde der Liebling König Augusts zu seinem Kammerjunker ernannt. Nach dem Tode des alten Flemming erbte er die Geheimkanzlei Seiner Majestät. Der demütige, allen Platz machende und unvergleichlich höfliche Brühl hatte es auf irgendeine rätselhafte Art und Weise fertiggebracht, so flüsterte man am Hofe, die beiden einander feindlichen Minister Fleury und Manteuffel zu stürzen, aber wenn man ihm das sagte, so errötete er, schwor es ab und bestritt es.

Kurz danach heimste er die Unterkämmerei ein und den Schlüssel zum Frack; die Schlüssel zum Herzen, den Zimmern und Schatullen Seiner Majestät besaß er schon längst. Zu guter Letzt erreichte ihn noch rasch die Würde eines Großoberhofkämmerers, und für ihn wurde ein neues Amt und ein neuer Titel geschaffen: Grand maître de la garderobe. Zu den »Garderoben« gehörten auch die Galerien, die Kunstsammlungen und verschiedene Abteilungen der Hausverwaltung Augusts II., der ohne den unvergleichlichen Brühl nicht mehr auskommen konnte. Ohne ihn konnten auch viele andere Personen nicht mehr auskommen – und er, als ob er sie alle brauchte, jeden fürchtete, verbeugte sich, lächelte, verehrte und ehrte jedermann, sogar die Türsteher am Schloßtor.

König August der Starke war seit der Zeit, wo er so tapfer den Becher, das Pferd und den Degen geführt, merklich gealtert. Immer noch besaß er die herrliche Gestalt des Herkules, aber schon nicht mehr seine Kraft. Er unterhielt sich nicht mehr mit Zerbrechen von Hufeisen und Abschlagen von Pferdeköpfen. Prächtig, lächelnd schritt er an einem Stock einher, und wenn er mit den Damen scherzte, länger bei ihnen stehen mußte, so suchte er mit den Augen einen Hocker, und die Stelle an seinem Fuß machte sich bemerkbar, an der der Leibchirurgus Weiß dem Herkules eine Zehe abgenommen und dadurch dem König das Leben gerettet hatte, seinen Kopf als Einsatz für den Zeh setzend. Der Kopf wurde gerettet, der Zeh war weg, aber lange auf dem Beine stehen konnte August nicht mehr. Das Turnier, bei dem er das Herz der Fürstin Lubomirska eroberte, war nur noch eine Erinnerung an goldene Zeiten. Die Geliebten des Königs waren alle, eine nach der anderen, mit goldenen Flügelchen in die weite Welt geflogen. Sogar die letzte, die Orzelska, jetzt Fürstin Holstein-Beck, war eine würdige Familienmutter – und gerade in diesem Jahre 1732, zur Karnevalszeit, hatte sie dem künftigen Oberhaupt der fürstlichen Familie das Leben geschenkt.

Der König hätte sich zu Tode gelangweilt, wenn nicht die zum Singen der Hauptrolle in der Oper »Cleofida o Alessandro nelle Indie« aus Italien importierte Sängerin, die wunderschöne Faustina Bordoni, mit ihrer Nachtigallenstimme seine schwarzen Gedanken zerstreut hätte. Man hatte die Italienerin mit dem berühmten Meister Hasse verheiratet, aber damit er sich in der Kunst vervollkommne und der Frau keine Unbequemlichkeit bereite, wurde er nach Italien geschickt bis ... auf weiteren Befehl. Hasse schuf vor Sehnsucht Meisterwerke der Kunst.

In diesem Jahre versprach der Karneval besonders prächtig zu werden. Es mangelte zwar etwas an Geld, was der König nicht leiden konnte. Dieser Brühl, der alles so tapfer auszuführen verstand, wurde für den einzigen Menschen gehalten, der dem Allergnädigsten Herrn Zufriedenheit sichern konnte. Im Karneval also, und das noch am Rosenmontag, übertrug der König feierlich dem schon durch die Menge von Hofämtern ausgezeichneten, bescheidenen Brühl das Direktorium des Akzisen- und Steuerwesens.

Vergeblich bat der ergebene, mit überaus schweren Pflichten belastete Jüngling um Befreiung von dieser Ehre und betrachtete sich ihrer unwürdig. König August duldete keinen Widerspruch, liebte keine Ausreden und zwang ihn, an der Kasse auf Wacht zu stehen. Brühl sollte von nun an darauf achten, daß der Goldstrom ohne Unterlaß floß, mochten auch Schweiß und Tränen an dem Golde kleben.

Brühl war schon nicht mehr der stille Page, sondern ein Mann, mit dem die Stärksten rechnen mußten. Der König ließ kein Wort gegen ihn zu, er furchte dann drohend die Stirn. In ihm allein hatte er das gefunden, was er früher in zehn anderen suchen mußte: Brühl kannte sich in Bildern aus, liebte die Musik, verstand sogar dort einen Groschen herauszuquetschen, wo gar keiner vorhanden war, taub zu sein, wo es notwendig, blind, wo es besser war, und erfüllte jeden Befehl des Herrn.

Brühl hatte schon durch die Gunst des Königs ein Häuschen erhalten und es in ein Schmuckkästchen verwandelt. Gerade am Abend dieses letzten Dienstags, der so glanzvoll im Schlosse begangen werden sollte, ruhte der neue, gestern erst ernannte Direktor der Akzise im eigenen Hause (ein Palais konnte man so etwas nicht nennen) nachdenklich auf einem Stuhl und schien auf jemanden zu warten. Das Zimmer, in dem er für einen Augenblick Platz genommen, konnte für das Kabinett der wählerischsten, durch den Luxus des Hofes verwöhntesten Frau gelten. In vergoldeten Blumenrahmen glitzerten Spiegel, die hellila Wände waren mit Seide bespannt, die Kamine und Tischchen mit Porzellan und Bronzen überladen, den Boden bedeckte ein weicher Teppich. Brühl saß ganz in Überlegungen und Berechnungen vertieft da, mit weit ausgestreckten Beinen, bequem auf die weichen Lehnen des Stuhles gestützt, mit gefalteten Händen, deren schöne Form aus kostbaren Manschetten hervorsah und an denen einige Ringe blitzten. Nur manchmal, wenn im Hause irgendeine Türe knarrte, erhob er sich und lauschte, und wenn sich niemand näherte, versank er wieder in tiefes Sinnen und Erwägen. Sein Blick fiel ab und zu auf die Uhr auf dem Kamin; denn ein mit so vielen Pflichten beladener Herr mußte mit der Zeit rechnen, so wie er mit Menschen und Geld rechnete.

Seit den Pagenjahren, trotz der Arbeit und der Erschütterungen, hatten weder sein Gesicht etwas von seiner Frische noch die Augen etwas von ihrem Glanz eingebüßt. Man ahnte in ihm den Menschen, der für die Zukunft aufgespart war, der mehr Hoffnungen als Erinnerungen besaß.

Im Hause begannen sich nacheinander leise Türen zu öffnen. Brühl spitzte die Ohren, die Schritte kamen näher. Am Gang konnte man den sich nähernden Menschen erkennen, er war vorsichtig, weich, dienstfertig, so wie einer geht, der gewohnt ist zu kommen, zu dem aber noch niemand anders kommt.

»Das ist er«, flüsterte Brühl und richtete sich im Stuhl auf. »Das ist er.«

Das Klopfen an der Tür war so leicht und hochachtungsvoll, als ob jemand mit behandschuhten Fingern nur eine Samtdecke berührt hätte. Brühl rief nur leise: »Herein« – und die Tür wurde so in den Angeln gehoben, daß sie nicht knarren konnte, und schloß sich wieder ohne jedes Geräusch. An der Tür stand ein Mensch jener Sorte, die man nur an Höfen findet; denn nur für den Hof werden sie geboren, mag ihre Wiege auch im Stall gestanden haben, ihr Sarg wird bestimmt in einem Palast zu finden sein. Die Gestalt des Besuchers war stattlich, gewandt und kräftig, biegsam und zu jeder Bewegung wie die eines Gauklerkindes geübt. Doch sie war nichts im Vergleich zum Gesicht. Auf den ersten Blick war auf dieser ganz mit verwischten Hieroglyphen beschriebenen Maske nichts zu entdecken: nichtssagende Züge, Kälte, etwas ganz Gewöhnliches, weder schön noch häßlich und doch irgendwie ungewöhnlich. In den Falten, die sich glätteten, wenn dieser Mensch schwieg, lagen alle Triebfedern, die das Gesicht bewegten, verborgen. Ruhig und heiter, mit so fest zusammengepreßten Lippen, daß sie fast nicht mehr zu sehen waren, demütig stand an der Tür der Angekommene und wartete, daß man ihn zum Sprechen aufforderte.

Seine Kleidung verriet nicht seinen Stand. Er war weder vornehm noch auffallend gekleidet: ein schwarzes Kleid mit Stahlknöpfen, eine schmucklos genähte Weste, der Rest ebenfalls dunkel, auf den Schuhen kaum sichtbare polierte Schnallen, an der Seite ein kurzer Degen mit einem Stahlgriff, und auf dem Kopfe eine Perücke, die eher mit beamtenmäßiger Würde als mit Koketterie getragen wurde. Unter dem Arm hielt er einen schwarzen Hut ohne Tressen, an der einen Hand hatte er einen dunklen Handschuh, seine Manschetten waren sogar abgeschabt, er hatte vergessen, sie mit Batistspitzen umnähen zu lassen.

Als Brühl den Eingetretenen erblickte, sprang er wie von einer Feder hochgeschnellt auf und schritt im Zimmer hin und her.

»Hans«, begann er das Gespräch, »wir haben eine halbe Stunde Zeit. Ich habe dich zu einer wichtigen Aussprache hergerufen. Öffne bitte die Tür und sieh nach, ob im Vorzimmer jemand ist.«

Der gehorsame Hans, dessen zweiter Vorname Christian lautete und dessen Familienname Hennicke war, öffnete leise die Tür, warf einen Blick hinaus und bedeutete mit der Hand, sie wären unbelauscht.

»Du weißt«, fuhr Brühl fort, »daß der Allergnädigste Herr gestern geruht hat, mich zum Direktor der Akzisen und zum Vizedirektor der Steuern zu ernennen.«

»Ich wollte Euch gerade dazu gratulieren«, sagte Hennicke mit einer Verbeugung.

»Dazu liegt kein Grund vor«, unterbrach ihn Brühl, sich plötzlich mit der gut gespielten Miene des Bekümmerten abwendend. »Es ist dies eine neue, schwere Last für meine schwachen Schultern.«

»Die sie jedoch tragen werden«, fügte mit einer neuen Verbeugung der an der Tür Stehende hinzu.

»Hans«, rief Brühl aus, »in zwei kurzen Worten: Willst du meine Hilfe sein, meine rechte Hand, willst du mir Treue und Gehorsam ohne Grenzen, unwiderruflich, schwören? Willst du mit mir zusammenhalten, und wenn wir uns auch das Genick dabei brechen sollten? Sprich ...«

»Zu zweit können wir uns das Genick doch nicht brechen!« Mit einem leichten, kalten Lächeln flüsterte es Hennicke und schüttelte den Kopf.

»Es haben sich schon Mächtigere das Genick gebrochen.«

»Gewiß, wir beide sind aber geschickter als sie, Exzellenz. Kraft und

Macht nützen nichts, wenn man sie nicht anzuwenden versteht. Ich verbürge mich: wir werden es können.«

»Aber hast du auch den Mut, mein Schicksal zu teilen und blind, mit verbundenen Augen mit mir zu gehen?«

»Wenn ich nur die Hände dabei frei behalte!« entgegnete Hennicke. »Einverstanden.«

»Überlege es dir gut«, erwiderte Brühl kalt, »das soll kein dahingeworfenes Wort sein, sondern ein feierlicher Schwur.«

Mit spöttischem Gesichtsausdruck hob Hennicke die Hand, streckte zwei Finger in die Höhe und sagte:

»Ich schwöre ... aber worauf soll ich eigentlich schwören, Herr und Meister?«

»Im Angesicht Gottes«, sagte Brühl, fromm den Kopf senkend und die Hände auf der Brust faltend. »Hennicke, du weißt, ich bin aufrichtig gläubig und kann keinerlei Späße ...«

»Exzellenz, ich erlaube mir niemals, Späße über irgend jemand oder über irgend etwas zu machen. Späße, das ist eine teure Sache, schon mancher mußte sie mit seinem Leben bezahlen.«

»Wenn du mit mir gehst«, fuhr Brühl fort, »so verspreche ich dir, daß ich dich hochbringen und reich machen werde, ich werde dir Macht, Bedeutung, Vermögen verschaffen ...«

»Vor allem das letztere«, warf Hennicke ein, »denn das schließt alles andere in sich ein ... das Vermögen ...«

»Du vergißt das Schicksal dessen, der trotz seines Vermögens nach Königstein gewandert ist.«

»Und wißt Ihr auch, weshalb?« fragte der an der Tür Stehende.

»Die Ungnade des Herrn, die Ungnade Gottes.«

»Ach! Und die Mißachtung des Pantoffels! Ein kluger Mensch muß auf den Altar einen Pantoffel stellen und ihn anbeten: die Frauen machen alles.«

»Doch sie kommen auch selbst zu Fall: Wo ist die Cosel? In Stolpen.«

»Und wer hat die Cosel gestürzt?« fragte Hennicke. »Schaut genauer hin, weiser Herr, durch ein Vergrößerungsglas, und Ihr werdet dort die weißen Fingerchen der Dönhoff und ein kleines Pantöffelchen, unter dem der große König stand, zu sehen bekommen.«

Brühl schwieg und seufzte.

»Eure Exzellenz haben seit gestern ein neues Leben begonnen, Ihr müßtet Euch unauslöschlich ins Gedächtnis einprägen: eine Frau ...«

»Ich werde es nicht vergessen«, entgegnete Brühl düster, »aber es ist nicht an der Zeit, davon zu sprechen, Hennicke. Du hältst also zu mir?«

»Auf Tod und Leben«, entgegnete Hans. »Ich bin nur ein kleiner Mensch, habe aber viel Erfahrung, und glaubt mir, daß meine Klugheit, die aus Vorzimmern stammt, nicht schlechter als die ist, die auf silbernen Tabletts in den Sälen gereicht wird. Vor Euch brauche ich kein Geheimnis daraus zu machen, und für Euch ist das auch kein Geheimnis: dieser Hennicke, den Ihr vor Euch seht, ist einem armseligen Eierschälchen, das irgendwo in Zeitz zerschlagen liegt, entschlüpft. Lange habe ich den anderen als Lakai die Türen geöffnet, bis sie sich vor mir selbst auftaten. Beim Eintreiben einer Akzise in Lützen habe ich mein erstes Gefecht bestanden.«

»Deshalb bist du mir auch, Hennicke, in der Angelegenheit der Akzisen und Steuern unbedingt und unwiderruflich nötig. Der König braucht Geld, und das Land ist erschöpft: das Volk, die Leute stöhnen, jammern, beklagen sich.«

»Wer sollte sie denn hören?« erwiderte Hennicke kalt. »Sie werden nie zufrieden sein, immer werden sie jammern; man muß sie wie eine Zitrone quetschen, damit sie Saft geben.«

»Aber womit und wie?«

»Na, na! Wir werden schon Mittel finden ...«

»Sie werden Klage führen.«

»Bei wem?« lachte Hennicke. »Steht es denn nicht in unserer Macht, ihnen den Weg mit Säbeln zu versperren und diejenigen, die sich allzulaut bemerkbar machen, für die Sicherung des Friedens unseres Herrn in Königstein festzusetzen, sie nach Sonnenstein zu schicken oder in Pleißenburg einzukerkern?«

»Ja, das ist wahr«, entgegnete ihm Brühl nachdenklich. »Aber das alles verschafft uns immer noch kein Geld.«

»Doch, das wird uns das Geld einzutreiben helfen: Strenge ist notwendig. Man hat langsam allen die Zügel locker gelassen. Der Adel begann sich bemerkbar zu machen, die Bürger fingen an zu winseln, bis schließlich auch die Bauern lamentierten.«

Brühl hörte mit großer Aufmerksamkeit zu.

»Geld brauchen wir eine Unmenge, na ja, und der diesjährige Karneval, glaubst du, der wird nichts kosten?«

»So ist es, und alles, was der Hof ausgeben wird, wird wieder ins Volk zurückfließen und nicht in die Erde versickern. Also haben sie Geld zum Zahlen! Geld«, fügte er hinzu, auf Brühl blickend, »brauchen wir für den Herrn, auch uns käme es ganz gut zupasse, Eurer Exzellenz und Ihrem ergebenen Diener.«

Der Angesprochene lachte.

»Das versteht sich, weshalb sollten wir denn auch sonst im Schweiße unseres Angesichts arbeiten?«

»Und so viele Verwünschungen auf unsere Seele laden.«

»Na, wo es um den Gehorsam geht, da hört Gott nicht auf diese elenden Stimmen. Der König muß das haben, was er braucht.«

»Und wir, was uns zukommt«, warf Hennicke ein. »Was Gottes ist, das gib Gott, was des Herrn ist, das gib dem Herrn, was des Steuereinnehmers ist, das gib dem Steuereinnehmer.«

Brühl stand vor ihm, in Nachdenken versunken, und sagte nach kurzem Schweigen leise:

»Halte also Augen und Ohren offen, hinterbringe mir alles, arbeite für mich und gleichzeitig auch für dich, melde mir nur, was nötig ist; ich habe schon so viel im Kopfe, daß ich es ohne dich nicht schaffe.«

»Verlaßt Euch auf mich«, versicherte Hennicke. »Ich verstehe sehr gut, daß, indem ich für Euch arbeite, ich auch für mich selbst arbeite. Ich verspreche Euch keine platonische Liebe, so nennt man wohl das, wenn jemand nur den Handschuh küßt und auf die Hand verzichtet. Geschäftliche Dinge muß man klar und entschieden abmachen: Ich werde an mich denken, an Euch denken und den König nicht vergessen.«

Er verbeugte sich. Brühl klopfte ihm auf die Schulter.

»Hennicke … ich werde dich hochbringen.«

»Wenn es nur nicht zu hoch ist, und nicht auf dem Neu-Markt«, flüsterte Hans.

»Ah! Deshalb beunruhige dich nicht. Nun sei du einmal vernünftig, welchen Rat gibst du mir? Wie kann man sich am Hofe halten? Die Stufen emporzusteigen, das ist noch nichts, aber von ihnen nicht herunterzufliegen und sich das Genick dabei zu brechen, das ist eine Kunst.«

»Ich habe nur einen Rat, Exzellenz«, begann der ehemalige Lakai, »alles geschieht durch Frauen, ohne Frauen geschieht nichts.«

»Oh, oh!« entgegnete Brühl, »es gibt noch andere Wege.«

»Ja, ich weiß, daß Eure Exzellenz den Pater Guarini und den Pastor hinter sich haben.«

»Pst, Hennicke!«

»Ich schweige, und doch muß ich hinzufügen: Es ist an der Zeit, daß Eure Exzellenz sich einmal überlegen, was die Macht der Frau bedeutet. Eine Ersatzsaite zu besitzen kann nicht schaden.«

Brühl seufzte.

»Ich werde den Rat befolgen, überlaß das mir.«

Sie schwiegen beide.

»Wie stehen Eure Exzellenz mit dem Grafen Sulkowski?« fragte Hennicke leise. »Man darf nicht vergessen, daß die Sonne untergeht und die Menschen sterblich sind und daß auf die Väter die Söhne folgen und die Sulkowskis den Brühls.«

»Oh!» lächelte Brühl, »Sulkowski ist mein Freund.«

»Ich wollte, seine Frau wäre Eure Freundin«, warf Hennicke ein, »darauf könnte ich mehr bauen.«

»Sulkowski hat ein edles Herz.«

»Wer wird das bezweifeln, aber selbst das edelste Herz zieht die Brust vor, in der es schlägt, und zwar jeder anderen. Und Graf Moszynski?«

Brühl erbebte und errötete. Er blickte den Sprechenden scharf an, als wollte er ergründen, ob dieser den Namen nicht mit einer hinterhältigen Absicht ausgesprochen hätte.

Hennickes Gesicht war unschuldig und ruhig.

»Graf Moszynski bedeutet nichts!« zischte Brühl. »Er hat keine Bedeutung und wird auch keine haben.«

»Der Allergnädigste Herr hat ihm die eigene Tochter gegeben«, sagte langsam Hennicke.

Brühl schwieg.

»Die Menschen haben böse Zungen«, begann Hennicke nach einer Weile von neuem. »Man sagt, daß das Fräulein Cosel den Grafen Moszynski einem anderen vorgezogen hätte ...«

Er blickte ihm in die Augen, aber Brühl stand stolz schweigend da.

»Ja!« schrie er dann ungeduldig auf. »Jawohl, er hat sie mir genommen, er hat sie erbettelt, abintrigiert.«

»Und hat Eurer Exzellenz damit den größten Gefallen auf der Welt erwiesen!« lachte Hennicke. »Alte Liebe rostet nicht, sagt das Sprichwort. Statt eines Sprungbretts könnt Ihr zwei besitzen.«

Sie sahen sich in die Augen; man sah deutlich eine Wolke über Brühls Gesicht ziehen.

»Genug davon«, gebot er. »Also Hennicke, du bist mein, rechne auf mich. Jeden Tag um sechs, durch die Hintertür ... Du wirst ein Kanzleizimmer bei mir haben: morgen erhältst du die erste Ernennung.«

Hennicke verbeugte sich: »... und das erste Gehalt, das der erhöhten Arbeit entspricht.«

»Gut, wenn du dafür sorgst, daß etwas dasein wird, womit ich es bezahlen kann.«

»Das ist meine Sache.«

»Es ist schon spät, lebe wohl!«

Hennicke küßte ihn auf die Schulter, legte die Hand aufs Herz, schob sich dann langsam, still und unhörbar hinaus.

Brühl riß an der Glocke.

Der erschrockene Kammerdiener stürzte herein.

»Im Schlosse geht die ›Wirtschaft‹ in einer halben Stunde los! Eine Sänfte!«

»Steht unten bereit.«

»Domino? Maske?«

»Alles ist fertig.« Bei diesen Worten öffnete der Kammerdiener die Tür und führte Brühl durch das geräumige Vorzimmer in die Garderobe.

Schon damals konnte das Zimmer, das sie enthielt, zu den Sehenswürdigkeiten der Hauptstadt zählen. Ringsherum standen große geschnitzte Schränke, die jetzt alle geöffnet waren. Zwischen den beiden Fenstern, an denen die Vorhänge herabgelassen waren, stand ein bedeckter Tisch mit Bronzefüßen, auf ihm ein großer Spiegel mit einem Porzellanrahmen aus Blumen und Engeln. Rund um die silberne Scheibe herum blühten im Sommer und Winter Rosen, rankten sich Winden, Maiglöckchen ließen ermattet ihre Köpfchen hängen, und aus grünen ›Nestern‹, die aus tausenderlei Blättchen geformt waren, schauten lachend mit unsterblicher Fröhlichkeit die Häupter jener Geschöpfe hervor, die die menschliche Kunst geschaffen und deren Namen man nicht genau weiß: heißen sie Engel oder Amoretten, Vögel oder Blumen? Oben in einem Blumenbusch saßen ihrer zwei, arm, nackt, wie sie der Herrgott geschaffen, und liebkosten einander herzlich, um ihre Not zu vergessen. Obwohl sie Flügel auf dem Rücken hatten, zeigten sie keine Lust mehr zum Fliegen. Auf dem Tisch lagen, wie für eine Frau, alle zum Ankleiden notwendigen Gegenstände bereit. In den Schränken konnte man wohlgeordnet die einzelnen Anzüge mit den dazugehörenden Garnituren hängen sehen, angefangen bei den Schuhen und Hüten bis zu den Uhren und Degen. Die Mode und die Gepflogenheiten verlangten, daß beim Umkleiden alle Kleidungsstücke gewechselt wurden und alles so zusammenpaßte, als wäre es von einem Zauberkünstler in einem Atemzuge geschaffen.

Der heutige Abend erforderte weniger eine festliche Aufmachung als einen Domino. In einem besonderen Schrank lagen die Karnevalsutensilien, hingen die Mäntel, Hüte, Kapuzen und Kleider. Brühl blieb stehen und erwog die Auswahl. Diese Wahl war ein ernster, entscheidender Schritt. Der König liebte es, daß man sich unkenntlich machte. Brühl lag vielleicht auch selbst sehr viel daran.

Der Kammerdiener, der Brühl mit zwei Kerzen in der Hand folgte, wartete auf einen Wink.

Der Herr Direktor wandte sich rasch um.

»Wo ist denn das Kostüm des venezianischen Edelmannes, das ich im Dezember nicht mehr tragen konnte?«

Der Diener stürzte zu dem in der Ecke stehenden Schrank, den die Flügel des geöffneten, neben ihm stehenden zweiten Schrankes verdeckten. Brühls Auge fiel sofort auf den schwarzen Samt.

Der Befehl wurde erteilt, das hastige Ankleiden begann. Das Kostüm paßte ausgezeichnet und verlieh dem schönen Herrn eine edle und schmucke Gestalt. Alles war schwarz, sogar die Feder am Hute und der polierte Degen an der Seite. Nur auf die Brust fiel eine schwere, breite, goldene Kette herab, an der Brühl eine Medaille mit dem Bilde Augusts des Starken befestigte. Er musterte seine Kleidung im Spiegel und legte die Halbmaske an. Um nicht erkannt zu werden, klebte er geschickt an sein frischrasiertes Kinn mit einem Pflästerchen ein spanisches Bärtchen, das echt aussah und sogar Bekannte täuschen konnte.

Er steckte andere Ringe an, drehte sich einige Male hin und her und ging schnell hinab.

Eine Porte-chaise, wie man damals die Sänften nannte, stand im Flur des Hauses. Zwei Träger waren schon vorher in Venezianer umgewandelt worden, mit roten, wollenen Mützchen auf dem Kopf, olivgrünen Samtumhängen über den Schultern und Masken vor den Gesichtern. Kaum hatte sich die Sänfte vorn geschlossen, deren grüne Vorhänge heruntergelassen wurden, so hoben sie auch schon die Träger in die Höhe und eilten dem Schlosse zu.

Den Haupteingang bewachten Gardisten in Galauniform. Sie gewährten niemand Einlaß außer den herrschaftlichen Equipagen und den Sänften der Reichen. Eine große Menschenmenge drängte sich neugierig an den Toren, doch die Posten kreuzten die gezackten Hellebarden und stießen sie vom Eingang zurück.

Eine nach der anderen rollten die Equipagen, von Fackeln beleuchtet, an, eine Sänfte nach der andern wurde herangetragen. In den Höfen wimmelte es schon von Dienern. Das ganze Schloß war von Licht überflutet, denn zwei Höfe und zwei Haushalte sollten an diesem Tage Gäste empfangen, der König selbst an einem Tisch, an dem anderen der Kronprinz mit seiner Gemahlin.

Zwischen dem Saale des Königs und dem des Kronprinzen lag eine Reihe von erleuchteten Zimmern, in denen man durch die Fenster schon die Schatten der herumeilenden Masken sehen konnte. Die Sänfte Brühls hielt am Eingang, man öffnete sie, und ein venezianischer Edelmann kam mit der Würde eines Dogen aus diesem Versteck hervor. Im gleichen Augenblick, als er die steinernen, mit Teppichen bedeckten Stufen betreten wollte, tauchte neben ihm, man weiß nicht woher, die Gestalt eines zweiten Italieners auf, die sich aber in vielem von seiner unterschied. Es war dies ein maskierter Mann, der Brühl um einen Kopf überragte, mit breiten Schultern, stark, soldatisch straff mit kräftigem Brustkorb, im Kostüm eines Condottiere, der einem alten Bild Salvatore Rosas entstiegen zu sein schien. Alles stand ihm so gut, als wäre er für dies Kostüm geboren. Auf dem Kopfe trug er einen leichten eisernen Helm ohne Visier, auf der Brust ein Panzerhemd, das goldene Äderchen in kunstvollen Windungen überzogen; eine kurze Pelerine hing über den Schultern, ein Degen an der Seite, ein Dolch steckte im Gürtel. In der Hand hielt er duftende Handschuhe, und an den Fingern blitzten einige Ringe. Eine sonderbare Maske bedeckte sein ganzes Gesicht, streng, marsähnlich; schrecklich war sie, grausam und verzerrt, mit einem langen Schnurrbart und einem Haarbüschel am Kinn. Ihre Augenbrauen, die wie zwei ›S‹ gebogen waren, liefen in der Mitte zusammen und schienen sich auf der Stirn in zwei geraden Fältchen fortzusetzen. Brühl blickte nur kurz auf diese unangenehme Maske und ging nach oben weiter, aber der Condottiere wollte ihn augenscheinlich einholen und mit ihm anbinden.

»Signore!« rief er mit zischender Stimme, »come sta? va bene?«

Brühl antwortete ihm nur mit einem Kopfnicken. Jener drängte sich an seine Seite, beugte den Kopf zu Brühls Ohr herab und flüsterte etwas, das Brühl offensichtlich wütend zurückspringen ließ. Unter der Maske ertönte ein Lachen. Der Condottiere zeigte mit dem Finger auf ihn und blieb stehen.

»A rivederci, carissimo … a rivederci!!«

Und zog ihm dann langsam nach. Man vernahm schon die Musik aus dem Saal des Königs. Der Condottiere hatte anscheinend keine Eile, er schritt langsam, die Hand in die Seite gestützt, und bewegte sich mit seinen langen Beinen träge fort.

Als er die letzten Stufen emporstieg, war Brühl schon in der Menge seinen Augen entschwunden. Die Säle und Zimmer waren voll. Vom Glanz der Lichter, von der Schönheit der Kostüme der Reichen, von den von Diamanten flimmernden Frauen wurden die Augen geblendet. Alles dies tauchte auf, wirbelte durcheinander, lärmte, jauchzte, lachte, sprang herum und verschwand wieder, kaum für einen Augenblick sichtbar.

In wunderbaren polnischen Trachten, mit Säbeln, die mit kostbaren Steinen besetzt waren, spazierten einige leicht erkennbare Senatoren herum, auf deren Gesichtern, um dem Befehl des Königs Genüge zu tun, ein schmaler schwarzer Streifen die Maske andeuten sollte. Eine Vielzahl von Türken, Mauren, Spaniern, einige Mönche mit Kapuzen, mehrere weibliche Fledermäuse, manche Göttin der Mythologie mit enthüllten Reizen und verhülltem Gesicht, eine Menge von Venezianern, die Brühl ähnlich sahen, hoben sich aus der bunten Menge hervor. Doch auch die Pulcinelli und die Harlekine waren vertreten. Sogar Knaben mit Köchern und angeklebten Flügeln auf dem Rücken trieben sich herum und drohten mit ihren schwachen Pfeilen, die jedoch keiner fürchtete.

Die Königin Elisabeth, Maria Stuart, Heinrich IV. – wer hätte wohl gefehlt? Der König ging an einem Stock mit goldenem Knauf langsam umher, hielt die Frauen an und bemühte sich, sie zu erkennen. Dies war für ihn nicht schwierig, er kannte sie alle gut – zumindest die, die des Kennenlernens wert waren.

Auf anderen Maskenbällen hätte er einer unbekannten Stadtschönheit begegnen können, die keinen Zutritt zum Hofe hatte. An diesem Tage war niemandem ins Schloß Einlaß gewährt worden außer den herrschaftlichen Kutschen, den reichen Sänften und den Masken, deren Aufmachung schon dafür garantierte, daß ihre Träger nicht zu den Plebejern zählten.

In den Sälen übernahmen die schönen Frauen die Aufgaben der Gastgeberinnen. An Tischen und Büfetts waren Ausschänke eingerichtet worden, chinesische, japanische, türkische. Jede Dame mußte an diesem Abend Hausfrau und Schankwirtin für die hohen Gäste spielen.

Die Gattin des Kronprinzen, Josepha, und ihr Hof luden an gleiche Tafeln wie die im Saale des Königs aufgestellten ein.

An einem dieser Tische machte die Komtesse Franziska Kolovrath ihre Sache glänzend, jene übermütige Franziska, die schon damals, als sie acht Jährchen zählte, so gut die Rolle eines erwachsenen Hoffräuleins zu spielen verstand. Jetzt war sie ein frisches, kokettes, fröhliches, stolz von oben herab blickendes junges Mädchen, das mit Brillanten übersät war, das das Schäferkostüm nicht daran hinderte, mit den Kleinodien der Mutter zu prunken.

Die anderen Hofschönen verbargen sich hinter mehr oder minder leicht erkennbaren Masken. Ihr Gang verriet sie, das Händchen, ein Fleckchen am weißen Hals oder gar die überaus gemachte Verkleidung. Josepha nahm an dem ganzen Treiben wenig Anteil; sie befand sich nur ihrem Schwiegervater und ihrem Mann zu Gefallen hier. Ihre hochmütige Haltung, ihr strenges und unschönes Gesicht, ihr kaltes Benehmen zogen die Menschen nicht an. Alle wußten, daß sie keine leichten Feste liebte, das Familienleben vorzog, Gebete und ... Klatsch. Streng zu sich und zu anderen, beobachtete sie diejenigen scharf, die sich in ihrer Umgebung befanden. In ihrer Atmosphäre herrschten Kälte und Steifheit. Niemand wagte hier, sich ein freies Späßchen zu erlauben, denn der tadelnde Blick der Herrin hätte ihn getroffen. Sogar während des Maskenballs am Fastnachtstage vergaß Josepha nicht, daß sie die Tochter des Kaisers war.

Höflich, artig und schweigsam verhielt sich auch der Kronprinz Friedrich; er war ziemlich schön und eine stattliche Erscheinung, aber wie eine Bildsäule so kalt und zeremoniell. Es amüsierte ihn, daß die anderen sich amüsierten, er selbst aber beteiligte sich an nichts. Er lud nur in vornehmer Weise ein und ließ manchmal in vertrauter Umgebung ein knappes Wort fallen. Man konnte an ihm trotz der jungen Jahre eine gewisse Schwerfälligkeit des Körpers und des Geistes wahrnehmen, von der zweiten noch mehr als von der ersten.

Der geschmückte und vornehm aussehende Sulkowski, der erste Favorit des Thronfolgers, stand immer zum Befehlsempfang bereit hinter ihm. Der Kronprinz wandte sich oft zu ihm um, verständigte sich mit ihm durch einen Blick, fragte, und wenn er die Antwort erhalten, nickte er voller Zufriedenheit mit dem Kopf.

Wenn man sie beide so zusammen sah, konnte man leicht ihr gegenseitiges Verhältnis erraten: der erste Diener war hier mehr Herr als der Herr selbst, der nur seine Würde repräsentierte, sie aber nicht empfand. Sulkowski, im Gegenteil, schlug hohe Töne an und sah mit aristokratischem Hochmut, beinahe mit Verachtung, auf die um ihn herumwirbelnden Figuren herab.

Auch durch die Anmut seines Antlitzes übertraf er den König, der trotz seiner Jugend, Gesundheit und Frische wie ein durchschnittlicher Deutscher aussah.

An den Tischen Augusts des Starken, rund um seine Person, versammelte sich die fröhlichste Gesellschaft. Dekolletierte Masken bändelten kokettierend mit Seiner Hoheit an, der von oben herab mit enttäuschten Augen auf die Reize herabsah, die für ihn schon keine Anziehungskraft mehr besaßen. Brühl trat, wie er glaubte, unerkannt ein. Er vermied das Sprechen und suchte jemanden mit gierigen Augen, den er trotz der Verkleidung erkennen wollte. Er schob sich unbemerkt durch die Säle an den Tischen entlang, um sich zu überzeugen, ob diejenigen, die er suchte, sich nicht an den Ausschänken vergnügten. Er bemerkte nicht, daß der Condottiere ihm von weitem folgte.

Der schöne Bau dieser Herkulesgestalt und die Sicherheit ihrer Bewegung lenkte die Augen auf sich. Sie schienen ihn weder anzuziehen noch einzuschüchtern. Ein paar niedliche Masken versperrten ihm den Weg, doch der Condottiere sah gleichgültig auf sie herab und ging weiter. Eine oder zwei wollten mit ihm tändeln, er flüsterte ihnen aber lachend ihre Namen ins Ohr … und sie stoben davon.

Der König blickte auf den sich Vorbeischiebenden und meinte zu Friesen:

»Wenn hier jemand von den preußischen Fürsten anwesend wäre, würde er ihn mir für seine Grenadiere stehlen. Wer ist das?«

Niemand konnte jedoch dem König eine genaue Antwort geben. Der Condottiere verschwand hinter den Säulen.

Brühl hatte inzwischen einer Zigeunerin den Weg versperrt. Es war eine alte, große Frau, mit einem Stock, in ein weites Seidentuch gehüllt und ganz mit Glasperlen, Korallen und Glitzerzeug behängt. Die Halbmaske zeigte das gelbe, mit Runzeln bedeckte Profil einer Hexe. Sie streckte die Hand vor und verlangte winselnd die Hand Brühls zum Wahrsagen.

Brühl hatte nicht die geringste Lust, seine Zukunft zu erfahren. Er wollte der Zigeunerin ausweichen, doch sie bestand auf ihrem Verlangen.

»Non abbiate paura!« flüsterte sie. »Ich werde Euch gut wahrsagen …«

Brühl streckte ihr die behandschuhte Hand hin.

»Ich sage nicht aus Leder wahr, sondern aus der Hand!« rief die Zigeunerin lachend. »Zieh aus, zieh schon aus …« An der Säule, hinter der sie standen, brannte oben ein sechsarmiger Leuchter. Die Zigeunerin betrachtete die Hand, hob die weiße Handfläche gegen das Licht und begann mit dem Kopfe zu schütteln.

»Ein großes Schicksal, ein herrliches Schicksal!« sagte sie. »Wunderbare Erfolge, aber wenig Glück …«

»Ist das ein Rätsel?« unterbrach sie Brühl. »Wie kann man denn Erfolg haben und kein Glück?«

»Ach! Das ist so einfach, wie man glücklich sein kann, trotz der Ungunst des Schicksals!« rief die Alte mit veränderter Stimme aus. »Und weißt du, warum dir das Glück fehlen wird? Weil du kein Herz hast …«

Brühl lachte höhnisch.

»Du liebst niemanden.«

Er schwieg und schüttelte mit dem Kopf.

»Was weiter, Maske, was weiter?«

»Du bist undankbar«, flüsterte sie ihm ins Ohr. »Du bist blind, du jagst nur der Größe nach.«

»Das freut mich«, sagte Brühl piepsend, »daß Ihr mich augenscheinlich doch mit jemandem verwechselt habt.«

Die Maske schrieb ihm auf die Handfläche: ›Brühl.‹ Er entriß ihr die Hand und floh zur Seite, die Zigeunerin wollte ihn festhalten, doch schon war er verschwunden. Möglich, daß es ihm lieber war, hier in der Menge, unerkannt und von niemand angesprochen, freier atmen zu können. Er irrte so umher, bis seine Augen eine Maske entdeckten, die seine ganze Aufmerksamkeit gefangennahm.

Ihr phantastisches Gewand, wohl ein orientalisches, mußte irgendeine Königin bedeuten ... Semiramis oder Kleopatra, das bekam so leicht keiner heraus, denn die Phantasie spielte damals in der Kleidung eine größere Rolle als die historische Wahrheit. Es ging darum, schön und prächtig angezogen zu sein, und nicht darum, mit der Genauigkeit eines Archäologen vergangene Jahrhunderte wieder lebendig zu machen. Auch die Königin Semiramis wollte nur eine majestätische Herrscherin sein, was ihr durch Haltung und Kostüm leicht gelang. Sie war in ein Kleid gehüllt, dessen lange Schleppe mit Gold eingefaßt war; von der Krone auf dem Haupte fiel ein durchsichtiger Schleier herab; auf dem weißen Hals glänzte ein Kollier aus riesigen Amethysten; ein Zepter hielt sie in der Hand, das abwechselnd mit Amethysten und Diamanten besetzt war. Dabei hatte die Königin die Figur, die Bewegungen und den Gang einer wirklichen Herrscherin von Herzen und Völkern.

Dunkle, mit goldenem Puder bestäubte Haarlocken ringelten sich anmutig auf ihrem Nacken, und der untere Teil des Gesichtes, das jung und von einem vollendeten Oval war, barg etwas Befehlendes und Prächtiges in sich, wodurch man auf die ganze Physiognomie schließen konnte. An den kleinen rosigen Ohren hingen zwei Perlenbirnchen an Brillanten; noch eins, aber ein viel größeres, strahlte in der Krone.

Der majestätisch dahinschreitenden Maske machten alle Platz, niemand wagte, sie anzusprechen. Sie ging mit gleichgültigen Blicken durch die Menge. Brühl stand an der Säule, zögerte einen Augenblick und grüßte sie dann, die Hand an den Hut legend. Sie hielt inne: der Venezianer streckte die Hand aus, in die sie ihre schöne kleine Hand widerwillig legte ... und rasch malte er auf sie zwei Buchstaben.

Sie blickte ihn aufmerksam an, aber irgendwie so, als ob es sie gar nichts anginge, daß jemand die Königin trotz der Maske erkannt hatte. Sie verharrte einen Augenblick und setzte dann ihren Weg fort. Brühl folgte ihr, wie von einer geheimen Macht gezogen. Einige Male drehte sie den Kopf nach ihm um, und da sie bemerkte, daß er ihr beharrlich folgte, blieb sie stehen. Inmitten von grünen Sträuchern war eine Bank frei; der Salon täuschte den Frühling und einen Garten vor. Die Königin nahm Platz, der Venezianer blieb stehen. Sie blickte ihn lange an und bedeutete ihm mit einem Kopfnicken, er möge ihr die Hand reichen. Gehorsam streckte er sie hin und fühlte, wie die Königin ein ›H. B.‹ darauf schrieb und auflachte. Er verweilte also bei ihr und trat nur einen Schritt hinter den Apfelbaum zurück.

»Daß ich Euch erkannt habe«, flüsterte er, »Gräfin, ist nicht verwunderlich. Ich würde Euch überall erkennen, auch wenn Ihr ein anderes Kostüm als das der Königin tragen würdet; das königliche Gewand ist die natürliche Bekleidung für Euch. Aber das Ihr mich erkennen konntet …«

»Das Gewand eines derer vom ›Rat der Zehn‹ …«, ließ die Stimme unter der Maske vernehmen, »zu wem würde es besser passen als zu Euch?«

»Eure Gräfliche Hoheit sind bezaubernd!«

Die Maske nahm diese Worte gleichgültig hin.

»Doch du Schöne, die du einer Göttin des Altertums aus Marmor gleichst, wie Marmor bist du so kalt … so herzlos.«

»Was weiter?« fragte die Maske. »Erzählt etwas Amüsanteres, das hab ich schon so oft gehört.«

»Was kann ich Euch, Gräfin, anderes sagen?« rief Brühl. »Sooft ich Euch sehe, packt mich das Gefühl der Rache, koche ich vor Wut, tobt die Eifersucht in mir, und auf die Lippen drängen sich Verwünschungen.«

»Sehr poetisch!« flüsterte Semiramis. »Und weiter?«

»Wenn ich es wagte, verfluchte ich den Tag, die Stunde, wo ich Euch zum ersten Male gesehen«, fuhr Brühl gefühlvoll fort. »Aber ich sehe Euch an und bin bezwungen, Ihr besitzt Gewalt über mich.«

»Habe ich sie wirklich?« warf die Maske, indem sie sich ihm zuwendete und ihn kalt anblickte, ein.

»Muß ich es denn schwören, und was wäre denn mein Schwur wert, wenn du einem anderen am Altar geschworen hast?«

»Ich brauche keinen Schwur«, entgegnete die Frau gelassen, »ich brauche Überzeugung, und die kann auch oft genug ein Schwur nicht geben.« Sie sah ihn lange an.

»Meine Liebe …«

Lächelnd unterbrach sie ihn: »Brühl, ich glaube es dir, du hast mich geliebt. Das ist auch nicht verwunderlich, ich war jung, bot dem, der meine Hand erhalten würde, einen Namen und eine Zukunft. Aber das konnte so eine Liebe sein, wie wir sie jeden Tag erleben, die am Morgen entflammt und am Abend erlischt. Eine solche mag ich nicht.«

»Meine Liebe hat Euch Beweise ihrer Beständigkeit geliefert!« erwiderte Brühl lebhaft. »Sie begann in der Kindheit und hörte nicht auf, als du ihr die Hoffnung nahmst; abgewiesen und verachtet lebt sie weiter …«

»Die Liebe oder der Ehrgeiz?« fragte die Frau. »In dir, Brühl, ist jedes Äderchen von Ehrgeiz durchpulst.«

Brühl verstummte und verneinte mit dem Kopf.

»Ich streite es nicht ab, da ich nicht glücklich sein darf, will ich jetzt wenigstens mächtig und gefürchtet sein.«

Die Maske blickte ihn an und begann langsam:

»Wir wissen nicht, was die Zukunft bringt. Warte, bleibe mir treu. Ich will ehrlich zu dir sein: Ich hatte eine Schwäche für dich, mit dir wäre ich glücklich gewesen; wir haben die gleichen Gedanken und den gleichen Charakter, aber so ist es besser ... Mann und Frau – das sind zwei sich bis auf den Tod bekämpfende Feinde. Aber wir können treue Freunde sein.«

»Freunde!« griff der Venezianer auf. »Was ist das für ein schrecklicher Kuß des Todes, dieser Name des Freundes!« Die schöne Maske hob den Kopf, so daß in ihrer Krone die Brillanten aufblitzten, und nickte ironisch. Ihr Händchen fiel auf die Rechte Brühls, die auf dem Geländer lag. »Dein Mann wird dein Liebhaber sein, ich dein Freund, das heißt ein verachteter Diener.«

»Mein Mann – mein Geliebter?« – Die Maske lachte hell auf. – »Wo hast du denn das gehört? Das sind zwei Begriffe, die nicht zueinander passen. Mein Mann, mein Mann! Wie ich ihn hasse, wie ich mich vor ihm ekle, wie er mich anwidert!«

»Und du hast ihn geheiratet?«

»Der König und Vater gab mich ihm zur Frau, aber es ist gut so ... glaube es mir. An seiner Seite bin ich frei, gehöre nur mir selbst und kann mich ganz für die Zukunft bewahren. Ich glaube an die Zukunft und an meinen Stern.«

»Werden sich jemals unsere Sterne begegnen?«

»Wenn es ihnen bestimmt ist, sicherlich.«

»Du sagst das, Gräfin, so gelassen, so gleichgültig.«

»Weil ich immer Herrin meiner selbst bin, ob ich liebe oder hasse. Ein Gefühl, das sich verrät, wird zur Beute der Menschen.«

»Wie soll ich an das Gefühl glauben, wenn ich es nicht sehe?«

»Was ist denn das, der Glaube?« lachte die schöne Dame, als ob sie Brühl das lateinische Sprichwort ins Gedächtnis zurückrufen wollte: ›Wer liebt, der muß fühlen und ahnen, und wer nicht zu erraten vermag, was das Herz der Frau fühlt, ist seiner nicht wert.‹

Plötzlich erhob sie sich und war, bevor Brühl sich gefaßt hatte, seinem Blick entschwunden. Noch stand er wie angenagelt und doch zugleich glücklich da, nachdenklich, als ein Pulcinello zu ihm heransprang; ein sonderbarer Pulcinello freilich, bei dem die Knöpfe am Kostüm mit Rubinperlen besetzt waren. Er gab vor, jemanden zu suchen, und als er nur den Venezianer in dem Winkel fand, blieb er stehen und musterte ihn mit großer Neugier. Er beugte sich fast bis zur Erde nieder, um ihm unter die Maske zu schauen, aber Brühl drückte sie mit der Hand fest an das Gesicht an. Er begann sich mit gemachtem Übermut um ihn herumzudrehen. »Cavaliere nero! Was hat dir die Königin gesagt? Kennst du sie? He, nur ein Wörtchen!«

»Sone un forestiero … Addio!« zischte ihm Brühl ins Ohr und ging weg, aber der Pulcinell ließ ihn nicht aus den Augen, ohne ihm nachzujagen. Der Condottiere beobachtete ihn ebenfalls. Sie trafen sich bald darauf im Säulengang. Der Pulcinell reckte sich zum Ohr des Condottiere hoch. »Wer war das?«

»Brühl.«

»Ah, ah!« stieß der Pulcinell erregt hervor. »Ich erriet es an dem Haß, den er in mir entfachte … Bist du sicher?«

»Ich, der ich ihn mehr als Ihr, Herr Graf, verabscheue und hasse? Ich würde ihn selbst in der Hölle erkennen!«

Der Pulcinell lief plötzlich davon, da er von weitem die Königin erblickt hatte, die er leidenschaftlich zu verfolgen schien. Der seinen Gedanken nachhängende Condottiere irrte ohne ein besonderes Ziel umher. Die Gesellschaft wurde immer ausgelassener, und die, die wie der Pulcinell jemanden suchten oder jemandem nachjagten, mußten sich schon mit Mühe durch die Menge und das Durcheinander zwängen. Das Gequietsche und Lachen übertönte die Musik. Brühl war schon verschwunden und hatte sich zu den Tischen Josephas hindurchgeschoben. Während er sich seinen Weg bahnte, begegnete ihm ein Mönch mit Kapuze.

Brühl fühlte sich an der Hand gefaßt.

»Wenn du unerkannt bleiben wolltest«, sprach ihn der Mönch italienisch an, »so hast du dich gar nicht besonders geschickt verkleidet. Wer würde dich nicht erkennen, Herr Direktor der Akzisen?« Dann begann er zu lachen.

»Woran?« fragte Brühl.

»Am Gang, am Fuß, an den Bewegungen und an dem Geschmack.«

Brühl vermochte den Träger der Maske nicht zu erkennen, er wollte sie packen; sie war schon verschwunden.

Er hätte schwören mögen, daß dies der Pater Guarini gewesen war, aber was hätte der Jesuit wohl auf dem Maskenball suchen können?

Noch etwas verwirrt, daß man ihn erkannt hatte, sah er sich in einem Zimmer, das matt von Lampen in Alabasterurnen beleuchtet wurde. Hier versetzte ihm eine stattliche Frau einen Fächerschlag. Er bezweifelte nicht, daß auch diese ihn erkannt hatte, er selbst hatte sie auf den ersten Blick erkannt. Doch wollte er höflich sein und tat so, als ob er nicht wüßte, wen er vor sich hätte.

»Man muß Euch gratulieren, Brühl!«

»Oh, wozu denn.«

»Ich weiß, Ihr wollt höher hinaus mit Euren Plänen und Eurem Ehrgeiz, aber man muß die Treppe stufenweise hochsteigen, sonst non si va sano. Du bist schon hoch gestiegen, doch hast du dich noch nie auf die Schulter einer Frau gestützt, die manchmal wie ein Flügel hochträgt.«

Brühl seufzte.

»Oh, ich weiß, wem Euer Seufzer gilt und was sich in Eurem Herzen abspielt ... Doch man muß die undankbare Königin vergessen und eine andere suchen ...«, sprach die hochgewachsene Dame.

»Soll ich wieder suchen, um wieder verachtet und zurückgestoßen zu werden?«

»Es würde dich nur solch eine Frau verachten, die deinen Wert nicht erkennt, und um die braucht es dir gar nicht leid zu sein.«

Sie beugte sich zu seinem Ohr, und nachdem sie einige Worte hineingeflüstert, tauchte sie in der Menge unter.

Brühl ging weiter. Da stand ihm schon der Tisch der Franziska Kolovrath gegenüber, an dem sich die Jugend versammelt hatte. Das kokette Mädchen reichte lachend, scherzend und mit den Zähnen blitzend jedem zu, was er verlangte. Brühl sah ihr von weitem zu. Sie war verführerisch und reizend, in ihren Augen blitzte der Schalk, aber mit einer solchen kalten und unerschöpflichen Lebendigkeit, mit der sie alle im gleichen Maße bedachte, daß sie ihm irgendwie schrecklich vorkam. Lange starrte er sie so an, wurde nachdenklich und ging, ohne sich in die sie umgebende Menge zu mischen, zur Seite.

Kaum hatte er sich leicht ermüdet auf einen Stuhl fallen lassen, um auszuruhen und seine Gedanken zu sammeln, als ihn auch der Häscher hier entdeckte und sich zu ihm setzte. Er sah ihn von oben herab an und fragte:

»Nicht wahr, die Königin von vorhin war ganz dein Geschmack, und jetzt überlegst du, ob es mit dem Schankmädchen nicht einfacher wäre? Gestehe es doch.«

Brühl, der ein Gespräch vermeiden wollte, schüttelte den Kopf.

»Das Mädchen besitzt eine reiche Mitgift. Sie wird in ihrer Schürze viele Brillanten mitbringen ... Für dich wäre sie die Richtige ... Liebst du sie denn?«

Brühl antwortete kein Wort. Er kreuzte die Arme voller Ungeduld auf der Brust und wollte auch gar nicht darauf achten, was zu ihm gesagt wurde, denn er hatte den Kopf abgewendet. Der Häscher mußte jedoch fühlen, daß keines seiner Worte verlorenging, und murmelte halblaut weiter:

»Schau mal, die weißen Hände, die wohlgeformten Arme, das Pfirsichgesicht, dessen Flaum nicht einmal ein Vögelchen mit seinem Flügel berührt hat. Ein Bissen wie für einen Minister, wenn nicht gar für einen König; aber August der Starke ist schon alt und der Kronprinz zu fromm … greif zu, und du wirst sie haben. Was dann folgen wird, weiß ich nicht … Schau, wie sie Dutzenden zulacht, und was gar ihre Augen sagen, huh, das ist schlimm! Solch eine Frau braucht einen Menschen wie dich! Hasse, den großen Musiker, haben sie mit Faustina verheiratet; ein Künstler wie du muß eine Schauspielerin wie die dort heiraten. Heute singt sie schon ausgezeichnet die Partie der Naiven, was wird dann sein, wenn sie die der ›grandes coquettes‹ übernimmt?«

Nur an den unwillkürlichen Bewegungen Brühls war zu erkennen, daß ihn dieses unbarmherzige Sticheln traf; er verlor jedoch weder die Beherrschung, noch änderte er seine Haltung, er stellte sich taub, stand auf und ging, ohne dem Verfolger einen Blick zu gönnen. Später suchte ihn der Verfolger ungeduldig, aber der Venezianer war in keinem der Säle mehr zu finden. Die Musik rauschte, und das Narrentreiben begann, das bis zum Morgen andauerte.

Noch drehten sich in den Sälen die letzten Paare, als in der Kapelle auf dem Taschenberg Pater Guarini der Gemahlin des Kronprinzen, dem Thronfolger und dem katholischen Hof Asche auf die Häupter streute …

## IV

Trotz des Karnevals, trotz der Riesenbauten, mit deren Hilfe der König sich zu unterhalten versuchte, trotz der Pracht, die ihn umgab, schien August II. sich doch zu langweilen. Um ihn zu zerstreuen, wollte man ihn verheiraten: er gähnte nur und brach in lautes Lachen aus. Er wünschte keine Hochzeit: die Zeiten waren schwer, und eine Hochzeit, die eines solchen Herrn würdig gewesen wäre, hätte viel Geld gekostet. Die Welt konnte ihm nichts geben. Böses und Gutes hatte er so viel zu kosten bekommen, daß auf dem Grunde seines Lebenskelches nur trüber Bodensatz übriggeblieben war. Die schönste Jungfrau war ihm nur ein alltägliches Bild: in seiner Erinnerung gab es eine ganze Reihe jener Geschöpfe, die eine kurze Weile geblüht hatten, um so rasch dahinzuwelken. Die Lubomirska war alt, die Cosel hinter Schloß und Riegel, die anderen waren in die weite Welt geflogen. Wenn er schon nicht glücklich sein konnte, so wollte er wenigstens groß sein. Er schickte also Gelehrte nach Afrika und baute.

Riesige Kasernenbauten entstanden in der Neustadt, die auf seinen Befehl neu aus der alten umgebaut wurde, man errichtete eine Kirche, erbaute Pyramiden und Schlösser.

Der König fuhr nach Königstein, um sich die neuen Mauern anzusehen – er gähnte. Er fuhr nach Hubertusburg und – langweilte sich. Er ließ sich nach Moritzburg bringen und – fand es alltäglich. Sogar Dresden war ihm unerträglich geworden. Er hätte vielleicht sogar Dresden während eines Konzertes anzünden lassen, wenn ihm jemand diesen Gedanken eingegeben hätte, um es neu in Stein erstehen zu lassen; doch dieser Gedanke war ja nicht mehr neu ...

Wenn er in Polen weilte, so schien es ihm, er liebe Dresden, in Dresden wiederum sehnte er sich nach Warschau – nirgends gefiel es ihm mehr. Das Fest des heiligen Hubertus, des Schutzheiligen der Jagd, fiel auf den dritten November. Immer wurde dieser Tag feierlich begangen. Der ganze Hof des Königs und des Kronprinzen begab sich nach Hubertusburg: die Hundemeuten und zwei Jagdgesellschaften, eine sächsische und eine polnische, zogen dahin, es fehlte natürlich auch an Hofgesinde nicht, angefangen von den Pagen für die Jagd bis zu den Jägern, die Trüffeln zu suchen hatten. Der Oberhofjagdmeister war Herr von Leibnitz, der Oberfalkner des Hofes Moszynski. Seine Majestät hatte spezielle Truppen, deren besondere Aufgabe darin bestand, nur Bären und Eber zu jagen.

Doch der König fand den Hubertustag veraltet und die Jägerei übermäßig eintönig. Irgendeine Unruhe hatte sich seiner bemächtigt. Zu Neujahr lockte ihn die Leipziger Messe, auf der Händler wunderbare Pferde herantreiben sollten. Er fuhr hin und fand ... daß es gräßliche Mähren waren. Und die aus Belgien importierten Schauspielerinnen hatten die gleichen gefälschten Zähne wie die Pferde.

Zur Eröffnung des Karnevals kehrte August am 6. Januar nach Dresden zurück und stellte auf dem ersten Ball fest, daß alle Frauen verwelkte Gesichter, glanzlose Augen und blasse Lippen hatten. Er glaubte, sich in Warschau mit dem Sprengen des polnischen Landtages, des Sejm, besser unterhalten zu können. So wurde denn der Karneval der Obhut des Kronprinzen und des Paters Guarini anvertraut, und die königlichen Wagen mußten für die Reise nach Polen vorbereitet werden.

Brühl wich nicht von seiner Seite. Andere fielen, verschwanden, gingen weg, wurden ausgetauscht, Brühl war schon vom Pagen zum Minister emporgewachsen, und der König wußte sich ohne ihn nicht zu helfen. Die

Akzisen flossen in den Staatssäckel, und die Steuergelder füllten die Staatskassen, die sich bisher nie hatten füllen lassen.

Der Adel zischte; dafür gab es ein Mittel, und das wurde angewendet. Der Hof füllte sich mit Fremden. Italiener, Franzosen, Dänen, Preußen, Bayern erschienen am Hofe, während der sächsische Adel auf den heimatlichen Acker geschickt wurde, um für den König Geld zu schaffen.

Brühl fand, der König habe recht und die besten Diener seien diejenigen, deren Schicksal vom König abhinge.

Am 10. Januar waren die Höfe des Schlosses voll von Pferden, Wagen und Menschen. Der sächsische und der polnische Hof versammelte sich zur Abreise. Die Säle waren mit Menschen gefüllt, die den König begleiten sollten. August II. verabschiedete sich von seinem Sohn und dessen Frau. Auf seinem Gesicht waren an die Stelle des majestätischen Glanzes Ungeduld und Ermüdung getreten. Mit großer Zärtlichkeit nahm der Kronprinz vom Vater Abschied; mit Würde verabschiedete sich Josepha von ihm. Friedrich sollte Befehle empfangen, er blickte seinen Vater an und lächelte ihm schmeichelnd zu. Da trat Brühl ein. Er sollte noch Papiere zur Unterschrift und Geld für die Reise bringen. Man wartete auf hunderttausend Taler, die eingetrieben werden sollten.

Der König sah den eintretenden Direktor der Akzisen scharf an und trat ihm einige Schritte entgegen.

»Brühl ... das Geld?«

»Ist hier, Allergnädigster Herr!« erwiderte der Angesprochene, sich verneigend. »Der Befehl Eurer Majestät ist ausgeführt.«

Das Gesicht Augusts heiterte sich auf.

»Sieh her«, rief er dem Sohn zu, »sieh her, ich empfehle ihn dir ... das ist ein Diener, der mir viele Lasten abgenommen hat, viel zum Frieden beigetragen hat ... denke daran! Ihm verdanke ich die Ordnung in meinem Hause.« Friedrich blickte mit dem Gehorsam eines Sohnes den Vater an, nahm jedes Wort in sich auf und bezeigte mit seiner ganzen Haltung, daß er ihm Gehorsam gelobe. »Wenn ich in Polen einige von dieser Sorte hätte, wenn es wenigstens einer wäre, dann hätte ich schon längst mit dieser verworrenen Republik aufgeräumt und eine Ordnung eingeführt wie hier in Sachsen. Diese meine großen Freunde und treuen Diener: Lipski, Hozjusz und das ganze Gesindel, fürchten sich vor der polnischen Schlachta, die mich zu täuschen versteht. Doch Geduld, ich werde damit Schluß machen ... einige, einige Dutzend Köpfe werden rollen, und dann wird Ruhe sein. Ich mag diesen Pöbel nicht leiden, der zu murren wagt, wenn ich befehle ... Genug davon.«

Der Sohn bezeigte immer noch die tiefste Hochachtung für seinen Vater. Das Abschiednehmen, das begonnen und unterbrochen worden war, begann von neuem: Friedrich küßte die väterliche Hand. Die Kammerdiener, die Pagen und Bediensteten warteten schon im Vorzimmer. Die Beamten, die Geistlichkeit hatten Aufstellung genommen, in der Ecke, vorsichtig versteckt, stand in gekrümmter Haltung der Pater Guarini. Der König verabschiedete sich von allen. Dem Jagdmeister gab er noch den Auftrag, für die aus Bialowieza überführten zwölf Wisente und Wisentkühe zu sorgen, die in Kreiern bei Moritzburg weideten, dann schritt er zu den bereitstehenden Wagen hinunter.

Die Postillione saßen schon auf ihren Pferden, die Gesellschaft nahm eilends die für sie bestimmten Plätze ein, auf dem Hofe standen mit entblößten Häuptern die Räte der Stadt und die Bürger, auf die der König nur einen Blick warf und denen er nur sagen ließ, sie sollten Steuern zahlen – nach einem Augenblick war es leer und still im Schloß und in Dresden.

Für alle im Schloß Verbliebenen war die Zeit der Ruhe gekommen. Erst mit der Rückkehr des Königs mußten sie ihren Frondienst, dem sich langweilenden Monarchen um jeden Preis ein Amüsement zu verschaffen, wieder aufnehmen.

Während sich der ganze königliche Zug, begleitet von einer berittenen Gardeabteilung, vom Schloß in Richtung auf die Brücke in Bewegung setzte, blieb der Wagen Brühls allein auf dem Schloßhofe stehen. Der Liebling Augusts, dem heute erst wieder eine neue Belobigung zuteil geworden war, kam, in angenehme Gedanken versunken, die Treppe herunter, als er den mit finsterem Gesicht dastehenden Sulkowski erblickte. Seine Züge hellten sich auf, er ergriff rasch den Arm des Freundes. Zusammen betraten sie den unteren Saal.

Auf dem Antlitz Brühls waren tiefstes Mitgefühl, heißeste Liebe und herzlichste Verbundenheit zu lesen, Sulkowski verhielt sich ziemlich kalt.

»Wie bin ich glücklich, mich noch einmal von Euch verabschieden, mich noch einmal Eurem Gedächtnis und Eurem Herzen empfehlen zu können!« rief Brühl voll Eifer; die Süße seiner Stimme hielt dabei seinen überschwenglichen Worten das Gleichgewicht.

»Höre, Brühl«, unterbrach ihn Sulkowski, »ich rufe auch dir etwas ins Gedächtnis zurück: unser Übereinkommen, unsere ›pacta conventa‹! In guten und schlechten Zeiten sind und bleiben wir Freunde!«

»Müßt Ihr mich erst daran erinnern? Mich, der für Euch die Gefühle der Liebe, der Freundschaft, der Verehrung und der Dankbarkeit hegt?«

»Gib mir Beweise dafür.«

»Bietet mir nur eine Gelegenheit, zu den Füßen werde ich Euch fallen!

Ich bitte Euch, ich flehe Euch an ... Graf! Mein lieber Graf! Ich gehöre Euch! Vergeßt mich nicht! Ihr wißt, was ich auf dem Herzen habe.«

»Ja, das Fräulein Kolovrath!« Sulkowski lachte auf. »Grand bien vous fasse, du sollst sie haben! Du hast ja die Mutter auf deiner Seite.«

»Aber sie selbst?«

»Oh, hab keine Sorge, die verführt dir keiner. Es bedarf schon eines großen Mutes, wie du ihn besitzt, um dies Glück zu erringen.«

»Ein noch größeres Glück ist an mir vorbeigegangen ...« Brühl seufzte.

Sulkowski klopfte ihm lachend auf die Schulter.

»Nichtswürdiger Mensch! Oder glaubst du, im Schlosse bliebe etwas geheim? Du nennst es Verlust, dabei ist es doch ein reiner Gewinn. Moszynski haßt dich bestimmt nicht ohne Grund.«

Brühl protestierte heftig, die Hände erhebend und den Kopf schüttelnd.

»Aber, mein lieber Graf! ...«

»Na, na, erzählt mir nichts«, unterbrach ihn Sulkowski, »Ihr kennt die Gräfin Moszynska gut und versteht Euch besser mit ihr, als wenn Ihr sie geheiratet hättet.«

Brühl zuckte mit den Achseln.

»Mein Herz gehört Franziska Kolovrath.«

»Ihre Hand wartet auf dich, und du tust nichts, nichts, nichts. Die Alte wird dir die Hand ihrer Tochter selbst anbieten. Es ist ja auch Zeit, daß Franziska unter die Haube kommt, denn ihre Augen leuchten verteufelt.«

»Wie Sterne!« rief Brühl.

»Was wird die Moszynska dazu sagen?«

Brühl schien aus seinen Träumen aufzuwachen, er faßte Sulkowski am Arm.

»Graf, vergeßt meiner nicht beim Kronprinzen. Ich bin in Sorge, ob ich ihm genügend Anhänglichkeit und Hochachtung gezeigt, ob ich genügend Verehrung für die heilige und reine Gattin unseres Kronprinzen an den Tag gelegt habe. Sagt ihm ...«

»Und Ihr vergeßt unser beim König nicht«, fügte Sulkowski hinzu. »Bei meinem Herrn denke ich an Euch. Im übrigen, mein lieber Brühl, bist du auch dort nicht ganz ohne Schutz, wie du vorgibst. Der Pater Guarini bekehrt dich, die Gräfin Kolovrath bereitet dich darauf vor, ihr Schwiegersohn zu werden; ich weiß nicht, ob du nicht noch andere Beschützer hast.«

»Das bedeutet alles nichts, wenn ich Euch nicht haben werde. Ich trete gern Guarini und die Kolovrath und noch jemand als Zugabe ab für einen Eurer Gnadenbeweise.«

»Aber nicht die Moszynska!« Sulkowski lachte. »Und jetzt fahr zu, Glückspilz, und vergiß nicht in Polen alle meine Landsleute, die Bären, zu grüßen.«

»Und die weiblichen Landsleute?« fragte Brühl.

»Wenn irgendeine nach Sulkowski fragen sollte ... aber ich glaube kaum ... Ich ziehe deutsche Mädchen vor.«

»Ich ebenfalls«, schloß Brühl sich an.

Sulkowski begleitete ihn. Sie waren schon an der Tür.

»Eh bien, à la vie et à la mort!«

Sie gaben sich die Hände. Brühl eilte zum Wagen. In der Ferne stand auf dem Hofe in weltlicher Kleidung, im langen, aschgrauen Lodenrock, Pater Guarini. Er hatte mit der rechten Hand die Augen bedeckt und segnete mit der linken den Weg. Brühl fuhr seinem Herrn und Gebieter nach, gen Warschau.

## V

An einem der ersten Februartage anno Domini 1733 war Friedrich am Morgen von der Jagd auf Schloß Hubertusburg mit dem nicht von seiner Seite weichenden Sulkowski zurückgekehrt. Abends war ein Opernbesuch vorgesehen, die unvergleichliche Faustina sollte singen. Der Kronprinz gehörte, wie sein Vater, mit zu den Verehrern ihrer Stimme und ihrer Reize. Diese Zauberin beherrschte den Hof, sie tyrannisierte die anderen Sängerinnen, verjagte diejenigen, die nicht das Glück hatten, ihr zu gefallen. Und wenn sie zu singen geruhte, herrschte im Saal eine größere Stille als in der Kirche. Wer es gewagt hätte zu niesen, konnte versichert sein, daß Faustina ihn wie ein Todfeind hassen würde. Man wollte die ›Cleofida‹ spielen. Der Kronprinz freute sich schon darauf.

Es war am Nachmittag. In seinem seidenen, prachtvollen Schlafrock saß der Kronprinz, die Pfeife schmauchend, im Lehnstuhl und verdaute das Mittagsmahl mit jenem wohligen Gefühl, wie es nur ein gesunder Magen und eine ausgezeichnete Küche zu vermitteln imstande sind.

Ihm gegenüber stand Sulkowski. Ab und zu sah der Kronprinz seinen Freund an, lächelte ihm zu, zog den aromatischen Rauch der Pfeife ein und sagte kein Wort.

Voll Freude sah der Freund und Diener auf seinen zufriedenen Herrn und teilte schweigend dessen Glück.

Das Gesicht des jungen Kronprinzen strahlte, aber wie es seine Art und Gewohnheit war: wenn er sich am glücklichsten fühlte, pflegte er wenig zu sprechen und – träumte. Niemand erfuhr, wovon. Manchmal hob er den gesenkten Kopf, heftete seinen Blick auf Sulkowski wie auf einen Regenbogen, der Graf sah ihn an, und der Kronprinz meldete sich: »Hm! Sulkowski?«

»Hier bin ich.«

Friedrich nickte mit dem Haupte, und damit war das Gespräch beendet. Eine Viertelstunde später erneuerte der Kronprinz seine Frage und rief Sulkowski mit seinen Vornamen, italienisch, zärtlich. Der Graf meldete sich, damit Zeugnis seiner Anwesenheit ablegend, und wieder trat ein beredtes Schweigen ein.

Der Thronfolger sprach sehr selten, und das nur dann, wenn er dazu gezwungen wurde. Er liebte keinerlei Überraschungen im Leben, das seiner Ansicht nach in ruhigen Bahnen, eintönig und immer gleich dahinzufließen hatte. Die Nachmittagsstunden, in denen er niemanden außer den Vertrauten und den Favoriten zu empfangen pflegte, waren ihm die liebsten. Schon am Morgen mußte er empfangen, anhören, stehen, sich verbeugen, unterschreiben, manchmal sich sogar wundern und bisweilen wieder etwas ärgern. Nach diesen Anstrengungen war das nachmittägliche Ruhestündchen eine angenehme Erholung. Wenn im Theater keine Vorstellung gegeben wurde, ging er am Abend zu Josepha, hörte glückselig träumend Musik und beschloß mit dem Abendessen den Tageslauf.

Die Höflinge, deren Aufgabe es war, für die Unterhaltung ihres Herrn zu sorgen, hatten es noch nie so leicht gehabt. Friedrich war schon zufrieden, wenn ein Tag dem anderen glich, wie zwei Wassertropfen einander gleichen.

Eben hatte die Siesta nach dem Mittagsmahl begonnen, der Kronprinz rauchte seine zweite Pfeife, als Sulkowski draußen etwas bemerkte, eine Weile zögerte und sich langsam zur Tür begab. Die Augen des Kronprinzen folgten ihm. »Sulkowski!« sagte er leise.

»Ich bin sofort wieder da!« entgegnete der Angesprochene, ergriff die Klinke und schob sich hinaus. Im Vorzimmer warteten zwei Pagen und die Dienerschaft.

»Keinem Einlaß gewähren!« befahl Sulkowski.

Man nickte gehorsam.

Sulkowski ging hinaus, lief rasch die Treppen hinunter und blieb an der Tür erstaunt stehen.

»Brühl! Du hier?«

In den Pelz gehüllt, mit der Mütze über den Ohren, mit Schnee bestäubt, durchfroren und müde stand in der Tat der Liebling Augusts II. vor ihm. Er schien etwas bleich und verwirrt. Auf dem Hofe war noch der

Wagen mit den dampfenden Pferden zu sehen, daneben die abgesessenen Postillione, die so müde und zerschlagen waren, daß sie sich kaum auf den Beinen halten konnten.

Brühl antwortete nichts. Mit den Augen bedeutete er nur, daß er schnellstens eintreten und ausruhen möchte. Seine plötzliche Ankunft barg etwas so Seltsames und Geheimnisvolles in sich, daß Sulkowski in starker Erregung rasch zum unteren Saal eilte. Die Dienerschaft kam Brühl entgegen, er entließ sie mit einer Handbewegung; nur er und Sulkowski betraten das Kabinett. Brühl warf die Oberkleidung ab. Der Graf stand wartend da, um wenigstens ein Wort zu erfahren.

»Brühl, um Gottes willen ... was bringst du?«

Brühl schien die Frage nicht zu hören, er ließ sich auf einen Stuhl fallen, stützte die Hand auf den Tisch, sein Gesicht spiegelte Trauer und Bestürzung wider. Vor ihm stand der Favorit des Kronprinzen in Unruhe und Ungeduld.

Sein Stolz gestattete es ihm nicht, weiter in Brühl zu dringen ... Er wartete, sich mit der Seite anlehnend.

Brühl stand auf, seufzte, sah sich mit gespielter Verzweiflung um, rang die Hände und rief:

»Der König, mein Allergnädigster Herr, ist tot!«

Wie ein Blitz durchzuckte der Eindruck, den diese Worte auf Sulkowski gemacht hatten, sein Gesicht. Schrecken und Freude zeichneten sich gleichermaßen auf ihm ab. Er machte eine Bewegung, als ob er weglaufen wollte, doch beherrschte er sich.

»Ist vor mir kein Kurier aus Warschau angekommen?«

»Keiner.«

»Ihr wißt also noch nichts? Der Kronprinz?«

»Ahnt es nicht einmal«, entgegnete Sulkowski und wiederholte die Bewegung, als wenn er gehen wollte, doch kehrte er wieder um.

»Der Kronprinz muß davon sofort in Kenntnis gesetzt werden«, sagte er. »Doch wie konnte das geschehen? Der König war gesund ...«

Brühl seufzte tief auf.

»Am Sechzehnten kamen wir in Warschau an«, sagte er leise. »Wir hatten eine schlechte Reise; stellenweise waren die Straßen verschneit, dann aufgeweicht und voller Morast. Der König war müde, ungeduldig, doch als er Warschau sah, hellten sich seine Züge auf. Wir hatten Kuriere vorausgesandt, und der Empfang verlief trotz der scheußlichen Witterung glänzend, die Kanonen donnerten, das Regiment der langen Musketiere war angetreten. Es war ein herrliches Bild. Der königliche Reisewagen hielt am Sächsischen Palais. Beim Aussteigen stieß sich der König ausgerechnet an der Stelle des Fußes, wo ihm Weiß die große Zehe amputiert hatte und die ihm schon immer Schmerzen bereitete. Er erblaßte und stützte sich auf seinen Stock, zwei Pagen sprangen sofort herbei, um ihn zu stützen, und so führten wir ihn in die Gemächer, wo er von der Geistlichkeit, den Senatoren und den Damen erwartet wurde.

Der König mußte sich sofort setzen. Er befahl dem Hofmarschall, den Empfang abzukürzen, da er Müdigkeit verspüre.

Kaum hatten wir ihn ins Schlafzimmer gebracht, als er sofort Weiß und einen Arzt rufen ließ. Er klagte über Hitze und Nässe am Fuße. Der Stiefel wurde aufgeschnitten, er war voller Blut. Weiß erbleichte, das Bein war geschwollen und blau angelaufen ...«

»Fasse dich kürzer!« rief Sulkowski. »Es könnte jemand den Kronprinzen über deine Ankunft benachrichtigen.«

Brühl kam näher:

»Graf, bevor wir etwas unternehmen, müßten wir uns besprechen. Der Kronprinz hing sehr an seinem Vater ... Die Erschütterung, die er erleiden wird ... Wäre es nicht besser, ihn vorzubereiten?«

»Vorbereiten, wie?«

»Ich bin der Meinung«, flüsterte Brühl leise, »man dürfte nichts ohne den Rat des Paters Guarini und Josephas unternehmen.«

Sulkowski sah ihn mit kaum verhehlter Unzufriedenheit an: »Und ich denke, der Kronprinz bedarf weder der Hilfe unserer Allergnädigsten Herrin noch der seelischen Tröstung durch den Beichtvater.«

»Ich würde es für gut halten ...«, entgegnete Brühl verwirrt und blickte nach der Tür.

In diesem Augenblick tat sie sich auf, und der Pater Guarini trat ein. Woher er so rasch die Ankunft Brühls erfahren hatte, ist schwer zu sagen. Schweigend ging er auf ihn zu. Sein Gesicht zeigte Trauer, obwohl es ihm nur schlecht gelang, seine Amtsmiene abzulegen. Weit breitete er die Arme aus, als ob er Brühl an sein Herz drücken wollte. Dieser hätte vielleicht seine Hand geküßt, doch der unerwünschte Zeuge störte ihn. Er trat nur einen Schritt vor, neigte das Haupt und sprach:

»Der König ist tot!«

»Evviva il Re! Es lebe der König!« antwortete leise Guarini und sah zum Himmel auf. »Gottes Wege sind unerforschlich ... Weiß es der Kronprinz schon?«

»Noch nicht«, entgegnete trocken Sulkowski und sandte dabei dem Geistlichen einen nicht gerade freundlichen Blick zu, der durchaus nicht so demütig wie der Brühls und der anderen war. – Der Pater schien ihn auch absichtlich zu übersehen.

»Mein Wunsch ist, daß wir uns mit unserer Herrin beraten und nach Möglichkeit das Gemüt des Königs schonen.«

Guarini nickte, Sulkowski zuckte unmerklich mit den Achseln und warf Brühl einen flüchtigen, mißbilligenden Blick zu.

»Begeben wir uns also alle zur Herrin«, sagte er kurz, »denn wir dürfen keinen Augenblick verlieren.«

Brühl wies auf seine Reisekleider:

»Ich kann mich dort unmöglich so zeigen. Geht Ihr, Herr Graf, mit Pater Guarini. Ich muß mir erst Kleider aufs Schloß bringen lassen und mich umziehen.«

Sulkowski nahm den Vorschlag schweigend an, bestätigte ihn durch Kopfnicken und schritt der Tür zu. Brühl ließ sich auf einen Stuhl fallen, als könne er sich nicht mehr auf den Beinen halten.

Ziemlich ungehalten ging Sulkowski schließlich hinter dem Jesuiten aus dem Zimmer und ließ Brühl allein, der den Kopf in die Hände legte und in Nachdenken verfiel.

Doch das Nachdenken und diese Entspannung dauerten nur so lange, bis die beiden Sendboten im Dunkel der Gänge des Palastes verschwunden waren; Brühl sprang sofort auf, eilte zur Tür, öffnete sie und blickte hinaus.

Im Korridor stand ein Kammerdiener, als harrte er der Befehle.

»Rufe den Pagen Berlepsch zu mir, aber rasch ...«

Der gehorsame Diener lief davon. Nach fünf Minuten kam ein Knabe in der Uniform der kronprinzlichen Pagen völlig außer Atem angerannt.

Brühl, der ihn an der Tür empfing, legte ihm die Hand auf die Schulter.

»Berlepsch, du vertraust mir hoffentlich; frage nicht nach dem Wie und Warum. Versuche in das Zimmer des Kronprinzen zu gelangen und verplappere dich dort, auf eigene Verantwortung, verstehst du mich: auf eigene Verantwortung, Brühl sei angekommen. Aber schnell! Wenn dir etwas dazwischenkommt, dann ist alles umsonst.«

Der verständige Knabe sah, ohne die Hand von der Türklinke zu nehmen, dem Sprechenden in die Augen, antwortete kein Wort und ging hinaus.

Für alle Fälle nahm Brühl am Tisch Platz und vergrub das Gesicht in beiden Händen.

Ringsum herrschte Stille, selbst beim kleinsten Geräusch überlief ein Zittern seinen Körper. Über ihm wurde es jetzt lebendiger, auf der Treppe hörte man lebhafte Schritte; sie näherten sich der Tür. Ein noch junger Mann, dessen schönes Gesicht voller Hohn und Spott war, kam herein. Er sah Brühl, begrüßte ihn mit einem ironischen Unterton als ›Exzellenz‹ und sagte zu ihm:

»Der Allergnädigste Herr, zufällig von Eurem Eintreffen unterrichtet, verlangt, daß Ihr ihm sofort die Depeschen überbringt.«

Brühl täuschte große Bestürzung vor:

»Ich bin nicht entsprechend gekleidet.«

»Ihr sollt so kommen, wie Ihr seid.«

»Lautet so der Befehl?«

»Genau aufs Wort.«

Brühl sah noch einmal an sich herunter und schickte sich widerwillig zum Gehen an, allerdings vermochte er nicht ganz, die sich in seinem Gesicht widerspiegelnde Zufriedenheit zu verbergen.

Schweigend begaben sich beide nach oben.

Die Türflügel gingen auf, Brühl trat gemessenen Schrittes, mit einer so deutlichen Trauer in Gesicht und Haltung, ein, daß der Kronprinz, der im Lehnstuhl seine Pfeife behaglich rauchte, diese fallen ließ und sich erhob. Die Tür wurde geschlossen, und Brühl fiel auf die Knie nieder.

»Ich muß Eurer Königlichen Hoheit die traurige Nachricht überbringen. Als erster eile ich zu Euren Füßen, den Füßen des neuen Monarchen, um Euch zu huldigen. Unser König und Allergnädigster Herr weilt nicht mehr unter den Lebenden ...«

Friedrich stand eine Weile wie gelähmt da und bedeckte seine Augen mit den Händen.

Lange Minuten schwiegen beide. Brühl kniete immer noch vor dem Kronprinzen, der ihm die Hand zum Kusse reichte und ihm das Zeichen zum Aufstehen gab.

»Brühl, wann ist es geschehen? Wie kam es dazu?«

»Am ersten Februar verschied König August der Große in meinen Armen. Mir hat er seinen letzten Willen anvertraut, die königlichen Insignien und die Geheimpapiere übergeben. Die Kronen und die Kleinodien und Akten, die noch größeren Wert als sie besitzen, überbringe ich selbst und lege sie Eurer Königlichen Hoheit zu Füßen.«

Friedrich bot ihm wieder die Hand zum Kusse, Brühl neigte sich über sie – fast wäre er wie zuvor niedergekniet – und schien zu weinen; er preßte sein Taschentuch an die Augen und war ganz aufgelöst. Der Kronprinz zog ebenfalls ein Taschentuch hervor und vergoß um den geliebten und verehrten Vater wehmütige Tränen.

»Erzähle, Brühl, wie das Unglück geschah!« sagte er.

Mit gedämpfter Stimme, seine tiefe Bewegung überwindend, begann Brühl seinen Bericht über die Ursache der Krankheit, ihren Verlauf, die geistige Klarheit des Königs, seinen Gleichmut und die Ruhe, mit der er starb. Schließlich holte er den letzten, mit einem großen Siegel versehenen Brief des Königs hervor und legte ihn auf die Knie des Kronprinzen, der ihn umständlich erbrach. Friedrich erblickte fremde Schriftzüge, sogar die Unterschrift zeigte, wahrscheinlich durch die Krankheit, starke Veränderungen, aber dennoch drückte er seine Lippen darauf.

Der Brief enthielt den Abschiedsgruß, den Segen Augusts und die Empfehlung des besten und treuesten Dieners, des Überbringers seines Letzten Willens an den Sohn.

Der Kronprinz blickte auf Brühl und seufzte.

»Dem Wunsch und dem Rate meines unvergeßlichen Vaters wird Genüge getan werden!«

Er hob die Hände in die Höhe.

Der Brief lag noch entfaltet auf seinen Knien, Brühl stand an der Schwelle, als sich die zu den Zimmern Josephas führende Tür öffnete und die schwarz gekleidete Gemahlin des Kronprinzen, Sulkowski und Pater Guarini feierlichst wie eine Prozession eintraten.

Wie groß war ihre Verwunderung, als sie den Kronprinzen in Tränen sahen und auf seinen Knien jenen letzten, entsiegelten Brief und Brühl in Reisekleidung daneben erblickten.

Friedrich warf sich schluchzend in die Arme seiner Frau. Josepha weinte ebenfalls, aber nach den Regeln der spanisch-österreichischen Hofetikette, die für die Form der Trauer, den Ausdruck des Schmerzes Beherrschung und Anpassung an die Umgebung vorschreibt.

Sulkowski gab Brühl mit einer Kopfbewegung seine Unzufriedenheit zu verstehen, näherte sich leise und flüsterte ihm zu:

»Ihr solltet doch auf uns warten.«

»Dem König hat jemand das Geheimnis meiner Ankunft verraten. Man rief mich, und ich mußte gehorchen.«

»Wer?«

»Watzdorf.«

Sulkowski schien sich diesen Namen einzuprägen.

Ein interessantes Bild boten die versammelten Personen. Aufrichtige Trauer drückten nur die Gesichtszüge des Kronprinzen aus. Er war gewohnt, seinen Vater zu ehren, und ihm wirklich zugetan. Noch ganz beeindruckt von dem Verlust und von der Angst vor der Verantwortung erfüllt, die er nun tragen sollte, hatte Friedrich ein ganz verändertes Gesicht. Gewöhnlich ruhig und heiter, war es nun vom Weinen und Schmerz verzerrt. Er dachte nicht daran, seine Gefühle zu beherrschen. Josephas Leid war mehr zur Schau gestellt als wirklich empfunden, und viele andere Gefühle und Gedanken mischten sich darein. Nicht einen Augenblick vergaß sie ihre Würde und die Etikette. Sulkowski hing trüben Gedanken nach, so wie einer, der zur Macht kommt und überlegt, wie er sie handhaben soll. Seine große Selbstsicherheit verließ ihn sogar der Herrin gegenüber nicht, der er Achtung schuldete. Pater Guarini hielt die Hände fromm unter seinem Bart gefaltet, den Kopf hatte er geneigt, die Augen geschlossen und seinem Gesicht einen solchen Ausdruck verliehen, der viel zu gut zur Situation paßte, um nicht geübt worden zu sein. Brühl war darauf bedacht, ganz in Schmerz versunken zu sein; er konnte sich aber nicht enthalten, verstohlen die Gesichter der Anwesenden zu beobachten. Immer wieder fiel sein Blick auf Sulkowski. Er schien mit den Augen seinen Rivalen zu messen.

Während sich Josepha bemühte, ihrem von Trauer gebeugten Manne einige Worte des Trostes zu sagen, wartete Sulkowski nicht länger und erlaubte sich, näher heranzutreten und einen Rat zu geben: Die höchsten Würdenträger müßten zusammengerufen werden, und durch Glockenläuten sollte Stadt und Land kundgetan werden, daß sie August den Großen verloren hätten.

Josepha blickte den aufdringlichen Ratgeber mit einem gewissen Widerwillen an, flüsterte ihrem Mann etwas zu, gab ihm die Hand und lenkte majestätisch ihre Schritte zur Tür. Pater Guarini folgte ihr in der gleichen Haltung, wie wir ihn vor einer Weile gesehen haben.

Im Zimmer herrschte Schweigen. Brühl erwartete Befehle; der Kronprinz wagte nicht, sie zu erteilen. Sulkowski, der Dreistere von allen, machte ungeduldige Bewegungen. Friedrich bedeckte immer noch das Gesicht mit dem Tuch. Sulkowski nützte seine Verfassung aus und bedeutete Brühl, das Zimmer zu verlassen. Seine Augen hatten schon den Brief entdeckt und mehr erraten als gelesen.

Brühl zögerte einen Augenblick und ergriff dann eilig die Türklinke. Friedrich bemerkte nicht, daß er hinausging. Sulkowski und der Kronprinz waren allein. Friedrich schien dies zu fühlen, nahm das Taschentuch von den Augen und sah sich im Zimmer um.

»Wo ist Brühl?«

»Er ist hinausgegangen.«

»Er soll nicht fortgehen, er soll hierbleiben, bitte!«

Sulkowski wollte widersprechen, wagte es jedoch nicht. Er beugte sich zur Tür hinaus und flüsterte etwas. »Man muß sich wie ein Mann und König dem Willen Gottes fügen«, sagte er vertraulich, »Könige haben keine Zeit, sich ihrem Leid hinzugeben.«

Friedrich winkte nur mit der Hand ab.

»Der Geheime Rat wird gleich zusammentreten ...«

»Geh hin und übernimm den Vorsitz, ich kann es nicht«, sagte der Kronprinz, »und Brühl soll zu mir kommen.«

»Aber wozu braucht Ihr Brühl?« wendete Sulkowski ein.

»Er? In seinen Armen verschied mein Vater und König, seinen letzten Hauch atmete er ein. Mein Vater hat ihn mir empfohlen, ich will ihn bei mir wissen; er soll kommen.«

»Man holt ihn schon«, entgegnete achselzuckend, mit offensichtlichem Unwillen Sulkowski.

»Aber ärgere dich doch nicht, Josef«, fügte Friedrich weinerlich hinzu.

In diesem Augenblick begann das Trauergeläut sämtlicher Kirchen von Sachsens Hauptstadt. Der Kronprinz kniete nieder und begann zu beten. Sulkowski folgte seinem Beispiel. Eine Glocke nach der anderen ertönte, und alle vereinigten sich zu einem dumpfen Chor, den das Wogen der von der Trauerbotschaft aufgewirbelten Stadt begleitete.

## VI

Während sich all das im kronprinzlichen Palast abspielte, arbeitete man hinter den Kulissen des Theaters fieberhaft an den Vorbereitungen für die Aufführung der Oper »Cleofida«, die für diesen Tag angesetzt war. Obwohl schon viele Male wiederholt, wurde sie doch voller Ungeduld erwartet. Die wunderbare Ausstattung dieses herrlichen Bühnenstücks – oftmals kamen an die hundert Pferde auf die Szene, Kamele und eine riesige Komparsenschar in prachtvollen orientalischen Gewändern – und nicht zuletzt die hervorragende Maschinerie des Theaters lockten mindestens genauso viele Zuschauer an wie die entzückende Stimme der Signora Faustina Bordoni.

Die durch ihren Triumph über die ebenfalls hervorragende Cuzzoni berühmte Faustina war die erste Sängerin ihrer Zeit und hier Primadonna im wahrsten Sinne des Wortes, auf der Bühne, hinter den Kulissen und auch dort, wo keine mehr standen. Signora Bordoni hätte, obwohl sie den berühmten Namen des bekanntesten Komponisten jener Epoche, Johann A. Hasses, trug, ihn leicht vergessen können. Das Ehepaar trennte einen Tag nach der Hochzeit der Befehl des Königs, der den Musiker zum Studium in das Land der Klassik, nach Italien, beorderte.

Als die Kutsche mit Brühl und der traurigen Nachricht vom Tode Augusts des Starken dem Schlosse entgegenrollte, saß die schöne Faustina in dem eigens für sie eingerichteten prunkvollen Salon im Theater. Die

Primadonna war schon über ihre erste Jugend hinaus, aber trotz ihres italienischen Blutes, das eine Frau so schnell erblühen und ebenso rasch verblühen läßt, hatte sie verstanden, sich die volle Kraft ihrer Stimme zu erhalten, die Anmut ihrer Gestalt und die junonische Schönheit ihres Antlitzes, womit sie die Natur beschenkt hatte. Sie gehörte nicht zu den hübschen, zierlichen Geschöpfen oder zu jenen ätherischen Wesen, die, einer Fata Morgana gleich, sich in Nebel und Licht auflösen, sondern war eine starke, herrliche und majestätische Erscheinung. Sie glich einer Statue, die der energische Meißel des Michelangelo aus einem Steinblock gehauen hat.

Ihre makellose Schönheit entsprach der Macht ihres Gesanges, paßte zu ihrem Charakter und harmonierte mit ihm: der Kopf einer Göttin, die mit einem Zucken der Augenbrauen den Olymp erschüttert, die Büste einer Nymphe, der Arm einer Bacchantin, die Haltung einer Amazone, Fuß und Hand einer Fürstin, die schwarzen Haare, die so üppig waren wie die Mähne eines arabischen Pferdes ... Aus ihrem Gesicht sprachen trotz der schönen klassischen Züge eher Strenge und Kraft als weibliche Süße. Die etwas zu deutlich nachgezogenen schwarzen Augenbrauen runzelten sich des öfteren, die Nase blähte sich dann zornig auf, und hinter den rosigen Lippen blitzten drohend die Zähne. Ihr ganzes Wesen ließ einen Menschen erkennen, der gewohnt war, zu herrschen, zu befehlen und sich huldigen zu lassen, der sich nicht einmal vor den Augen des Königs fürchtete und selbst auf gekrönte Häupter Blitze schleuderte.

Ihr kleiner Salon war prunkvoll ausgestattet, ganz in Weiß und Gold gehalten. Blaue Atlasbezüge schmückten die Möbel, der von einem Spitzenvorhang verdeckte Frisiertisch glänzte von Gold und Prozellan, die Garderobenschränke waren mit Bronze verziert, von der Decke hing eine Porzellanspinne wie ein Blumenkorb herab.

Zwei Dienerinnen harrten an der Tür der Befehle ihrer Herrin. Ihre Züge verrieten Italienerinnen, die sogar die malerische Frisur, die die Haare mit silbernen Nadeln zusammenhielt, nicht aufgegeben hatten. Faustina sah auf die Uhr in der Ecke ... Sie warf sich auf das Sofa und spielte, halb sitzend und halb liegend, an der Seidenschnur ihres weiten, geblümten Hauskleides, in dem sie sich ins Theater hatte tragen lassen.

Die Dienerinnen standen schweigend da.

Man klopfte an die Tür. Faustina rührte sich nicht. Sie schaute nur auf und begrüßte mit einem leichten Lächeln das im Türspalt erscheinende Gesicht eines schönen Mannes. Angelo Monticelli trat ein, der der Königin mit seiner Aufwartung seine Verehrung bezeigen wollte. Auch er war ein italienischer Typ, aber während Faustina das italienische Temperament verkörperte, zeigte Angelo fast einen weiblichen Liebreiz. Jung, bezaubernd, mit seinen schwarzen langen, auf die Schultern herabfallenden Haaren – schien er für die Rolle eines Verliebten, eines Gottes oder eines Liebhabers geschaffen zu sein. Kein Apoll der Antike, der ganz verzückt die Lyra schlägt, war schöner als er. Nur der Stolz und der Mutwille dieses Göttersohnes fehlten ihm, denn überaus große Demut und Ergebenheit kennzeichneten ihn.

Er berührte bei der Begrüßung fast mit der Stirn den Boden. Faustina blieb jedoch gleichgültig, fuhr fort, sich mit den Schnüren ihres Kleides zu vergnügen, und gönnte ihm kaum ein Kopfnicken. Angelo setzte seine Füße wie zu einem Tanze auf der Bühne; er fühlte sich zu einer graziösen Stellung verpflichtet.

»Angelo!« rief Faustina aus, »du läufst diesen abscheulichen Deutschen nach ... Ich weiß es, ich weiß es. Du wirst deine Stimme und deine Jugend einbüßen. Pfui! wie kann man nur eine Deutsche als Frau ansehen. Schau dir nur ihre Füße und die Hände an!«

»Signora!« erwiderte Monticelli mit einem Blick in den Spiegel – er war etwas in sich selbst verliebt –, richtete sich auf und legte die Hand aufs Herz. »Signora, non è vero! Das ist nicht wahr ...«

»Ja«, unterbrach ihn lachend Faustina, »du wirst als Ausrede bringen, sie liefen dir nach.«

»Das nicht. Ich sehne mich nach Italiens Himmel, nach italienischen Gesichtern und nach dem Herzen der Italienerin ... Ich verdurste hier.«

Faustina sah ihn an und befahl mit einer Handbewegung den Dienerinnen, sich zu entfernen.

»Undankbarer!« flüsterte sie, »wir alle verwöhnen dich hier, und du bist immer noch unzufrieden.«

Sie hob ihren Blick zur Decke, gähnte und schien den sie mit den Augen verschlingenden Monticelli zu übersehen.

»Ist die Albuzzi schon da?«

»Ich weiß es nicht.«

»Du solltest über die Albuzzi nicht Bescheid wissen? Ha, ha!«

»Sie interessiert mich ganz und gar nicht.«

»Ja, wenn du mit mir sprichst! Aber ich bin weder auf sie noch auf deine apollinische Schönheit eifersüchtig. Ich kann sie nur nicht leiden, und dich, Angelo, hasse ich ...«

»Weshalb?«

»Weil du meinen Haß verdienst, weil du eine Puppe, ein Schwindler bist. Sieh auf die Uhr und geh dich umkleiden.«

In der Türöffnung tauchte ein neues Gesicht auf, der beleibte, kräftige Puttini mit seinem fröhlichen und lebendigen Wesen: »Meine größte Hochachtung, Exzellenz, aber ich bitte um Verzeihung, vielleicht störe ich das Duett ...« Er sah fragend auf Angelo.

Faustina brach in Lachen aus, zog die Schultern hoch: »Wir singen nur auf der Bühne Duette. Aber ihr wollt wohl heute alle zu spät kommen! Los zum Ankleiden!«

Sie verließ das Sofa. Angelo ging ebenfalls zur Tür. Puttini blieb stehen und lachte:

»Ich werde mich nicht verspäten, meine Trikots liegen bereit, und der Rest des Kostüms ist nicht so wichtig.«

Die Tür wurde geräuschvoll aufgestoßen, und ein schwarzgekleideter Mann, mit glatter Perücke und pausbäckigem Gesicht, an dem die kleine Nase und die niedrige Stirn auffielen, lief aufgeregt herein.

Schon seine Gestalt allein kündete etwas Außergewöhnliches an. Faustina, die in ständiger Angst vor Feuer lebte, schrie durchdringend auf:

»Heilige Mutter Gottes, hilf! Es brennt, Feuer!«

»Wo, wo?«

Der Ankömmling verharrte stumm und wie erstarrt. Sein Name war Klein. Er gehörte zu den Musikern des Orchesters und den Verehrern der Stimme Faustinas, liebte die Italiener und war ein begeisterter Musikfreund.

Er trug wie die meisten Deutschen den Vornamen Johann; Faustina hatte daraus ›Giovanni‹ gemacht und ihm den Spitznamen ›Piccolo‹ gegeben.

»Piccolo! Bist du wahnsinnig geworden?«

»Der König ist tot! König August der Große ist in Warschau gestorben!«

Bei diesen Worten schrie Faustina schrill auf, bedeckte die Augen, und alle standen stumm da. Die Tür war hinter dem eingetretenen Klein offengeblieben, und schier das ganze Personal des Theaters begann hereinzuströmen. Die meisten Künstler, die in der ›Cleofida‹ auftreten sollten, waren schon halb kostümiert. Die Albuzzi kam hereingestürmt; sie trug nur die notwendigsten Kleidungsstücke und hatte sich nicht einmal die Zeit genommen, ihren bloßen Busen zu bedecken. Ihre Schönheit fiel sogar neben Faustina auf; alles an ihr war ungewöhnlich klein, aber ihre Lebhaftigkeit dafür um so größer.

Ihr folgte die hellblonde Catharina Piluja und ein ganzer Haufen Italiener und Franzosen in flüchtig übergeworfenen Kleidern, mit bestürzten Gesichtern, deren eine Hälfte schon Rouge bedeckte, während die andere noch ungeschminkt war. Alle stürzten zu Faustina, umringten sie und wiederholten in allen möglichen Tonlagen: »Il Re è morte! Der König ist tot!«

In diesem Stimmengewirr konnte man weder die Worte und Ausrufe richtig verstehen, geschweige denn voneinander unterscheiden. In ihren Gesichtern lag eher Schreck als Schmerz. Alle redeten durcheinander, nur Faustina schwieg. Sie schien von dieser Nachricht nicht besonders gerührt zu sein. Wie an ein Orakel, wendeten sich aller Augen und Ohren zu ihr; man wartete, was sie sagen würde, aber die Bordoni wollte offenbar nicht der Menge ihre Gedanken preisgeben. Die Glocken hallten über die Stadt. »Die Vorstellung wird ausfallen, geht alle heim!« rief sie in gebieterischem Ton. Aber man gehorchte ihr nicht. Die Versammelten standen wie angenagelt, traurig und entsetzt. »Geht heim!« wiederholte Faustina, »wir haben hier nichts zu tun und werden hier nicht so bald wieder spielen.« Sie selbst ging zum Sofa, als wollte sie sich zum Fortgehen ankleiden. Noch einmal wandte sie sich mit Befehlsmiene um und wies mit der Hand zur Tür. Die traurige Menge begann in Bewegung zu geraten und murmelnd hinauszugehen. Die Albuzzi blieb eine Weile vor dem Spiegel stehen, sah über die Schulter auf Faustina, und langsam schloß sie sich dann den anderen an.

Kaum hatte sich die Tür hinter dem letzten der ungebetenen Gäste geschlossen, als sich die Primadonna auf das Sofa warf. Anscheinend sah sie den ältlichen Mann nicht, der sich abseits am Fenster hielt und in die Dunkelheit hinaus schaute. Er machte sich durch Husten bemerkbar.

»Ah, Ihr seid es?«

Hasse war es, dem Namen nach der Mann Faustinas.

»Ja«, sagte der Deutsche gleichgültig in sauberem, schönem Italienisch.

»Woran denkt Ihr? Schreibt Ihr etwa schon ein Requiem für den Verstorbenen?« fragte Faustina.

»Fast habt Ihr es getroffen«, entgegnete der Komponist und schob seine Perücke zurecht. »Ich dachte, daß die Messe, die ich schon vor einiger Zeit komponiert habe – ›Sulla morte d'un eroe‹ (Auf den Tod eines Helden) –, auf unseren Herrn passen würde. Ich bin Musiker, und alles in mir, auch die Trauer, verwandelt sich in Töne.«

»Und in was werden wir uns jetzt verwandeln?« seufzte Faustina.

»Chi lo sa? Wer weiß das?«

Beide schwiegen. Hasse ging mit gesenktem Kopf, die Hände in den Taschen vergraben, im Zimmer auf und ab. Dann hielt er vor seiner Frau inne.

»Wir haben keinen Grund zur Besorgnis«, sagte er ruhig, »den Hasse kann so leicht keiner ersetzen, auch eine Porpora nicht, und Faustina – niemand.«

»Du Schmeichler«, entgegnete die Italienerin, »der Hasse wird im Alter besser als in der Jugend singen, aber Faustinas Stimme wird wie eine abgebrannte Kerze, die mit großer Flamme leuchtete ... eines Morgens erlöschen.«

»So bald wird das nicht eintreten«, erwiderte der Deutsche nachdenklich. »Ihr wißt das besser als ich.«

»Aber der neue Herr, dieser stille, ruhige, fromme, bescheidene, von der Habsburgerin vollkommen beherrschte Herr ...«

Hasse lachte auf:

»E un fanatico per la musica, e fanatico per la Faustina.«

»Chi lo sa?« flüsterte sie versonnen. »Wenn er es nicht wäre, müßte man ihn dazu machen.«

Ein Gedanke kam ihr in den Sinn.

»Der arme August lebt nicht mehr. Ich möchte ihm gern eine schöne Grabrede halten, aber ich kann es nicht.«

Hasse zuckte mit den Achseln und sagte mit kaum vernehmbarer Stimme:

»An Lobreden wird es nicht mangeln, aber die Zukunft wird über ihn ein ganz anderes Urteil fällen. Er war ein wunderbarer ... Tyrann und lebte nur für sich selbst. Sachsen wird vielleicht aufatmen.«

»Du bist ungerecht!« rief Faustina. Konnte sie jemals glücklicher, berühmter und von mehr Glanz umgeben werden? ... Der helle Schein dieses Helden war auch auf sie gefallen.

Hasse lächelte schmerzlich.

»In der Loge des Theaters kam er Euch wie ein Held vor, wenn er, ganz mit Brillanten übersät, Euch zulächelte; aber das Land mußte diese Diamanten mit Tränen bezahlen. Jubel und Gesang hörte man in Dresden und Stöhnen in Sachsen und Polen. Hier herrschte der Überfluß, dort das Elend.«

Faustina sprang empört auf:

»Tace, schweig! Ich erlaube dir nicht, so über ihn zu reden. Häßlicher Neid spricht aus deinen Worten!«

»Nein«, antwortete Hasse ruhig und sah sie an, »meine ganze Liebe gehörte der Musik, und von der schönen Faustina liebte ich die Stimme. Es genügte mir, dieser zu lauschen oder nur von ihr zu träumen. Faustina konnte den König nicht anders sehen, und ich schweige.« –

Hasse ging in Gedanken vertieft im Zimmer hin und her, als sich die Tür öffnete und gleich wieder schloß. Ein Kopf war für einen Moment nur im Türspalt aufgetaucht und sogleich wieder verschwunden, aber Faustina hatte ihn doch gesehen, erkannt und rief, er möge eintreten.

Zögernd wurde der Einladung Folge geleistet. Es war jener Watzdorf, der Brühl den Befehl des Kronprinzen überbracht hatte ... Für einen Höfling besaß er wirklich ein wunderliches Gesicht, mit den unbarmherzig spöttischen Zügen und den alles durchdringenden, ironisch lachenden Augen; seine Bewegungen und die Gestalt erinnerten an den Condottiere des Maskenballes.

»Ich dachte«, sagte er beim Eintreten und lächelte Faustina zu, »Ihr wüßtet noch nichts?«

»Die Glocken haben es doch der ganzen Stadt und aller Welt kundgetan«, antwortete die Italienerin, neugierig näher kommend.

»Ja, aber die Glocken lachen und weinen ja mit derselben Stimme, ob das Läuten nun einer Hochzeit oder einem Begräbnis gilt; folglich hättet Ihr annehmen können, irgendeine Prinzessin sei zur Welt gekommen und allgemeine Freude würde angeordnet.«

Er zuckte mit den Achseln.

»Der arme König«, seufzte Faustina.

»Ah!« griff Watzdorf boshaft die Bemerkung auf. »Er hat viel erlebt, zumindest an die dreihundert Geliebte besessen, Millionen durchgebracht, einen ganzen Fluß voll Wein ausgetrunken, eine Menge Hufeisen zerbrochen und genug Köpfe abgeschlagen ... War es da nicht an der Zeit, abzutreten?«

Niemand wagte, ihn zu unterbrechen, nur Hasse sah ihn verstohlen an.

»Und was wird jetzt kommen?« fragte die Primadonna.

»Wir haben die Oper ›Il Re Augusto‹ – Der König August – gesehen, vielleicht spielt man nun eine neue mit anderem Titel, die nicht viel besser sein wird. Die Hauptrollen in ihr werden von folgenden Personen bestritten: die kaiserliche Tochter, Pater Guarini, Pater Salerno, Pater Vogler, Pater Kopper und als Zugabe irgendein Klosterbruder ... den Namen weiß ich nicht. Faustina wird für sie singen, wie sie vordem gesungen hat, Hasse wird weiter seine Opern schreiben. Schlimmer wird es um uns, die Komparsen des Hofes, stehen, wenn die ersten Rollen die Pagen aus der ganzen Welt und die Lakaien aller Höfe übernehmen werden.«

Hasse, der zuhörte, näherte sich ihm und flüsterte leise:

»Genug, genug! Es könnte jemand hinter der Tür stehen. So etwas anzuhören ist für uns schon gefährlich.«

Watzdorf zog die Schultern hoch.

»Wo wart Ihr denn im März des vergangenen Jahres?« fragte Faustina verwirrt.

»Ich? Im März? Einen Augenblick ... Na, ich weiß es nicht mehr.«
»Auf alle Fälle nicht auf dem Neu-Markt, als man das traurige Drama vom Major d'Argelles aufführte.«
Watzdorf unterbrach sie nicht und schwieg.
»Ihr wißt doch, dieser d'Argelles, der die Wahrheit oder – Verleumdungen so scharf zu sagen verstand und keinen verschonte, der sie aufschrieb und verbreitete. Ich nahm damals ein Fenster und sah zu. Der Ärmste tat mir leid: er war von den Franzosen ausgeliefert worden, weil er früher hier gedient hatte. Man stellte ihn an den Pranger, hoch, inmitten der Volksmenge. Der Henker zerbrach über seinem Kopfe den Degen und warf ihn vor seine Füße, er gab ihm zwei Ohrfeigen, daß ihm das Blut aus dem Munde quoll, in den er ihm eine Handvoll seiner Hetzschriften hineinstopfte. Ich weinte, als ich diesen armen Menschen sah. Er sitzt mit geschorenem Kopf in Danzig im Kaspelhaus, bis sich der Tod seiner erbarmt.«
»In der Tat, das ist eine interessante Geschichte, Signora Faustina«, bestätigte Watzdorf spöttisch, »aber wißt Ihr, wer mich noch mehr dauert als Major d'Argelles? Derjenige, der sich so grausam und unmenschlich an ihm rächte.«
Bei diesen Worten sah Watzdorf unerschrocken der Italienerin in die Augen und fuhr fort:
»Signora Faustina, es folgt jetzt die allgemeine Hoftrauer, Ihr werdet Zeit haben, auszuruhen und Eure Stimme so zu üben, daß Ihr den neuen Herrn bezaubern werdet, um über ihm, so wie Ihr es bei dem Verstorbenen getan habt, das Zepter zu schwingen. Und wißt Ihr, was ich dazu sage? ... Ihr werdet es sehr leicht haben. August war einer der größten Verführer; sein Sohn liebt die Ruhe und raucht immer nur die gleiche Pfeife. Gibt man ihm eine neue, so schüttelt er den Kopf, und wenn er könnte und wollte, so wäre er bereit, sich darüber zu ärgern.«
Watzdorf brach in ein Gelächter aus:
»Also«, fügte er hinzu, »ich bin hier überflüssig, Ihr seid schon über alles unterrichtet, und für mich ist es Zeit, an die morgen beginnende Trauer zu denken. Wenn auch das Herz eine solche nicht empfinden kann, so möge sich denn der Körper in Trauergewänder hüllen: niemand wird in mein Inneres blicken.«
An der Tür blieb er stehen und sich plötzlich nochmals zu Faustina umdrehend, sagte er:
»Ich vergaß ganz – wie steht Ihr mit Sulkowski? Morgen besteigt er den Thron, und morgen wird Brühl entweder nach Thüringen abreisen oder bei ihm als Lakai bleiben, um ihm dann, wenn er den Zeitpunkt für ge-

kommen hält, ein Bein zu stellen ... Brühl unterhält zu Pater Guarini die vertrautesten Beziehungen.«

Hasse zischte ihm zu. Watzdorf hielt sich den Mund mit der Hand zu. »Ist es verboten? So schweige ich.« Faustina näherte sich ihm verwirrt:

»Signore, Ihr seid unverbesserlich. Hier, unter uns, droht Euch keine Gefahr.« Sie legte den Finger auf die Lippen.

»Ich fürchte mich vor keinen Drohungen«, seufzte Watzdorf, »ich habe keinen anderen Ehrgeiz als den, immer ein ehrlicher Mensch zu bleiben, und wenn sie mich nach Königstein bringen, werde ich keiner Versuchung ausgesetzt sein. Auch das ist etwas wert."

»Oh! Gebe Gott, daß du nicht zum Propheten wirst!« sagte Hasse, die Hände faltend. »Denkt, was Ihr wollt, aber sprecht ...«

»Doch welches Verdienst erwürbe ich mit Gedanken, wenn ich sie nicht in das Volk würfe?« antwortete Watzdorf schon auf der Schwelle. »Im übrigen, eine angenehme und gute Nacht, meine Herrschaften!« Er verschwand.

»Es besteht kein Zweifel daran«, bemerkte Hasse, »er wird dort enden, wo er sagte. Höchstens kann es sein, daß er, wenn keine Zelle in Königstein frei sein sollte, nach Sonnenstein oder Pleißenburg gebracht wird.«

Faustina antwortete ihm mit einem Seufzer.

## VII

Wer am folgenden Tage das Gesicht der Stadt genau betrachtet hätte, die seit gestern einen derartigen Verlust beklagte, wäre überrascht gewesen, kaum Anzeichen von Trauer zu bemerken, sondern nur Unruhe und starke Neugier. Vorsichtig umkreisten kleine Menschengruppen das Schloß und das Palais auf dem Taschenberg. Sie versuchten zu erraten, was sich innerhalb der Mauern abspielte. Überall war eine außerordentliche Bewegung zu bemerken, doch die Ordnung der aufziehenden Wachen der Garde und der Schweizer blieb unverändert. Kutschen mit herabgelassenen Vorhängen und verhängte Sänften durcheilten die Stadt in den verschiedensten Richtungen. Dieser Verkehr vollzog sich still und irgendwie gedämpft. Der offizielle, feierliche Trauerschmuck war noch nicht angelegt worden, und aufrichtige Trauer konnte man auf keinem Gesicht lesen. Jeden abgehenden Kurier beobachtete die Menge neugierig, folgte ihm mit den Augen, stellte Vermutungen an und tuschelte über Grund und Ziel seiner Reise. Allerdings wagte man nicht, laut zu sprechen ... Königstein war nahe, und am Ruder sollten, wie es den Anschein hatte, dieselben Leute und die gleichen Prinzipien bleiben; denn der Kronprinz und jetzige Kurfürst ehrte seinen Vater viel zu sehr, um Veränderungen einführen zu wollen. Selbst nach dem Tode Augusts bewies er ihm zu viel Gehorsam, um etwas von sich aus zu unternehmen; viel zu teuer war ihm die Ruhe, als daß er sich durch Neuerungen mit Sorgen belastet hätte. Man rechnete nur mit dem Sturz Brühls und dem Triumph Sulkowskis. Wie die neue Regierung aussehen würde – das vermochte keiner vorauszusagen.

Brühl bewohnte schon damals das Haus am Neu-Markt. Stille umgab es. Man wußte nur, daß er gestern die Kleinodien, die Kronen, die Insignien und alle geheimen Kanzleiakten des Königs weggeschafft hatte. Was im Schloß und im Palais auf dem Taschenberg vorging, darauf konnte man von der Straße her nur nach den hastenden Personen schließen. Kutschen rollten heran und fuhren wieder ab, Sänften begegneten einander, Boten kreuzten sich.

Der ganze Tag verging in dieser rätselhaften Stille und scheinbaren Ruhe. Die niederen Beamten suchten auf der Erde und am Himmel nach Zeichen, um zu erfahren, wer nun gegrüßt und wer angespuckt werden sollte.

Hennicke, der Vertraute Brühls, jener ehemalige Lakai, der auch jetzt noch, da er sich ›Rat‹ nannte, im geheimen mit dieser Bezeichnung bedacht wurde, saß vom frühen Morgen an in seinem Hause, das an das Brühlsche grenzte. Früher, als ihm noch nicht einmal träumte, zu welchen hohen Ehren er gelangen würde, hatte Hennicke eine einfache Dienstmagd geheiratet, die seinerzeit nur ihr bißchen Jugend und Anmut ihr eigen nannte. Heute war beides längst entschwunden und Frau Hennicke, eine übrigens gute Frau, nur noch eine Plage für ihren Mann, der sich mit ihr nirgends zeigen konnte; denn allzu deutlich verrieten ihre Bewegungen und ihr ganzes Auftreten Spuren ihrer ursprünglichen Herkunft. Trotz aller Anhänglichkeit quälte sie ihren Mann und Herrn mit ihrer Geschwätzigkeit und allen möglichen Nichtigkeiten. Gerade war er sie losgeworden, hatte die Ellbogen aufgestützt und gähnte. Da trat ohne Anmeldung, schnell und überraschend, ein ansehnlicher Mann ein. An seiner Ungezwungenheit erkannte man den Höfling. Er trug vornehme Trauerkleidung und mochte in mittleren Jahren sein. Seine lebendigen Augen blitzten vor Schläue und Klugheit. Auf seinem Gesicht konnte man nur Scharfsinn und Verschlagenheit lesen, wie sie das Leben inmitten der ewigen Intrigen verlangte. Ein Mensch geriet nur allzu leicht in ihr Ränkespiel wie in die Räder eines rollenden Wagens, wurde gepackt und zermalmt. Der Besucher warf seinen Hut auf den Stuhl, zog die Tabaksbüchse aus der Tasche, nahm eine Prise und bot dann die Dose zur Begrüßung Hennicke an, der ihn neugierig musterte.

»Nun, was meinst du zu den kommenden Ereignissen?« fragte der Eingetretene, schloß den Deckel der Tabaksdose und ließ sie in der Westentasche verschwinden.

»Ich meine gar nichts, ich warte ab und schaue zu«, erwiderte vollkommen ruhig Hennicke.

»Und was hältst du von Brühl?«

Sie sahen sich an.

»Was sagt man?« fragte Hennicke.

»Jeder sagt das, was er sich selbst wünscht: die einen, man wird Brühl fortjagen oder wenigstens Rechenschaft über die Finanzen von ihm fordern und ihn dann einsperren, die anderen, daß er alle vertreiben, festsetzen und abwürgen wird. Und was glaubt Ihr?«

»Ich habe Euch schon gesagt, daß ich überhaupt nichts glaube«, entgegnete Hennicke, »sperrt man Brühl ein, helfe ich einsperren; wird Brühl die anderen abwürgen, helfe ich abwürgen. Gott sei Dank bin ich nicht so hoch gestiegen, daß ich mir beim Sturz das Genick brechen würde.«

Der andere lachte.

»Das ist wirklich die einzig richtige Politik – abwarten, sich möglichst von den Dingen fernhalten und abseits stehen.«

»Ja, ja, Herr Rat Globig«, bestätigte mit leisem Lächeln Hennicke und stand vom Stuhle auf, »sich nach vorn stürzen, ist nicht gut, hinten bleiben – gefährlich, doch schön in der Mitte verharren und sich nach allen Seiten orientieren – das ist vernünftig. Aber«, fügte er leiser hinzu, »unter uns gesagt, ich gehe mit Euch jede Wette ein ... um jeden Einsatz ... ich bin sogar bereit, meine Frau zu setzen gegen ... eine andere, jüngere; denn sie hat mich heute wieder entsetzlich mit ihrem Geschwätz geplagt – daß ...«, er näherte seinen Mund dem Ohr des Rats, »... Brühl sich behaupten wird, und wenn er sich behauptet, so wette ich wieder, worum Ihr wollt, daß es mit ihm keiner aushalten wird und daß mit dem heutigen Tage die Herrschaft Seiner Majestät Brühls I. einsetzt, die, beten wir darum zu Gott, möglichst lange währen möge. Und uns beiden, Herr Rat, wird es dabei sehr gut ergehen ... Aber Ihr kommt doch gewiß vom Schloß? Erzählt um Gottes willen, was dort los ist? Was hört man Neues?«

»Nichts, es ist still wie im Grabe; die Trauer wird vorbereitet. Pater Guarini pendelt zwischen Kurfürstin und Kurfürsten hin und her, Sulkowski steht seit früher Morgenstunde auf Wacht, und Brühl, ich weiß nicht einmal, wo er steckt ...«

»Er wird sich schon einfinden!«

»Josepha, die nun zur Frau des Kurfürsten herabgewürdigt und der Königskrone beraubt ist, scheint darüber erbaut zu sein.«

»So wird sie Brühl zur Königin machen ...«, sagte Hennicke und brach in Lachen aus.

Da ertönte draußen Pferdegetrappel. Beide stürzten zum Fenster; eine Abteilung der Garde, schon mit Trauerflor an den Ärmeln und Waffen, jagte zum Schloß. Ein Kammerdiener vom Hofe, in großer Livree, betrat das Haus. Hennicke sprang zur Tür, Globig griff nach seinem Hut. Es klopfte, und ein riesiger Mann übergab ein winziges Billett. Hennicke warf einen Blick darauf, und Globig sah ihm dabei neugierig über die Schulter; aber es nützte ihm nichts, denn der Hausherr ließ es sofort in der Tasche verschwinden, ging auf den Kammerdiener zu und fertigte ihn mit einigen leisen Worten ab.

Wieder waren sie allein.

»Es ist kein Geheimnis«, begann Hennicke lächelnd, »man braucht viel Geld, und wir müssen auch den letzten Heller eintreiben. Es ist kein Geld vorhanden, aber es muß eben dasein.« Beide griffen nach den Hüten.

»Hennicke ..., ich hoffe, daß wir immer zusammenhalten.«

»Auch beim Fallen?« fragte an der Tür der Hausherr und zog eine ironische Grimasse.

»Dann nicht«, entgegnete rasch Globig, »im Gegenteil, wenn einer von uns fällt, muß der andere bleiben, fest stehen, um den anderen wieder aufzurichten. Wenn es aufwärts geht, machen wir gemeinsame Sache.«

»Und wenn es abwärts geht, so wird noch ein Faustschlag ins Genick zum Nachhelfen gegeben?«

»Nein, das wollen wir nicht voneinander verlangen, ha, ha, ha!«

Sie reichten sich die Hände.

Hennicke war bereits beim Hinausgehen, als im Vorzimmer ein neuer Besucher erschien; eine hohe, lange und magere Person mit Spinnenfingern und dürren Beinen, einem länglichen häßlichen Gesicht, aus dem jedoch Raffinesse und Vitalität sprachen.

»Schaut einmal an, auch der kommt!« lachte Hennicke.

Globig stieß ihn mit dem Ellbogen an.

Der Lange trat näher und grüßte: »Nun, meine Herren, wie geht es? Fallen oder steigen wir?«

»Ah, wie ungeduldig er ist«, rief der Hausherr, »wartet es doch ab!«

»Wenn es ums Fell geht?« erwiderte der neu Hinzugekommene.

»Mein lieber Rat Loß, unsere Felle, alle drei zusammengenäht, werden noch nicht ausreichen, um einen einzigen bequemen Sitz zu beziehen.

Auf breiteren Schultern wird sich alles entscheiden. Habt Ihr Neues zu berichten?«

»Nur das, was alle voraussahen: Sulkowski ist erster Minister.«

»Interessant!« zischte Hennicke höhnisch, »der Katholik Sulkowski kann im protestantischen Sachsen niemals Präsident des Kronrates sein, es sei denn, er ließe sich zum Lutheranertum bekehren. Und wenn er das fertigbrächte, spuckte ihm wieder der König ins Gesicht und versetzte ihm einen Tritt ... von der Königin gar nicht zu reden.«

»Weißt du, du hast recht«, unterbrach ihn Globig, »das alles ist mir noch nicht in den Sinn gekommen.«

»Ihr habt nur vergessen«, warf Loß ein, seine langen Zähne beim Lächeln entblößend, »daß der Allergnädigste Herr die Gesetze ändern kann.«

»Ohne Einberufung des Landtages?« gab Hennicke zu bedenken.

»Und wenn auch ohne ... Er ist hier Herr«, entgegnete Loß. »Sachsen ist doch nicht die Republik Polen, wo der Adel macht, was er Lust hat, und der König es billigen muß.«

Hennicke räusperte sich, denn schnelle Schritte näherten sich der Tür. Fast im gleichen Augenblick trat, die Tür weit öffnend, ein großer, breitschultriger, dickleibiger Mann ein. Er blieb stehen, ohne den Hut abzunehmen oder zu grüßen, und musterte die Versammelten.

Stammer war der Name des dritten Rates, der hier seinen Besuch abstattete. »Was ist denn das, ein Landtag?« fragte er, während er langsam den Hut abnahm.

»Ja, ein unvorhergesehener«, entgegnete Hennicke leicht verstimmt; »führwahr, man könnte annehmen, hier wäre eine Verschwörung im Gange.«

»Wer hat heute schon Augen für andere, und wer ist überhaupt in der Lage, zu denken? Das beginnt erst morgen wieder«, sagte Stammer, »heute ist jeder mit sich selbst beschäftigt und befragt sein Gewissen, ob er sich nicht gegen die aufgehende Sonne versündigt hat, indem er der untergehenden huldigte; denn es ist eine Tatsache, daß man, mit dem Gesicht nach Westen schauend, gezwungen ist, dem Osten einen anderen Körperteil zuzukehren.

Die Herren Räte lachten laut auf. »Du, Stammer, du weißt doch alles«, rief Globig, »was hört man?«

»Die Glocken, die Glocken, nichts als die Glocken. Und hätte ich auch etwas anderes gehört, so seid versichert, ich würde mich hüten, darüber ein Wörtchen zu verlieren! Wer von uns weiß heute, wer sein Freund oder Feind ist? Es gilt zu schweigen, mit dem einen Auge zu weinen und mit dem anderen leise, leise zu lachen! Hennicke, mit dem Hute ...«, sagte er nach kurzer Pause, »willst du weggehen?«

»Ich muß ...«, bejahte der Hausherr und bat mit einem Blick die Anwesenden um Verzeihung, »der Dienst ruft ...«

»Ja, ja, der Dienst ist das wichtigste«, unterbrach ihn Stammer, »jeder dient heute sich selbst. Es gibt keinen anderen Gebieter, der mehr fordern könnte.«

Globig trat an Stammer heran und fragte leise:

»Wißt Ihr denn wirklich nichts Neues?«

»Doch, eine ganze Menge, aber ich erzähle nichts, mit Ausnahme einer Nachricht.«

Alle kamen näher.

»Wir Sachsen sind unten und die Polen oben! Unser Kurfürstentum ist schon kassiert, um uns braucht sich keiner mehr besonders zu scheren; die polnische Krone jedoch steht noch aus, also sind die Sapieha, Lipski, Czartoryski, Lubomirski, Moszynski und Sulkowski obenauf.«

»Sulkowski habt Ihr erst am Schluß genannt?« fragte Loß spöttisch, »hm, hm.«

»Nur aus dem Grunde, weil er an die Spitze gehört. Und nun, da es eine heiße Zeit ist, obwohl draußen grimmige Kälte herrscht, verabschiede ich mich von Ihnen, meine Herren.«

Er setzte den Hut auf und ging als erster hinaus, die anderen folgten ihm langsam. Als letzter verließ der Wirt das Zimmer, der noch irgendwelche Befehle erteilte und anscheinend allein weggehen wollte.

Am Tor des Hauses blickte man sich vorsichtig nach allen Seiten um, und jeder schlug dann eine andere Richtung ein.

Auf dem Markte waren nur kleine Menschengruppen und vorbeimarschierende Soldaten zu sehen. Mit der gleichen Neugier wurden in allen Häusern der sächsischen Hauptstadt die gleichen Fragen erwogen, geprüft und Betrachtungen angestellt, aber bis zum Abend war niemand in der Lage, etwas Genaues zu sagen.

Die Dämmerung brach schon herein, als eine Sänfte vor dem Hause des Paters Guarini abgesetzt wurde. Das Zimmer, in dem wir ihn schon mit Brühl sahen, diente ihm als Kabinett. Hier empfing der Beichtvater des Kronprinzenpaares, die unauffälligste und doch höchste Macht am Hofe, nur die vertrauten Gäste. Der in seiner Lebensweise und in seinen Ansprüchen bescheidene Alte brauchte für seine Bedürfnisse keine große Wohnung, aber die bei ihm ein und aus gehenden zahlreichen, oftmals bedeutenden Gäste machten eine solche erforderlich. So bewohnte denn auch der Pater eine ganze Etage. Und je nach der Gewichtigkeit des Besuchers begnügte er sich mit dem Zimmer, wo auf dem Sofa die Gitarre lag, mit dem einfach möblierten Salon oder wählte eines der Zimmer, in denen seine kleine Bibliothek, die Bilder und andere Sammlungen untergebracht waren.

Der Sänfte entstieg ein hochgewachsener Mann in dunkler weltlicher Kleidung, mit einem Degen an der Seite. Sein aristokratisches, feines und schönes Gesicht, das aber blaß und gelb war, hatte einen ausländischen Schnitt. Ein ungewöhnlich sanftes und liebliches Lächeln verschönerte es. Die hohe weiße Stirn, die dunklen großen Augen, die römische Nase, die schmalen Lippen und die sorgfältig rasierten Wangen verliehen ihm das Aussehen eines Kavaliers der großen Welt. Über seine Schultern hing ein schwarzer Mantel, den Rock schmückte nicht das übliche Flitterwerk, sondern nur weiße Spitzen.

Mit sicheren Schritten stieg der Unbekannte die Stufen empor, läutete an der Tür, und als der alte Diener Guarinis öffnete, betrat er, ohne zu fragen und seinen Namen zu nennen, den Korridor. Der Diener beeilte sich, ihm die Tür zum Gästesaal des Jesuitenpaters zu öffnen, und führte ihn nicht wie gewöhnliche Gäste ins Kabinett. Der kleine Saal war dunkel gehalten, schlicht und voller religiöser Bilder und Symbole. Der Staub auf den Gegenständen ließ vermuten, daß hier selten jemand empfangen wurde.

Auch jetzt war außer dem Besucher niemand im Zimmer. Als Pater Guarini die Schritte vernahm, verließ er sogleich sein Kabinett. Beim Anblick des Angekommenen kreuzte er die Hände über der Brust und neigte mit der größten Demut, doch mit leichtem Erstaunen sein Haupt.

Sie gingen aufeinander zu und küßten sich gegenseitig auf die Schulter, wobei sich Guarini fast bis zur Hand herabbeugte.

»Ihr habt mich nicht erwartet«, sagte der Gast schnell mit gedämpfter Stimme, »ich wußte nicht, daß ich heute hier sein würde. Ihr vermutet doch sicher, was mich herführt ... Die gegenwärtige Lage ist von größter Wichtigkeit.«

»Ich habe schon gestern nach Instruktionen geschickt«, entgegnete der Pater leise.

»Ich bringe sie Euch. Laßt die Tür abschließen. Wir müssen unter vier Augen sein.«

»Dazu ist kein Befehl nötig. Wir sind hier ganz ungestört.«

»Verlieren wir also keine Zeit! Wie stehen die Dinge? Wie entwickelt sich die Lage? Ist etwas zu befürchten? Braucht Ihr Hilfe? Sprecht, und laßt uns dann rechtzeitig Rat schaffen.«

Guarini überlegte, was er antworten sollte.

Obwohl der Angekommene, wie bereits gesagt, weltliche Kleidung trug, sprach ihn der Pater nach einer Weile leise mit »Allerehrwürdigster Vater« an und fuhr fort:

»Die Lage am Hof kennt Ihr ebenso gut wie ich. Der Kronprinz ist ein eifriger Katholik, und seine Gattin liebt, wenn es überhaupt möglich ist, noch fanatischer als er unseren Glauben. Der erste Favorit, Sulkowski, gehört ebenfalls der katholischen Kirche an. Fast die ganze Umgebung bekennt sich zu unserer heiligen Religion.«

»Aber Sulkowski! Ich hörte, er soll die zukünftigen Geschicke des Landes leiten. Der Kronprinz ist gut, schwach, träge, beeinflußbar und liebt die Arbeit nicht; für ihn wird also ein anderer regieren müssen. Wenn es Sulkowski sein sollte, können wir ihm trauen?«

Guarini sah dem Fragenden in die Augen, legte eine Hand an den Mund, schüttelte mit dem Kopf und sagte nach kurzem Nachdenken:

»Ein Katholik ist er zwar, aber ein kalter. Sein Ehrgeiz geht ihm über die Religion. Ein längerer Einfluß von ihm wäre uns, dem Katholizismus und dem Plan der Bekehrung verderblich. Es besteht kein Zweifel ...«

»Und dennoch ist es, soviel ich weiß, eine Unmöglichkeit, ihn zu umgehen, ihn zu stürzen!« rief der Gast aus. »Hat denn Josepha genügend Kraft?«

»Mit ihrem Gesicht und ihrem Charakter?« flüsterte der Pater. »Glaubt Ihr, daß in dieser ruhigen, guten, ehrlichen Natur des Kronprinzen sich nicht das Blut und die Leidenschaften Augusts des Starken regen werden? Ist das nicht möglich? Was wird dann die Königin bedeuten? Sulkowski wird ihm andere zuschieben, um durch sie zu herrschen.«

Der Besucher runzelte die Brauen:

»Ihr malt mir da ein überaus trauriges Bild! Es muß deshalb auf Biegen oder Brechen Rat geschaffen werden.«

»Daran habe ich bereits rechtzeitig gedacht«, erwiderte Guarini, indem er seinen Gast einlud, auf dem Sofa Platz zu nehmen, und sich selbst neben ihn setzte. »Wir brauchten für den Kronprinzen einen Menschen, der ganz zu uns gehörte, uns diente und von uns abhängig wäre. Friedrich ist faul. Ihm muß man ein weiches Lager bereiten, seine so geliebten Freuden verschaffen, die Oper, die Jagd und Bilder geben. Wer weiß«, seufzte er, »vielleicht noch mehr.«

»Es ist traurig«, unterbrach ihn der Fremde, »wenn man bei der Durchführung einer großen Sache zu niedrigen und abscheulichen Mitteln greifen muß. Es ist traurig ...«

»Der Zweck heiligt die Mittel. Man darf sich in der Wahl der Mittel keine Beschränkungen auferlegen, jede Angelegenheit erfordert andere.«

»Ich verstehe«, sagte der Gast, »die Sache ist für uns von so großer Wichtigkeit, daß wir uns ihretwegen sogar Verleumdungen aussetzen müssen. Es geht um die Wiedergewinnung von Seelen, um die Erhaltung unserer Stellung in dieser ehemaligen Hochburg der Ketzerei Luthers. Wir besitzen die Werkzeuge; sie wegen Gewissensskrupeln aus der Hand zu geben, wäre eine Sünde. Lieber eine Seele verlieren als Tausende aufopfern ...« Guarini hörte demütig zu.

»Mein Vater«, bestätigte er leise, »das alles habe ich mir schon hundertmal gesagt. Deshalb diene ich in diesem verachteten Kleid, und auch ohne es, so gut ich vermag – nicht immer als Seelsorger, oft genug als Hofnarr beim Kronprinzen, als Impresario hinter den Kulissen, als geheimer Berater dort, wo Rat not tut. Bei der Eroberung einer Festung muß man, wenn man sie nicht mit Gewalt nehmen kann, sich ihrer durch eine List bemächtigen: alle Mittel sind im Dienst einer guten Sache erlaubt.«

»Darüber brauchen wir nicht mehr zu sprechen, deckt mir Eure Pläne auf!«

»Wir müssen vorsichtig vorgehen, seid nicht ungehalten über uns; oft könnt Ihr über unsere Schlechtigkeit seufzen, aber wie soll man schwache Menschen leiten, wenn man sie nicht am Gängelbande ihrer eigenen Leidenschaften führt ... Josephas sind wir sicher. Sie zu beschützen und, wenn möglich, ihren Einfluß zu stärken, das wäre die erste Aufgabe. Doch unsere gottgefällige Herrin ist – verzeiht mir, Vater – als Ehegattin ungenießbar, und der König braucht Zerstreuungen; ohne sie kann er nicht leben. Wenn wir sie ihm nicht verschaffen, wird er nach den verbotenen greifen ... bereit ...« Guarini beendete seinen Satz nicht und fuhr nach einer Weile fort:

»Sulkowski wird auf niemanden hören, er wird alles an sich reißen, um den König weiterhin beherrschen zu können, wird ihm jeden Wunsch erfüllen. Auf ihn ist nie Verlaß, er muß gestürzt werden.«

»Aber wie?«

»Wir werden es erreichen, die Vorsehung hat uns ein auserlesenes Werkzeug geschenkt, einen Menschen: Brühl.«

»Ein Protestant?« fragte der Gast.

»Für Sachsen und die Öffentlichkeit ist er es, in Polen aber und zu Hause ist er Katholik. Wir müssen es gestatten. Ihr wißt doch, was unser Maldonatus sagt: ›Die Verleugnung der wahren Religion ist nicht gestattet, wenn diese dadurch einen Schaden erleiden oder eine ketzerische Lehre bestätigt werden könnte; in allen andern Fällen darf man sie verheimlichen, wenn dazu eine begründete Ursache vorliegt.‹ Brühl wird ein Katholik sein, oder besser gesagt, er ist es bereits. Wir werden ihm eine

Katholikin zur Frau geben, die er aus der Hand der Königin und von uns entgegenzunehmen hat; wir werden ihm beim Sturz Sulkowskis behilflich sein. Mit Brühl sind wir hier die Herren. Niemals wird der Verdacht einer Beteiligung an dieser Geschichte auf uns fallen; denn offiziell könnten wir für den Protestanten gegen einen Katholiken nicht auftreten.«

»Doch seid Ihr seiner sicher?«

Der Pater lächelte:

»Er wird von uns abhängig sein und in unserer Gewalt. Sollte er an Verrat denken, fällt er schon morgen; dafür haben wir überaus viele Mittel.«

»Der Plan ist ausgezeichnet, ich bestreite es nicht; aber ich hege Zweifel an seiner Verwirklichung.«

»Von heute auf morgen läßt sich das Ganze nicht schaffen. Ein Jahr, auch zwei oder noch länger werden wir arbeiten und alle Hebel in Bewegung setzen müssen. Aber der Sieg ist mit Gottes Hilfe sicher, wie nur eine Rechnung in irdischen Dingen richtig sein kann.«

»Ihr baut in allem auf den Charakter des Kurfürsten?«

»So ist es«, entgegnete Guarini, »aber ich bin mit ihm, bei ihm, ich kann sagen: in ihm. – Ich bin seit vielen Jahren sein Beichtvater und kenne ihn wie ein Kind, das ich in meinen Armen wiegte.«

»Und seine Gattin?« erkundigte sich der Gast.

»Ist eine ehrbare und himmlische Frau, aber Gott hat ihr nichts Weibliches verliehen, keine Reize und nichts Fesselndes. Einem solchen Herrn wird sie nicht genügen.«

»Bei Gott! Laßt nur nicht zu, daß er wie sein Vater wird, neue Sittenverderbnis sät und seinen Leidenschaften die Zügel schießen läßt.«

»Wir brauchen ihn gar nicht zu bremsen. Seine Veranlagung wird ihn vor öffentlichen Ausschweifungen schützen, kann aber seine Triebe nicht bändigen. Diese werden versteckt, stark, unbemerkbar und hartnäckig sein. Wir werden viel ertragen und manchmal beide Augen zudrücken müssen, um ihn unserem Glauben zu erhalten.«

Der Besucher faltete die Hände und schüttelte den Kopf:

»Oh, wie jammern mich diejenigen, die für unsere heilige Sache im Kote der Menschen waten müssen! Wie soll man da nicht besudelt werden, wie soll man sich dabei rein erhalten?«

»Einer muß doch immer das Opferlamm sein, das bin ich in diesem Falle, ich Unglücklicher«, stöhnte Guarini mit schalkhaftem Gesicht. »Die Leute beneiden mich ...«

»Ich nicht«, entgegnete mit einer Verneigung der Gast, »ha, ha, ich nicht ...«

»Und unsere Pläne?« fragte der Pater.

»... werden zur Überprüfung an den Rat weitergeleitet. Unterbrecht Eure Arbeit nicht, zögert nicht mit der Ausführung. Wir werden Euch Genaueres mitteilen!«

»Brühl wird sich halten. Der Kronprinz hat es seiner Frau unter Tränen geschworen. Es war der Wille seines Vaters. Sulkowski wird nur scheinbar Herrscher sein, jener aber wirklich. Und dann ...«

»Glaubt Ihr, daß Ihr Sulkowski zur Strecke bringen werdet?« fragte der Unbekannte.

»Wir sind davon überzeugt; wir haben uns alle gegen einen Menschen verbündet, der nicht die geringste Ahnung von der Gefahr hat, in der er schwebt. Und der Ehrgeiz Brühls ist für uns das beste Werkzeug«, antwortete Guarini.

»Und wer ist dieser Brühl?«

»Er ist ein Satan in Menschengestalt, aber ein solcher Satan, der heute im Staube liegt und betet und morgen seinen Feind ohne den geringsten Skrupel wie eine Fliege zerquetscht. Dabei ist er im höchsten Grade liebenswürdig, gefällig und bezaubernd.«

Beide verstummten.

Der Fremde ließ sich in die Polster des Sofas zurücksinken und gab sich seinen Gedanken hin.

»Kann ich Euch irgendwie behilflich sein?« ließ sich der Pater vernehmen.

Die Frage verhallte ungehört, denn der Angesprochene war ganz von seinen Überlegungen in Anspruch genommen.

»Wie steht es mit der Bekehrung?« wollte dann der Unbekannte nach einigem Schweigen, das der Pater respektiert hatte, wissen.

»Mit der Bekehrung? Hier? In der eigentlichen Brutstätte der Ketzerei, hier, wo die Glocken der katholischen Kapelle nicht einmal läuten können, wo der Protestantismus herrscht, wütet und wie Rost zersetzt? Wir kommen nur langsam vorwärts, und die Seelen, die unsere Fischer in ihren Netzen ans Ufer ziehen, sind nicht viel wert. Vielleicht wird ihre Nachkommenschaft die Mühe der Apostel bezahlt machen. Zu all den Irrlehren kommt noch eine neue hinzu, mit der der Kampf schwerer sein wird als mit den anderen.«

»Was ist das nun wieder?«

»Wie alle ketzerischen Lehren ist sie nicht neu, aber der, der sie lehrt, ist ein Mensch guten Glaubens, begeistert, besessen, aufopferungsfähig. Uns erwartet keine Auseinandersetzung mit einem Dogma, denn bei ihm spielt das Dogma eine untergeordnete Rolle, sondern mit einer neuen Gemeinschaft, die er aufbauen will. Die Verfälschung nimmt hier den Glanz und das Licht der Wahrheit an. In Wäldern, weit von der Stadt entfernt, auf gerodetem Neuland, hat sich die Gemeinde der Mährischen Brüder, eine Vereinigung, die, ähnlich unseren Orden, strengen Regeln unterworfen ist, schon angesiedelt und arbeitet.«

»Was ist das, sprecht«, interessierte sich der Gast. »Ich habe darüber noch nichts gehört.«

»Ein wunderlicher Hitzkopf, kein Reformator des Glaubens, sondern der Gesellschaft und des Lebens, schafft dort im Namen des Erlösers und Seiner Liebe eine neue Welt. Der König dieser Republik ist Christus. An einem Ort, aber gruppenweise eingeteilt, leben die Chöre der Frauen, Jungfrauen, Männer und Kinder. Gemeinsam haben sie nur die Gottesdienste, bescheidene Agapen und das durch das Gebet geheiligte Abendmahl. Der reiche Edelmann Graf Zinzendorf hat der Gemeinde den Boden geschenkt und ist selbst ihr Kaplan und Prediger. Die Arbeit und das Gebet, eine strenge Zucht und brüderliche Liebe sind die Lebensregeln der neuen Mährischen Brüder, der sogenannten Herrnhuter.«

Mit angespannter Aufmerksamkeit lauschte der Gast.

»Und Ihr habt zugelassen, daß sich das gefährliche Nest dieser Gottlosen hier niederläßt, wo sowieso die Ketzerei schon herrscht?«

»Ich habe versucht, es zu verhindern, bisher aber umsonst. Kommissionen traten zusammen, Untersuchungen wurden angestellt, Zinzendorf wird des Landes verwiesen werden.«

»Aber dort muß es doch entsetzlich zugehen?« meinte der Gast.

»Die genauesten Untersuchungen konnten nichts Anstößiges entdecken. Menschen, sogar verschiedener Konfessionen, leben in dieser wunderlichen Gemeinschaft, deren Eigentum allen gehört, in der es keine Armen, keine Waisen gibt, nur eine große Familie mit ihrem Vater, Christus ...«

Ein Ausruf der Verwunderung und der Entrüstung entrang sich der Brust des Zuhörers.

»Horrendum, verfl ...«, rief er, »aber die Ehe ...«

»... wird sehr streng eingehalten; aber wißt Ihr, wie man bei ihrem Glauben an die unmittelbare Herrschaft des Erlösers und Seine Offenbarung diese schließt? Die Jünglinge ziehen durch das Los ihre Frau, und die Paare sind mustergültig.«

»Was erzählt Ihr mir da für unglaubliche Dinge? Das sind doch von weit hergeholte Gerüchte, es ist doch unmöglich ...«

»Ich war selbst dort«, fiel ihm Guarini ins Wort, »ich habe mit eigenen Augen die sich zum Gebet begebenden Chöre gesehen, die Jungfrauen mit den roten, die Verheirateten mit den blauen und die Witwen mit den weißen Bändern.«

Der Gast stöhnte.

»Ich hoffe, daß Ihr die Ausbreitung dieser neuen Lehre nicht in Eurer unmittelbaren Nähe dulden werdet!« Der Pater flüsterte: »Man muß ihr den Kopf abschlagen. Zinzendorf wird verbannt, und die Gemeinde wird sich auflösen.«

»Am besten wäre es, wenn Ihr ihnen die lutherische Geistlichkeit auf den Hals hetztet.«

»Bei ihr erregt der neue Glauben keinen Anstoß.«

»Und dieser Zinzendorf, seid Ihr ihm schon einmal begegnet?«

»Ja, schon oft, denn er meidet weder die Katholiken noch die Geistlichkeit, er disputiert sehr gern, nur nicht über die Theologie, sondern über die Urchristen, ihr Leben und die Liebe des Erlösers als die Achse, um welche sich die christliche Welt drehen müßte.«

Sie waren noch mitten im Gespräch, als der alte Diener vorsichtig die Tür öffnete und dem Pater zuwinkte, herauszukommen. Guarini bat seinen Gast mit einem Blick um Erlaubnis und ging hinaus.

Im Gang wartete ein Kammerdiener des Hofes. Der Kronprinz ließ seinen Beichtvater zu sich rufen.

Sie mußten also ihr Gespräch unterbrechen. Dem Fremden wurde Licht, Papier und was sonst noch zum Schreiben nötig war gereicht, und er machte es sich dann wie im eigenen Hause bequem. Inzwischen zog der Jesuit seine schwarze Soutane über, verabschiedete sich eilig und begab sich mit dem vorangehenden Kammerdiener zum Kronprinzen.

Im gleichen Saal, wo ihn die Nachricht vom Tode seines Vaters erreicht hatte, saß Friedrich mit der unvermeidlichen Pfeife im Lehnstuhl. Er hielt den Kopf gesenkt und schwieg wie gewöhnlich. Nur die Falten auf der Stirn verrieten, daß ihn irgend etwas bewegte.

Beim Eintreten Guarinis wollte sich der Kronprinz schnell erheben, der Pater drückte ihn jedoch leicht auf den Stuhl zurück und küßte seine Hand. Auch Sulkowski, der keine Minute von seinem Herrn wich, befand sich hier. Sein Gesicht strahlte siegesbewußt und zuckte ungeduldig, aber er verhielt sich der befohlenen Trauer gemäß. Nur der Jesuit besaß trotz des offiziellen Leides mehr Freiheit. Er wußte, daß ein heiteres Wort gut aufgenommen würde. Er setzte also ein fast fröhliches Gesicht auf, ließ sich auf dem kleinen Hocker neben dem Kronprinzen nieder, sah den Herrn an und begann mit echt südländischem Temperament in seiner Heimatsprache:

»Wir müssen für unseren großen Toten beten, aber sich vollkommen zermürben wegen des unvermeidlichen Schicksals aller Sterblichen, das nur natürlich und notwendig ist, darf man nicht. Zu starkes Grämen schadet der Gesundheit, und Eure Königliche Hoheit haben auch keine Zeit dazu. Ihr müßt herrschen, regieren und Euch für uns gesund, frisch und fröhlich erhalten.«

Der Kronprinz lächelte trübe und nickte mit dem Kopf.

»Im Vorzimmer habe ich Frosch (das war der Hofnarr des Kronprinzen) gesehen, der, als hätte ihn jemand in Essig getaucht, in sich zusammengekrochen weint, weil er nicht lachen und mit Storch (das war der andere Narr) keine Possen reißen darf. Der eine hockt in der einen Ecke, der andere in der entgegengesetzten; sie schauen sich an und strecken sich nur gegenseitig die Zungen heraus.«

»Ach, das muß komisch aussehen!« flüsterte der Kronprinz, »aber es schickt sich für mich nicht, so etwas zu sehen, sogar morgen beim Mittagessen nicht ... Nein, nein, es darf nicht sein ... Die Trauer!«

Guarini schwieg.

»Frosch ist außerordentlich amüsant, ich hab ihn sehr gern«, ließ sich der Kronprinz vernehmen und blickte nach Sulkowski, der im Zimmer still herumspazierte. Der Pater versuchte, das Gesicht des Günstlings zu entziffern, konnte aber dort außer Stolz und Zufriedenheit nichts entdekken. Der Kronprinz zeigte mit dem Finger auf ihn und murmelte zu Guarini: »Ein guter Freund ... auf ihn baue ich ... Wenn er nicht wäre, gäbe es für mich keine Ruhe.«

Der Geistliche neigte nur bejahend das Haupt.

Sulkowski, der wußte, wie sehr den Kronprinzen das lange Sprechen anstrengte, trat an Guarini heran und sagte:

»Unser Herr läßt sich durch nichts zerstreuen, und hier gibt es so viel Sorgen ...«

»Ich glaube«, entgegnete der Jesuit, »daß alles mit Eurer gütigen Hilfe leichter sein wird.«

»Hier in Sachsen sicherlich«, bestätigte Sulkowski, dem der Kronprinz durch Zeichen zustimmte, »hier in Sachsen, aber in Polen ...«

»Der selige König hat dort Freunde und treue Diener hinterlassen, zum Beispiel den Bischof Lipski. Was sagt denn Brühl dazu?« fragte Guarini.

Der Kronprinz sah Sulkowski an, als wollte er ihn zum Sprechen auffordern. Der Favorit stutzte ein wenig, als der Name seines Rivalen fiel, faßte sich jedoch sofort und antwortete:

»Brühl und auch Briefe aus Polen bezeugen, daß unsere Anhänger dort treu und eifrig für die Königswahl arbeiten werden. Aber wer weiß, ob uns nicht Leszczynski, die französischen Interessen und verschiedene Intrigen dazwischenkommen werden? Viel Geld wird notwendig sein.«

Der Kronprinz klopfte Sulkowski leicht auf den Arm und sagte:
»Brühl muß es beschaffen, er kann es als einziger.«

Sulkowski verstummte einen Moment, um zu entgegnen:

»Wir werden uns alle darum bemühen. Die Königskrone aber müssen wir um jeden Preis auf das Haupt unseres Herrn setzen.«

»Und auf das Haupt Josephas«, ergänzte Friedrich rasch. »Es kommt ihr zu. Sie kann nicht nur Kurfürstin bleiben.«

Beide Zuhörer stimmten schweigend mit einem Kopfnicken zu. Friedrich zog verträumt an seiner Pfeife. Man dachte, er wollte sich über diesen Gegenstand weiter auslassen, als er Guarini ins Ohr flüsterte:

»Der trauernde Frosch in seiner Ecke muß zu komisch sein! Ihr sagtet, sie zeigen sich gegenseitig die Zungen?«

»Ja, sich oder mir, das weiß ich nicht genau, ich habe nur die zwei roten Zungen gesehen.«

Der Kronprinz vergaß sich und lachte laut auf. Dann schlug er sich mit der Hand auf den Mund, um plötzlich beschämt innezuhalten. Sulkowski war anscheinend über den Geistlichen etwas verärgert.

Einige Minuten verstrichen, und der Kronprinz neigte sich wieder zum Ohr des Paters und fragte hinter der Hand hervor:

»Habt Ihr Faustina gesehen?«

Guarini verneinte.

»Hm, nicht? Wieso? Sagt ihr, versichert ihr, sie möge nur ihre Stimme schonen. Ich schätze sie sehr, ganz außerordentlich. Sie ist eine Göttin! Eine Engelsstimme, mit der sich niemand messen kann. Wie mir ihre Stimme fehlen wird. Doch jetzt soll sie in der Kirche singen, ich will sie wenigstens hören.«

Sulkowski verstimmte dieses Geflüster. Er trat etwas beiseite, kehrte aber gleich wieder auf seinen Platz neben dem Kronprinzen zurück. Friedrich wies mit der Hand auf ihn und sagte zu seinem Beichtvater:

»Er wird mein erster Minister sein, meine rechte Hand.«

Guarini klatschte unhörbar in die Hände und rief:

»Mit dem größten Vergnügen vernehme ich diese glückliche Kunde. Gebe Gott, daß an der Spitze der Regierung des Landes Sachsen lauter solche Menschen und gute Katholiken wie der Graf stehen mögen!«

Der Kronprinz sah sich um und fuhr fort:

»Wenn ihm meine Sachsen, weil er Katholik ist, nicht zu regieren gestatten, wird sich ein Ausweg finden: der rechtschaffene Brühl wird das tun, was ich ihm befehle …«

»Ich möchte nicht die Verdienste Brühls schmälern«, fiel Guarini ein, »aber das ist doch ein fanatischer Ketzer!«

Darauf antwortete der König nur mit einem »Ach« und einer wegwerfenden Handbewegung.

Sulkowski sandte dem bescheiden und ruhig dastehenden Pater einen ungläubigen Blick zu.

Moszynski wurde gemeldet. Friedrich befahl, ihn vorzulassen.

Der Schatzmeister trat ein und beugte sich über die Hand des Königs. Er war vollkommen schwarz gekleidet. Leid zeigte auch sein Gesicht.

»Ich wollte mich nur von Eurer Kronprinzlichen Hoheit verabschieden. Ich werde sofort nach Warschau abreisen. Man muß die Vorbereitungen zur Wahl vorantreiben.«

»Aber fahre doch, fahre, gewiß«, stöhnte der Kronprinz, »obwohl sich Brühl verbürgt, daß ...«

»Brühl kennt weder Polen noch seine Bewohner«, widersprach lebhaft der Schatzmeister, »das ist unsere Angelegenheit und unsere Sache.«

Plötzlich fiel Friedrich etwas ein, und er sprang auf:

»Ach! Wie gut! Ihr fahrt nach Warschau? Erbarmt Euch doch der Jagdhunde, die in Wilanow geblieben sind ... Ich will sie hier haben! Laßt sie mit der Post herbringen. Ich kenne keine besseren Hunde, wißt Ihr.«

»Ich weiß, die schwarzen«, sagte Moszynski.

»Jupiter, Diana, Merkur, Pijawka«, zählte Friedrich auf. »Was wird aus der Jagd werden! Sorgt bitte dafür, daß alle Hunde hierher zurückkommen.«

»Ich hielte es für besser, sie alle dort zu lassen«, gab der Schatzmeister zu bedenken. »Wenn der Allergnädigste Herr dort als König Einzug halten wird ...«

»Mein Lieber, und die ›Magdalena‹ aus dem Sächsischen Palais verpackst du mir gut mit Baumwolle und bringst sie hierher. Sie könnte dort beschädigt werden. Es ist ein unschätzbares Werk.«

Moszynski verneigte sich.

»Haben der Allergnädigste Herr noch irgendwelche Befehle?«

»Grüße die Musketiere von mir. Mein Vater liebte sie so.«

Er stöhnte auf. Die Erinnerung an den Vater umwölkte wieder seine Stirn. Der Kronprinz setzte sich in seinen Lehnstuhl.

Sulkowski, der eifrig darum bemüht war, ihm jeden Wunsch von den Augen abzulesen, winkte den Pfeifenwärter heran, der ihm eine neue Pfeife und einen brennenden Fidibus reichte. Der Kronprinz griff gierig nach dieser seiner Trösterin und begann paffend den Rauch einzuziehen.

Im Zimmer herrschte Schweigen.

Pater Guarini betrachtete Friedrich aufmerksam. Moszynski wartete vergeblich auf weitere Instruktionen. Die Pfeife und das Dösen nahmen den hohen Herrn so in Anspruch, daß er ihn und alles um sich her vergaß. Nur ab und zu blies er seufzend Rauchwolken in die Luft ...

Der Schatzmeister näherte sich schließlich der Hand des Herrn, um sich zu verabschieden. Friedrich entließ ihn würdevoll und freundlich, doch seine Blicke sprachen, wie gewöhnlich, mehr als sein Mund.

Sulkowski geleitete Moszynski ins Vorzimmer hinaus.

Kaum hatte sich die Tür hinter ihnen geschlossen, als sich der Kronprinz an den Pater wandte: »Das ist noch gar nichts, wenn sie sich die Zunge zeigen; aber wenn sie sich erst herumprügeln, Frosch mit Storch zu schimpfen beginnt, dieser ihm dann Fußtritte versetzt, beide unter den Tisch rollen und sich zu einem Knäuel verwickeln, dann, sage ich dir, könnte man fast vor Lachen sterben.«

Guarini schien die Ansicht des Königs über die unsagbare Komik der beschriebenen Szene vollkommen zu teilen und sah selbst so belustigt und fröhlich aus, daß der arme verwaiste Sohn seinen Schmerz etwas vergaß.

»Nein, morgen kann man sie noch nicht während der Mittagstafel kommen lassen, aber später ... später ... Wenn sie nur nicht inzwischen ihre Späße vergessen.«

Guarini erhob sich. Offenbar trieb es ihn, nach Hause zu seinem Gast zurückzukehren. Als der Kronprinz diese Bewegung bemerkte, wandte er sich ihm zu und sagte:

»Ärgert Euch nicht, daß ich diesen Brühl, wenn er auch Lutheraner ist, zum Minister mache. Er wird im geheimen konvertieren! Er ist ein verständiger Mensch, und ich werde es ihm befehlen, Ihr werdet schon sehen.«

Guarini erwiderte kein Wort mehr und ging still hinaus.

## VIII

Zu Zeiten Augusts des Starken war in Dresden an schönen Frauen kein Mangel. Trotz ihrer schlechten Erfahrungen mit der Unbeständigkeit des Königs trachtete eine jede danach, wenigstens für einen Augenblick das Auge des Königs auf sich zu lenken, obwohl sie genau wußte, daß es nicht lange auf ihr ruhen würde. Unter den heranwachsenden Jungfrauen gab es keine schönere, kokettere, temperamentvollere und mit der Kunst des Gefallens vertrautere als die Komtesse Franziska Kolovrath, jene kleine Franziska, die einst Brühl in dem Palais auf dem Taschenberg empfangen hatte, jene Schöne, die wir während des Fastnachtsballes so fleißig um die Bedienung der Gäste bemüht sahen. Die hohe Stellung der Mutter, sie war Oberhofmeisterin an Josephas Hof, war eine der höchsten Würden, und sie brauchte niemandem, außer Personen fürstlichen Geblüts, Platz zu machen. Die Gnadenbeweise der zukünftigen Königin, die Aussicht auf eine glänzende Karriere, das Gewicht ihres Namens machten das Mädchen stolz und eigenwillig. Je mehr sie heranwuchs, desto schwerer hatte es die Mutter, sie zu lenken. Das einzige und innig geliebte Kind der Kolovrath verstand, trotz der tadelnden Blicke Josephas, den Fesseln der Etikette zu entschlüpfen und mit Mitgliedern des Hofes zahlreiche Beziehungen anzuknüpfen und amüsante kleine Liebesintrigen einzufädeln. Sie machte sich keine Gedanken über ihre Zukunft und fürchtete sie nicht. Die Ehe betrachtete sie als Befreiung von einem Joch, das auf ihr lastete.

Einige Tage nach dem Eintreffen der Nachricht vom Tode des Königs, als der ganze Hof streng auf Trauer sah, alle Vergnügungen untersagt waren, langweilte sich das Fräulein Franziska mehr als gewöhnlich. Die schwarzen Kleider, die auch sie als Hoffräulein tragen sollte, unterstrichen ihre Schönheit, waren aber ganz und gar nicht nach ihrem Geschmack. In der Abendstunde dieses Tages stand sie in den Trauerkleidern vor dem Spiegel und musterte die schönen Linien ihres Antlitzes und ihrer Figur. Durch das Fenster fiel nur das graue Licht der Dämmerung. Nur undeutlich sah sie ihr Spiegelbild. Sie läutete, um sich Kerzen bringen zu lassen. Der eintretende Diener hatte ihren Wunsch bereits erraten und stellte zwei schwere Silberleuchter auf den Tisch. Franziska war allein; ihre Mutter kam ihren Pflichten bei Josepha nach. Sie war also bis zum Abendessen frei und wußte nicht, was mit den langen Stunden anzufangen wäre. Sie schlenderte im Zimmer umher. Da fiel ihr Blick auf eine kleine, bronzebeschlagene Schatulle. Sie nahm sie von ihrem Platz, stellte sie auf den Tisch vor dem Sofa und schloß sie mit einem Schlüsselchen auf, das sie bei sich trug.

Die Schatulle war voller niedlicher Schmucksachen und verknitterter Papierchen. Die Komtesse begann mit ihren kleinen Fingern darin zu wühlen. Schon das Äußere der Zettel verriet, daß sie keine frommen Dinge enthielten; es waren Gebete zu einer anderen Gottheit, die sie jetzt mit einem gewissen Gefühl der Befriedigung und Verachtung durchsah. Einige warf sie ungelesen und mit einem Lächeln beiseite, die anderen, glückverheißenden, las sie mit glänzenden Augen und sann nach. So gelangte sie bis auf den Boden der Schatulle, warf ungeduldig alle Papierchen wieder hinein, verschloß sie rasch und ließ sich nachdenklich auf das Sofa fallen. Sie hatte ihr nur einen kleinen Ring entnommen, den sie an den Finger steckte und traurig betrachtete. In den alten, schwarzen Reif waren mit goldenen, ungeschickten Lettern die spanischen Worte ›A hora y siempre‹ (jetzt und ewig) eingeritzt. Außer der Haupttür zu den gemeinsam von Mutter und Tochter bewohnten Räumen gab es im Zimmer Franziskas noch eine andere, kleine, fast unbemerkbare Tapetentür, die auf einen Gang und die Seitentreppe hinausführte. Grade als sie in das Betrachten ihres Ringes versunken war, wurde diese leise geöffnet, und vorsichtig lugte jemand herein ... Die Komtesse hatte es nicht gehört, fühlte aber seine Gegenwart, wendete den Kopf, erblickte ihn ... und ... sprang mit einem verhaltenen Schrei vom Sofa auf. Langsam tat sich die Tür ganz auf, und der junge, schöne Watzdorf stand vor ihr. Wir haben ihn bereits bei Faustina mit seinen gewagten sarkastischen Bemerkungen erlebt. Heute zeigte sein Gesicht nicht wie sonst Spott. Es war fast nachdenklich; kaum eine Spur von der es sonst erfüllenden Ironie war geblieben. Wie vor Schreck über sein plötzliches Erscheinen stand Franziska, ohne sich vom Fleck zu rühren, schweigend da.

Watzdorfs Augen flehten sie um Verzeihung an.

»Ach, Christian, schickt sich denn das?« brachte sie endlich mit wirklicher oder vorgetäuschter Entrüstung hervor. »Wie kannst du es wagen, das Haus ist voller Leute. Irgend jemand könnte dich beobachten, es hinterbringen. Die Gattin des Kronprinzen ist so streng, meine Mutter ...«

»Es kann mich niemand gesehen haben«, entgegnete Watzdorf nähertretend. »Franziska, du meine Göttin, ich saß zusammengekauert unter der Treppe und zählte die Stunden, ich weiß nicht, wie lange, nur, um für einen Augenblick dich sehen und sprechen zu dürfen. Die Oberhofmeisterin betet mit unserer Herrin. Niemand ist da.«

»Ach, daß man sich die Minuten des Zusammenseins dauernd stehlen muß! Ich liebe dieses heimliche Glück nicht!«

»Geduld, bis es anders wird, Geduld«, tröstete Watzdorf und ergriff ihre Hand. »Ich habe Hoffnung ...«

»... und ich gar keine«, unterbrach ihn das Mädchen, »man springt mit mir, ob ich will oder nicht, wie mit einem toten Gegenstand um ... Josepha, der Kronprinz, meine Mutter, Pater Guarini, wer weiß ... Ich bin eine Sklavin!«

»Also fliehen wir doch von hier!«

»So? Wohin?« rief Franziska lachend. »Nach Österreich, wo uns die Kaiserlichen einfangen, oder nach Preußen, wo die Brandenburger das gleiche tun werden? Fliehen? Gut! Aber womit? Wie? Du, Christian, besitzt nichts als deine Stelle am Hofe, und ich nichts außer der Gnade des Königs und Josephas.« Watzdorf sann nach.

»Aber das Herz deiner Mutter ...«

»Ja! Aber dieses Herz wird für mich ein Glück mit Brillanten aussuchen und für ein anderes kein Verständnis haben.«

»Franziska, Liebste! Was sagst du da? Wie bist du nur heute zu mir? Bin ich deshalb gekommen, damit du mich der Hoffnung beraubst?«

»Kann ich sie dir denn lassen, wenn ich selbst keine habe?« klang traurig und kalt die Frage der Komtesse.

»Du liebst mich wohl nicht?«

Die schöne Franziska sah ihn vorwurfsvoll an.

»Ich habe immer nur dich geliebt. Ich kann keinen anderen lieben, und gerade deshalb, weil ich dich liebe, will ich mit dir offen reden.«

Watzdorf stützte sich mit einer Hand auf die Sofalehne und sah zu Boden.

»Ich begreife, du willst mir beweisen, daß du nicht die Meine werden kannst, eben weil du mich geliebt hast, und ich nun auf dich verzichten soll«, knurrte Watzdorf und fuhr fort: »Das ist die Logik der Liebe an königlichen Höfen: Deshalb, weil ich dich liebe und du mich, mußt du einen anderen heiraten ...«

»So ist es, ich muß den ersten besten nehmen, den sie mir geben. Aber der wird nie mein Herz besitzen, sondern nur die kalte Hand ...«

»Das ist abscheulich«, stieß Christian erregt hervor, »das ist ekelhaft, du hast hier am Hofe nichts zu verlieren.«

»Dich habe ich zu verlieren! Schon morgen würde man uns Flüchtige festnehmen, du wandertest nach Königstein, und ich würde je nach Laune der Herrschaften mit irgend jemandem verheiratet.«

»Ich schätze, ich komme sowieso nach Königstein! Ich kann meinen Mund nicht halten, wenn ich das widerwärtige Treiben und den Despotismus dieser Lakaien sehe. Ich sage, was ich denke, und das ist, wie du weißt, ein ausgezeichnetes Mittel, dorthin zu gelangen, wo man zu niemandem mehr sprechen kann, es sei denn zu den vier tauben Zellenwänden.«

»Christian, höre, anstatt zu sprechen, müßten wir schweigen, anstatt sie bessern zu wollen, müssen wir sie verachten und versuchen, sie zu beherrschen ...«

»... und uns dabei vor ihren Launen ducken und das ganze Leben hindurch lügen, sie betrügend und uns selbst beschmutzend", empörte sich Watzdorf, »das ist ein schönes Leben!«

»Also ist es besser, auf alles zu verzichten!« spottete Franziska. »Ich bin eine Frau und habe nichts für eine Tragödie übrig, ich nehme das Leben so, wie es ist.«

»Und ich verachte es«, brummte Watzdorf.

Die Komtesse reichte ihm die Hand und seufzte:

»Du armer Hitzkopf! Ach, wie leid ist's mir um dich und mich, keine Hoffnung, keine Zukunft ... Und wenn uns einmal einen Augenblick das Glück lächelt, dann inmitten einer betrügerischen, falschen Welt.«

Sie rückte langsam nahe an ihn heran, legte eine Hand auf seine Schulter, umfaßte mit der anderen seinen Hals und flüsterte: »Oh, dieses Leben ... Um es zu ertragen, muß man betrunken sein ...«

»... und ein Schuft«, fügte Watzdorf hinzu und preßte leidenschaftlich seine Lippen auf ihre Hand. »Franziska! Nein, du liebst mich nicht, du liebst das Leben mehr als mich, die Welt und deine goldenen Käfige.«

Die Komtesse schwieg traurig und schien nachzudenken.

»Wer weiß das«, begann sie dann leise, »ich kenne mich selbst nicht. Ich wurde erzogen, indem man mich mit Falschheit wiegte, das Lügen lehrte und in mir das Verlangen nach Zerstreuungen und Vergnügen weckte. Ich kann mich nicht einmal auf mein eigenes Herz verlassen, ich war schon verdorben, bevor ich zu leben begann.«

»Wir müssen beide durch unsere Liebe besser werden«, sprach Watzdorf leidenschaftlich und sah ihr tief in die Augen. »Auch ich war ein Höfling, als ich dich noch nicht liebte ... Durch diese Liebe wurde ich erst Mensch, in ihrem Feuer habe ich mich gereinigt.«

Leise antwortete ihm die Komtesse, stützte sich auf seine Schultern und legte den Kopf darauf. Beide schienen alles zu vergessen. Ihre Augen sprachen mehr als ihre Lippen und ihre Hände, die sich trafen und innig vereinigten. Beide waren so der Welt entrückt, daß sie sogar das behutsame Öffnen der Tür, durch die Watzdorf hereingeschlüpft war, nicht vernahmen. Das drohende, düstere, vor Ärger bleiche Gesicht der Mutter erschien. Sie trat ein und blieb wie versteinert stehen, als sie ihre Tochter in den Armen eines fremden Mannes erblickte, den sie nicht zu erkennen vermochte ... Vor Ärger brachte sie kein Wort heraus. Nur langsam wich die Lähmung, sie trat einen Schritt vor und riß Watzdorf am Arm zurück. Ihr Blick war schrecklich, ihre Lippen bebten.

Franziska sah, als sie die Augen hob, dieses wutentbrannte Gesicht vor sich. Dennoch war sie nicht erschrocken, sie wich nur einen Schritt zurück, während Watzdorf mechanisch mit der Hand nach seinem Degen suchte. Er wußte noch nicht, wer sie überrascht hatte.

Erst als er sich umdrehte und die Gräfin erkannte, erbleichte er und stand wie ein auf frischer Tat ertappter Dieb da.

Die Oberhofmeisterin konnte noch immer kein Wort hervorbringen. Sie schnappte nach Luft, preßte die eine Hand auf die Brust und wies mit der anderen befehlend zur Tür.

Bevor Watzdorf jedoch ihrem Befehl nachkam, neigte er sich über die Hand Franziskas, die sie ihm entgegenstreckte, und drückte einen Kuß darauf. Doch die Gräfin entriß sie ihm, stellte sich vor ihre Tochter, und am ganzen Körper zitternd, zeigte sie fortwährend auf die Tür. Christian blickte noch einmal auf die bleiche Komtesse und ging langsam hinaus. Die Oberhofmeisterin warf sich auf das Sofa ... Franziska blieb kalt und gleichgültig wie eine Bildsäule, nur ihr Gesicht wurde immer blasser. Der Gräfin rannen vor Empörung die Tränen über die Wangen.

Schließlich faßte sie sich und schrie:

»Schamlose! So weit ist es schon gekommen, daß du dir erlaubst, in deinem Zimmer Männern Rendezvous zu geben! Unter den Augen des ganzen Hofes!«

»Weil ich ihn liebe!« sagte die Tochter, »ja, ich liebe ihn.«

»Das wagst du mir ins Gesicht zu sagen! Du Ausgeburt!«

»Warum sollte ich nicht sagen, was ich fühle?«

Die Gräfin schluckte.

»Und glaubst du, daß ich das zulasse? Daß ich wegen dieser dummen Liebe diesem Habenichts, den man kaum am Hofe duldet, deine Zukunft opfern werde? Um keinen Preis!«

»Ich habe auch gar nicht erwartet, glücklich und anständig leben zu dürfen. Ich konnte mein Los voraussehen.«

»Du bist verrückt geworden!« tobte die Mutter.

Franziska setzte sich ihr gegenüber auf einen Stuhl, nahm mechanisch aus dem Bukett auf dem Tisch eine Blume und hob sie zum Mund. Ihr Gesicht drückte Kälte, höhnische Resignation aus. Die Mutter hatte eine andere Wirkung erwartet, wandte erschrocken den Blick von ihr ab und begann dann, wie zu sich selbst, zu sprechen:

»Ein Glück, daß er ungesehen eintreten konnte. Morgen lasse ich die Tür zunageln, und dich schließe ich wie eine Sklavin ein. Konnte ich jemals denken, daß ich so etwas erleben müßte? ...«

Franziska kaute an ihrer Blume und schien bereit zu sein, Vorwürfe, die ihr die Mutter zu machen geruhte, anzuhören. Dieses beinah verächtliche Schweigen entfachte die Wut der Gräfin noch mehr. Sie fuhr vom Sofa hoch und begann mit großen Schritten im Zimmer umherzurennen.

»Sollte sich Watzdorf noch einmal erdreisten, sich dir zu nähern, dich anzusprechen, dich nur anzusehen, dann wehe ihm! Ich werde unserer Herrin zu Füßen fallen, es Sulkowski sagen, man wird ihn für ewig einsperren!«

»Ich glaube nicht, daß er sich dieser Gefahr aussetzen wird«, entgegnete die Tochter. »Gerade heute habe ich ihm alle Hoffnung genommen. Ich habe ihm gesagt, daß ich nicht über mich verfügen kann, daß man mit mir wie mit einer Gefangenen verfährt und ich den zum Manne nehmen muß, den man mir befiehlt. Aber lieben werde ich ihn allein ...«

»Mir wagst du das zu sagen?!«

»Ich kann es dir noch einmal sagen, Mutter: ich bin offen, ich sage, was ich denke. Der, der mit mir verheiratet wird, soll wissen, was er zu erwarten hat.«

Die Gräfin schwieg, warf aber der Tochter einen sonderbaren, drohenden Blick zu. Plötzlich stellte sie sich händeringend vor Franziska und sagte mit etwas weicherer Stimme zu ihr:

»Du Undankbare, Undankbare! Eben, gerade als ich mit unserer Allergnädigsten Herrin bemüht war, dir das glänzendste Los zu bereiten ..., da hast du ...«

»Ein vergoldetes Opfer zu werden«, unterbrach sie Franziska mit einem bitteren Lächeln, »das habe ich schon lange vorausgeahnt. Diesem Schicksal konnte ich nicht entgehen.«

»Und du wirst ihm nicht entgehen, denn du weißt, daß du dich nicht widersetzen kannst, dem Willen deiner Herrin, deiner Mutter und deines Herrn ...«

»... der überhaupt keinen Willen hat«, spottete die Komtesse.

»Schweig!« drohte die Gräfin. »Ich kam, um dir dein Glück zu verkünden, und treffe auf Schmach und Schande!«

»Mir braucht man sogar das nicht zu verkünden. Ich weiß es bereits. Sulkowski ist schon verheiratet, also bin ich sicherlich als Frau für den zweiten Minister des Kronprinzen, für Brühl, vorgesehen. Das habe ich schon seit langem erwartet! In der Tat, ein großes Glück!«

»Ein größeres, als du verdienst«, entgegnete die Mutter. »Was kannst du gegen diesen liebsten und verständigsten aller Menschen haben?«

»Ganz und gar nichts. Er ist mir nur so gleichgültig wie der dümmste und häßlichste Mann. Er, ein anderer, alle sind sie mir gleichgültig, nur der eine nicht, den ich liebe.«

»Nenne mir nur nicht ... Wage es nicht, seinen Namen zu erwähnen! Ich hasse ihn. Wenn er sich erdreistet, das Geringste zu unternehmen, so ist er verloren!«

»Ich werde ihn warnen«, warf Franziska ein, »ich will nicht, daß er zugrunde geht, ich will, daß er mich rächt.«

»Wage nicht, dich ihm zu nähern und mit ihm zu sprechen. Ich verbiete ...«

Franziska schwieg.

Das in diesem Tone geführte, oft abgebrochene Gespräch währte noch eine halbe Stunde. Die Oberhofmeisterin, die sich streng an das Hausreglement hielt, bemerkte mit Entsetzen, daß sie bereits um fünf Minuten ihren Dienstbeginn bei ihrer Herrin versäumt hatte, und eilte zum Spiegel.

»Du begleitest mich«, befahl sie der Tochter, »die Herrin will dich sehen. Du weißt selbst, wie du dich zu verhalten hast.«

Die Zeit des Abendessens war gekommen. Die Oberhofmeisterin überflog mit einem Blick die Kleidung der Tochter, und beide machten sich auf den Weg.

Die genaue und unantastbare Hofetikette, die Josepha nach dem Vorbild des österreichischen Hofes eingeführt hatte und streng befolgte, gestattete niemandem außer den ersten Ministern, an ihrer Tafel zu speisen. Und selbst diese sah Josepha höchst ungern. Für die Hofmeisterin, die Marschälle, die höheren Würdenträger wurde in einem anderen Saal ein besonderer Tisch gedeckt. An diesem Tage sollte der Kronprinz mit seiner Gemahlin allein die Mahlzeit einnehmen. Pater Guarini, der kein Abendessen einzunehmen pflegte, saß zur Gesellschaft in der Nähe der Tafel auf einem Hocker. Sonst, als noch keine Trauer herrschte, unterhielten er und die beiden Narren, Frosch und Storch, Friedrich mit ihren fröhlichen Witzen. Meistens schlugen sich die Narren und redeten allerlei dummes Zeug; der Kronprinz lachte, ermunterte sie zu neuen Späßen und war dann in bester Stimmung. Die frische Trauer gestattete den Narren noch nicht, ihr Amt wieder auszuüben. Doch mit Rücksicht auf das Bedürfnis Friedrichs nach Zerstreuung und um sein finsteres, umwölktes Gesicht aufzuheitern, gab Guarini die Erlaubnis, daß Frosch und Storch in ihre Ecken einzogen. Ihnen waren jedoch die üblichen Possen untersagt. Man hatte es so eingerichtet, daß sie dem Kronprinzen gleich auffallen mußten. Der Tisch war feierlich gedeckt und üppig beleuchtet. Friedrich trat, seine Frau am Arm führend, ein. Das selten gewöhnliche und unschöne Gesicht der Habsburgerin stach von den heiteren, herrlichen und regelmäßigen, aber irgendwie starren Zügen ihres Mannes ab. Der habsburgische Typus kam bei ihr sehr unvorteilhaft zum Vorschein. Trotz ihrer jungen Jahre verfügte sie nicht über die Anmut der Jugend. Die herabhängende Unterlippe, ihr unfreundliches Antlitz, irgend etwas Rohes und Gewöhnliches an ihr stießen ab.

Dem Benedicite des Paters hörte das Kronprinzenpaar mit gefalteten Händen andächtig zu, die Dienerschaft wartete respektvoll. Friedrich nahm dann zerstreut Platz, aber im gleichen Moment entdeckte sein den Saal überfliegender Blick die in der Ecke stehenden Narren Frosch und

Storch, die beide so ernste, gezwungene Mienen machten, daß sie dadurch mehr als sonst zum Lachen reizten.

Frosch war fast ein Zwerg, Storch dagegen, mit seiner langen Nase, ungewöhnlich groß und mager. Beide waren gleich gekleidet. Obwohl der ganze Hof Trauer hatte, trugen sie hochrote Fracks und blaue Samthosen. Froschs Kopf zierte eine ergötzliche Perücke aus lauter kleinen Locken, die einem Schafpelz glich. Storchs Haare lagen glatt an und wurden hinten mit einem Haarbeutel zusammengehalten. Frosch stand wie der Koloß von Rhodos da, breitbeinig mit auf dem Rücken verschränkten Armen; seine hervorstehenden Augen und sein Mopsgesicht verliehen ihm wirklich etwas Froschähnliches. Der kerzengerade aufgerichtete Storch preßte beide Beine wie ein Wachposten der Grenadiere zusammen, ließ die Hände an den Seiten herunterhängen, reckte den Kopf in die Höhe und schob die Lippen vor. Auch er bot einen komischen Anblick. Als sie der Kronprinz entdeckte, lächelte er, drohte ihnen aber von weitem, damit sie sich ruhig verhielten. Storch antwortete, ohne sich zu bewegen; er schickte vielsagende Blicke zu Frosch, die dieser erwiderte.

Der Kronprinz aß und trank gierig mit großem Appetit und sah dabei dauernd zu seinen beiden Lieblingen hinüber. Er bedauerte, ihnen nicht die Zügel locker lassen zu können. Aber das Getobe wäre wirklich unpassend gewesen, denn beide erlaubten sich während des Mittagessens oft solch übermütige Späße, daß sie, ineinander verwickelt, sich wie eine Kugel bis unter die herrschaftliche Tafel rollten.

Schon ihr Anblick allein versetzte den Kronprinzen in bessere Laune. Außerdem freute es ihn, daß sich Brühl und Sulkowski so ausgezeichnet vertrugen. Brühl hatte nämlich freiwillig und edelmütig das hohe Amt des Oberhofkämmerers niedergelegt, damit es der König Sulkowski übergeben konnte, und sich selbst mit dem Vorsitz im Ministerrat, den Akzisen, den Zöllen, den Steuern und der Überwachung der Staatsfinanzen begnügt. Doch nur formal sollten diese Ämter Brühl überlassen bleiben; Sulkowski hoffte nämlich, alles in seiner allmächtigen Hand zu vereinigen.

Aber keiner kann in die Zukunft sehen.

Brühl bezeigte seinem Mitarbeiter die herzlichste Freundschaft, und der Graf, der sich des Herzens seines Herrn sicher wußte, rechnete nicht mit seiner Rivalität.

Nachdem der Kronprinz alle seine Sorgen wie eine Last von seinen Schultern auf diese beiden Menschen abgewälzt hatte, fühlte er sich ruhig und konnte nun zu der geliebten Einförmigkeit seines Lebens zurückkehren. Er vermißte nur die Oper, die von ihm, wie früher von seinem Vater, so geliebte Faustina und auch die Jagd. Schwer lastete die Trauer auf ihm. Mochten sich in Polen Moszynski, der Bischof Lipski und all die anderen Anhänger um die Königswahl kümmern, Brühl hatte sich ja auch für ihren glücklichen Verlauf verbürgt.

Gleich einige Tage nach dem Eintreffen der Nachricht vom Tode seines Vaters erklärte Friedrich, daß alles, was der von ihm vergötterte August der Große getan, begonnen und beschlossen hatte, in Kraft bliebe und keine Veränderung erfahren würde. Das Land, das aufzuatmen gehofft hatte, gewann recht bald die traurige Einsicht, daß alles beim alten bleiben würde. Nur die Steuern wurden äußerst rasch eingetrieben. An diesem Abend zog sich der Kronprinz sofort nach der Abendtafel mit Sulkowski auf seine Zimmer zurück. Brühl folgte ihnen.

In dem anderen Saal hatte sich eine kleine Gruppe von Angehörigen des jungen Hofes versammelt. Pater Guarini ging fröhlich scherzend von einem zum anderen. Josepha gönnte ihnen kaum einige Worte, gab ihrer Oberhofmeisterin ein Zeichen und begab sich in ihr Kabinett. Bald danach folgte ihr die Gräfin mit ihrer Tochter, der sie mitzukommen befohlen hatte.

Josepha erwartete die beiden in der Mitte des Zimmers. Sie schien sich etwas Besonderes vorgenommen zu haben. Ohne jede Spur von Unruhe oder Angst trat Franziska hinter ihrer Mutter ein. Josepha winkte sie zu sich heran.

»Mein Kind«, sprach sie mit spröder und unangenehm klingender Stimme, »es ist an der Zeit, an deine Zukunft zu denken ... Ich will dir helfen.«

Um einer ungeziemenden Antwort Franziskas vorzubeugen, fiel die Mutter rasch ein:

»Ewige Dankbarkeit schulden wir Euch, Allergnädigste Herrin.«

»Ich weiß, daß du eine eifrige Katholikin bist«, fuhr die Habsburgerin fort, »und deshalb muß ich dir erst zusichern können, daß dein Zukünftiger, dem ein unglückliches Schicksal nicht erlaubt hat, im heiligen katholischen Glauben zur Welt zu kommen, zur wahren Religion übertreten wird. Du wirst also ein gottgefälliges Werk vollbringen, indem du dem Herrn wieder eine Seele zuführst.«

Franziska hörte ihr gleichgültig zu. Die Aussicht auf das ›gottgefällige Werk‹ schien auch nicht sonderlich zu reizen.

Josepha sah sie an, konnte aber diesem jungen, unbeteiligten und starren Gesicht nichts entnehmen.

»Ich kann dich zu der Wahl nur beglückwünschen«, fügte sie hinzu, »zu einer Wahl, die deine Mutter und ich gemeinsam getroffen haben. Der für dich Bestimmte zeichnet sich durch seine Frömmigkeit, seinen festen Charakter und scharfen Verstand aus – es ist der Minister Heinrich von Brühl.«

Wieder schaute sie auf Franziska, die stumm dastand.

»Du mußt ihm gestatten, sich dir zu nähern, damit ihr euch besser kennen- und schätzenlernt. Ich habe die Hoffnung, daß du glücklich wirst.«

Die Mutter stieß die Tochter zur Hand Josephas. Franziska ließ alles mit sich geschehen, beugte sich über die Hand und trat ohne ein Wort wieder zurück. Dieses Verhalten konnte einem jungen Mädchen nicht übelgenommen werden.

So endete ein denkwürdiger Tag im Leben einer Frau, die gleichgültig der Zukunft entgegensah.

Am nächsten Morgen ließ sich Brühl, sicher auf Anraten der Mutter und mit deren Genehmigung, als die Komtesse allein war, bei ihr melden. Franziska überlegte kurz und nahm dann seinen Besuch an. Sie empfing ihn sogar im gleichen Zimmer, wo sie gestern im Arm Watzdorfs von jeder Hoffnung auf Glück Abschied genommen hatte.

Die Trauerkleider standen ihr gut zu Gesicht; das Schwarz der Kleider und des Schleiers unterstrich noch ihre Schönheit. Nur ihre Blässe ließ auf irgendein Leid schließen. Kalte und kühne Resignation verlieh ihren Zügen etwas Herrisches und Überlegenes.

Brühl, einer der anspruchsvollsten Stutzer jener Zeit, der großen Wert auf sein Äußeres legte, war an diesem Tage trotz der tiefen Trauer besonders sorgfältig gekleidet. Sein anmutiges Gesicht und seine Gestalt machten einen überaus weibischen und verweichlichten Eindruck. Mit seinem unvermeidlichen Lächeln, das stets auf seinen Lippen lag, erschien er auf der Schwelle. Wenn auch Franziska ernst ihren Gedanken nachhing, so bemühte er sich, froh und glücklich auszusehen.

Franziska saß am Tisch. Brühl eilte auf sie zu. Die Komtesse begrüßte ihn mit einem leichten Kopfnicken und bot ihm einen in einiger Entfernung stehenden Stuhl an.

»Ich sehe, daß Ihr wegen der Harmonie zur Trauerkleidung, die wir alle angelegt haben«, begann Brühl, »auch heute ein traurigeres Gesicht als sonst macht, und ich … ich …«

»Ihr seid heute fröhlicher als üblich«, unterbrach ihn Franziska, »was macht Euch denn so glücklich?«

»Ich hoffe, daß Ihr schon darüber unterrichtet seid«, entgegnete Brühl und drückte beide Hände aufs Herz.

»Spielen wir doch nicht Komödie!« rief Franziska. »Wir können einander nichts vormachen. Man befiehlt mir, Euch zu heiraten, während ich einen anderen liebe; Euch befiehlt man, mich zur Frau zu nehmen, obwohl eine andere Euer Herz besitzt. Das ist nichts Fröhliches.«

»Ich! Ich liebte eine andere?« fragte Brühl mit gespielter Entrüstung und fuhr zurück.

»Ihr liebt schon lange und mit großer Leidenschaft die Gräfin Moszynska; das weiß, meiner Meinung nach, sie selbst, ihr Mann und alle Welt, und Ihr glaubt, daß ich, die ich am Hofe lebe, davon keine Ahnung habe?«

»Wenn Ihr verlangt, daß ich Euch gestehe, sie geliebt zu haben ...«

»Oh! Alte Liebe rostet nicht.«

»Ihr habt doch auch ein Geständnis gemacht.«

»Ja, ich mache kein Geheimnis daraus, ich liebe einen anderen.«

»Wen?«

»Ich habe es nicht nötig, ihn und mein Geheimnis zu verraten ... Es muß Euch genügen, daß ich aufrichtig bin und Euch davon in Kenntnis gesetzt habe.«

»Das ist für mich sehr traurig!« rief Brühl aus.

»Aber unendlich trauriger ist es für mich«, fügte die Komtesse hinzu. »Könntet Ihr nicht eine andere finden, um sie glücklich zu machen?« Sie sah ihn an. Ihr Blick verwirrte Brühl.

»Es ist der Wille des Kronprinzen, seiner Gemahlin.«

»Des Paters Guarini und so weiter«, fiel das Mädchen ein, »ich verstehe, es ist also unabwendbar?«

Brühl rückte mit seinem Stuhl näher und sagte:

»Verehrte Komtesse, ich hoffe, mir Eure Gunst zu erwerben ... Ich ...«

»... und ich habe nicht die geringste Hoffnung. Aber, wenn unsere Ehe von oben befohlen und unvermeidlich ist ..., dann ist es gut, wenn wir uns von vornherein auf das, was uns erwartet, einrichten.«

»Ich werde auf Euer Glück bedacht sein.«

»Ich danke Euch, ich werde mich selbst darum bemühen müssen. Denkt lieber an Euer eigenes. Ich verbiete Euch nicht Eure Liebe zur Gräfin Moszynska – selbst wenn ich es wollte, wüßte ich doch, daß es sinnlos wäre. Die Tochter der Gräfin Cosel hat die Schönheit und Macht ihrer Mutter geerbt, ich besitze beides nicht ... leider!«

»Ihr seid grausam!«

»Ich bin ehrlich.«

Brühl fühlte, daß ihm, trotz der außerordentlichen Leichtigkeit der Worte und Gedanken, der Gesprächsstoff ausging. Seine Lage wurde peinlich. Er blickte auf Franziska. Sie spielte mit ihrem Taschentuch.

»Wie es auch sei, ich werde nicht verzweifelt von hier gehen«, begann er nach kurzem Schweigen von neuem, »ich kenne Euch seit Eurer Kindheit, schon seit langem verehre ich Euch. Das, was Ihr über mich und die Gräfin Moszynska sagtet, war nur eine flüchtige Neigung, die vorüber und endgültig vorbei ist. Mein Herz ist frei, und Ihr, so hoffe ich, werdet Euren Widerwillen und die Voreingenommenheit gegen mich überwinden.«

»Gegen Euch empfinde ich keinen Widerwillen, denn Ihr seid mir ja vollkommen gleichgültig.«

»Auch das bedeutet etwas«, sagte Brühl.

»In der Tat, das bedeutet, daß Ihr Widerwillen ernten könnt, wenn Ihr Euch um meine Liebe bemüht ... Das kann sehr leicht geschehen.«

Brühl stand auf. Sein Gesicht brannte. »Niemals hat ein Freier eine schlimmere Aufnahme gefunden. Ich werde versuchen, sie zu vergessen.«

»Beklagt Euch nur nicht bei der Gattin des Kronprinzen«, warnte Franziska, »unsere Herrin wird mir das alles nicht übelnehmen, sondern als jungfräuliche Bescheidenheit ansehen. Erspart mir Unannehmlichkeiten bei meiner Mutter und anderen. Wenn sich nichts ändert, Ihr weiter darauf besteht, unsere Herrin bei ihrem Befehl bleibt, ich ein Opfer werden soll – werde ich zum Altare gehen, weil ich muß; aber Ihr wißt, wie es um mich steht und was Euch erwartet.«

Mit diesen Worten erhob sie sich. Brühl setzte ein überaus liebenswürdiges Gesicht auf, kam näher, um ihre Hand zu ergreifen. Sie zog sie zurück und sagte: »Auf Wiedersehen.« Der Minister versuchte nicht mehr, die Unterredung fortzusetzen, und ging. Auf sein Gesicht, das sich für einen Augenblick verdüsterte, kehrte schnell die alte Heiterkeit und Höflichkeit zurück. Nichts deutete darauf hin, daß er soeben eine so bittere Pille geschluckt hatte. Ließ ihn das Ganze kalt, oder beherrschte er sich so gut? Mit leichten Schritten durcheilte er die leeren Zimmer und wollte schon das Haus verlassen, als ihm auf der Schwelle die Mutter Franziskas entgegentrat.

Bevor die Gräfin zu reden begann, prüfte sie ihn eingehend mit ihren Blicken ... Sie konnte nichts entdecken. Sie nahm sogar an, die Tochter hätte ihre eigentlichen Gefühle zu verheimlichen gewußt, was ihr sehr recht war.

»Hast du dich mit Franziska getroffen?«

»Ich komme von ihr.«

»Wie hat sie dich aufgenommen?«

Brühl verspätete sich etwas mit der Antwort.

»So, wie man jemanden aufnimmt, der einem aufgezwungen wird, den man fühlen lassen will, daß er dafür büßen muß.«

»Ach, du hast Zeit ... Aus vielen Gründen möchte ich die Hochzeit nicht übereilen.«

»Und ich wünschte das Gegenteil, aus dem Grunde, weil man sich am besten um das Herz bemühen kann, wenn man schon die Hand besitzt«, wandte Brühl ein. »Die Ehe verbindet, ermöglicht, sich gegenseitig kennenzulernen, und ich hoffe, daß die Komtesse, wenn sie mich dann besser kennt und meine Zuneigung ...«

Ein leichtes Lächeln huschte über das Gesicht der Gräfin.

»Für heute genug«, sagte sie, »cela viendra, das wird schon kommen! Franziska ist so schön, daß man sie einfach vergöttern muß, aber sie besitzt den Stolz und die Energie der Göttin, der sie ähnlich sieht. Wenn der alte König noch lebte, so müßte ich auch seinetwegen um sie bangen, denn auch auf ihn hat sie Eindruck gemacht.«

Brühl wechselte mit ihr noch einige Worte und verabschiedete sich dann höflich. Als er in seiner am Eingang wartenden Sänfte Platz nahm und sich für einige Minuten allein wußte, verzog und verfinsterte sich sein Gesicht.

»Und doch möchte ich gerne wissen, wen sie liebt«, sagte er sich im stillen, »sie besaß schon immer so viele Verehrer und bedachte alle freigebig mit Blicken und Worten, daß es wirklich schwerfällt, nun zu erraten, wem es gelungen ist, ihr Herz einzufangen. Ach! Auf das Herz kann ich keinen Anspruch erheben ... Die Schönheit Franziskas brauche ich. Wer weiß, der Kronprinz wird seiner Frau nicht immer treu bleiben ..., und in diesem Falle ...«

Brühl spann diesen Gedanken nicht weiter, sondern lächelte nur.

»Sie braucht mich nicht zu lieben, aber unsere gemeinsamen Interessen werden uns zu guten Freunden machen. Von der Moszynska wissen also alle. Die Liebe und der Husten lassen sich halt nicht verheimlichen, und es war ja oft gar nicht nötig, diese alte Liebe zu verbergen.«

Der seinen Gedanken nachhängende Brühl bemerkte gar nicht, daß die Sänfte schon im Flur seines Hauses abgesetzt worden war.

Eine zahlreiche Dienerschaft harrte seiner hier: Kammerdiener, Lakaien, Sekretäre und Boten. Als man die Vorhänge der Sänfte zurückzog, hatte Brühl sein schönes Gesicht schon wieder für die Welt zurechtgemacht, es mit Lächeln und Anmut übergossen, die ihm halfen, die Herzen zu gewinnen.

Er grüßte höflich und eilte die Treppe hinauf ... Oben wartete schon Hennicke auf ihn.

Dieser treue Diener sah seit einigen Tagen bedeutend gesünder und fröhlicher aus. Aus den Falten seines Gesichtes lachte einem kalter Spott entgegen. Globig, Stammer und Loß saßen in der Kanzlei, in die Brühl, wie von einer geheimen Macht getrieben, eintrat. Alle erhoben sich zur Begrüßung Seiner Exzellenz, langsam und nachlässig schlenderte Hennicke hinter ihm drein.

Der Minister wollte eben Platz nehmen, um die Papiere flüchtig durchzusehen, als ihm sein treuer Zuträger etwas zuflüsterte und mit der Hand auf die Tür des Salons zeigte: »Man erwartet Euch.«

Dort spazierte in einem aschgrauen Lodenrock mit schwarzen Knöpfen der bis zur Unkenntlichkeit verkleidete Pater Guarini umher.

## IX

Der Kronprinz konnte sich unbesorgt Ruhe gönnen; zahlreiche Anhänger wachten für ihn in Polen, und in Dresden arbeiteten Sulkowski und Brühl.

Der vom gleichen Ehrgeiz wie Brühl besessene Sulkowski saß fester als sein Rivale im Sattel. Er besaß das Herz des Kronprinzen, und, was hundertmal schwerer wog – Friedrich war an ihn gewöhnt. Schon von Kindesbeinen an hatte er ihn um sich. Zusammen erlebten sie ihre erste Entwicklung, und gemeinsam wuchsen sie zu Männern heran. Sulkowski kannte seinen Herrn genau, weil er selbst beobachtet hatte, wie dieser zu dem wurde, was er jetzt war. Brühl mußte sich dazu bedeutend mehr anstrengen.

Nach dem Übertritt Augusts II. zum Katholizismus um der polnischen Krone willen – einer Bekehrung, die den völlig glaubenslosen König vollkommen gleichgültig ließ – war Papst Clemens XI. eifrigst darum bemüht, daß der Sohn nicht in das Fahrwasser der Mutter, einer überzeugten Protestantin, geriet, sondern in die Fußstapfen des Vaters trat. Für August war dies eine äußerst heikle Angelegenheit. Seine Wahl zum König von Polen war noch nicht sicher, im protestantischen Sachsen bedeutete der katholische Glaube zugleich ein Hindernis und eine Gefahr. Im übrigen wachten die Königin Eberharda, de domo von Bayreuth, und die Großmutter, Anna Sophie, eine dänische Fürstin, darüber, daß der Sohn und Enkel nicht dem Beispiel des Vaters folgte. Beide Damen waren nicht nur treue, sondern fanatische Anhänger ihres Glaubens. August II., das unterliegt nicht dem geringsten Zweifel, wollte das polnische Wahlkönigtum, selbst um den Preis des Verzichts auf einen Teil des Landes, in eine erbliche Monarchie verwandeln; an einer katholischen Erziehung seines Sohnes war er nur aus diesem Grunde interessiert ..., sonst legte er keinen Wert darauf. Auf das drängende Breve des Papstes antwortete August der

Starke am 4. September 1701 mit dem Schwur, sein Sohn würde Katholik, am 8. Februar 1702 versicherte er den sächsischen Ständen, sein Sohn bliebe Lutheraner. In Wirklichkeit wußte er selbst noch nicht, was besser, was günstiger sei und was die politische Entwicklung verlangte.

Aus der Hand der Großmutter nahm Alexander von Miltitz den jungen Friedrich zur Erziehung entgegen. Der Erzieher war ein Mensch, der vollkommen unfähig war, diese wichtige Aufgabe zu erfüllen. Die Großmutter besaß aber, nach Berichten der Zeitgenossen, selbst wenig Urteilsvermögen. Sie wurde von protestantischen Tartüffs beherrscht und wußte weder am Morgen noch am Nachmittag, was sie tat. Den kleinen Friedrich nahm man seiner Mutter weg, und er kam zur Großmutter. Miltitz, ein Pedant und Geizhals, ein Faulpelz und langweiliger Mensch, konnte nicht viel Gutes mit seiner Erziehung ausrichten. In Glaubensangelegenheiten gleichgültig, widmete er ihnen keine allzu große Aufmerksamkeit; dafür belagerten die protestantischen Geistlichen vom Hofe der Königin-Mutter bis zum Überdruß den jungen Fürsten. Man ließ keinen einzigen Katholiken an den jungen Zögling heran. Rom wurde in Kenntnis gesetzt, und von dort kam erneut eine Ermahnung nach Dresden.

Den zwölfjährigen Friedrich entzog man endlich den Frauen und schickte ihn mit seinem Lehrer auf die erste Reise. Doch sie dauerte nicht lange. Die beiden Herrscherinnen, die in Sorge waren, man könnte ihn zum Katholiken machen, ließen ihn im vierzehnten Lebensjahre öffentlich das lutherische Glaubensbekenntnis ablegen und dem protestantischen Zeremoniell gemäß konfirmieren. Der König, der damals in Danzig weilte, teilte dies selbst dem Papst mit. Er schrieb ihm, er hätte die Verwegenen, die dieses starke Stück gewagt hätten, schrecklich bestraft, wenn er nicht auf gewisse Umstände Rücksicht nehmen müßte. Die Verhältnisse entwickelten sich so, daß August Rom brauchte. Man mußte sich also verdient machen, beschloß, das gegebene Versprechen einzulösen und Friedrich den Glauben wechseln zu lassen. Aus Polen holte man den livländischen Wojewoden Kos und ernannte ihn zum Hofmeister. Sulkowski befand sich schon damals bei ihm.

Im Jahre 1711 nahm August seinen Sohn mit nach Polen. Von dort brachte er ihn nach Prag, wo Beratungen mit dem päpstlichen Nuntius Albani stattfanden. Es wurde entschieden, den ganzen Hof und die Umgebung des Kronprinzen zu verändern, indem man ihm nur Katholiken beigab. Von all dem wußte Friedrich überhaupt nichts. Am ersten Sonntag nach seiner Rückkehr in die sächsische Hauptstadt begab er sich in die protestantische Kirche und legte sich dort als Zeichen seiner Beharrlichkeit den Namen Constans zu. Bald danach wohnte er in Frankfurt anläßlich der Kaiserwahl ebenfalls einem protestantischen Gottesdienst bei.

Kurz darauf legte der Wojewode Kos den Befehl des Königs vor, verabschiedete und entließ den bisherigen Hofmeister Miltitz und mit ihm den ganzen protestantischen Hofstaat des Kronprinzen mit Ausnahme des Arztes, des Kochs und des Kassenverwalters. Die verwaisten Stellen wurden mit Katholiken besetzt. Alles Weitere sollte der Pater Salerno in die Hand nehmen. August II. schickte sogleich seinen Sohn auf Reisen und befahl ihm zuerst den Besuch des Karnevals in Venedig. Dies sollte sein erstes Auftreten in der großen Welt sein. Der Karneval auf dem Markusplatz war damals noch sehr berühmt. Im Januar 1712 brach man von Frankfurt aus zu dieser Reise auf, die, um den Kronprinzen den protestantischen Einflüssen zu entziehen, sieben Jahre dauerte und durch weite Gebiete führte. Alle Briefe, die er an seine Angehörigen schrieb, mußten zuerst die Hände von Kos und Lützelburg, einem sächsischen General, der ein Mensch von scharfem Verstand und nicht sehr löblichen Gewohnheiten war, durchlaufen.

Der Kronprinz, dem sein Gewissen keine Ruhe ließ, fand Mittel und Wege, Anna, Königin von England, und Friedrich IV., den dänischen König, um Hilfe anzugehen. Die erste lud ihn nach England ein, der zweite erklärte, Friedrich ginge des Rechtes auf das dänische Erbe verlustig, wenn er Katholik würde.

Ein päpstliches Schreiben des gleichen Jahres versicherte August, daß der Heilige Vater, im Falle eines Überfalls protestantischer Fürsten, ihm unter allen Umständen zu Hilfe käme, selbst wenn er zu diesem Zweck seine letzte Krone verkaufen müßte. Der Kronprinz reiste inzwischen in Gesellschaft Sulkowskis, der im gleichen Alter wie er stand und bald sein Vertrauter wurde, inkognito unter dem Namen eines Grafen von Meißen oder von der Lausitz in Italien umher. Zu seinem Hofstaat gehörten außer Sulkowski der Wojewode Kos, der General Lützelburg, der weltlich als Höfling gekleidete Pater Salerno und außerdem ein Sachse, der Jesuitenpater Vogler. Sekretär war auch ein Jesuit: Pater Kopper, der ebenfalls weltliche Kleidung trug und den Namen eines Herrn Weddernoy angenommen hatte. Tagtäglich und ununterbrochen wirkten sie also auf den jungen Kronprinzen ein, der ihrem Einfluß, der so viele Jahre währte, unmöglich widerstehen konnte. Nach Venedig besuchten sie eine Reihe anderer italienischer Städte. In Bologna bereiteten die päpstlichen Behörden Friedrich einen feierlichen Empfang. Hier konnte endlich Pater Salerno die Bekehrung vollziehen. Das Glaubensbekenntnis legte der Kronprinz in aller Heimlichkeit vor dem päpstlichen Legaten, Kardinal Cassoni, ab.

Später erhielten sowohl Albani als auch Salerno den Kardinalshut zur Belohnung. Dieser Glaubenswechsel blieb lange Zeit ein Geheimnis, aber da die sächsischen Stände auf Rückkehr drängten und August sie nicht reizen wollte, ließ man die beabsichtigte Reise des Prinzen nach Rom ausfallen. Im Jahre 1713 trat er mit Pater Salerno, der sich in Verona verabschiedete und nach Rom fuhr, aber in ständigem Briefwechsel mit seinem Zögling blieb, die Heimreise an.

Der Prinz sollte nicht auf direktem Wege nach Dresden kommen. Zunächst beorderte man ihn nach Düsseldorf, wo er einige Zeit beim Kurfürsten von der Pfalz, einem guten Katholiken, weilte. Danach begab er sich an den Hof Ludwigs XIV., den der Papst von der Bekehrung benachrichtigt hatte. In diese Reise spielt der Verdacht auf eine Verschwörung protestantischer Verwandten hinein, die den Prinzen entführen wollten. Aber die ganze Angelegenheit ist dunkel. Man befürchtete dauernd, der Prinz könnte sich von dem angenommenen Glauben lossagen. In Paris nahm man den Gast höflich auf, wie die Briefe der alten Herzogin von Orléans bezeugen. Man fand ihn sogar liebenswürdig, wenn auch sehr wortkarg, und so blieb er sein ganzes Leben lang.

Der Wojewode Kos, der vollendetste der Höflinge seiner Umgebung, fand auch großen Anklang. Der Glaubenswechsel war nur wenigen bekannt. Der Kronprinz gestand ihn nicht einmal seiner eigenen Mutter ein. Aus Frankreich brachte man ihn anstatt nach England, wie man ihm zuerst gesagt hatte, über Lyon und Marseille nach Italien und wieder nach Venedig zurück, wo die ›Signoria‹, der aus vierzig Personen bestehende höchste Rat der Republik Venedig, und die Edelleute sich bei den Empfängen und Zerstreuungen des Gastes überboten. Maskeraden, Gondelwettfahrten, Komödien und Bälle wechselten einander ab.

Auf Anraten des Papstes Clemens entschied man sich schließlich, um sich den Prinzen zu sichern, ihn mit einer überzeugten Katholikin zu verheiraten. Pater Salerno nahm in Wien die Bemühungen um diese Angelegenheit auf. Minister Starhemberg und Prinz Eugen unterstützten ihn dabei derartig, daß ihm die Erzherzogin fest versprochen wurde. Man geleitete den Kronprinzen nach Wien, da er ohne Befehl seines Vaters keinen Schritt tun konnte und wollte.

Die Bekehrung wurde immer noch geheimgehalten, wenn auch nicht mehr aus Rücksicht auf die Königin-Mutter, denn sie war gerade gestorben. An einem Oktobermorgen des Jahres 1717 befahl Graf Lützelburg dem ganzen Hofe des Fürsten, sich um 10 Uhr früh in seinem Vorzimmer einzufinden. Gegen 11 Uhr fuhr die Kutsche des Nuntius Spinoli am Palast vor. Einige Höflinge eilten hinzu, um ihn in die Zimmer zu geleiten.

Kurz danach trat ein kleiner Mann mit einem verdeckten Kasten ein, und Graf Lützelburg kam aus dem Zimmer des Prinzen heraus und erklärte dem Hofstaat, daß in den Räumen des Kronprinzen jetzt »etwas passieren« würde und daß es den Protestanten unter ihnen freistehe, daran teilzunehmen oder nicht. Die Tür ging sperrangelweit auf. Der Nuntius las an einem Tisch die Messe, die der Fürst, wegen Krankheit im Bette liegend, mit großer Andacht hörte.

Nach der Messe entfernte sich der Nuntius, und Friedrich richtete das Wort an seine protestantischen Hofleute:

»Jetzt, meine Herren, wissen Sie, was ich bin, und deshalb bitte ich, meinem Beispiel in Kürze zu folgen.«

Worauf der General Kospoth antwortete:

»Daran habe ich noch nicht gedacht, es ist schwer, sich so schnell zu entscheiden ...«

Friedrich bestätigte:

»Ihr habt recht, man muß zuerst ein guter Christ sein, bevor man Katholik ...«

Das Geheimnis wurde enthüllt. Am nächsten Sonntag nahm der Kronprinz an der Messe der Jesuiten teil und kommunizierte. In Rom herrschte darüber allgemeine Freude.

Den Sachsen versicherte man von neunem, ihr protestantisches Bekenntnis würde nicht angetastet, aber es war leicht vorauszusehen, daß nun Bemühungen einsetzen müßten, auch die Bewohner des Landes für den katholischen Glauben zu gewinnen. Der Kronprinz durfte siebzehn Monate hindurch Wien nicht verlassen. August finanzierte die glänzende Hofhaltung und die zahlreichen Bälle. Hier in Wien vollzog man auch im Jahre 1719 die Eheschließung Friedrichs mit Maria Josepha.

Von allen Personen stand Sulkowski während der ganzen Zeit seinem jungen Herrn am nächsten, beide waren unzertrennlich. Sie kehrten gemeinsam noch im gleichen Jahre an den für das junge Paar eingerichteten ›jungen Hof‹ in der sächsischen Hauptstadt zurück, die die Kaisertochter mit großem Aufwand und Pomp empfing. Sulkowski teilte aus Gewohnheit und Pflicht alle die geliebten Vergnügen und Beschäftigungen des Kronprinzen, das Weidwerk, die Hetzjagden, seine Leidenschaft für Theater und Kunst. Der Gefährte des Fürsten sah während der gemeinsamen Reisen durch Deutschland, Italien und Frankreich viel und erhielt dadurch eine ausgezeichnete Bildung. Er lernte die Welt und, was noch wichtiger war, die Schwächen Friedrichs kennen, verstand sie auszunützen, sie zu unterstützen oder zu beherrschen. Er hielt sich für so unersetzlich, daß er sich unantastbar glaubte. Wenn sie allein waren, gestattete ihm der Kronprinz die größten Vertraulichkeiten, und die Jahre festigten ihr feundschaftliches Verhältnis immer mehr. Die zum österreichischen, französischen Hof und zum Vatikan angeknüpften Verbindungen stärkten ebenfalls die Stellung Sulkowskis immer mehr, der überall viele Freunde besaß.

Folglich fürchtete er weder die Rivalität Brühls noch irgendeinen Hinterhalt. Durch seine Heirat mit dem Fräulein von Stein-Jettingen, der früheren Hofdame Josephas, glaubte er, zu seiner Herrin die nötigen Beziehungen zu bekommen und auf ihre Unterstützung rechnen zu können.

Obwohl Sulkowski ein Hofmann von weit größerer Erfahrung als Brühl war, verfügte er jedoch nicht über die Fähigkeiten zum ersten Minister, sondern wurde von Hochmut und seinem Ehrgeiz getrieben. Er besaß nicht die Brühlsche Demut, dafür aber ein um so größeres Geltungsbedürfnis; – er war, wie man damals sagte, ein ›Kavalier‹ mit den besten Umgangsformen und einer schönen Gestalt.

Er wußte wohl, daß er über die Angelegenheiten des Landes weniger auf dem laufenden war als Brühl, der lange in der Kanzlei Augusts des Starken gearbeitet hatte. Doch stand ihm ein Mensch zur Verfügung, dessen Fähigkeiten diesen Mangel ausgleichen sollten. Er griff also nach der Macht in der Überzeugung, sie behalten zu können und ihr gewachsen zu sein. Seine Lebensweise war einfacher als die Brühls, der unter den verschiedensten Vorwänden immer glänzender auftrat und den Luxus liebte. Sulkowskis Hof war sehr klein, seine Dienerschaft einfach, die Equipagen schmucklos.

Es war gerade um die Zeit, als er das Ministerium und die Landesverwaltung übernehmen sollte. Eines Morgens, noch vor Beginn seines Dienstes beim Kronprinzen, schickte er nach seinem Vertrauten. Er saß mit einem französischen Buch in der Hand in seinem Kabinett und wartete. Bald kam ganz außer Atem der Rat Ludovici hereingestürmt.

Ein Blick auf diesen Menschen genügte, um ihn zu erkennen. Selten fand man ein zweites Gesicht, das sich so leicht verstellen und eine der jeweiligen Lage entsprechende Maske aufsetzen konnte. Ludovici stand in den dreißiger Jahren, sah aber viel älter aus. Tiefe Falten durchfurchten sein ganzes Antlitz, die schwarzen Augen blickten stechend, der Mund war beweglich, von dem man nicht wußte, wie ihn die Natur tatsächlich geschaffen, ob schmal oder breit; sein eckiger Körper, der wendig wie der eines Gauklers war, drehte sich unaufhörlich hin und her. Seine ganze Erscheinung strömte Unruhe aus und stieß irgendwie ab. Um ihn ertragen zu können, mußte man sich erst an ihn gewöhnen. Unablässig hielt er den forschenden Blick auf einen gerichtet, erriet die Gedanken und nahm die Worte vorweg. Glücklicherweise kannte sich Sulkowski schon mit ihm aus und verstand, dessen Unstetigkeit mit seiner Autorität im Zaum zu halten. Ludovicis Taschen platzten fast von Papieren, als er eintrat, seine Verbeugung machte, sich auf die Lehne des nächsten Stuhles stützte und so wartete, daß ihm der Herr Minister seine Befehle erteilen würde.

»Die Dokumente habe ich bei mir«, begann er schließlich und schlug auf die Seitentasche, aus der Papiere hervorlugten, »wenn Eure Exzellenz gestatten.«

»Nicht darüber wollte ich mich heute mit Euch beraten«, entgegnete Sulkowski, »wir haben etwas anderes zu besprechen.«

Voller Ungeduld und Neugier schob Ludovici den Kopf vor. Seine Augen funkelten.

»Was denn, worüber? Eure Exzellenz geruhen ...«

Sulkowski überlegte noch, ob er sich ihm voll anvertrauen sollte. Die wenigen Minuten des Wartens und der Ungewißheit steigerten noch die schon sowieso entfachte Neugier des Rates. Er ließ keinen Blick von seinem Herrn und beugte sich zu ihm hinab, als wollte er jedes Wort aus diesem Munde möglichst schnell auffangen.

Der Minister starrte zum Fenster hinaus. Dann erhob er sich, stemmte die Arme in die Hüften und sagte schließlich:

»Es ist doch höchst unangenehm, daß ich, der ich am Hofe lebe und durch das grenzenlose Vertrauen des Kurfürsten ausgezeichnet bin ..., trotzdem eine gewisse Vorsicht gegenüber den Gelüsten mancher Personen walten lassen muß.«

Ludovici lächelte, riß die Augen auf, machte mit den Händen wunderliche Bewegungen in der Luft, wagte jedoch nicht, seinen Herrn zu unterbrechen.

»Ich kann es ruhig aussprechen«, schloß Sulkowski, »daß ich hier niemanden zu fürchten brauche, aber auch niemandem trauen darf.«

»Sehr richtig, sehr schön, das stimmt«, warf Ludovici ein, »trauen darf man keinem. Ein sehr kluger Mensch hat einmal gesagt, man müsse sich seinen Freunden gegenüber immer so verhalten, als könnten sie schon morgen Feinde sein.«

»Nicht darum geht es, mein lieber Ludovici, meinetwegen können sie zu meinen Feinden werden, sie können mir doch nichts anhaben. Aber über ihre Schritte, Absichten und Gedanken will ich Bescheid wissen.«

»Sehr richtig, sehr schön, das stimmt«, wiederholte Ludovici.

»Bisher hatte ich das nicht nötig, erst seit heute halte ich es für angebracht.«

»Sehr richtig, sehr schön, das stimmt«, stellte wiederum Ludovici fest. »Ja, ja! Wir brauchen Leute, die auf alle ein Auge haben ...«

»So ist es, und sogar auf hochstehende Persönlichkeiten«, sagte Sulkowski mit Nachdruck.

Ludovici war sich über die Bedeutung dieser Worte nicht ganz im klaren und nahm eine abwartende Haltung ein. Er wußte nicht, wie weit er mit seinen Gedanken und Vermutungen gehen durfte.

Sulkowski wollte nicht recht mit der Sprache heraus.

»Ich«, so begann er etwas verlegen wieder, »kann nicht in alle Amtshandlungen meiner Kollegen hineinschauen.«

»Amtshandlungen ...«, Ludovici lachte und fuhr fort: »Aber das ist noch gar nichts, Exzellenz, oft sind ihre privaten Handlungen bedeutend wichtiger ...«

»Ich hätte darüber gern ...«

»Sehr richtig, sehr schön, das stimmt ... einen kleinen Rapport«, ergänzte Ludovici, »regelmäßig, jeden Tag. Jawohl, schriftlich oder mündlich?« Beide überlegten.

»Ein mündlicher genügt mir. Ihr könnt das Material sammeln und mir dann selbst Bericht erstatten.«

»Gewiß, jawohl, ich ... und ich versichere Eurer Exzellenz, daß Ihr in mir den treuesten Diener haben werdet.« Dabei verneigte er sich tief, und im gleichen Augenblick fuhr sein Kopf, der fast die Stuhllehne berührt hatte, wieder in die Höhe, und er setzte an, Vorschläge zu machen. »Ich erlaube mir, hierzu einige Bemerkungen zu machen«, sagte Ludovici, leiser werdend.

»Die fremden Gesandten, die am Hofe residieren, müßten einer strengen Überwachung unterzogen werden; denn was sind sie anders als die offiziellen Spione ihrer Länder, hm! Ich schließe dabei, man vergebe es mir, den Grafen Wallenstein nicht aus, obwohl er gleichzeitig Oberhofmeister ist ... Ich will gar nicht erst vom Preußen Waldburg sprechen oder vom Markgrafen de Monti, vom Residenten Woodward, vom Grafen Weißbach ... und dem Baron Zülich.«

»Ach, mein lieber Ludovici, oft sind die fremden Staaten weniger gefährlich als die Intrigen im eigenen Lande.«

»Sehr richtig, sehr schön«, bestätigte Ludovici, »ja, ja, ja! Niemand schätzt, verehrt und achtet mehr als ich den Minister Brühl ...«

Sulkowski durchbohrte den Rat mit seinen Blicken, der ihm mit einem breiten Lachen in die Augen sah, die Hand hob, den Kopf neigte und verstummte. Das bedeutete: Wir haben uns verstanden, ich habe den Nagel auf den Kopf getroffen.

»Er ist mein alter Freund«, erwiderte dann Sulkowski, »ein Mensch, den ich wegen seiner großen Fähigkeiten schätze.«

»Fähigkeiten ... große, außergewöhnliche, unermeßliche, schreckliche!« griff Ludovici lebhaft gestikulierend auf. »Ach ja ...«

»Ihr sollt noch wissen, daß der verstorbene König ihn dem Allergnädigsten Kronprinzen besonders empfohlen hat, daß er die Komtesse Kolovrath heiraten soll und daß ihm die Gattin des Kronprinzen sehr gewogen ist. Trotz alledem, du würdest meine Worte schlecht verstanden haben, wenn du nun glaubst, daß ich ihm nicht traue, ihn fürchten könnte ...«

»Ja, aber Vorsicht ist geboten und Überwachung notwendig ... Zu ihm fließt ein goldener Bach und ein silbener Strom ...«

Sulkowski hieß ihn schweigen, und er schien nachzudenken. »Oft sind mir schon Klagen über die scharfe Zunge Watzdorfs zu Ohren gekommen ...«

»... des jüngeren?« unterbrach ihn Ludovici, »ja, ja, man kann ihn nicht bändigen. Aber er ist wie eine Mühle, die die eigenen Steine mahlt. Niemandem schadet das außer ihm selbst, und wie soll er da nicht böse sein, wenn ...«

Er konnte den Satz nicht beenden, da plötzlich im Hausflur, auf den die Tür des Kabinetts hinausführte, Lärm geschlagen wurde. Eine kreischende Stimme, Schimpfen und Schritte hallten durch das Haus. Sulkowski horchte auf. Ludovici verstummte, sein Gesicht und seine Haltung veränderten sich, aus dem Höfling wurde nun ein würdevoller Beamter. Er war kaum wiederzuerkennen. Er kniff die Lippen nachdenklich zusammen. Das Gezeter, das durch das Lachen einer Frau unterbrochen wurde, ertönte immer noch im Hausflur. Offenbar verlangte dort jemand Einlaß und wollte sich ihn mit Gewalt verschaffen.

Sulkowski bedeutete dem Rat mit einem Zeichen, die Konferenz sei für dieses Mal abgeschlossen, und ging zur Tür. Als er sie öffnete, schlug ihm schon ein trockenes und eigenartiges Lachen entgegen. Bevor er nachsehen konnte, was eigentlich los sei, stürzte schon eine Dame in wunderlicher Trauerkleidung an ihm vorbei ins Kabinett.

Derartige Gestalten pflegten einem sonst nur auf Wandschirmen und als Porzellanfiguren zu begegnen. Die unsagbar herausgeputzte Person war aber auch außerordentlich häßlich. Ihre Magerkeit und gelbe Gesichtshaut, die hohe Frisur wirkten lächerlich. Sie strömte den Duft von ungarischem Riechwasser aus. (Es war ›La Reine d'Hongrie – Königin von Ungarn‹, ein Parfüm, das damals das Kölnischwasser ersetzte.) Das zierliche Frauenzimmer stelzte auf hohen Absätzen mit raschelnden Kleidern herein, himmelte Sulkowski unter halbgeschlossenen Lidern hervor an und lächelte ihm mit ihrem geschminkten Mündchen zu, das einem Strich glich und in dem schon die Hälfte der einstigen Perlenzähne fehlte. Gerade als die unerwartete Besucherin das Kabinett stürmte, huschte Ludovici halb gebückt hinaus. Die Dame, obwohl sie stark beschäftigt war, folgte ihm mit den Augen.

»Ah, le cher comte! Ach, der liebe Graf!« rief sie, »siehst du, undankbarer Graf! Bevor du meine Anwesenheit erfahren konntest, bin ich zu dir geeilt und nahm mir kaum Zeit, die Knie meines Allerdurchlauchtigsten Zöglings zu küssen. N'est-ce pas joli de ma part – ist das nicht nett von mir?«

Sulkowski verneigte sich, um einen Kuß auf ihre Hand zu drücken, aber sie schlug ihm mit ihrem schwarzen Fächer auf die Schulter:

»Laß das sein ... Ich bin alt, meine Hand wird dir sowieso nicht schmekken. Biete mir lieber einen Stuhl an.«

Sie sah sich um und ließ sich auf den nächsten Stuhl fallen.

»Ich muß erst etwas verschnaufen. Ich wollte Euch allein sprechen.«

Sulkowski stand, auf das Gespräch gespannt, vor ihr. Sie sah zu ihm auf.

»Na, was nun? Wir haben den großen, erhabenen, unvergeßlichen August verloren!«

Sie seufzte auf, Sulkowski tat das gleiche.

»Es ist schade um ihn. Aber unter uns gesagt, er hat lange gelebt, viel genossen, manchmal Mißbrauch getrieben ... Ich kann darüber nicht sprechen: es ist widerwärtig! Was wird nun aus euch, ihr armen Waisen? Der Kronprinz? Stimmt es? Ist er untröstlich? Ja? Ich bin von meinem Hofe gekommen, um ihm und meinem teuersten Zögling mein Beileid auszusprechen.«

Sie ließ den Kopf etwas sinken, stützte sich, um eine anmutige Haltung einzunehmen, auf die Lehne des Stuhles und hob den Fächer an den Mund.

»Was hört man Neues, mein lieber Graf, mein teurer Graf? Was hört man? Ich weiß schon, Ihr habt eine Euch gebührende Stellung bekommen. Wir freuen uns alle darüber, denn wir nehmen an, daß unser Hof in jedem Falle auf Euch rechnen kann?«

Diesen Worten war leicht zu entnehmen, daß es sich bei der Besucherin um eine Botin des österreichischen Hofes handelte. Die einstmals so berühmte Erzieherin und spätere Hofdame Josephas, Fräulein Kling, sandte man überall dorthin, wo ein männlicher Gesandter zu großes Aufsehen erregt hätte. Fräulein Kling war damals einer der geschicktesten Diplomaten im Dienste des Kaisers.

Sulkowski verneigte sich und bemerkte: »Die Allergnädigste Herrin hat Euch sicherlich bereits über alles unterrichtet.«

»Aber ich weiß gar nichts, mein teurer Graf, ich weiß nur« – die Worte sprudelten nur so aus dem Munde des Fräulein Kling hervor –, »daß Euch die höchste Würde zukommt, daß Ihr das Herz des Kurfürsten besitzt, daß Euch Brühl helfen soll. Aber sagt mir doch, Graf, wer ist denn das, dieser Brühl?«

Sulkowski überlegte.

»Er ist mein Freund«, sagte er schließlich.

»Aha, jetzt ... verstehe ich das. Euch ist doch bekannt, daß die Kurfürstin ihm die Komtesse Kolovrath versprochen hat und diese nicht besonders darüber erbaut ist. War denn Brühl nicht hinter der Moszynska her?«

Fräulein Kling sprach so rasch auf Sulkowski ein, daß ihm keine Zeit blieb, die Antwort zu überlegen.

»Ja«, sagte er kurz, »angeblich heiratet Brühl ...«

»Aber er ist doch Protestant?«

»Er soll zum katholischen Glauben übertreten.«

»Wenn er es nur nicht so macht wie ..., ich bitte um Vergebung, der erhabene Tote, der große August II., der seinen geliebten Jagdhunden Rosenkränze als Halsband umlegte.«

Sulkowski schwieg dazu.

»Und was gibt es sonst noch? Den Kronprinzen habe ich noch nicht gesehen ... Hat er sich sehr verändert? Ist er sehr traurig? Er tut mir leid! Ja, die Trauer ... lange wird er keine Oper hören. Und Faustina, was ist mit ihr? Wird sie abgelöst werden?«

»Der Allerdurchlauchtigste Kronprinz wünscht alles so zu lassen, wie es zu Lebzeiten seines Vaters war, des seligen August ... Niemand könnte Faustina ersetzen.«

»Aber sie ist doch nur eine alte Frau, und alles, was an ihr schön ist, ist die Stimme.«

»Man begeistert sich ja auch nur für die Stimme.«

Fräulein Kling verbarg das Gesicht hinter dem Fächer und nickte mit dem Kopfe.

»Nun muß ich eine für mich als Frau besonders peinliche Frage stellen«, sagte sie leise, »aber ich bin neugierig und möchte es eben gern wissen. Mein lieber Sulkowski, ist denn der Kronprinz seiner Frau bisher treu geblieben? Ich frage aus Liebe zu meinem hochwohlgeborenen Zögling.«

Der Graf wich entsetzt zurück:

»Das unterliegt nicht dem geringsten Zweifel«, rief er lebhaft aus, „unsere Allergnädigste Herrin läßt ihn nicht einmal einen Augenblick allein. Sie begleitet ihn zur Jagd nach Hubertusburg und sogar auch nach Dianenburg.«

»Damit er ihrer überdrüssig wird und sie um so schneller satt bekommt«, wisperte die Kling, »das ist nicht sehr klug gehandelt. Ich fürchte, was nun einmal im Blute liegt ...«

Sie blickte auf den Grafen, der kopfschüttelnd erwiderte: »Der Kronprinz ist so fromm ...«

Die Kling verbarg ihr Lächeln hinter dem Fächer.

Die Fenster des Zimmers, in dem sich die beiden unterhielten, gingen auf den Marktplatz hinaus. Sie sprachen ziemlich laut, doch unten auf der Straße wurde der Lärm und das Lachen so stark, daß Sulkowski die Augenbrauen runzelte und nicht unterlassen konnte, sich etwas dem Fenster zu nähern, um hinauszusehen, was eigentlich draußen los sei.

In jenen Zeiten begab es sich nur selten, daß das Volk auf den Straßen Lärm und Unruhe stiftete, und wenn etwas Derartiges geschah, mußte ein wichtiger Grund vorliegen; meistens war es ein Gerichtsurteil, seine Vollstreckung oder ein ähnlicher Anlaß, der die Leute auf die Straßen rief. Und in der Tat, Sulkowski erblickte eine Menge Menschen, in den Nachbarhäusern drängten sie sich Kopf an Kopf in den Türen und hinter den Fensterscheiben. In der Mitte der draußen hin und her wogenden Menge schien sich etwas Rätselhaftes abzuspielen ...

Das unglaublich neugierige Fräulein Kling sprang auf, lief zum Fenster, schob die Gardinen beiseite und versuchte, dem Schauspiel, durch das ihre Erkundung abgebrochen worden war, zuzusehen. Auch Sulkowski blickte hinaus.

Der Haufen zog eben unter den Fenstern vorbei. Eine Masse von Kindern und halbwüchsigen zerlumpten Bengeln jagte einer seltsamen Gestalt in einem dunklen Kleid nach, die rückwärts, mit dem Gesicht zum Schwanz, auf einem Esel ritt. Ein rotgekleideter Knecht führte das Tier. Dieser Unglückliche, vor dem Gesetz Schuldige bot einen traurigen Anblick. Es handelte sich um einen bejahrten Mann, der mit gesenktem Haupte zusammengesunken auf dem Esel saß. Die Schande und Schmach mußten einen Menschen seines Alters doppelt schwer treffen. Er bedeckte die Augen mit den Händen ... Dann faßte er wieder, um nicht herunterzufallen, nach dem Fell des Tieres und versuchte sich bald am Hals, bald am Rücken des Esels festzuhalten.

Vom Fenster aus konnte man das bleiche, schmerzentstellte gelbe Gesicht des bestraften Verbrechers gut erkennen, der, wie seine Kleidung verriet, einem höheren Stande angehörte. Aus seiner Tasche ragten Papiere heraus. Die Schuhe fielen von seinen herabhängenden Beinen. Die Kleider waren aufgeknöpft und zerrissen. Eine Art Erstarrung folgte auf die durchgemachte Demütigung; nur mechanisch wehrte er sich noch gegen das Herunterfallen und achtete nicht mehr auf das, was um ihn herum geschah. Obwohl Stadtknechte mit Hellebarden den Esel in die Mitte genommen hatten, bewarf die immer unbarmherzige und grausame Menge, sobald sich dazu nur eine Gelegenheit ergab, den Alten mit Dreck und Steinen. Er war schon ganz mit Kot bedeckt, von seinem Gesicht rann schmutzige Brühe. Die Stadtknechte lachten, die Kinder liefen weg, bückten sich, jagten dann wieder hinterher und fuhren fort, ihre unbewußten Grausamkeiten zu vollziehen.

»Nanu, was ist denn das?« wunderte sich Fräulein Kling. »Was geht hier bei euch vor? Ich verstehe nichts.«

»Ach, nichts, nichts Besonderes«, entgegnete Sulkowski gleichgültig, »eine ganz einfache Sache. Man kann doch nicht ohne Strafe durchgehen lassen, wenn dieses Gesindel – irgendwelche Federfuchser, die nur Papier verschmieren – es wagt, sich als Richter der höheren Klassen aufzuspielen und von ihnen ohne die gebührende Achtung zu sprechen.«

»Sehr richtig«, bestätigte Fräulein Kling, »und was würde, wenn man ihnen gestattete, die ehrwürdigsten und heiligsten Dinge anzutasten ...«

»Ich weiß, wer jener Herr ist: der Herausgeber eines Schmierblättchens, das ›Zeitung‹ oder ›Nachrichten‹ genannt wird, ein gewisser Erell. Schon seit langem beobachteten wir, daß er sich zuviel erlaubt. Letzthin hat er sich in seinen ›Dresdener Merkwürdigkeiten‹ etwas zuschulden kommen lassen. Daraufhin gab man Befehl, ihn durch die Stadt auf einem solchen Esel, wie er selbst einer ist, zu führen.«

»Et c'est justice – und das ist nur gerecht!« rief Fräulein Kling. »Das ist sehr gut. Mit diesen Menschen kann man nicht streng genug verfahren. Ein ausgezeichnetes Exempel! Ich würde mich freuen, wenn man es in Wien nachahmte und uns jene Leute in die Hände fielen, die sich in Hamburg und Haag erlauben, die größten Geheimnisse der Höfe aufzudecken!«

Immer noch sahen sie zum Fenster hinaus. Unten drängten sich johlend die Menschen. Der erschöpfte Erell schwankte mal nach rechts, mal nach links, als ob er gleich vom Esel fallen würde. Aber die Knechte gaben acht, packten ihn unter dem Arm und setzten ihn wieder richtig hin. Da sie dessen bald überdrüssig wurden, halfen sie ab und zu mit der Faust nach: was erlaubte sich denn dieser ungeschickte, verdammte Schreiber? Er hatte solch ein Verbrechen begangen und wollte jetzt noch einen zarten Herrn spielen? An der Straßenbiegung verschwand das Schauspiel schließlich hinter einer Mauer und mit ihm die Menschenmasse. Fräulein Kling kehrte wieder zu ihrem Lehnstuhl zurück.

Wer hätte damals gedacht, daß der, den man so unbarmherzig dem Gespött preisgab, in seiner Person einen Teil von jener unbekannten Macht verkörperte, zu der die Presse später werden sollte?

Diese Szene hatte weder dem schwatzhaften Fräulein noch Sulkowski die Laune verdorben. Kaum war sie ihren Blicken entschwunden, und schon dachte keiner von den beiden noch an Erell. Wieder wurden flüsternd Fragen gestellt. Der Hausherr beantwortete aber ziemlich zurückhaltend und vorsichtig die ihm aufgegebenen Rätsel.

Am Ende des Gesprächs bemerkte die Gesandte des kaiserlichen Hofes:

»Mein teurer Graf, Ihr müßtet nur zu gut verstehen, worum es meinem Hof geht: Man wünscht, daß nur ein gesunder Einfluß zum Geist des Kurfürsten Zugang hätte, und besonders zu dem meines allerdurchlauchtigsten Zöglings. Freilich habt Ihr durch einen amtlichen Akt auf alle Ansprüche verzichtet und die Pragmatische Sanktion anerkannt, aber ... vielleicht könnte Euch jemand in Versuchung führen. Mein Hof, lieber Graf, vertraut Euch«, fügte sie leise hinzu, »und Ihr könnt auf den österreichischen Hof rechnen, da er dankbar zu sein vermag.«

»Betrachtet mich als einen der treuesten Diener Ihrer Kaiserlichen Hoheit«, entgegnete Sulkowski.

Fräulein Kling erhob sich und stäubte den Stoff ihres Reifrockes ab, denn trotz ihres Alters und ihres Gesichtes legte sie großen Wert auf ihr Äußeres. Sie warf einen Blick in den Spiegel, lächelte und knickste. Sulkowski bot ihr den Arm und geleitete sie bis zur Sänfte. Zwei Heiducken in quittengelben Livreen trugen die noch lange und dankbar winkende Baronesse von Kling davon.

## X

Eines schönen Tages, kurz nach den hier beschriebenen Szenen, kam Brühl todmüde nach Hause. Es war um die Zeit des Mittagessens, man pflegte es seinerzeit so zeitig einzunehmen, daß man im Schloß gewöhnlich um zwei Uhr die Tafel aufhob.

Sein sonst so strahlendes Gesicht verriet starke Gereiztheit. Er sah auf die Uhr und lief, ohne sich die nötige Ruhe zu gönnen, in das uns schon bekannte Ankleidezimmer. Vier Lakaien erwarteten hier Seine Exzellenz, als fünfter hatte sich Hennicke eingefunden, der mit außergewöhnlich saurer Miene an der Schwelle verharrte und um Audienz zu bitten schien.

Brühl erblickte ihn im Spiegel und drehte sich ungeduldig um: »Was willst du?«

»Eine äußerst eilige Angelegenheit«, antwortete Hennicke.

»Aber auch ich habe es äußerst eilig«, sagte Brühl ungehalten.

»Und ich habe es noch eiliger als Eure Exzellenz«, brummte der Zuträger.

Der Minister sah, daß er ihn nicht los würde, lief auf ihn zu und wartete darauf, was Hennicke vorzubringen hätte. Der Rat schüttelte den Kopf und bedeutete, hier vor Zeugen nicht sprechen zu können. Brühl eilte in sein Kabinett. Man schloß die Tür. »Sprich, schnell!«

Hennicke tauchte seine Hand mit den langen, knochigen Fingern in die Tiefe seiner Westentasche, zog aus ihr langsam etwas Glänzendes hervor und übergab es schweigend seinem Herrn.

Es war ein Geldstück oder eine Medaille in der Größe eines Talers. Brühl ging damit zum Fenster, denn es war ein trüber Tag. Seine Augen klebten förmlich an der Medaille; die eine Seite zeigte einen Thron mit einer darauf sitzenden Person im Schlafrock, die Pfeife rauchte. Es war nicht schwierig, zu erkennen oder besser: zu erraten, daß es sich dabei um den jungen Kurfürsten handelte. Drei Figuren stützten seinen Thron; zwei trugen Pagentracht und einer Lakaienlivree. Brühl drehte die Medaille um und bekam auf ihrer Kehrseite einen höhnischen Zweizeiler zu lesen, der auf Sulkowski, auf ihn selbst und Hennicke gemünzt war:

›Wir sind unser drei:
Zwei Pagen und ein Lakai.‹

Brühl betrachtete eine Weile die Medaille und schmiß sie dann auf den Boden. Sie rollte fast bis unter das Sofa, wo Hennicke sie erwischte und sorgfältig verbarg. Der Minister stand nachdenklich und wütend da.

»Nun, was sagen Eure Exzellenz dazu?«

»Was? Schafft mir den her, der das gemacht hat ..., und Ihr werdet es schon sehen!« schrie Brühl.

»Wer das gemacht hat?« fiel Hennicke zornig ein. »Das ist in Holland geprägt worden, dort, wo unser Arm nicht hinreicht. Aber diktiert wurde es von Sachsen aus. Wer schert sich denn in Holland darum, ob ich Lakai war und Ihr, Exzellenz, und Minister Sulkowski Pagen. Den Holländern ist das ganz gleichgültig. Das ist von hier ausgegangen, von Sachsen.«

»Und deshalb muß der Urheber gefunden werden!« rief Brühl. »Auf alle Fälle darf man dafür keine Ausgaben scheuen ... Schickt genügend Leute aus.«

Hennicke zuckte mit den Achseln.

»Wir müßten doch wirklich eine schöne Polizei und gute Spione haben, wenn wir das nicht herausbrächten! Die Medaille gibst du mir«, fügte Brühl hinzu, »ich brauche sie. Von wem hast du sie?«

»Eine unsichtbare Hand hat mich damit bedacht. Sie lag auf einem Tisch bei mir zu Hause. Vielleicht werdet Ihr auch eine bei Euch finden.«

»Strenge bis zur äußersten, der alleräußersten Grenze ist nötig ... Nach Königstein, für immer ...!!« tobte der Minister. »Erst vor kurzem mußte dieser Erell zum Auslüften durch die Straßen geführt werden, aber diesen Herrn da sperrt man lieber ein, damit er Achtung vor den Menschen lernt.«

»Zuerst muß man ihn finden«, knurrte Hennicke. »Wir werden uns darum bemühen ... Ich schäme mich nicht«, fuhr er mit verhaltener Wut fort, »ich bin in so guter Gesellschaft. Aber den Exzellenzen könnte es peinlich sein, neben einem Ex-Lakaien zu stehen.«

Er beobachtete Brühl scharf und fügte hinzu:

»Ha, aber man braucht den Lakaien ... Ohne ihn wäre schwer auszukommen ... Er hat manches gesehen, viel gehört, allerlei ist durch seine Finger gegangen. Wenn man sich seiner entledigen wollte ...«

»Still, schweig, Hennicke«, schnitt ihm der Minister das Wort ab, »du stellst unnötige Vermutungen an. Diese Medaillen werden wir aufkaufen und vernichten, doch den Urheber wirst du finden. Mit einigen tausend Talern kann man viel erreichen. Ein vernünftiger Mensch muß nach Holland an Ort und Stelle geschickt werden.«

»Ich selbst werde fahren!« antwortete Hennicke. »Wenn es mir heute nicht gelingt, so werde ich morgen diesen Herrn aufstöbern. Er müßte kein Mensch sein, wenn er nicht, nachdem er so etwas Witziges ausgeheckt, vor den anderen damit prahlte. Nur etwas Geduld, wir werden ihn schon kriegen.«

Brühl hatte Eile. Er nickte seinem Vertrauten zu und ging hinaus. Hennicke verschwand. Noch verstimmter als zuvor begab sich der Minister wieder in das Ankleidezimmer, um sich umzuziehen, mit Riechwasser zu begießen, zu seiner Kleidung eine passende Tabaksdose, den dazugehörenden Degen und Hut und die entsprechende Perücke zu wählen. Er sah auf die Uhr und ließ die Kutsche vorfahren. Die Pferde standen bereit. Kaum hatte er Platz genommen, so trabten sie in die Vorstadt, Richtung Wilsdruff, davon. Es war ein schöner, warmer und sonniger Frühlingstag. Am Stadttor ließ der Minister anhalten, warf sich einen leichten Umhang über, stieg aus dem Gefährt und entließ es. Er blieb jedoch so lange stehen, bis es seinen Augen entschwunden war. Dann blickte er sich aufmerksam um, und als er unter den Vorübergehenden niemanden außer gemeinem Volk sah, ging er eilig durch das Tor, hinter dem schon die

Gärten anfingen. Auf einem ihm wohlbekannten Pfade gelangte er zu einer Gartenpforte. Er zog den Schlüssel dazu aus der Tasche und betrat, nachdem er sich noch einmal nach allen Seiten umgesehen, den Garten. In voller Blüte stehende Apfelbäume ließen ihre rosigen Blütenblättchen von den Ästen zur Erde fallen.

In der Tiefe des Gartens stand ein kleines, einfaches Häuschen, ganz in Fliederbüschen versteckt. Die Vögel zwitscherten in den Zweigen, Ruhe und Einsamkeit umgab Brühl hier. Er ging langsam, in Gedanken vertieft, mit gesenktem Kopf den an beiden Seiten mit Bäumen bepflanzten Weg entlang. Das Geräusch eines sich öffnenden Fensters weckte ihn aus seiner Versunkenheit auf. In der Fensteröffnung sah man eine schöne Frau, die ihn anscheinend erwartete. Er erblickte sie, sein Gesicht hellte sich auf; er zog den Hut und begrüßte sie, indem er die Hand aufs Herz legte.

Wer einst die unvergleichliche Schönheit der Gräfin Cosel in ihrem vollen Glanze gekannt hatte, die nun auf ein leeres Schloß verbannt und von Sehnsucht und Leid gealtert war, hätte in den Gesichtszügen der jungen Frau am Fenster eine – wenn auch entfernte – Ähnlichkeit mit ihr wahrgenommen. Zwar war ihr nicht der Glanz der Gräfin Cosel zu eigen, auch besaß sie nicht deren fein gemeißelte Züge, die sich bis ins hohe Alter hinein, selbst durch die Tränen nicht verwischt, erhalten hatten, aber Majestät und Würde zeichneten sie aus und der mächtige Zauber des Coselschen Augenpaares.

Die schöne Frau am Fenster war die Gräfin Moszynska. Ihr Mann trieb in Warschau die Wahl des Kronprinzen zum König von Polen voran. Sie selbst zog es vor, in Dresden zu bleiben.

Schon hatte Brühl die Schwelle des Häuschens erreicht. Die Gräfin kam ihm entgegen. Das Innere der Hütte war weitaus schöner, als ihr bescheidenes Aussehen vermuten ließ: Spiegel schmückten es, erlesene Einrichtungsgegenstände und duftende Frühlingsblumen. Im ersten, einem verhältnismäßig großen Raum stand ein für zwei Personen zum Mittagessen gedeckter Tisch. Silber, Kristall und Porzellan glitzerten darauf. Nur die Gräfin und ihre Vögel waren hier. Die gefiederten Sänger wetteiferten in bronzenen Bauern zwitschernd mit ihren Brüdern in der Freiheit im Gesange.

»So spät!« rügte die Gräfin, als Brühl ihr die Hand küßte.

»Leider, es ist spät geworden«, entschuldigte sich der Minister und zog seine mit Brillanten besetzte Uhr hervor, »eine unangenehme und doch wichtige Angelegenheit hat mich aufgehalten.«

»Eine unangenehme Angelegenheit, was gab es denn?«

»Sprechen wir heute nicht davon, ich möchte es vergessen ...«

»Und ich will es aber wissen ...«

»Von unangenehmen Dingen, liebe Gräfin, erfahrt Ihr immer noch früh genug«, wandte Brühl ein, nahm ihr gegenüber Platz und stützte den Kopf in die Hand. »Es ist ja schließlich auch weiter nicht verwunderlich, daß ein Mensch wie ich, der stufenweise mühsam hochgeklettert ist, nun die zu Feinden hat, die hinter ihm zurückgeblieben sind. Sie rächen sich jetzt mit ohnmächtigem Spott.«

Die Gräfin hörte aufmerksam zu; sie geriet in Bewegung und schlug mit ihrer schönen Hand geringschätzig lächelnd auf den Tisch:

»Ihr Spott, ihre Verleumdungen! Und Ihr seid so schwach, daß Ihr darauf achtet, daß es Euch zu treffen vermag, daß es Euch verletzt? Ich müßte an Euch verzweifeln, wenn es so wäre, mein lieber Heinrich! Wer in der Welt eine große Rolle spielen will, der darf weder auf das Zischen der Zuschauer achten noch sich von ihrem Applaus leiten lassen. Das eine wie das andere ist nicht viel wert. Wenn Ihr über eine Stichelei Schmerz empfindet, so könnt Ihr mir nur leid tun, niemals werdet Ihr etwas Großes erreichen. Darüber muß man erhaben sein ...«

»Dieser gemeine Hohn!« zürnte Brühl.

»Was kann es Euch interessieren, wenn ein Hund hinterm Zaun bellt?« fragte die schöne Gräfin.

»Es ärgert mich ...«

»Das habe ich nicht erwartet. Schämt Euch!«

»Ihr wißt nicht, worum es geht.«

Brühl zog aus seiner Westentasche die Medaille hervor und schob sie der Gräfin hin. Diese warf einen gleichgültigen Blick darauf, besah das Bild auf der einen Seite der Münze, drehte sie dann und las auf der Kehrseite den Spottvers, lächelte, zuckte mit den Achseln und wollte sie zum Fenster hinauswerfen, doch Brühl hinderte sie daran:

»Ich brauche sie noch.«

»Wozu?«

»Ich lasse das nicht ungestraft durchgehen. Das Konzept stammt aus Sachsen. Wenn wir zulassen, daß man uns lächerlich macht und wir den Schamlosen nicht bestrafen ...«

»Ihr müßt ihn zuerst einmal finden«, flüsterte die Gräfin, »und wenn Ihr Euch rächt, so überlegt zuvor erst gut, ob es richtig ist, dieser geringfügigen Kinderei einen Wert beizumessen, den sie nicht besitzt. Es schadet Euch doch nicht.«

»Das Pack erlaubt sich schon zuviel!« begehrte Brühl auf. »Erst vor kurzem mußte Erell auf einem Esel durch die Straßen geführt werden, und für den Autor dieser Medaille wird es angebracht sein, ihn nach Königstein einzuladen.«

Die Moszynska hob verächtlich die Schultern:

»Die Rache, glaubt mir, überlaßt lieber Sulkowski. Und überhaupt, solange Ihr Euch mit ihm in die Macht teilen müßt, bemüht Euch, auf ihn alles Unangenehme abzuschieben und selbst nur das auszuführen, was keinen Schaden bringt. Im übrigen, hoffe ich, wird diese Kumpanei mit ihm wohl nicht lange währen ...«

»Wie lange sie dauern wird, weiß ich nicht«, überlegte Brühl, »meiner Meinung nach muß man ihm Zeit lassen, damit er im Übermaß des Selbstvertrauens einen Fehler begeht, der ihm den Hals bricht.«

»Ihr habt recht, das tritt auch sicher ein. Sulkowski ist hochmütig und ungemein eingebildet, er glaubt fest daran, daß er mit dem König machen kann, was er will. Man muß ihm Zeit und Gelegenheit lassen, damit er einen Bock schießt. Inzwischen ›il tirera les marrons du feu‹, wird er die Kastanien aus dem Feuer holen«, meinte die Gräfin lachend. Brühl stimmte jedoch nicht ein; finster und nachdenklich saß er da.

Ein niedlich gekleidetes Dienstmädchen trippelte auf hohen Absätzen herein. Sie war lustig anzuschauen in ihrem weißen Häubchen und mit ihrer Schürze. Man fühlte sich unwillkürlich an das bekannte Wiener Bild Liotards ›Das Schokoladenmädchen‹ erinnert. Ihre weißen, delikaten, bis zu den Ellbogen entblößten Arme verrieten, daß sie keine allzu schwere Arbeit zu leisten hatten. Sie trug eine silberne Schüssel herein. Mit einem verstohlenen Blick und heimlichem Lächeln begrüßte sie Brühl, stellte die Schüssel auf den Tisch und lief schnell wieder davon.

Bei lebhafter Unterhaltung begannen sie das Mittagsmahl zu zweit. Die Moszynska erkundigte sich nach allem möglichen, nach Fräulein Kling und ihrer Mission und schließlich sogar nach der geplanten Heirat Brühls. Sie seufzte, als sie von dieser Vermählung sprach, und runzelte unwillig die Brauen.

»Ich will nicht hoffen, daß mir die Heirat Euer Herz abspenstig macht, Heinrich. Das Fräulein liebt Euch nicht, Euch ist sie ebenfalls gleichgültig ... Ihr heiratet sie doch nur mehr Josepha, der alten Kolovrath und den Beziehungen zuliebe, als um ihrer selbst willen; ich weiß das, und deshalb bin ich ruhig.«

»Ihr könnt wirklich ohne Sorge sein«, versicherte der Minister, »ein zweites Herz besitze ich nicht, und das, das mein eigen ist, habe ich schon längst vergeben. Ich heirate, ich teile mich mit Sulkowski in die Macht – dies alles ergibt sich aus der Notwendigkeit.«

»Den König, den König müßt Ihr umschmeicheln; macht Euch beliebt und unersetzlich: unterhaltet ihn, weicht nicht von seiner Seite, geht auf die Jagd, wenn Euch auch das Weidwerk langweilt. Wenn ich mich nicht sehr irre, wird Sulkowski ausruhen und die Rolle des großen Herrn spielen wollen, nütze es ... Der König – ich nenne ihn schon so, denn ich bin sicher, daß er aus der polnischen Königswahl als Sieger hervorgeht – braucht jemanden, der immer um ihn ist, wenn auch nur deshalb, damit er ihm zulächeln kann. Er ist ein Schwächling, gewöhnt sich leicht an die Gesichter und die Menschen, die ihn umgeben. Das alles muß man bedenken.«

»Ah, teure Gräfin!« rief Brühl und ergriff ihre Hand. »Seid Ihr meine Beschützerin, meine Egeria, mein guter Stern, dann brauche ich mich nicht um meine Zukunft zu sorgen ...«

So redeten sie weiter, als man plötzlich an der Gartenpforte und vom Eingang her irgendwelche Stimmen hörte. Das Dienstmädchen kam erschrocken hereingelaufen.

Die Gräfin sprang erzürnt auf:

»Was ist da los?«

»Irgendein ... ich weiß nicht ... jemand vom Hofe mit einem Brief oder einer Einladung verlangt durchaus eingelassen zu werden.«

»Hier? Hier? Wer hat ihm denn gesagt, daß ich hier bin? Ich bin für niemanden zu sprechen.«

Sie hatte den Satz noch nicht richtig beendet, als im Garten eine Kämmereruniform sichtbar wurde. Der Gärtner wollte den Weg versperren, doch der Kämmerer achtete nicht auf ihn und setzte den Weg fort. Brühl bückte sich, sah zum Fenster hinaus, erkannte Watzdorf, zog sich auf ein Zeichen der Gräfin hin ins nächste Zimmer zurück und schloß die Tür hinter sich. Der Blick der Gräfin fiel auf den für zwei Personen gedeckten Tisch, sie befahl, ein Gedeck wegzunehmen, und das geschickte Mädchen tat es, vergaß dabei nur den Becher und das Gläschen. Niemand bemerkte es. Die Gräfin nahm nach einer Weile wieder am Tisch Platz, sah aber mit unruhigem Blick in den Garten hinaus; ihre Brauen waren zusammengezogen, und die Hände zitterten vor Wut.

Watzdorf war inzwischen bis zum Hause vorgedrungen. Er näherte sich der offenen Tür, erblickte die Gräfin, wandte sich zu dem ihn verfolgenden Gärtner um und sagte:

»Na, da siehst du ... Ihre Exzellenz ist hier, ich wußte es doch.«

Dann drehte er sich wieder zur Gräfin um, verbeugte sich spöttisch und blickte sich ungezogen nach allen Seiten um, als ob er noch jemanden suchte.

Gräfin Moszynska sah ihn streng an und rief drohend:

»Was treibt Ihr hier?«

»Ich bitte Euch, Gräfin, tausendmal um Vergebung, ich bin der unglücklichste Kämmerer und der ungeschickteste Mensch. Der Kronprinz gab mir ein Billett. Ich fuhr zu Eurem Palais und traf Euch nicht an. Ein Billett von meinem Kronprinzen und Herrn ist immer eine wichtige Sache. Also machte ich mich auf, Eure Exzellenz zu suchen, ich verfolgte die Fährten und gelangte hierher.«

»Daß Ihr die Jagd- und Spürhunde nachahmt, wundert mich nicht weiter, Kämmerer«, zischte ihn die Gräfin an und erhob sich. »Doch ich liebe es nicht, die Rolle des Wildes zu spielen! Nirgends kann man sich also hinflüchten und ruhig Atem schöpfen, ohne von den Kämmerern gestört zu werden …«

Watzdorf schien Befriedigung über ihre Wut zu empfinden. Sein Blick fiel auf den Tisch: vor ihm stand der Stuhl Brühls mit der über die Lehne geworfenen Serviette. Die Gräfin sah, wie er lächelte, als er diese verräterischen Gegenstände bemerkte. Sie wurde nicht verlegen, nur ihre Wut steigerte sich bis zum höchsten Grade.

»Wo ist das Billett?«

»Ich warte gern. Wenn mir schon mal das Glück beschieden war, Eure Exzellenz zu finden, so werde ich geduldig sein.«

»Aber meine Geduld stellt Ihr auf eine harte Probe! Wenn ich Euch anschaue, kann ich nichts in den Mund nehmen!« schrie die Moszynska.

»Verzeiht mir, aber dieser herrliche Frühlingsduft … Ich möchte ganz gern etwas ausruhen.«

»Der Frühling ist draußen noch viel herrlicher und duftender; gebt mir das Billett und laßt mich allein.«

Watzdorf lächelte höhnisch und begann langsam in allen Taschen nach dem Kärtchen zu suchen.

»In der Tat, in diesem Winkel eine Einsamkeit zu zweien … Ah! welch eine Wonne wäre es …«, brummte er impertinent.

»Ich und mein Dienstmädchen – ja, wir sind zu zweit hier, und dann noch der Gärtner, der so dumm war, Euch einzulassen, wofür er seinen Abschied erhalten wird, das ist der dritte … Wo ist denn das Billett des Kronprinzen?«

Watzdorf war immer noch dabei, seine Taschen umzukehren. Verschiedene Gegenstände förderte er dabei an den Tag. Wie durch Zufall schien ihm dabei auch eine Medaille in die Hand zu fallen:

»Gräfin, was gibt es doch für freche und gemeine Ehrabschneider! Habt Ihr jemals etwas Derartiges gesehen?« Er legte die Medaille auf den Tisch und wühlte weiter in den Taschen. Die Gräfin erkannte sie sofort, gab jedoch vor, die Münze noch nie gesehen zu haben, begann sie genau zu betrachten, stieß sie dann kaltblütig von sich und sagte:

»Ein ganz schlechter Einfall! Aber wem schadet er schon!«

Der Kämmerer sah sie an:

»Sie kann vielleicht den Kronprinzen auf unliebsame Gedanken bringen.«

»Was für Gedanken?«

»Vielleicht ... sich andere Stützen für seinen Thron auszusuchen.«

»Wen denn? Vielleicht Euch, Kämmerer, und die Narren Frosch und Storch?«

Watzdorf biß sich auf die Lippen.

»Ihr seid boshaft ...«

»Ihr stellt nicht nur meine Geduld auf eine harte Probe, sondern Ihr bringt mich noch in Wut. Wo ist das Billett?«

»Ich bin ganz verzweifelt ... Ich glaube, ich habe es verloren.«

»Verloren ... Ihr seid mir nachgeschlichen, um mir Unannehmlichkeiten zu bereiten, Ihr habt mich verfolgt, während ich allein sein will.«

»Allein!« wiederholte Watzdorf mit ironischem Lächeln und sah dabei auf den verräterischen Stuhl.

»Ich begreife«, brachte die Moszynska wütend hervor, »Ihr seht einen Stuhl stehen und verdächtigt mich also immer noch? Hat Euch Graf Moszynski beauftragt, über meine Person zu wachen?«

Ihre Wut wurde immer größer, und ihre Wangen brannten, was sie noch schöner machte. Da vernahm man das Rascheln von Frauenkleidern, und die Person, die vor einer Weile leise eingetreten und hinter den lackierten chinesischen Wandschirm geschlüpft war, der schon so manches verborgen hatte, trat nun langsam und würdevoll in die Mitte des Zimmers.

Watzdorf erstarrte vor Staunen.

Die Erscheinung hatte so etwas Seltsames an sich, daß sogar die Gräfin bei ihrem Anblick erbebte.

Ruhig trat die hochgewachsene, ältere Frau näher. Ihr Blick war durchdringend und ihre Haltung die einer Königin. Die Zeit hatte nicht gewagt, die Spuren ihrer einstigen Schönheit in ihrem Gesicht auszulöschen. Wunderlich war ihre Kleidung; man hätte sie eher für eine Geistesgestörte denn für einen normalen Menschen halten können. Sie trug eine Art weite schwarze Toga, die mit einer Borte eingefaßt war, und ein Skapulier mit wunderlichen Buchstaben auf der Brust. Der Gürtel, der ihr Kleid zusammenhielt, zeigte in schwarzen Buchstaben auf goldenem Untergrund geheimnisvolle Zeichen der Kabbala und des Tierkreises. Ihre schwarzen üppigen Haare waren zu einem Zopf verschlungen, in den ein

Pergamentstreifen mit hebräischen Buchstaben eingeflochten war. Der Zopf besaß zwei lange Enden, die auf ihre Schultern herabfielen. Diese eigenartige Haartracht ließ die weiße und schöne Stirn fast frei. Sie richtete ihre schönen und ausdrucksvollen Augen auf den Eindringling, legte die Stirn in Falten, maß ihn mit einem verächtlichen Blick und sagte mit strenger Stimme:

»Was wollen Euer Gnaden hier? Weshalb seid Ihr hierher gekommen? Um meine Tochter und mich zu bespitzeln und dann den Kronprinzen mit einem Bericht zu unterhalten, wie die alte Cosel ausschaut? Du ungeratener Sohn dieses ›Bauern von Mansfeld‹, dieses ›Buffo‹, willst auch du mich verfolgen? ... Fort mit dir! Verschwinde sofort ... Geh schon! Wage ja nicht ... Laß mich mit meiner Tochter allein!«

Sie wies ihm die Tür. Watzdorf zog sich verwirrt zurück. Seine Augen blitzten, doch er wagte kein Wort und verschwand.

Die Cosel sah ihm nach, bis er den Garten erreicht hatte, und wandte sich dann der Tochter zu.

Nicht zum ersten Male besuchte die Gräfin ihre Tochter von Stolpen aus in Dresden, doch dieses Mal hatte sie die Moszynska tatsächlich nicht erwartet. Sie war wirklich wie ein rettender Engel erschienen und hatte sie aus einer dummen Lage gerettet. Die Tochter stand auf, um ihre Mutter zu begrüßen. Sie dachte dabei an Brühl, der vielleicht den Weggang Watzdorfs beobachtet haben mochte und nun eintreten könnte.

Der Gedanke verwirrte sie. Inzwischen nahm die Cosel ruhig den Platz Brühls ein.

Nun, nachdem sie den unbequemen Gast vertrieben, gab sie sich ihren Gedanken hin und schien fast geistesabwesend. Mit ihrer mageren, aber immer noch schönen und weißen Hand trommelte sie mechanisch auf dem Tische. Ihre Augen irrten im Zimmer umher.

»Ich bin hier unerwartet eingetreten«, flüsterte sie dann und sah die Tochter an, »aber du hast mir gestattet, in diesem Hause all diejenigen zu empfangen, mit denen ich mich treffen muß. Ich habe dem Pastor ein Zeichen zukommen lassen, daß er hierher kommt.«

Die Moszynska zeigte Verwunderung.

»Befürchte nichts, er kommt erst gegen Abend«, bemerkte die Cosel. »Aber wer war mit dir hier? Warum hat er sich versteckt?«

Die Moszynska schwieg einen Augenblick und überlegte. Die Mutter sah sie wie ein Heiligenbild an, doch mit einem gewissen Mitleid.

»Ich begreife«, sagte sie verächtlich, »die Intrigen des Hofes. Ein neuer Herr, neue Menschen, ihr müßt euch eben auf diesem Glatteis, so gut es geht, behaupten, um nicht zu fallen.«

Das, was die Moszynska befüchtet hatte, geschah nun: Brühl betrat das Zimmer und blieb, als er die Anwesenheit einer zweiten Person bemerkte, die er noch nie gesehen, deren Namen er aber leicht erraten konnte, wie versteinert stehen und wußte nicht, was er beginnen sollte.

Die Moszynska sah den Eintretenden nicht, da sie ihm den Rücken zuwandte, doch verrieten ihr die Augen der Mutter mehr als genug. Sie errötete, wurde bleich, doch faßte sie sich bald.

Die Cosel hatte ihren Blick auf den schönen Eintretenden geheftet und musterte ihn kaltblütig, so wie man ein Geschöpf betrachtet, dessen Charakter man erraten will.

»Also er war es? ...« sagte sie lächelnd.

Die Moszynska drehte sich rasch um.

Brühl stand auf der Schwelle.

»Wer ist das?« fragte die Cosel.

»Minister Brühl«, entgegnete leise die Tochter.

»Bei euch ist alles neu! Außer der Nachkommenschaft der Bauern ... Brühl! Ich kann mich an einen solchen Namen nicht erinnern. Tretet näher«, sie machte eine königliche Handbewegung, »fürchtet nichts. Du siehst vor dir einen Kaplan des neuen Glaubens ... einen Erzkaplan ... eine Erzkaplanin. Hast du schon etwas von mir gehört? Ich bin die Witwe Augusts des Starken ... Ich war seine Frau ... Die Gräfin Cosel siehst du vor dir, die in der ganzen Welt wegen ihres Glücks und Unglücks berühmt ist. Zu meinen Füßen lagen die Herrscher dieser Welt, ich gebot Millionen ... August liebte mich, nur mich ganz allein ...«

Sie sprach langsam. Der Tochter waren die Worte der Mutter sichtlich peinlich, doch sie konnte ihr nicht das Wort verbieten. Brühl stand verwundert und stumm da, doch nahm er eine gütige und gewinnende, höfliche und zuvorkommende Haltung an, wie er es immer zu machen pflegte, wenn er sich Fremden vorstellte. Er hielt seinen Kopf etwas geneigt und schien mit großer Aufmerksamkeit zu lauschen.

»Ihr habt das Glück, eine Königin zu sehen, die aus der anderen Welt kommt ..., die gestorben ist und begraben wurde, die aber immer noch lebt, um die Ungläubigen zum Glauben an den einzigen Gott zu bekehren, der Moses im Feuerbusch erschienen ist.«

Ihre Tochter hatte die Augen niedergeschlagen, sie war gerührt, bald zitterte sie, bald flehte sie die Mutter mit einem heimlichen Blick an, sie möge schweigen.

Hatte die Cosel die stumme Bitte der Tochter verstanden? Oder hatte ihr das Schweigen des offensichtlich verwirrten Brühl die Lippen geschlossen? Genug, sie erhob sich von ihrem Stuhl und sprach:

»Ich gehe jetzt, um etwas zu ruhen. Ich werde eure Konferenz nicht länger stören. Die Tochter der Cosel muß in Sachsen herrschen. Ich verstehe ...«

Bei diesen Worten schritt sie mit dem ihr eigenen majestätischen Schritt und erhobenen Hauptes langsam am Tisch vorbei zu der Tür, durch welche vor einer Weile Heinrich von Brühl eingetreten war, und entschwand.

Auf der Schwelle der anderen Tür erschien wieder das Dienstmädchen mit einer silbernen Schüssel und entfernte sich sogleich.

»Ich gehe«, sagte Brühl leise und griff nach seinem Hut. »Ich will Euch nicht stören. Ein Unglückstag heute ... Doch der niederträchtige Watzdorf, der mich sicherlich hier überraschen wollte, hat nichts erreicht. Das freut mich.«

»Watzdorf hatte eine Medaille«, flüsterte die Moszynska. »Er ergötzte sich sehr daran. Ich halte ihn für einen erbitterten Feind. Was habt Ihr Euch ihm gegenüber zuschulden kommen lassen?«

»Ich? Nichts! Vielleicht war ich zu höflich.«

»Er ist eine ganz gehässige Schlange. Ich kenne ihn.«

»Er ist ein Spaßmacher wie sein Vater«, sagte Brühl verächtlich und zuckte mit den Achseln. »Wenn er mir noch einmal in den Weg kommt ...«

»Ist dieser Zweizeiler auf der Medaille nicht irgendwie seinen geschmacklosen Sticheleien ähnlich?«

Brühl schien von diesem Gedanken betroffen zu sein, er blickte nur stumm die Gräfin an.

»Ich werde ihn beobachten lassen«, erwiderte er dann kurz. »Wenn es stimmt, dann wird er nicht mehr lange frei auf dieser Welt herumspazieren.«

Er küßte die Hand der Gräfin, nahm seinen Umhang, der im Schatten an der Tür gelegen hatte und so Watzdorfs Augen entgangen war, und lief in den Garten hinaus.

Auf dem gleichen Pfade, den er in der Hoffnung auf ein langes, ungestörtes Gespräch gekommen war, ging er nun zurück, nur noch daran denkend, wie er unbemerkt von hier nach Hause gelangen würde.

Die Pforte, zu der er den Schlüssel besaß, wurde von innen nur zugeschnappt. Er brauchte sie also nicht aufzuschließen. Er ging hinaus, ohne sich vorher durch einen Blick zu überzeugen, ob niemand in der Nähe sei. Der hier lauernde Watzdorf begrüßte ihn überaus höflich mit einer spöttischen Verbeugung. Brühl mußte seine ganze Selbstbeherrschung aufbieten, um seinen Gleichmut zu bewahren.

Brühl grüßte mit der gleichen Höflichkeit und Ungezwungenheit, als wäre er gar nicht auf frischer Tat ertappt worden.

»Ah! Ihr seid es, Kämmerer!« rief er fröhlich aus. »Wie bin ich glücklich!«

»Ich kann mich glücklich nennen«, begann Watzdorf. »Niemals hätte ich gehofft, als ich hierher kam, um den Duft der Apfelblüten zu atmen, daß mir ein gütiges Geschick gestattet, unter den Apfelbäumen Eurer Exzellenz zu begegnen. Wenn ich mich nicht täusche«, fügte er ironisch hinzu, »so zählt man doch wohl den Apfel zu den verbotenen Früchten?«

»Das stimmt!« bekräftigte Brühl lachend. »Ha, ha! Doch ich kam nicht wegen einer Frucht hierher, geschweige wegen einer verbotenen. Die Gräfin Cosel hatte an den Kronprinzen eine Bitte und befahl mir, hierher zu kommen.« Die Erklärung trug so viel Wahrscheinlichkeit in sich, daß sie Watzdorf in leichte Verwirrung setzte.

»Und Ihr, Kämmerer, was treibt Ihr denn in dieser Abgeschiedenheit?« fragte der Minister.

»Ich suche das Glück, das ich nirgends finde«, brummte der Kämmerer unfreundlich.

»Unter Apfelbäumen?«

»Es ist auch dort zu finden ... Vielleicht eher noch als am Hofe ...«

»Ich sehe, Euch will dieses Leben nicht recht munden?«

»Ich habe kein Talent dazu«, entgegnete Watzdorf, langsam mit Brühl weitergehend.

»Aber Ihr besitzt doch Witz, eine sehr scharfe Waffe, mit der Ihr Euch vor nichts zu fürchten braucht ...«

»Ja, eine ausgezeichnete Waffe ..., um sich Feinde zu machen«, fügte Watzdorf hinzu.

Schweigend gingen sie weiter, der Kämmerer schien etwas zu erwägen.

»Ich hatte noch keine Gelegenheit, Eurer Exzellenz Glück zu wünschen ...«, begann er plötzlich.

»Wozu denn?«

»Man spricht doch allgemein, daß der genialste unserer Minister das schönste Fräulein unseres Hofes heiraten soll?«

Seine Stimme verriet eine so tiefe Bewegung, daß Brühl den Sprechenden ansah und auf den Gedanken kam, Watzdorf könne derjenige sein, dem die schöne Franziska ihr Herz geschenkt. Eine Vermutung war es, eine Ahnung ... Er erbebte.

Wenn es so ist, sprach er im Geiste zu sich selbst, so muß der Schöpfer der Medaille und der zukünftige Liebhaber meiner Frau an einen sicheren Ort geschafft werden. Doch weder die Angelegenheit mit der Medaille noch die Herzensgeschichte waren bisher bewiesen. Die beiden sahen einander an, lächelten sich zu, doch Haß flackerte in ihren Augen. Brühl fühlte sich verpflichtet, je mehr er einen Menschen haßte, gerade ihm gegenüber eine desto größere Höflichkeit an den Tag zu legen – nicht umsonst gehörte er zur Schule Augusts des Starken.

»Eure Exzellenz lassen den Kronprinzen oft allein«, bemerkte Watzdorf. »Graf Sulkowski ist zu beschäftigt, Frosch, Storch und Pater Guarini reichen nicht aus ...«

Brühl setzte wieder sein liebenswürdigstes Lächeln auf:

»Ihr mögt recht haben, Kämmerer, für einen so guten Herrn möchte man am liebsten sogar Frosch und Storch den Rang streitig machen, aber man muß ja schließlich auch daran denken, das Herz seiner Braut, von der Ihr spracht, zu erringen.«

»Mir deucht, das ist eine völlig unnötige Sorge«, entgegnete Watzdorf. »Was sollte der mit dem Herzen anfangen, der die Hand und den Rest ... ich meine, das ganze Fräulein besitzen wird. Das Herz kann er ruhig einem anderen überlassen. Exzellenz, Ihr kennt doch selbst ein ausgezeichnetes Beispiel: den Grafen Moszynski, der sich um das Herz seiner Frau überhaupt nicht schert.«

Flammende Röte schlug Brühl ins Gesicht, er blieb stehen, lächelte immer noch, doch war er mit seiner Geduld am Ende; dieser letzte Ohrwurm biß ihn zu stark.

»Kämmerer, reden wir ehrlich miteinander«, wandte er sich an seinen Gegenspieler, »habe ich Euch irgend etwas getan, daß Ihr mir so mit Euren Späßen zusetzt? Oder ist der Grund hierfür nur Eure Gewohnheit, andere zu stechen und zu beißen, die Ihr nicht mehr lassen wollt?«

»Vielleicht das eine und das andere«, stichelte Watzdorf weiter. »Aber ich habe nicht erwartet, daß solch einem Riesen wie Euch, Exzellenz, der Stich eines kleinen Flohs, wie ich einer bin, überhaupt Schmerzen bereiten kann.«

»Es ist auch kein Schmerz, den ich empfinde – nur ein unangenehmes Jucken. Wäre es nicht vorteilhafter, in mir einen Freund zu haben?«

Watzdorf brach in lautes Lachen aus:

»Minister haben keine Freunde! Diese Weisheit steht doch in jedem Elementarkatechismus für Politiker.«

»Dafür leiden sie niemals Mangel an Feinden.«

Watzdorf verneigte sich, als hätte man ihm zugetrunken, zog den Hut und verschwand, ohne sich umzuschauen, in einer Seitenstraße.

Das schien eine Kriegserklärung zu sein. Brühl war starr. Er? Mir? Meine Freundschaft ausschlagen und den Krieg erklären? Was heißt das, ist er verrückt geworden? Wie? Er war mir schon immer unerträglich, aber woher kommt seine plötzliche Wut auf mich? Das muß geklärt werden.

Er wickelte sich in den Umhang und beschleunigte seine Schritte. In dieser Straße besaß er ein Haus, in dem Hennicke arbeitete. Er trat ein. Bei der Kanzlei war neben den Arbeitsräumen ein besonderes Zimmer für den Minister eingerichtet, zu dem er den Schlüssel besaß. Er konnte unbemerkt eintreten und klopfte an die Tür der Kanzlei, wo laute Stimmen zu hören waren. Der Klopfen ließ sofort Ruhe eintreten. Hennicke kam mit der Feder hinter dem Ohr einigermaßen erstaunt heraus. Brühl empfing ihn sitzend:

»Laß mir den Kämmerer Watzdorf überwachen. Gib ihm einen Schutzengel, möge er ihn auf Schritt und Tritt begleiten. Doch weil Watzdorf äußerst durchtrieben ist, mußt du einen Menschen aussuchen, der es versteht, sich sogar unsichtbar zu machen und sich überall einzuschleichen. Außerdem muß einer seiner Diener gekauft und seine Papiere durchwühlt werden.«

»Watzdorf?« wiederholte der Zuträger verwundert, »Watzdorf? Besteht irgendein Verdacht?«

»Jeder, die schlimmsten Verdachtsmomente, die es nur gibt.«

»Soll er fallen?«

Brühl sann nach und zögerte mit der Antwort.

»Wir werden sehen«, sagte er dann. »Ich will mir keine Feinde machen. Sie wachsen von selbst; aber wenn es sich als notwendig erweisen sollte ...«

»Ist er hinderlich?« fragte der Zuträger.

»Ich mag ihn nicht.«

»Eine Schuld, wenn wir eine solche brauchen sollten, wird sich immer finden lassen.«

»Haltet sie bereit«, brummte Brühl düster. »Ich war und bin immer bemüht, allen gegenüber zuvorkommend, höflich und gut zu sein; nun muß ich ihnen noch beweisen, daß ich auch gefährlich sein kann. Und das kann ich.«

Er erhob sich. Ohne sich noch einmal umzusehen, verließ er das Zimmer. Der Diener sandte ihm einen ironischen Blick nach.

Watzdorf, der Brühl an der Straßenbiegung verlassen hatte, setzte noch eine Zeitlang seinen Weg rasch fort, dann verlangsamte er seinen Schritt und schlenderte gedankenlos und ziellos die Straße entlang. Sein Gesicht war wie mit einer dunklen Wolke überzogen: er mochte in seinem Innern fühlen, daß er in seiner Gereiztheit manche Dummheit begangen hatte, die ihm teuer zu stehen kommen würde. Der Haß gegen Brühl brannte in seinem Herzen so stark, daß er sich nicht beherrschen konnte. Watzdorf, der am Hofe erzogen und seit frühester Jugend an all das, was man hier zu hören und zu sehen bekam, gewöhnt war, dessen Vater den Beinamen ›Spaßmacher‹ trug, war unter jenen Einflüssen, die ihn wie die anderen hätten verderben können, zu einem geraden Menschen aufgewachsen, der mit seiner unerbittlichen Aufrichtigkeit und seinem Spott verwundete. Alles, was ihn umgab, wirkte auf ihn wie das Böse auf gewisse Organismen, die es einfach abstoßen. Die Atmosphäre, in der er leben mußte, erfüllte ihn mit Empörung und Verachtung.

Die Liebe zu Franziska Kolovrath, deren Schönheit ihm fast den Verstand raubte, trug ebenfalls dazu bei, in ihm den Ekel vor dieser Welt zu wecken, einer Welt, die diese schöne Blume schon frühzeitg zu einem verdorbenen Geschöpf gemacht hatte. An Franziska sah er alle Fehler: ihre Koketterie, Flatterhaftigkeit, Stolz und Egoismus, Herzenskälte; und trotzdem konnte er seinem rasenden Herzen keinen Einhalt gebieten, er beweinte sie und sich selbst. Ihre Fehler schrieb er nicht der Natur zu, sondern ihrer Erziehung, dem Hof, seinen Sitten, der Luft, die sie atmete.

Eine Art Verzweiflung überfiel ihn ... In letzter Zeit bemerkten alle, die mit ihm zusammentrafen, seine tiefe Erregung und Zerrissenheit. Man spürte die Wut, die in ihm brodelte. Wenn er gekonnt hätte, so hätte er sich gerächt ..., an wem, war ihm dabei ganz gleichgültig. Da nun Brühl der Bräutigam Franziskas war, so goß er auf sein Haupt die ganze Galle aus, die sich in seinem Herzen gestaut hatte.

Die Höflinge und früheren Freunde Watzdorfs hielten sich jetzt von ihm fern, einige sprachen offen aus, daß man in ihm schon eine Leiche wittere.

Der unglückliche Kämmerer, der nicht wußte, was er mit sich selbst beginnen sollte, schritt fast mechanisch dem bisher freundschaftlichen Hause Faustinas zu. Der erste Teil der Trauerzeit war schon verstrichen, man sprach davon, die Oper würde wieder geöffnet werden. Sulkowski wie auch Brühl waren nicht abgeneigt, den Kronprinzen dazu zu überreden, da sie wußten, wie sehr er die Musik und Faustina liebte.

Obwohl Hasse als Ehemann der Faustina galt, wohnten sie jedoch nicht zusammen. ›Il divino Sassone‹, ›Der göttliche Sachse‹, wie ihn die Italiener nannten, der leidenschaftliche Musiker bewohnte ein besonderes Haus, in dem sich unten ein Saal für die Musikproben befand. Faustina besaß herrschaftlich eingerichtete Appartments. Von ihr gingen Befehle aus, zu ihr ins Theater kam man mit Bittgesuchen.

Watzdorf fragte im Vorzimmer einen Lakaien nach der Diva und erhielt die Antwort, sie sei zu Hause. Er hätte das auch vermuten können, aus dem lauten Gespräch zu schließen, das auf italienische Weise und in der gleichen Sprache geführt wurde und bis ins Vorzimmer drang. Als er nach seiner Anmeldung eintrat, traf er die schöne Italienerin in ziemlich nachlässiger Kleidung an. Ihr Gesicht zeigte Empörung und Bestürzung, was sie durchaus nicht besonders reizvoll machte. Sie stand gerade dem Pater Guarini gegenüber, der in weltlicher Kleidung seelenruhig auf und ab ging.

Sein Gesicht lachte mitleidig. Faustina lief ihm mit geballten Fäusten nach.

Als Guarini den Kämmerer erblickte, wies er mit beiden Händen auf die schöne Italienerin und lachte weiter:

»Schaut Euch das nur mal an, was diese Frau mit mir anstellt. Mit dem friedlichsten Menschen der Welt, der, um Frieden und Eintracht zu stiften, zu ihr kommt ... ›Furioso, diavolo furioso!‹ Ein wütender Teufel! Wenn Ihr, anstatt zu schreien, singen wolltet ...«

Faustina drehte sich zu Watzdorf um.

»Ich nehme Euch zum Richter!« schrie sie. »Er will aus mir eine aufgetakelte Puppe machen, er will, daß ich allen zulächle, daß ich ohne Willen sei. Morgen werden die von ihm Protegierten das Theater auf den Kopf stellen. Nein! Er muß fort von hier, er wird gehen!«

»Weshalb? Warum?« flüsterte Guarini leise, dabei seinen Kopf langsam wie eine Schildkröte aus dem Kragen hervorschiebend. »Deshalb, weil der schöne Jüngling dir keine Opfer darbringt? Weil ihm die blauen Augen der Französin lieblicher zu leuchten scheinen als deine?«

Faustina schlug in die Hände.

»Hörst du ihn, diesen häßlichen Pfaffen!« tobte sie und begann mit ihren Händen seinem Gesicht bedenklich nahe zu kommen. »Brauche ich etwa Huldigungen? Sind mir denn wenig dargebracht worden? Genug habe ich davon, sie ekeln mich an!«

»Oh! Weiblicher Weihrauch!« spottete Guarini.

»Um wen geht es denn eigentlich?« fragte Watzdorf.

»Um einen Unglücklichen«, entgegnete der Pater, »den diese Unbarmherzige aus dem Theater jagen will.«

»Um einen Mörder, einen Verräter, einen Spion!« schrie die Diva.

Watzdorf, den dieser ergötzliche Streit zwischen der Diva und dem Pater, der sich jeden Tag zu wiederholen pflegte, ermüdete, mußte doch lachen.

»Ich werde euch alle versöhnen!« rief er. »Wartet ab!«

Aller Augen richteten sich auf ihn, man wünschte den Frieden.

»Der Schuldige soll das Theater verlassen«, sagte Watzdorf. »Wenn ihr einen guten Schauspieler braucht, so engagiert an seiner Stelle einen Minister. Es gibt keine besseren Schauspieler als die Minister! Und da sich Faustina nicht mit Ministern streiten wird, wird also Eintracht herrschen.«

Guarini nickte zustimmend. Faustina schwieg verzweifelt und ging weg, um sich auf das Sofa zu werfen. Der Jesuit nahm den Kämmerer am Arm und ging mit ihm zum Fenster.

»Carissimo, Teuerster«, sagte er sanft, »die Hundstage sind noch weit, und Ihr, scheint mir, macht den Eindruck, als hätte Euch der Hitzschlag getroffen.«

»Nein, ich bin noch nicht toll«, entgegnete Watzdorf, »doch ich garantiere nicht, ob es dazu nicht noch kommt.«

»Eh! Was ist mit dir los? Beichte.«

»Es sei denn, die Knie Faustinas dienten als Beichtstuhl ...«

»Solch ein Heide!« lachte der Pater. »Was fehlt dir? Ich frage dich.«

»Nichts, mein Vater, die Welt kommt mir dumm vor, und damit genug.«

»Carissimo, perdona! Teuerster, verzeih!« entgegnete der Pater. »Dumm scheinst du mir zu sein mit deinem ungereimten Geschwätz. Weißt du, ich will dir einen Rat geben. Wenn dich so eine schlechte Stimmung befällt, so geh auf die Felder, wo niemand dich hören kann, oder in den Wald, wo du nur die Rehe verscheuchen kannst; dort fluche, schimpfe, schreie und kehre dann wieder beruhigt in die Stadt zurück. Weißt du, dieses Mittel haben im Altertum schon diejenigen benutzt, die die Zunge nicht im Zaume halten konnten.«

Watzdorf hörte gleichgültig zu.

»Ihr tut mir wirklich leid«, fügte der Jesuit hinzu.

»Wenn du, Vater, wüßtest, wie leid ihr mir alle tut«, seufzte Watzdorf. »Aber wer kann hier entscheiden, bei wem die Wahrheit ist?«

»Lassen wir es sein«, schloß der Jesuit.

Faustina besänftigte noch ihr italienisches Temperament auf dem Sofa. Guarini trat vor sie hin und verneigte sich:

»Noch einmal wage ich, bei Eurer Exzellenz für den Armen zu bitten, tut es mir zuliebe.«

»Ihr tut ohne mich, was Euch gefällt«, versetzte Faustina, »aber wenn Ihr mich zwingt, mit ihm auf der Bühne zu stehen, so – mein Wort darauf – werde ich ihn öffentlich ohrfeigen.«

Guarini neigte sein Haupt bald auf die eine, bald auf die andere Seite, verbeugte sich und begab sich zum Kronprinzen, um Bericht zu erstatten.

Es war um die Stunde der Mittagsruhe, die der Kronprinz nach dem ganztätigen Nichtstun mit wahrer Wonne zu genießen pflegte, da er, im

Schlafrock seine Pfeife rauchend, nur Frosch und Storch, Sulkowski, Brühl und Pater Guarini zu sich hereinließ.

Guarini trat ein, wann es ihm beliebte. Es gab auch keinen unaufdringlicheren und angenehmeren Gesellschafter als ihn. Der König liebte zu lachen – also reizte Guarini ihn dazu, wollte er aber lieber schweigen – so half er auch hierbei, wurde er gefragt, antwortete er fröhlich, immer fügte er sich ein.

Beim Kurfürsten war nur Brühl. Er stand dem Lehnstuhl des Kronprinzen gegenüber, hatte seine liebenswürdigste Haltung eingenommen und sprach leise auf den Kronprinzen ein. Der Kronprinz hörte aufmerksam zu und schüttelte bedeutsam sein Haupt.

»Hört Ihr, Pater, was er sagt?« fragte er den eintretenden Jesuiten. Dieser kam näher.

»Sprich weiter«, befahl der Kronprinz.

Brühl fuhr gehorsam fort und warf dem Pater einen bedeutungsvollen Blick zu.

»Ein unruhiger Geist, voll Spottlust, und seit einiger Zeit wurde er aus unbekannten Gründen so scharf und unerträglich ...«

»Oh, oh!« fiel Friedrich ein, »das ist schlecht.«

»Von wem ist denn hier die Rede?« fragte der Jesuit leise.

»Ich gestatte mir, die Aufmerksamkeit Seiner Majestät auf den Kämmerer Watzdorf zu lenken.«

Guarini dachte nach:

»In der Tat«, sagte er, »auch ich finde ihn in einer seltsamen Verfassung.«

»Was die Sache noch schlimmer macht«, fügte Brühl hinzu, »am Hofe ist das eine ansteckende Krankheit, die auch die anderen leicht befällt ...«

Der Kronprinz seufzte. Augenscheinlich langweilte ihn das alles. Er antwortete nicht.

»Wo ist der Narr Frosch?« rief er plötzlich. »Sicherlich schläft er schon in der Ecke.«

Der Jesuit eilte zur Tür und winkte. Frosch und Storch kamen, sich gegenseitig überholend, ins Zimmer gerannt und fielen so unglücklich zur Tür herein, daß Storch sich überschlug und Frosch sich ihm gleich auf den Rücken setzte. Friedrich begann herzlich zu lachen und hielt sich die Seiten. Die Zuschauer machten Platz.

Der gedemütigte Storch versuchte sich sofort an seinem Gegner zu rächen, er erhob sich plötzlich in der Annahme, er könnte Frosch zu Boden werfen, aber der vorsichtige Kleine rutschte an seinem Rücken hinunter und verschwand in der Ecke, wo er sich hinter dem Stuhl versteckte. Man muß es erlebt haben, mit welchem Vergnügen die Augen Friedrichs den Ringenden folgten, wie neugierig er auf das Ende des Kampfes war. Hinter den Stühlen begannen die beiden Narren quietschend und kreischend ihren gewohnten Kampf, mit dem sie den Kronprinzen selbst in den traurigsten Stunden zu erheitern pflegten, einen Kampf, den sie mit Worten und Fäusten ausfochten; von beiden hagelte es nur so ... Friedrich lachte und vergaß alles, was er diesen Tag über gehört hatte. Wer weiß, wie lange dies Schauspiel noch gedauert hätte, doch Pater Guarini flüsterte dem Allergnädisten Herrn ins Ohr, daß die Stunde des Abendgottesdienstes in der Kapelle gekommen sei. Der Kronprinz wurde plötzlich sehr ernst und ging mit dem Pater direkt von seinen Hanswürsten zu der Schloßkapelle, wo ihn seine Frau schon erwartete.

# ZWEITER BAND

Heinrich von Brühl

## I

An einem Frühlingstage saßen sich gegen Abend in der Wohnung Sulkowskis die beiden allmächtigen Minister gegenüber. Es sah so aus, als hätten die beiden vor, sich gegenseitig auszuhorchen, aber es schien ihnen nicht zu gelingen. Sulkowski spazierte schon eine Viertelstunde hochmütig im Salon umher. Ab und zu blieb er an den Fenstern stehen und warf einen Blick in den Garten hinaus. Eines von ihnen stand offen, und der fröhliche Gesang der Amseln und Stieglitze drang herein. Aus der Ferne hörte man das Geräusch der Wagen und Kutschen, die über das Pflaster polterten.

Die Gesichter der beiden Rivalen unterschieden sich dem Anscheine nach wenig im Ausdruck. Der aufmerksame Beobachter jedoch stellte sofort einen auffallenden Gegensatz zwischen ihnen fest. Manchmal, wenn Brühl sich unbeobachtet wähnte, kam hinter dem fast gütigen und zutiefst ergebenen Lächeln die kalte Verschlagenheit hervor, deren Tiefe erschrekken konnte. In seinen Augen blitzte eine lebhafte Auffassungsgabe, die Klugheit eines Weltmannes, der alles weiß, alles errät und begreift, der mit dem Blick eines Hellsehers die Kräfte der gesellschaftlichen Bewegungen erkennt und nie zögert, sich diese nutzbar zu machen, wenn dies keine Gefahr für ihn bedeutet und es der eigene Nutzen erfordert.

Sulkowski war ein stolzer Herrendiener, der – als er selbst zum Herrn emporgestiegen war – sich in seiner hohen Stellung so sicher fühlte, daß er glaubte, ihm sei alles erlaubt. Mit einer gewissen Geringschätzung betrachtete er Brühl als eine Art notwendiges Übel und sah von oben auf ihn mit jener selbstsicheren Überlegenheit herab, die sogar für die nächste Gefahr blind macht. Es mangelte ihm nicht an Gedanken, doch sie kreisten nur träge in seinem Kopf, der keinen Grund für besondere Anstrengungen sah. Wer die beiden beobachtete, konnte den ungleichen Kampf spüren und den leicht vorauszusehenden Ausgang fürchten. Niemals hat ein so schönes und liebenswürdiges Gesicht mehr List und Tücke hinter seiner Maske verborgen. Brühl aber nahm, wenn er sich beobachtet wußte, einen so leichtgläubigen, naiven und kindlichen Gesichtsausdruck an, daß man ihn für ein vollkommen unschuldiges Geschöpf halten mußte.

Wenn man zwei solche Menschen nebeneinander stellte und sie zwang, ihre Kräfte zu messen, so konnte der Kampf nicht lange auf sich warten lassen. Noch war von Kampf nichts zu spüren, im Gegenteil, eine rührende Freundschaft verband stets die beiden. Manchmal verriet Sulkowski jedoch der Instinkt, daß ihm in Brühl ein Widersacher gegenüberstand; doch er mußte selbst darüber lachen. Brühl wußte genau, daß er die vollkommene Herrschaft über den König nur nach dem Sturze Sulkowskis erringen könnte. Jener gab sich manche Blöße. Obwohl er die Kunst der Verstellung und des Wartens beherrschte, ließ er manchmal durchblikken, daß ihm die Herrschaft der Geistlichen und Jesuiten am Hofe unbequem war und daß ihn die Vormachtstellung der Königin störte.

Niemals vertraute er dies Brühl an, er verbarg es wiederum auch nicht so gut vor ihm, daß dieser es nicht erraten hätte. Während Brühl zu Guarini die engsten Beziehungen unterhielt, gestattete Sulkowski dem Pater nicht die geringste Vertraulichkeit. Der Königin bezeigte er die tiefste Hochachtung, er verletzte sie nie, aber er drängte sich weder nach ihren Gnadenbeweisen, noch umschmeichelte er ihre Umgebung oder zeigte sich übermäßig dienstbeflissen. Manchmal entschlüpfte ihm ein Wörtchen darüber, daß es zu Augusts II. Zeiten durchaus angenehmer mit den vielen Favoriten gewesen sei als jetzt mit der einen und so strengen Königin.

Pater Guarini wußte, wie sehr er beim König in Gnaden stand. Er grüßte Sulkowski, doch nur von weitem.

Wie heute, unter vier Augen, traf sich Sulkowski mit Brühl nur selten; einer von ihnen mußte fast immer um den König sein, um ihm die Langeweile zu vertreiben.

Offenbar hatten sie ihren Gesprächsstoff erschöpft; denn Sulkowski schwieg, und Brühl brach das Schweigen nicht; er verabschiedete sich auch nicht. Es war, als ob er noch auf etwas wartete.

Nachdem er lange genug herumspaziert war, wandte sich der Graf an den Sitzenden und sagte leise:

»Was ich Euch jetzt sagen werde, soll unter uns bleiben. Das Haus Habsburg geht seinem Ende entgegen, die Größe des Hauses Sachsen muß beginnen. Ich weiß wohl, daß wir auf alle Erbrechte verzichtet haben, daß wir die Pragmatische Sanktion akzeptieren, aber mit dem Tode des Kaisers müssen die Dinge einen für uns neuen Lauf nehmen. Wir müßten mindestens Böhmen besetzen – vielleicht sogar Schlesien, und Preußen an anderer Stelle Ersatz bieten. Ich habe Euch schon gesagt, daß ich in aller Stille den ganzen Plan in großen Zügen entworfen habe. Ich ließ ihn von Ludovici abschreiben.«

»Ich wäre glücklich, wenn Ihr mir den Plan überlassen wolltet, auf daß ich ihn überlege«, bemerkte Brühl. »Der Plan ist genial und Euer würdig und für die Zukunft Sachsens von größter Bedeutung. Ich brauche wohl nicht erst zu sagen, wie sehr ich mich glücklich schätzen werde, zu seiner Verwirklichung beitragen zu dürfen. In mir habt Ihr, Graf, einen glühenden Mitarbeiter und Diener. Laßt doch Ludovici den Plan auch für mich abschreiben.«

»Dieser Teilungsplan Österreichs«, entgegnete Sulkowski, dem die Anerkennung schmeichelte, »soll nicht zweimal unter Ludovicis Augen kommen; ich werde ihn in freier Zeit mit eigener Hand abschreiben.«

Mit einem verbindlichen Lächeln bedankte sich Brühl.

»Ihr werdet mir damit die größte Gnade erweisen, Graf«, sagte er. »Ein solch gewaltiges Vorhaben muß rechtzeitig durchdacht und die Mittel zu seiner Durchführung bereitgestellt werden. Vielleicht könnte man aus der Ferne und ganz vorsichtig in Berlin einmal vorfühlen ...«

»Ach!« rief Sulkowski lächelnd. »Dort – darüber besteht nicht der geringste Zweifel – wird man ihn mit offenen Armen empfangen. Ich bin ohne Sorge, wir werden einen leichten und willigen Verbündeten vorfinden.«

»Auch ich erwarte das«, meinte der Minister. »Es geht nur darum, ob sie nicht von uns eine zu hohe Bezahlung fordern werden.«

»Aber es ist noch nicht an der Zeit, Verhandlungen aufzunehmen.«

»Es ist aber Zeit, sich auf sie vorzubereiten und die ganze Strategie zu bedenken, die wir anwenden werden.«

Während dieser Worte stand Brühl auf, reckte sich und sagte unwillig:

»Ich bin fast sicher, daß diese gemeine Medaille, das heißt die Idee für diese Medaille, aus Dresden stammt. Ich hege sogar einen starken Verdacht, wer ihr Urheber ist.«

Sulkowski drehte sich rasch zu ihm um.

»Wer könnte dieser Verwegene sein?«

»Wer wohl anders, wenn nicht ein Höfling, der sich in seiner Stellung sicher fühlt«, entgegnete Brühl. »Ein kleiner Mann würde sich sicher mit solch einer gefährlichen Angelegenheit niemals befassen: zu sehr riecht sie für ihn nach Pranger und Henker.«

»Für einen Edelmann kann so etwas noch weit schlimmere Folgen haben, denn ein solches Vergehen darf nicht ungesühnt bleiben.«

»Ah! das erwarte ich auch«, sagte Brühl, »auf den Köpfen würde man uns herumtanzen. Die Frechheit und der Übermut gewisser Menschen erreichen ohnehin ihre höchste Stufe; die Güte unseres Herrn und Eure

Weitherzigkeit ermutigen sie zu immer dreisteren Übergriffen. Habt Ihr schon bemerkt, was sich der junge Watzdorf alles erlaubt?«

Als Sulkowski, der dem Fenster zugewendet dastand, diese Worte hörte, sah er auf Brühl wie mit einem gewissen Mitleid.

»Ihr mögt Watzdorf nicht«, sagte er. »Wie sein Vater, so treibt auch er seine Possen, doch das ist nicht weiter gefährlich.«

»Verzeiht«, unterbrach ihn Brühl lebhaft. »Verzeiht. Wer sich daran gewöhnt hat, über alles Possen zu reißen, der macht vor nichts halt. Ich werde etwas abbekommen, Ihr, Herr Graf, und schließlich auch unser Herr.«

»Das wird er sich nicht erlauben.«

Der Graf unterbrach sich, wandte sich Brühl zu, hielt ihn am Frackknopf fest und sagte vertraulich zu ihm:

»Ihr habt doch etwas gegen ihn. Gesteht doch: Ist er Euch irgendwie im Wege?«

»Er langweilt mich«, schrie Brühl, »ich gestehe es, er hat sich an meine Fersen geheftet, er setzt mir mit seinen Späßen zu ...«

»Ihr nehmt wahrscheinlich an, wenn ich mich nicht sehr irre«, bemerkte leise lächelnd Sulkowski, »daß er in Franziska Kolovrath verliebt war.«

»Das wäre nur ein Beweis für seinen guten Geschmack, und ich könnte es ihm gar nicht übelnehmen«, entgegnete Brühl, seine Erregung unter der Maske der Gleichgültigkeit verbergend, »aber er setzt der Gräfin Moszynska zu, für die ich die größte Hochachtung empfinde.«

»Ah! Ah!« lachte der Graf hell auf.

»Die Gräfin kann sich selbst schützen, wenn sie ein Wort zum Kronprinzen sagt«, fuhr Brühl fort. »Ich brauche ihr nicht zu Hilfe zu eilen. Weit schlimmer ist, daß dieser Mensch sich über uns alle lustig macht, über uns alle, niemanden ausgenommen!«

»Wie, auch über mich?« fragte Sulkowski.

»Mir deucht, daß ich ihm auch das nachweisen könnte.«

»Oh! Das wäre zuviel Dreistigkeit!« bemerkte Sulkowski.

»Glaubt es oder glaubt es nicht, ich sag' es frei heraus: Ich halte ihn für den Schöpfer der Medaille! ...« rief Brühl aus und legte seine Hand auf das Herz. Nachdem er diese Worte gesagt hatte, ging er einige Male im Salon auf und ab.

»Das ist eine reine Vermutung, mein lieber Brühl, eine reine Vermutung.«

»Vielleicht ist es auch mehr als eine reine Vermutung«, begann der Minister. »Ich weiß es ganz sicher, daß er selbst drei oder vier Medaillen verteilt hat.«

»An wen?«
»An Leute vom Hofe. Woher hat er so viele? Was ist das für ein seltsames Vergnügen, Medaillen zu verbreiten, die ich aufkaufe, um sie zu vernichten?«
»Seid Ihr sicher? ...«
»Hennicke wird Euch die Liste der Personen geben.«
»Dann ist das etwas anderes«, unterbrach ihn Sulkowski. »Das ist ein Tatbestand. Obwohl ich mir die ganze Angelegenheit mehr aus seiner Abneigung gegen Euch als gegen mich erkläre, so betrifft sie immerhin auch mich.«
»So ist es«, bestätigte Brühl, »ich will es Euch offen gestehen: Ich habe eine geheime Durchsuchung seiner Wohnung angeordnet. Wenn dort ein Vorrat an Medaillen gefunden wird, so ist er überführt, und ich bitte Euch, laßt das nicht ohne Strafe für ihn abgehen. Euch«, fügte Brühl hinzu, indem er so tat, als ob er sich in Eifer redete, »kann die ganze Angelegenheit ja gleichgültig sein, aber für einen so unbedeutenden Menschen wie mich ...«
Sulkowski runzelte die Stirn. „Ich hätte Watzdorf niemals solcher Niedertracht für fähig gehalten.«
»Ihr werdet Euch selbst überzeugen«, schloß der Minister. »Auch wenn das Beweismaterial in meinen Händen sein wird, will ich beim Kronprinzen nichts ohne Euch unternehmen, nichts allein tun, um nichts ohne Euer Wissen bitten; doch um eines flehe ich Euch schon jetzt an: Er muß bestraft werden! Nach Königstein ...«
Sulkowski verfiel in Nachdenken.
»Es würde mir sehr leid um ihn tun«, sagte er schließlich, »doch wenn seine Schuld offen zutage tritt ...«
»Ich wiederhole, daß ich dem Kronprinzen gegenüber von der Sache kein Wort verlauten lassen und ihn um nichts bitten werde. Ich bitte Euch, handelt Ihr: ich bin nur Euer Diener und Gehilfe, ich allein bin nichts und will auch nichts sein; ich bin nur Sulkowskis Hilfe, stets für ihn ...«
Brühl verneigte sich. Sulkowski ergriff seine Hand und sagte mit dem ihm eigenen Stolze:
»Ich will in Euch einen Freund besitzen, nur einen Freund, mein lieber Brühl, und ich meinerseits bin ebenfalls zu Freundesdiensten bereit. Ich brauche Euch, und ich werde Euch auch nützen können.«
Sie umarmten einander herzlich. Mit tiefer, tadellos gespielter Rührung küßte ihn Brühl auf die Schulter.
»Höre, Brühl, als Freund will ich dir etwas sagen: Viele wissen um die

Liebe Watzdorfs zu Franziska. Wenn du ihn deshalb entfernen willst, so wird man es nicht mir, sondern dir in die Schuhe schieben.«

Brühl täuschte große Verwunderung vor und wich zurück:

»Aber mein lieber Graf!« rief er und schlug sich an die Brust. »Ich bin ganz und gar nicht, aber auch gar nicht eifersüchtig, sondern nur um Eure Ehre, um Eure und um meine Ehre besorgt ... Heute«, fuhr er fort, »greift man uns an, stichelt gegen den Thron, und morgen, wenn sie dreist geworden, werden sie sich sogar auf den Thron und den uns so teuren Herrn stürzen. Mit diesem Treiben muß ein Ende gemacht werden, denn sie machen nicht einmal vor dem Heiligsten halt.«

»Du hast recht«, antwortete Sulkowski kalt und abwägend, »aber die Schuld muß nun erst noch bewiesen werden.«

»Selbstverständlich«, bestätigte Brühl, nahm seinen Hut und begann sich zu verabschieden.

»Wir sehen uns doch noch?«

»Ja, beim Scheibenschießen«, antwortete Brühl. »Der Kronprinz braucht Zerstreuung. Wie es auch sei, wir müssen sie ihm verschaffen. Leidenschaftlich liebt er das Schießen, es ist ja auch ein so unschuldiges Vergnügen ...«

Brühl hatte es mit dem Weggehen sehr eilig; denn schon nahte wirklich die Stunde, in der sich der Hof zur Fasanerie begeben sollte, wo die Scheiben bereitstanden. Man vermied, solche Vergnügen im Schlosse abzuhalten, um wenigstens einen kleinen Schein von Trauer noch zu wahren.

In der Fasanerie, die in einem Wäldchen in der Nähe Dresdens gelegen war, wo bereits einige Häuschen und ein Palais zu Lebzeiten Augusts II. erbaut worden waren, vergnügte sich der Hof sehr oft. Wunderbare Lindenalleen, riesige Buchen und Eichen, ganze Reihen von Statuen und ein frisch ausgegrabener kleiner Teich machten diesen Ort zu einem der anmutigsten Fleckchen Erde in der Umgebung Dresdens. Nicht einmal eine halbe Stunde Weg brauchte man, um von der Hauptstadt dahin zu gelangen. Von allen Seiten umgürtete ein dichter, uralter Wald einen in der Mitte gelegenen wilden Garten, in dem auch ein Amphitheater errichtet worden war. Die in diesem Garten verstreut aufgestellten Statuen und ungeheuren Marmorvasen, von vollendeter Künstlerhand gehauen, hoben sich wunderbar von dem dunklen Grün der Bäume ab. Der Duft der gerade blühenden Bäume, die tiefe Stille, Blumenbeete und saftige Wiesen machten diese Abgeschiedenheit sehr reizvoll.

Im Amphitheater hatte man Schießscheiben aufgestellt. Pater Guarini, der offensichtlich mit den Vorbereitungen der Jäger und Weidmänner des

Königs unzufrieden war, kannte den Charakter seines Herrn genau und wollte ihm eine besondere Überraschung bereiten. Schon seit dem Morgen war er damit beschäftigt. Diese Überraschung hielt man streng geheim. In der Nähe des Amphitheaters hatte man eine Laubhütte aus Schießscheiben errichtet, vor der jetzt Wachtposten standen, die jedem den Zutritt verwehrten; denn diese Hütte barg das Geheimnis des Paters. Schon dreimal war heute der Jesuit mit verschiedenen Schachteln angefahren gekommen, und jedesmal saß er eine ganze Weile mit seinen Gehilfen in der Hütte. Nachmittag war es schon, als Guarini zum letzten Male kam, aber sein Gesicht glänzte vor Zufriedenheit und schlecht verhohlener Freude. Vergeblich versuchte er sich der Würde seines Standes gemäß zu verhalten, aber wider Willen lachten seine Augen. Offenbar waren nun alle Vorbereitungen getroffen, denn der Pater ging mit den Armen auf dem Rücken ruhig auf dem Weg zum Amphitheater spazieren, als auf dem Platz vor dem Palais das Rasseln der Wagen ertönte. Die Equipagen begannen einzutreffen; eine nach der anderen rollte heran; voran eilten Läufer, Heiducken, Lakaien standen auf den Tritten hinten und an den Seiten, hoch zu Roß folgten Kavaliere, festlich geschmückte Frauen – in bunter Reihenfolge fuhren sie vor. Der Kronprinz führte seine Frau am Arm, die ihn stets bei Vergnügen und überall da begleitete, wo sich Frauen einzufinden pflegten. Die Gräfin Kolovrath mit ihrer Tochter, die Hofdamen, die Kämmerer, Pagen und Hofleute drängten sich hinter dem Kronprinzenpaar und eilten auf die für sie bestimmten Plätze. Sulkowski und Brühl, die zwei Mächtigen, beide in prachtvoller Jägerkleidung, gingen direkt neben Friedrich.

Griffbereit lagen die Büchsen da, Pagen und Jäger zum Laden und Heranreichen der Waffen standen im Amphitheater. Gerade als Friedrich mit offensichtlicher Ungeduld Platz genommen und das Schießen beginnen sollte, erschien Pater Guarini in Hofkleidung (denn er ging oft in weltlicher Kleidung), mit einem Spazierstöckchen in der Hand, auf dem grünen Treppchen, das von einem kleinen Seitenweg zum Amphitheater führte. Er täuschte große Verwunderung über die Anwesenheit des Hofes vor und näherte sich zutiefst ergeben dem Kronprinzen, doch seinem Munde schien ein fröhlicher Scherz zu entschlüpfen.

»Ah! Seine Majestät!« rief er aus. »Was sehe ich da: Scheibenschießen! Welch ein vortreffliches Vergnügen!«

»Hm, meint Ihr es ehrlich?« erwiderte Friedrich lachend. »Wo Ihr doch nur auf Seelen schießt ...«

»Aber immer auf ein Ziel, doch bin ich ein unglücklicher Schütze und treffe selten.« Der Jesuit seufzte. »Ich werde alt. Wir werden hier heute bestimmt wunderbare Wettkämpfe erleben ..., doch wo sind denn die Preise?«

»Was für Preise?« fragte der Kronprinz verwundert.

»Ich bitte um Eure Verzeihung, Allergnädigster Herr«, erwiderte Guarini, »wenn man die Sache menschlich nimmt, so müßten doch die besten Schützen eine Belohnung und ein kleines Andenken erhalten.«

»Daran habe ich nicht gedacht!« rief der Kronprinz aus, indem er sich umwandte und jemanden mit den Augen suchte.

»Wenn Ihr mir gestattet«, unterbrach ihn Guarini mit einer Verbeugung, »möchte ich fünf Preise stiften. Große Werte sind es nicht, denn ich bin arm, doch um meinen Herrn zu erfreuen, lege ich ihm meine bescheide Gabe zu Füßen.«

Dem Kronprinzen lachten die Augen.

»Nun, was ist das, was?«

»Oh, das ist mein Geheimnis!« rief der Pater. »Ich kann es nicht vor der Zeit enthüllen.«

Er wies mit der Hand nach der Laubhütte.

»Dort befinden sich die Preise für die fünf besten Schützen.«

Das Ganze versprach eine fröhliche Posse zu werden, da Pater Guarini als einer der eifrigsten Unterhalter des Königs bekannt war. Er bemühte sich oft um neue Einfälle, mochten sie auch nicht ganz originell und ausgefeilt sein, wenn sie nur ein gutmütiges Lächeln auf dem ruhigen Gesicht des schweigsamen Königs hervorriefen.

»Na, da bin ich neugierig«, sagte Friedrich.

»Ich möchte mir nur ausbedingen, daß Seine Majestät nicht zu den Bewerbern um diese Preise gehören darf. Es unterliegt keinem Zweifel, daß hier niemand besser zu schießen versteht, aber ich habe keinen Preis, der der Hand meines Herrn würdig wäre. Infolgedessen ...«

Das Zwinkern seiner Augen verriet den Rest.

Ungeduldig gab Friedrich selbst den ersten Schuß ab. In der Tat, seit frühester Jugend übte er sich im Gebrauch der Waffen und schoß so sicher, daß ihm selten ein anderer gleichkam. Nahm er einen Stutzen in die Hand, dann packte ihn die Leidenschaft derartig, daß er alles um sich her vergaß und nur noch an die Flinte und die Kugeln dachte. Die Schießscheibe war so eingerichtet, daß bei Treffern ins Schwarze ein Fähnchen mit den sächsischen Farben Grün-Weiß hochstieg; Kugeln, die außerhalb des ersten Ringes einschlugen, wurden durch Fähnchen mit den Farben der Stadt, Schwarz-Gelb, angezeigt; die schlechtesten Schüsse schließlich wurden durch schwarze Fähnchen gekennzeichnet.

Als Friedrich zu schießen begann und mehrmals mitten ins Schwarze traf, wurden Beifallsrufe und Händeklatschen laut. So schoß er einige Dutzend Mal, bevor die anderen der Reihe nach begannen: Sulkowski, Brühl, die Gesandten fremder Höfe, der alte General Baudissin, der Graf Wackerbarth-Salmour, Graf Loß, Baron Schönberg, die Grafen Gersdorff und die anderen. Man zählte die Treffer und Fehlschüsse eines jeden Teilnehmers.

Der Kronprinz wartete mit ziemlicher Ungeduld auf die Verteilung der Preise des Paters Guarini, der sich bescheiden mit auf dem Rücken verschränkten Armen abseits hielt. Beim Zählen der Schüsse stellte sich heraus, daß dem alten Baudissin, einem schwerfälligen, gutmütigen Mann, gehorsam und bescheiden, der erste Preis zukam. Der Kronprinz erhob sich vom Stuhl und suchte mit den Augen Guarini, der schon gewichtig einige italienische Worte rief und der Wache an der Laubhütte Zeichen gab, den ersten Preis herauszubringen. Die Neugier hatte den höchsten Grad erreicht. Die Tür ging auf, zwei Diener in Hoflivree, in kanarienfarbenen Fräcken mit blauen Aufschlägen, trugen einen großen, zugedeckten Korb herbei, in dem etwas unter einem Tuch flatterte.

»Herr General«, sagte Guarini bedeutungsvoll, »es liegt nicht an mir, daß Ihr keine Eurem Alter entsprechende Auszeichnung erhaltet. Das Los hat so entschieden, niemand kann sich seiner Bestimmung entziehen.«

Auf ein verabredetes Zeichen hin wurde der Korb geöffnet, man lüftete das Tuch, und auf dem Rasen erblickte man ... eine fette Gans, jedoch nicht in ihrem natürlichen Kleid, in dem Gänse zur Welt zu kommen pflegen. Die Hände eines geschickten Künstlers hatten sie in das niedlichste Geschöpf der Welt verwandelt: über die Flügel war ein Kleid, wie es seinerzeit die Modedamen trugen, aus erlesenem Stoff gespannt, an den Füßchen trug sie Schuhe, und auf dem Kopf wippten eine Frisur und Federn. Brüllendes Gelächter begrüßte das Tier bei seinem Erscheinen. Erschrocken fing es an hin und her zu trippeln und wollte Reißaus nehmen; aber das Kleid fesselte seine Flügel, die Schuhe, an die Gänse eigentlich nicht gewöhnt sind, behinderten die Beine. Die Gans sperrte den Schnabel auf, als wollte sie um Hilfe rufen, und wälzte sich gackernd bis in die Zuschauermenge.

Der Kronprinz hielt sich die Seiten und lachte, daß ihm die Tränen kamen; sogar seine gestrenge Gemahlin lachte. »Die zweite Nummer, die zweite Nummer!« rief Friedrich.

»Allergnädigster Herr«, sagte der Pater, »der erste Preis trägt den Namen ›Angela o l'amorosa‹.«

»Wer bekommt den zweiten Preis?«

Er gehörte Sulkowski, der mit saurer Miene den Scherz Guarinis aufnahm.

Ein zweiter Korb wurde herbeigetragen, und ein als Harlekin der italienischen Komödie aufgeputzter Affe sprang heraus. Er war nicht minder erschrocken als die Gans, doch riß er sofort, als er sich in Freiheit sah, aus und kletterte trotz seiner Kleidung auf den nächsten Baum.

Ohne lange zu überlegen, griff der Kronprinz den Stutzen und schoß: der Affe schrie auf, versuchte sich an den Zweigen anzuklammern und fiel blutend zur Erde nieder. Der dritte Preis war Brühl zugedacht, der sich durchaus nicht danach drängte. Man brachte ebenfalls in einem Korbe einen großen, als Crispino zurechtgemachten Hasen herbei. Auch diesen Preis erledigte der Kronprinz mit einer Kugel. Der Kronprinz machte einen außerordentlich angeregten und glücklichen Eindruck, seine Hände zuckten, seine Augen blitzten, er lachte, nahm Platz, sprang sofort wieder auf, wenn man einen Preis herbeitrug. Als vierter wurde ein graues, als Scaramuccio verkleidetes Kaninchen angeboten, das auch erschrocken davonlaufen wollte, aber dem Jagdfieber Friedrichs zum Opfer fiel.

Der spaßigste von allen Preisen war der letzte, und er kam, wie die Gans, mit dem Leben davon: aus dem Korb arbeitete sich ein ungeheurer Truthahn heraus, der wie ein Dottore gekleidet war: in Frack, Perücke, Weste und allem, was sonst noch zur Amtskleidung eines Dottore gehörte. Seine komische Würde rettete ihm das Leben. Alle lachten. Der Kronprinz dankte Guarini und raffte sich sogar zu einer längeren Rede auf, in der er versicherte, daß er nicht nur sein ganzes Leben lang an diesen ausgezeichneten Spaß denken, sondern ihn sogar nachahmen lassen würde.

Dann vergnügte man sich noch mit Schießen, soweit dies die einbrechende Dämmerung gestattete. Der Abend war ruhig, angenehm und schön, die Luft duftete, die Umgebung war bezaubernd. Niemand hatte Lust, aus der Fasanerie aufzubrechen. Der Hof löste sich in kleine Gruppen auf.

Das Schicksal fügte es so, daß inmitten der Menge der Kämmerer Watzdorf neben der schönen Franziska Kolovrath zu stehen kam. Rechtzeitig bemerkte es die Mutter Franziskas und bedeutete der Tochter, da man hinter dem Fächer leicht unbemerkt Gespräche führen konnte, sich zu entfernen, da sie Watzdorf nicht wegschicken konnte. Doch dies gelang ihr nicht. Um den anderen nicht mehr Anlaß zu Vermutungen zu geben, als schicklich war, mußte sie die beiden zusammen lassen.

Watzdorf versäumte nicht, von dieser Gelegenheit Gebrauch zu machen. An diesem Abend war der sonst so spottlustige Watzdorf irgendwie traurig und niedergeschlagen. Niemand befand sich in ihrer Nähe, er konnte also halblaut mit Franziska sprechen:

»Ich bin dem Schicksal wirklich für diesen heutigen Tag dankbar. Doch selten gibt es mir Ursache, ihm dankbar zu sein. Heute ist es mir vergönnt, daß ich mich zum letzten Male von Euch verabschieden kann.«

»Wieso zum letzten Male?« Franziska grif seine Worte auf, ohne ihn dabei anzublicken.

»Leider ist es so. Vor Euch steht nur noch der Schatten Watzdorfs. Ich fühle, daß über mir die unerbittliche Rache dieses Pagen-Ministers schwebt. Jeder meiner Schritte wird überwacht, es kann sein, daß auch meine Diener gekauft sind. Ich habe viele Papiere nicht mehr finden können, die anderen waren durcheinandergeworfen. Ich vermute eine geheime Haussuchung. Hat eine solche stattgefunden, so bin ich verloren.«

»Fliehe!« rief die Komtesse erregt. »Ich beschwöre dich, um meiner, um deiner Liebe willen … fliehe! Hier beobachtet dich niemand, das erste beste Pferd, und du bist in Böhmen …«

»So bringen mich morgen die Österreicher wieder her!«

»Dann flieh nach Preußen, nach Holland, nach Frankreich.«

»Ich weiß wirklich nicht, weshalb und wie …«, entgegnete Watzdorf vollkommen gleichgültig, »und was das schlimmste ist, ich habe die Lust zum Leben, zu allem verloren. Was soll ich auch dort? Mir ist kein Glück beschieden …«, fügte er leise hinzu, »ich weiß nicht, was mit mir geschehen wird. Du allein wirst mich nicht vergessen und dich für Watzdorf rächen. Du wirst die Frau dieses Menschen werden, sei sein Henker!«

Sie mußten ihr Gespräch einen Augenblick unterbrechen. Watzdorf sah in ihre Augen, die ihn feurig anblitzten.

»Wenn ich morgen nicht am Hofe erscheine, so hat mich seine Rache erreicht. Ich habe solche Ahnungen, die mich nicht verlassen.«

»Aber wie kommst du auf diesen Verdacht, auf diese Vermutungen?«

»Als ich vor einer Stunde nach Hause zurückkehrte, fand ich alles im großen Durcheinander vor. Der Diener war verschwunden und mit ihm das, was mich am schwersten belasten kann. Lebe wohl!« fügte er mit bewegter Stimme hinzu. »Du wirst leben, mein Leben wird irgendwo zwischen vier Mauern verlöschen, in tiefer Einsamkeit, Franziska, ich flehe dich an, verliere einen Handschuh, ein Taschentuch; ich werde es auf mein Herz legen, dein Andenken wird meinen Schmerz lindern.«

Die tiefergriffene Franziska ließ geschickt ihr Taschentuch fallen, Watzdorf bückte sich und schob es unauffällig hinter seinen Rock, auf die Brust.

»Ich danke dir! Noch eine Weile, und deine Augen werden für mich verlöschen und für andere leuchten. Franziska, lebe wohl! Ade, für immer! ...«

Mit diesen Worten verabschiedete er sich, denn die Gräfin Kolovrath kam heran und zog, das Stimmengewirr und das allgemeine Durcheinander benutzend, die Tochter fast mit Gewalt mit sich. Watzdorf trat etwas zurück. Nur wenige Dutzend Schritte von ihm entfernt trafen sich, während den Kronprinzen seine Gemahlin und der Pater unterhielten, Brühl und Sulkowski.

»Bei meiner Ehre«, sagte der erste mit erregter Stimme, »mein Verdacht hat sich bestätigt.«

»Welcher Verdacht? Was?« fragte der Graf gleichgültig.

»Wir haben eine Haussuchung bei Watzdorf durchgeführt und alle seine Papiere durchwühlt. Wir haben viele Schmähschriften gefunden, doch das ist noch gar nichts – fünfzig Medaillen und einen Brief des Fabrikanten, der ihm versichert, daß er die Medaillen nach der eingesandten Zeichnung so gut, wie es nur möglich war, ausgeführt hat.«

Sulkowskis Gesicht verfinsterte sich, als er dies alles hörte.

»Das ist ein so vernichtender Beweis, daß zur Vernichtung dieses Menschen nichts weiter notwendig ist ...«

Brühl schob ihm ein Papier in die Hand.

»Nehmt das bitte an Euch, ich möchte nichts allein unternehmen. Tut, was Ihr für richtig haltet. Doch wenn Ihr Watzdorf nicht nach Königstein schafft ..., wer weiß, ob nicht später einmal einer von uns den für ihn bestimmten Platz einnehmen wird. Frechheit und Unverschämtheit vermögen gar manches ... Doch tut, was Ihr wollt, Graf, ich habe meine Pflicht getan, das mir zugefügte persönliche Unrecht möchte ich nicht verfolgen. Der Kronprinz ist beleidigt worden ... Das ist eine Majestätsbeleidigung, und darauf steht die Todesstrafe ...«

Nach diesen Worten entfernte sich Brühl rasch. Sein Gesicht nahm wieder das gewohnte Lächeln an. Nach wenigen Schritten begegnete er der Gräfin Moszynska. Langsam wandte er sich ihr zu und grüßte sie mit zeremonieller Ergebenheit, was die schöne Friederike mit einem hochmütigen und kalten Kopfnicken erwiderte.

Franziska Kolovrath schritt neben ihrer Mutter, wie von ihr gezogen, daher. Sie war halbtot, doch stolz, schweigend und ohne eine Träne im Auge. Sie drehte sich einige Male nach der Stelle um, wo Watzdorf stand, der nichts davon zu vernehmen schien, was um ihn herum geschah. Auf einmal stand vor der ihren bitteren Gedanken nachhängenden Franziska mit einer tiefen Verbeugung und liebenswürdigem Lächeln der Graf

Brühl. Dem stolzen Mädchen blitzten die Augen, sie schaute von oben herab verächtlich auf den Minister.

»Nicht wahr«, begann Brühl mit süßer Stimme, »das Vergnügen war heute doch außerordentlich ergötzlich?«

»Die Herren schossen mit erstaunlicher Sicherheit«, entgegnete Franziska, »ich bezweifle nicht, daß sie auch Menschen zu treffen wüßten ...«

Brühl blickte sie scharf an und erwiderte kalt:

»Darin habe ich nicht viel Übung, doch wenn es einmal dazu käme, eine Waffe zum Schutze Seiner Majestät in die Hand nehmen zu müssen, so bin ich überzeugt, daß ich dann mutig und sicher schießen würde. Wie ich bemerkt habe, habt Ihr Euch durch ein Gespräch mit dem Kämmerer Watzdorf gut die Zeit vertrieben ...«, fügte er hinzu und sah sie an.

»Das ist wahr, Watzdorf ist außerordentlich geistreich: er schoß mit Worten wie die Herren mit den Kugeln ...«

»Diese Waffe ist jedoch sehr gefährlich für den, der nicht mit ihr umzugehen weiß! Man kann sich damit unvorsichtigerweise selbst töten ...«

Die alte Oberhofmeisterin unterbrach diese unangenehme Unterhaltung, die ein Blick Franziskas abschloß. Eigentlich wollte sie über alles mit Brühl sprechen, aber ihr Stolz ließ es nicht zu; außerdem war sie nicht sicher, ob Watzdorf vielleicht die Gefahr nicht doch überschätzt und den in seinem Hause verübten Diebstahl falsch ausgelegt hatte.

Die Gemahlin des Kronprinzen war bereits etwas früher mit ihren Hofdamen aufgebrochen. Friedrich blieb im vertraulichen Kreis zurück. Schon seit langem versuchte Sulkowski vergeblich, an ihn heranzukommen. Der Kronprinz wollte einen Teil des Weges zu Fuß zurücklegen. Dies nutzte sein Liebling aus und nahm den Platz an seiner Seite ein. Die anderen folgten in einiger Entfernung.

Brühl wich nicht von der Oberhofmeisterin.

Als sich Sulkowski allein mit dem Kronprinzen sah, der in fröhlicher Stimmung war, wollte er mit dem Fall Watzdorf nicht länger zurückhalten. Er wollte sich so schnell als möglich dieser Sache entledigen, die schwer auf ihm lastete, vielleicht trieb ihn auch die Furcht, der Kämmerer könnte entfliehen, wenn er bemerkte, daß er verraten worden sei.

»Nach einem so angenehmen Vergnügen«, begann Sulkowski, »ist es eine sehr unangenehme Pflicht, wenn man gezwungen ist, Eure Majestät zu betrüben.«

Friedrichs Gesicht verfinsterte sich, er warf dem Minister einen schiefen Blick zu, als wollte er es sich verbitten, doch Sulkowski fuhr nach einer kurzen Pause sehr lebhaft fort:

»Es handelt sich um eine Angelegenheit, die keinen Aufschub duldet.

Ich und Brühl, sogar Ihr, Allergnädigster Herr, seid dem Gespött Europas preisgegeben. Ich habe bisher noch nicht davon gesprochen, um Euch den peinlichen Eindruck, den Undankbarkeit weckt, zu ersparen ... In Holland ist diese gemeine und abscheuliche Medaille geprägt worden ...«

Friedrich blieb erschrocken stehen, Wut packte ihn, sein Gesicht erbleichte wie das seines Vaters, wenn er in starken Zorn geriet und die Beherrschung verlor.

»Ich wollte nicht eher davon sprechen, als bis wir den Urheber entdeckt hätten. Ich selbst und Brühl verzeihen die uns zugefügte Schmähung, aber wir dürfen, als Minister, die Beleidigung Eurer Majestät nicht straflos dulden.«

»Aber wer ist es denn? Wer?« fragte Friedrich.

»Es ist ein Mensch, den Ihr mit Gnadenbeweisen überhäuft, dessen ganze Familie Eurer Majestät und Eurem Herrn Vater alles schuldet. Es ist eine Undankbarkeit und Frechheit ohnegleichen.«

»Wer ist's? Wer?« drängte der Kronprinz.

»Der Kämmerer Watzdorf ...«

Der Kronprinz ließ seinen Blick starr umherschweifen.

»Habt Ihr einen Beweis dafür?«

»Hier in meiner Hand halte ich einen bei ihm gefundenen Brief und Medaillen ...«

»Ich will sie nicht sehen, ich will nicht!« schrie der Kronprinz und bedeckte die Augen mit der Hand. »Weder die Medaillen noch ihren Schöpfer! Weg ... Fort!«

»Er soll straflos ausgehen?« fragte Sulkowski. »Das kann nicht sein. Er wird im Auslande unglaubliche Verleumdungen verbreiten, wer weiß, was für welche! Vielleicht über den seligen Vater Eurer Majestät, vielleicht ...«

»Der Kämmerer Watzdorf? Watzdorf der Jüngere?« wiederholte Friedrich. »Aber was denn? Aber wie ...«

Bei diesen Worten wischte er den Schweiß von der Stirn.

»Königstein!« sagte da Sulkowski kurz und bestimmt.

Schweigen folgte ... Mit gesenktem Haupte ging der Kronprinz langsam daher. Es war dies zu seiner Regierungszeit das erste schwere Vergehen und die erste harte Strafe.

»Wo ist Brühl?« fragte er.

»Brühl hat diese Angelegenheit mir übergeben und anvertraut«, erwiderte der Graf.

»Watzdorf! Königstein!« wiederholte Friedrich seufzend; dann blieb er stehen und durchbohrte Sulkowski mit den Augen: »Ich will davon nichts mehr hören. Genug ... ich will nicht! Macht, was Ihr wollt ...«

Sulkowski wandte sich zu dem hinter ihnen gehenden Pater Guarini um, der es am besten verstand, den Kronprinzen aufzuheitern, und winkte ihn mit einem Kopfnicken heran. Der Pater kam eilig herbei, nichts weiter vermutend, als daß er hier gebraucht werde.

»Ich bin verzweifelt!« rief er aus. »Meine Gans, Angela o l'amorosa, ist verschwunden ..., sie ist entfleucht, als sie sich von Baudissin verschmäht sah; sie hat sich in die Wälder begeben, um den Tod zu suchen. Ich lief ihr nach und hatte dabei das Pech, drei unserer Damen der Reihe nach für die Gans zu halten: sie werden es mir nie verzeihen ...«

Das traurige Gesicht des Kronprinzen begann sich immer mehr und mehr aufzuheitern. Wie vom trüben Himmel die Wolken, verschwanden von seinem Gesicht die Falten; die zusammengepreßten Lippen lösten sich, auf den Wangen zeichnete ein Schlüsselblümchen des Lächelns zwei kaum bemerkbare Grübchen; langsam wurden die weißen Zähne hinter den Lippen sichtbar. Er blickte den Jesuiten an, als ob er aus dem frohen, naiv lächelnden Gesicht, das etwas an einen italienischen Pulcinell erinnerte, die ihm so notwendige Freude schöpfen wollte ...

Guarini ahnte, daß etwas ihm Unbekanntes seinen guten Herrn betrübt haben mußte, er bot seinen ganzen Witz auf, um schnell diese unangenehmen Spuren zu verwischen. Und wirklich, in dem Maße, in dem rasch die italienischen Scherze und Späße aufeinanderfolgten, schien der Kronprinz die eben erlebten Unannehmlichkeiten zu vergessen und lächelte ihm wieder gutmütig zu. Aber es waren wiederholte Anstrengungen des fröhlichen Paters nötig, um die immer wiederkehrende Wolke zu vertreiben. Er ruhte aber nicht eher, als bis er schließlich wieder das ihm vertraute, laute und herzliche Lachen hörte, das verkündete, daß Seine Majestät alle Sorgen dieser Welt vergessen hatte.

Der Rat und Kämmerer Watzdorf verschwand am folgenden Tage. Niemand wagte zuerst, sich danach zu erkundigen, was mit ihm passiert sei: er war das erste Opfer dieser Regierung. Nach einigen Tagen begann man leise zu tuscheln, man habe ihn nach Königstein gebracht. Der Kronprinz erwähnte nie wieder seinen Namen. Sulkowski und Brühl gaben vor, nichts darüber zu wissen.

Schrecken befiel den Hof und die geheimen Feinde der beiden Minister. Wenn sich eine Gelegenheit bot, beschwor Brühl, und dann möglichst laut, von dieser Angelegenheit nichts zu wissen und sich niemals in sie eingemischt zu haben, und wusch seine Hände in Unschuld.

In dem damals erscheinenden »Historischen Merkur« (›Mercure historique‹), einer Zeitung in der Art der französischen, waren kurz darauf folgende Zeilen zu lesen:

»Diejenigen, die persönlich die herausfordernde und satirische Denkart dieses jungen Herrn kannten, der anläßlich der unmittelbar auf den Tod Augusts des Starken folgenden Ereignisse sich wiederholt geschickt mit seinen bissigen Späßen hervortat, werden nicht von der Katastrophe überrascht sein, die diesem seit langem prophezeit worden war.«

Watzdorf wurde niemals wieder gesehen. Nach vierzehnjähriger Haft auf Königstein starb er, von Sehnsucht und Knechtschaft zugrunde gerichtet.

## II

Ein Jahr nach diesen Ereignissen erglänzte das von Brühl bewohnte Schloß im Schein unzähliger Kerzen. Nirgends wurden Festlichkeiten mit größerem Aufwand als in Dresden begangen, nirgends wurden Vergnügungen mit mehr Pracht, deren Tradition auf August den Starken zurückging, ausgestattet. Vom Hofe aus griff die Verschwendungssucht auf die Umgebung des Königs und die mit ihr in Beziehung Stehenden über, kurz, auf die, die zur höheren Gesellschaft irgendwelche Verbindungen hatten, und zum Teil sogar auch auf das reiche Bürgertum. Die Bankiers jener Zeit veranstalteten zu Ehren des Hofes große Bälle. Gern war jeder gesehen, der sich dem Vergnügen widmete oder irgendwie durch originelle Einfälle zur Unterhaltung beitrug.

Musik erklang, Feuerwerke und Illuminationen erstrahlten, Kränze, Blumenschmuck und Bilder prangten, sooft dazu auch nur der geringste Anlaß vorhanden war.

Brühl war der verschwenderischste Emporkömmling seiner Zeit; er vermochte sogar die in Erstaunen zu versetzen, die längst das Staunen verlernt hatten. Die Vornehmheit der Beleuchtung im Brühlschen Palais überbot mit ihrem Luxus alles seit langem in der Hauptstadt Gesehene. Eine riesige Menschenmenge hielt sich in geziemender Entfernung vom Haus und betrachtete bewundernd das Palais dieses so mächtigen und reichen Herrn mit den vielen bunten Lichtern, die wie Kränze aus kostbaren Steinen und Blumen aussahen. Oben auf dem Torbogen leuchteten inmitten bunter Girlanden von einem ovalen Schild zwei innig ineinander verschlungene Buchstaben: »F« und »H«. Die zwei etwas niedriger angebrachten Wappenschilde, die sich zueinander neigten und aneinander lehnten, enthielten zwei Felder mit heraldischen Hieroglyphen, die für die Masse unverständlich waren. Die Höflinge erklärten den Neugierigen, dies wären die Wappensprüche der Neuvermählten.

Lange stand schon die Menge vor dem Palais, als, durch Fackeln, Läufer und Bläser angekündigt, eine Kutsche heranrollte. In ihr fuhren die Mutter und das junge Paar, die vom Empfang und Ball im Schloß in ihr Haus zurückkehrten. Die schöne Frau sollte zum ersten Male die Schwelle ihres Hauses übertreten.

Obwohl man außer ihnen niemand erwartete, standen vom Eingang bis zum ersten Stock hinauf Diener in prächtiger Livree Spalier. Oben am Treppenabsatz erwarteten das junge Paar die Kammerdiener, der Hofmarschall und die Pagen des Ministers.

Zum Einzug der Herrin hatte man das Haus königlich hergerichtet: es war renoviert und ausgebaut worden, alles glänzte von Porzellan, Silber, Bronzen, Teppichen und tausend niedlichen Nippsachen, mit denen sich das damalige Jahrhundert gern umgab. Brühl entschuldigte diesen Luxus mit seinem Bestreben, seinem Herrn Ehre machen zu wollen. Er versicherte, die letzten Groschen dafür ausgegeben zu haben, nur um durch diese Pracht den Glanz des Sächsischen Hauses zu vermehren. Als der Wagen am Eingang des Palais hielt und ihm die Oberhofmeisterin mit Hilfe des Schwiegersohnes entstiegen war, ließ man ihr den Vortritt, und sie begab sich langsam nach oben. Brühl wollte seiner Frau den Arm reichen, doch sie übersah absichtlich diese Geste und ging ohne seine Stütze neben ihm. Das schöne Antlitz Franziskas war an diesem Tage sehr ernst, voller Stolz und Trauer. Dies erregte bei den Zuschauern Verwunderung. Spuren von Hochzeitsglück waren in diesem umwölkten Gesicht nicht zu entdecken. Alle Wunder und die glänzende Aufmachung des Hauses sah sie mit gleichgültigen Augen, so, als ob sie nichts sehen wollte. Sie schritt wie ein resigniertes Opfer einher, das weiß, daß ihm kein Glück beschieden ist und es nicht gegen das Schicksal aufkommen kann. Sie hatte Zeit, sich zu fassen, nachzudenken, sich an ihre Lage zu gewöhnen. Ihr Gesicht verriet nichts von ihrem entsetzlichen Leid, sondern zeigte nur erschrekkende Kälte.

Der Schmerz, der in ihr bohrte, war zu einer verzehrenden Krankheit geworden, die sich tief in ihr Leben einfraß.

Im oberen Saal, an dessen Wänden ganze Kerzenbündel, die kristallenen Tränen und gleißenden Bilderrahmen glichen, ihr Licht ergossen, hielt die Gräfin Kolovrath inne und blickte sich nach der ihr folgenden Tochter um. Franziska blieb schweigend bei ihr stehen. Auf der anderen Seite wartete demütig Brühl, der der Mutter ein süßliches Lächeln schenkte. Brühl hatte einen mit reicher Goldstickerei verzierten veilchenblauen samtenen Hochzeitsfrack an, dessen Knopfloch ein Sträußchen schmückte, darunter die weiße, mit Gold und Spitzen besetzte Weste.

Die Mutter näherte sich der Tochter schweigend, beugte ihr Haupt herab und legte die Lippen zu einem langen Kuß auf die Stirn des von ihr scheidenden Kindes. Die Tochter empfand über diesen Zärtlichkeitsbeweis keinerlei Rührung; die Augen der Mutter jedoch füllten sich mit Tränen, obgleich sie durch das Leben und durch das Treiben am Hofe schon lange hart geworden war.

»Werdet glücklich«, flüsterte sie, »ich segne euch! Werdet glücklich!« Sie legte gerührt die Hand auf die Augen, Brühl ergriff die andere Hand und bedeckte sie mit Küssen.

»Ihr müßt jetzt allein sein«, fügte sie mit gebrochener Stimme hinzu. »Meine Pflicht war es, euch hierher zu geleiten und zu segnen. Ich will euch nicht quälen. Ich bedarf selbst nach all den vielen Eindrücken nötig der Ruhe ...« Sie wandte sich Brühl zu:

»Ich vertraue dir mein Kind an, sei gut zu ihm, sei ihm ein getreuer Gatte. Franziska wird sich an dich gewöhnen. Seid glücklich miteinander! Das irdische Glück ist scheu und unbeständig ... Man muß sich die Tage des Lebens versüßen und nicht vergiften. Ich glaube, daß auch du, Franziska, gut zu ihm sein wirst ...«

Sie schloß die Augen, als ob irgendein Gedanke sie hinderte, das voll auszusprechen, was sie auf dem Herzen hatte, als ob etwas die Worte auf den Lippen zurückhielt, woran sie nicht rühren durfte, als ob die beiden manches erraten sollten.

Noch einmal neigte sie sich zur Stirn der Tochter, die wie eine Marmorstatue dastand. Brühl küßte ihr die Hand. Danach schickte sich die Mutter zum Gehen an. Der Schwiegersohn reichte ihr mit anmutiger Gebärde den Arm und geleitete sie mit vollendeter Höflichkeit zu der unten wartenden Kalesche. Die Oberhofmeisterin stieg ein, ohne noch ein Wort zu sagen. Sie ließ sich in das Wageninnere sinken, um nicht den Augen der Neugierigen ausgesetzt zu sein.

Die junge Frau blieb oben nur für einen Augenblick allein. Sie stand noch in Gedanken versunken auf der gleichen Stelle, als Brühl zurückkam und seinen Arm um sie legen wollte. Fast verwundert schaute sie ihn an, als ob sie vollkommen vergessen hätte, wo sie sich befand und daß sie seine Frau geworden.

»Um Gottes willen!« flüsterte der Minister, »auf uns blicken Tausende von Augen von der Straße her und im Hause selbst. Seien wir wenigstens vor ihnen glücklich. Auf der Bühne des Lebens sind wir alle Schauspieler«, das war sein geliebter und oft gebrauchter Wahlspruch, »spielen wir also unsere Rollen gut.«

Mit diesen Worten ergriff er ihre Hand und führte die Gleichgültige durch mehrere erleuchtete Zimmer zu ihren Gemächern. Alles, was ihren zerstreuten Augen begegnete, war so herrlich, kostbar und schön, daß es bei jedem anderen Menschen Ausrufe des Entzückens verursacht hätte. Franziska dagegen schritt einher, ohne um sich zu blicken und ohne irgend etwas ihre Aufmerksamkeit zu schenken. Endlich langten sie im Boudoir der Hausherrin an, das vor dem frisch hergerichteten Schlafzimmer gelegen war. Zwei alabasterne Lampen auf Säulen verbreiteten ein gedämpftes und geheimnisvolles Licht.

Als die junge Frau die geöffnete Tür sah, blieb sie stehen, suchte mit den Augen nach einer Sitzgelegenheit und ließ sich auf einem Stuhl vor dem Frisiertisch nieder. Mit einer Hand stützte sie sich auf den mit einer Spitzendecke geschmückten Tisch und sann schweigend nach.

Hier waren sie allein. Nur leise drang das Gemurmel der Menge von der Straße, die die Illumination bestaunte, zu ihnen herauf.

»Gnädigste Herrin«, sagte Brühl mit süßer und weicher Stimme, »Ihr seid in Eurem Hause, und Euer erster Diener steht vor Euch.«

Er wollte vor ihr niederknien, doch Franziska erhob sich plötzlich und seufzte, als wollte sie eine Last von ihrem Herzen wälzen. Mit einer Stimme, in der keine Spur von Traurigkeit zu bemerken war, rief sie aus:

»Komödie haben wir den ganzen Tag über genug. Wir beide brauchen voreinander keine zu spielen. Erspart es mir und Euch! Wir müssen aufrichtig und offen zueinander sein, seien wir es doch vom ersten Tage an. Wir haben keine Ehe, kein Herzensbündnis geschlossen, sondern einen Vertrag: bemühen wir uns, ihn zur Zufriedenheit beider zu erfüllen.«

Sie begann vor dem Frisiertisch, den Kranz vom Kopfe zu nehmen und den langen Schleier abzulegen, ohne den hinter ihr stehenden Brühl auch nur zu beachten. Ihre Stimme verriet keinerlei Gemütsbewegung:

»Habt die Güte, wenn Ihr eine Belauschung der Unterredung vermeiden wollt, und überzeugt Euch, daß wir allein sind.«

»Ich bin dessen sicher, weil ich den Befehl dazu gab«, erwiderte Brühl kalt, »und meine Befehle pflegen respektiert zu werden.«

Franziska schwieg. Sie nahm aus einer auf dem Tischchen stehenden Flasche einige Tropfen ungarisches Riechwasser und benetzte damit ihre Schläfen.

Während sie so im Boudoir am Frisiertisch stand und all die kleinen Ergänzungen ihres Hochzeitskleides ablegte, sagte sie mit klarer Stimme:

»Glücklich, wie andere Frauen, kann ich nicht sein ... Ich verhehle es nicht, der, dem meine Liebe gehörte, liegt im Gefängnis auf feuchtem Stroh, kein Sonnenstrahl wärmt ihn, und er sieht nichts vom Blau des Himmels ... Ihr liebt eine andere. Wir sind einander gleichgültig. Obwohl mir niemand gesagt hat, zu welchem Opfer ich bestimmt bin, so verstehe ich jedoch seinen Sinn. Aber ich will das Leben genießen und werde es genießen ... frei, alle seine Annehmlichkeiten und Vergnügen. Das Gift muß versüßt werden, denn ich habe ein Recht darauf ... Ich liebe den Luxus, und ich werde ihn besitzen. Ich brauche Zerstreuung, um nicht zu weinen, Lärm, um nicht die Stimme des Herzens zu hören. Das alles muß sein ... Ihr seid mir fremd und ich Euch auch. Wir können gute Freunde sein, wenn du es verdienst. Vielleicht kann ich einmal eine Laune haben und einige Tage lieb zu dir sein, doch nie werde ich zur Sklavin, selbst ...«

Sie drehte sich zu dem sprachlos und verlegen dastehenden Brühl um:

»Versteht Ihr mich, mein Herr?«

Der Minister schwieg.

»Niemand hat mir etwas von der Welt erzählt«, fuhr sie fort, »aber mit meinem weiblichen Instinkt habe ich alles erraten; meine Bestimmung kenne ich und weiß ...«

»Gnädigste«, unterbrach sie Brühl, »es gibt Dinge, die der Mund nicht aussprechen sollte; sie zu erwähnen heißt, sich selbst zu verurteilen ...«

»Das brauchst du mir nicht zu sagen, das weiß ich schon alles! Ich werde Euch sogar das verraten, was Ihr für ein Geheimnis haltet: August der Starke brauchte den Ruhm und die Popularität seiner Liebschaften; sein gottesfürchtiger Sohn dagegen läßt in dieser Hinsicht nicht den geringsten Verdacht gegen sich aufkommen. Also muß alles so eingerichtet werden, daß die Augen der Menschen nichts sehen, ihre Ohren nichts hören.«

Sie lachte trocken auf.

»Ich erwarte, da ich Euch Macht, Gewalt und Gunst verschaffe, auch selbst Nutzen daraus ziehen zu können, und verlange, daß meine Launen respektiert werden, und daß ich solche haben werde, steht fest. Ich möchte das Leben kennenlernen, ich dürste danach, ich will mich am Leben berauschen, um den Schmerz zu vergessen. Glaubst du denn«, fuhr sie lebhaft fort, »daß mich in irgendeiner Stunde meines Lebens das Bild des Unglücklichen verläßt? Ich sehe die Mauern vor mir, die finstere Zelle, in die Ihr ihn geworfen, die harte Pritsche, das Gesicht des Wärters, das welke Antlitz des Gefangenen und seinen starren Blick auf das kleine Fenster in Tagen, die wie Ewigkeiten lang sind. Aber diesen Menschen beseelt ein starker Wille, der ihn aufrecht hält, der ihn vielleicht so lange ausharren läßt, bis sich eines Tages die Türen des Gefängnisses auftun werden. Ist es eigentlich wahr, daß sich Euer anderes Opfer, der arme Hoym, schon im Gefängnis aufgehängt hat?«

Brühl schaute auf den Fußboden und sagte trocken:

»Ja, es ist kein großer Verlust, ich werde ihm nicht nachtrauern.«

»Ich auch nicht«, erwiderte Franziska, »doch jenen anderen werde ich nie vergessen. Begreift Ihr, daß Eure Hand die meinige niemals berühren darf, obwohl sie beide am Altar vereint wurden ... Eure Hand hat ihn hinabgestoßen ... Wir sind und bleiben füreinander Fremde.«

Sie lachte höhnisch auf und fuhr fort: »Um meinetwillen habt Ihr den katholischen Glauben angenommen, obwohl auch das ein Geheimnis sein soll. Auch das empfiehlt Euch mir außerordentlich! Wieviel Takt und Politik! Der polnische König braucht in Polen einen katholischen Minister: Brühl ist dort Katholik, der Kurfürst von Sachsen muß einen protestantischen Minister für Sachsen haben: hier wird Brühl eifriger Lutheraner sein. Und wenn die mährischen Brüder Zinzendorf zum König ernennen würden, so würdet Ihr bestimmt zur Herrnhuter-Gemeinde gehören ... C'est parfait, c'est délicieux.«

»Gnädigste«, rief Brühl mit gerührter Stimme, »ohne es zu wissen, habt Ihr mich zutiefst verletzt. Ich bin ein gläubiger Christ; das Glaubensbekenntnis spielt für mich eine untergeordnete Rolle, das Evangelium jedoch und seine Gebote, die Liebe des Erlösers ...« Er hob den Blick zum Himmel.

»Ich verstehe, das gehört zu Eurer Rolle!« antwortete Franziska. »Also lassen wir das beiseite. Ich möchte mich zur Ruhe begeben und allein bleiben.«

»Was wird aber die Dienerschaft dazu sagen? Was werden die Leute denken, wenn Ihr mich von hier verjagt? Das geht doch nicht!«

»Aber es kann nicht anders sein!« rief Franziska. »Ihr könnt hier im Kabinett die Nacht verbringen, auf dem Sofa, auf dem Sessel, wo Ihr wollt. Ich gehe in das Schlafzimmer und schließe mich ein.«

Brühl sah sie unsicher an: »Ihr werdet gestatten, daß ich nun gehe, mich umkleide und wieder hierher zurückkomme. Keine Menschenseele darf erfahren, wie wir zueinander stehen; nicht einmal vermuten dürfen sie es. Das wißt Ihr doch.«

»Ich verstehe, ich verstehe! Das alles muß ein Geheimnis sein, und wir die zärtlichsten Eheleute. Ihr werdet zugeben, daß nach dem Hochzeitstage unsere platonische Ehe außergewöhnlich amüsant sein wird. Euch werden die Leute beneiden und mich die Frauen, denn Ihr seid für andere kein häßlicher Mann – aber der König ist viel schöner als Ihr und ... noch dazu König! Lieber will ich die heimliche Geliebte des Königs sein als die wirkliche Frau des Ministers.«

Sie begann spöttisch zu lachen.

»Ich male mir aus, wie Seine Majestät in Gegenwart seiner Gemahlin

Angst haben wird, einen Blick auf mich zu werfen, wie er dann Kälte vortäuschen muß.«

»Meine Gnädigste«, unterbrach Brühl sie händeringend, »die Wände haben Ohren!«

Franziska zuckte mit den Achseln.

»Ihr wißt doch«, flüsterte er, »dies braucht nicht einmal entdeckt zu werden, sondern schon der geringste Verdacht, ein Schatten der Wahrheit, den die Welt erführe, würde genügen, und für mich und für Euch wäre alles verloren.«

»Besonders für mich«, erwiderte die Frau, »denn ich wäre dann mit Euch tête à tête, ohne Aussicht auf Trost, und das würde mir das Leben vergiften ... Also – still.«

Brühl verließ schweigend das Zimmer. Die Salons, durch die er kam, waren noch erleuchtet; er durchschritt sie langsam und betrat dann sein am Ende der Zimmerflucht gelegenes Kabinett. Hier erwarteten ihn der Kammerdiener und ein Lakai, denn sie wußten, der Herr würde sich noch einmal umkleiden.

Auf dem Tischchen lag die Morgenbekleidung bereit: ein Paradeschlafrock aus blauem Lyoner Atlas mit einem Blumenmuster in lebendigen Farben, frische schneeweiße Wäsche und leichte, seidene Hausschuhe. Alles war von makelloser Sauberkeit.

Da das Durchschreiten des Salons das Zeichen zum Löschen der Lichter sein sollte, nahm der Kammerdiener zwei silberne Leuchter und ging voran, um ihm bis zum Schlafzimmer zu leuchten. Brühl entließ ihn an der Schlafzimmertür mit einem Kopfnicken und trat ein.

Im Kabinett fand er nur den abgeworfenen Schleier, den Kranz der jungen Frau, ihre Handschuhe und ihr Tuch. Die nächste Tür, die des Schlafzimmers, war verschlossen.

Die Nachtlampe brannte in der Ecke ... Im Zimmer herrschte Halbdunkel und Stille. Die Turmuhr in der Stadt schlug zur späten Nachtstunde. Brühl schaute zuerst zum Fenster hinaus. Die Straßen waren schon leer, die Illumination erloschen. Über den schwarzen, sich von der Dunkelheit abhebenden Häusern war der Mond hochgestiegen und schwamm in weißen, weichen Wolken. Es war eine warme, stille Sommernacht ... Brühl öffnete weit das Fenster, da ihn die Luft beklemmte.

Aus dem Schlafzimmer hörte man nicht den geringsten Laut.

Der Gatte der schönen Franziska ging einige Male im Zimmer hin und her, dann schaute er sich nach einem Ruheplatz um. Ein kleines Sofa und ein daran gestellter Stuhl mußten ihm sein Bett ersetzen. Er stützte sich mit der Hand auf und sann nach ... Ein ironisches Lächeln umspielte seinen Mund, noch ein paarmal schaute er auf die Schlafzimmertür, aber bald widmete er seine Gedanken einer anderen Art von Zukunftsplänen; schließlich schlummerte er ermüdet ein. Träume von Gold schimmerten in seinem Schlaf, und funkelnde Brillanten, Spitzen und die ganze königliche Pracht zogen an seinen Augen vorüber, doch alles war stumm, ohne ein menschliches Gesicht, ohne Herz; dann kamen Wolken, auf ihnen das gräfliche Wappen mit der Krone, und dann war alles in Dunkel gehüllt. Als er seine ermüdeten Augen aufschlug, war es schon heller Tag, was ihn etwas erschreckte. Er sprang hastig von seinem improvisierten und unbequemen Lager auf, stellte den Stuhl an seinen Platz zurück, wickelte sich in den Schlafrock und begab sich auf Zehenspitzen in seine Gemächer.

Seine Augen suchten zunächst die Uhr, und mit Entsetzen sah er, daß sie schon die sechste Morgenstunde anzeigte, die Stunde, mit der er sonst gewöhnlich seinen Tag begann. Als er in sein Kabinett eintrat, bemerkte er den in der Mitte des Zimmers stehenden Pater Guarini, der seinen grauen Morgenrock mit schwarzen Knöpfen trug und ihm herzlich zulächelte.

Der Jesuit begrüßte Brühl schweigend durch einen Händedruck; Brühl küßte ihm, leicht errötend und etwas verlegen, die Hand. Bevor sie ein Gespräch begannen, maßen sie sich einige Male prüfend mit den Augen.

Guarini näherte sich ihm mit geheimnisvollem Gesicht.

»Minister wie Ihr haben sogar nach der Hochzeitsnacht nicht das Recht, lange zu schlafen; zumal solche wie Ihr, die gefährliche Feinde besitzen.«

»Mit Euch, Vater«, erwiderte Brühl, »und der königlichen Hilfe brauche ich mich nicht vor meinen Feinden zu fürchten.«

»Man muß immer auf der Hut sein und Vorsicht üben ...«, flüsterte der Pater. »Immer, mein Teurer, auch wenn Ihr sogar die Königin hinter Euch hättet; denn die Könige sind nicht immer die Herrscher.«

»Aber Ihr, Pater«, fügte der Minister noch leiser hinzu, »beherrscht und werdet immer, hoffe ich, das Gewissen unseres Königs und Herrn beherrschen.«

»Mein Sohn, auch ich bin nicht unsterblich, ich bin alt und fühle, daß ich zum alten Eisen gehöre, das bald auf den Schutthaufen wandert.«

Sie schwiegen ein Weilchen. Guarini schritt einige Male mit auf dem Rücken verschränkten Armen auf und ab.

»Ich und die Königin«, sagte der Jesuit, »haben Fürst Liechtenstein etwas vorbereitet, aber es geht langsam vorwärts, vorsichtig, und bei diesem, unserem Plan darf man nichts überstürzen. Lassen wir dem König Zeit, mir, den Umständen, damit sie auf unseren Herrn einwirken.

Bisher hatte Sulkowski bei ihm den ersten Platz inne, Sulkowski ist alles … Ihr habt das Andenken Augusts II. hinter Euch, bemüht Euch, etwas mehr zu haben.«

Der Pater verstummte.

»Piano, piano, pianissimo …«, flüsterte er vor sich hin. »Man muß verstehen, zu unserem Herrn zu sprechen, verstehen, das richtige Wort zu treffen. Al canto si conosce l'ucello, ed a parlar il cervello.« (Am Gesang erkennt man den Vogel und am Sprechen den Gehirnkasten.)

Und der biedere Pater lächelte, und da er die italienischen Volksweisheiten liebte, fuhr er fort:

»Duro con duro non fan mai muro.« (Hart mit hart fügt keine Mauer zusammen.) »Sulkowski ist ›duro‹, hart, Ihr dagegen müßt weich und biegsam sein. Aber piano, piano!« Hier näherte er sich dem Ohre Brühls und begann lebhaft etwas hineinzuflüstern, dabei mit den Händen gestikulierend. Dann sah er auf die Uhr, ergriff seinen Hut und verabschiedete sich eilends.

Von der anderen Seite wurde schon geklopft.

Ein gelbes, schiefes Gesicht erschien vorsichtig im Türspalt, dann folgte der ganze Rat Hennicke nach. Unter dem Arm trug er einen Stoß Akten; zuerst maß er Brühl mit den Augen, als ob er von dessen Gesicht den Stand des Stimmungsbarometers ablesen wollte. Dann erst kam er näher.

»Exzellenz«, sagte er, »zuerst meine Glückwünsche zur …«

»Zuerst das Geschäftliche«, unterbrach ihn der Minister, »wir brauchen Geld, Geld und immer wieder Geld für den Hof, für die Angelegenheiten in Polen, für den König, für mich, für dich, Sulkowski nicht mitgezählt … Hennicke – Geld!«

Der Ex-Lakai kniff die Lippen zusammen.

»Das Pack winselt, die Edelleute sind unwillig, die Städte murren, sie berufen sich auf die Privilegien, auf die Immunitates, auf die Beschlüsse.«

»Wer?« fragte Brühl.

»Fast alle.«

»Doch wer führt sie an? Wer schreit am lautesten?«

»Es sind genug.«

»Drei oder vier … Die Schweizer schicken, sie sollen sie fassen und nach Pleißenburg … Dort werden sie zur Vernunft kommen, die übrigen werden sich schon ruhig verhalten.«

»Aber welche soll man aussuchen?« fragte Hennicke.

»Ich würde an mir selbst verzweifeln, wenn du das nicht verstündest. Greife nicht zu hoch, damit du nicht mit einem Anhänger Sulkowskis zusammeneckst. Greife auch nicht zu tief, das würde nichts nützen. Laß auch die Hände von Personen, die Beziehungen zum Hofe haben. Doch so ein paar angesehene ...«

»Und der Grund?« fragte der Ex-Lakai.

Brühl lachte auf.

»Muß ich dir dafür den Grund diktieren? Ein laut ausgesprochenes Wort ... Majestätsbeleidigung. Verstehst du, oder ... du bist dumm, Hennicke.«

»Ich verstehe«, sagte Hennicke und seufzte.

Brühl ging lebhaft im Zimmer auf und ab.

»Ich weiß nicht, ob ich heute noch Globig zu Gesicht bekomme. Es ist notwendig, daß du ihm von mir ausrichtest, meine Befehle würden nicht ausgeführt. Auf der letzten Jagd hätte man um ein Haar dem König eine Petition überreicht ... Ein Edelmann hatte sich im Gebüsch versteckt. Bereits einige Stunden vor dem Beginn einer Jagd, einer Ausfahrt oder eines Spaziergangs müssen die Wege gesäubert und die Wachen aufgestellt sein – keiner lebendigen Seele darf man gestatten, zum König zu gelangen. – Wer weiß, in welcher Absicht ...«

»Ich, Exzellenz, kann unmöglich alles überwachen. Was machen denn Loß, Stammer, Globig und die anderen?«

»Hennicke müßte so viel Verstand wie alle zusammen haben, wenn er die Gunstbeweise statt ihrer einheimsen will.«

Und wiederum ging das Gespräch in ein vertrauliches Flüstern über, das jedoch nicht lange währte. Brühl gähnte ermüdet. Hennicke verstand dies und schlich hinaus. Man brachte die Schokolade. Brühl verschlang sie hastig mit einigen Biskuits, trank Wasser nach, und schon läutete er nach seinem Garderobenmeister.

Im Ankleidezimmer lag schon alles bereit, so daß die Morgentoilette nicht viel Zeit erforderte. Die Porte-chaise und die Heiducken warteten am Eingang.

Es war schon fast neun Uhr, als der Minister befahl, ihn nach der Wohnung des österreichischen Gesandten, zum Fürsten Wenzel Liechtenstein, zu tragen. Die Gesandtschaft war seinerzeit in einem der Häuser am Altmarkt untergebracht, die Reise war also nicht lang. Zu dieser Stunde pflegte Brühl gewöhnlich schon beim König zu sein. An diesem Morgen jedoch nützte er die Freiheit, die ihm seine gestrige Hochzeit verschaffte, zu einem Besuch beim Fürsten Liechtenstein aus.

Als Brühl angemeldet war, kam ihm der Fürst persönlich in den Saal entgegen. Der Minister hatte keineswegs vergessen, daß er heute verpflichtet war, aller Welt das Gesicht des glücklichsten Menschen zu zeigen. Obwohl auf seinem Gesicht Spuren von Ermüdung zu sehen waren, so strahlte es doch von Freude und Glück, Gefühlen, die glänzend vorgetäuscht waren.

Der Fürst Liechtenstein, der in voller Bedeutung des Wortes Herr und Höfling eines der ältesten Herrscherhäuser in Europa war, hatte einen zu seiner Rolle ausgezeichnet passenden Gesichtsausdruck. Er war eine schöne und stattliche Erscheinung mit edlen Zügen und einer herrschaftlichen Haltung, liebenswürdig und höflich; in seinen Augen spiegelten sich Klugheit und diplomatische Schläue wider. Obwohl Brühl noch unlängst ein armer Edelmann gewesen war, so stand er heute als erster Minister eines mit dem österreichischen Hause verwandten Staates, als Gemahl der Gräfin Kolovrath mit Liechtenstein fast auf gleicher Stufe. Brühl besaß jedoch genügend Takt, es sich nicht anmerken zu lassen, und grüßte den Gesandten höflich und achtungsvoll.

Sie wechselten einige Worte und begaben sich ins Kabinett. Der Fürst schob ihm einen Stuhl zu und nahm selbst gegenüber Platz.

»Ich möchte auf unser gestriges, unglücklicherweise unterbrochenes Gespräch zurückkommen. Mein lieber Herr Heinrich, ich versichere Euch, Ihr könnt alles erdenklich Gute von meinem Hofe erwarten: Titel, Vermögen, Protektion, Beistand in jedem Fall, aber wir müssen Hand in Hand miteinander gehen … Versteht Ihr mich?«

Brühl reichte ihm sofort die Hand und sagte:

»Wir müssen Hand in Hand gehen, so ist es, aber unsere Hände darf keiner zu sehen bekommen … Es muß streng geheim bleiben, sonst platzt morgen alles; ich werde fallen und mit mir derjenige, der Euch hier allein treu dient.«

»Hegt Ihr Zweifel?« fragte der Fürst. »Mein Wort wiegt so schwer wie das kaiserliche …«

»Das erste genügt mir«, fiel Brühl ein.

»Entspricht es denn der Wahrheit, kann es überhaupt sein, daß Sulkowski gewisse Absichten und Pläne für die Zukunft hegt?«

»Das unterliegt keinem Zweifel.«

»Aber doch nichts Bestimmtes!«

»Ah!« rief Brühl, »es handelt sich, soviel ich weiß, um insofern Bestimmtes, als es die Besetzung Böhmens betrifft … Dieser Plan ist nicht in Gedanken entworfen, sondern auf dem Papier …«

»Habt Ihr ihn gesehen?«

Brühl lächelte nur.

»Könnt Ihr ihn haben?« drängte Fürst Liechtenstein.

Das Lächeln des Ministers wurde noch deutlicher.

Der Fürst neigte sich ihm zu und ergriff seine Hände.

»Wenn Ihr mir diesen Plan schriftlich gebt, wenn Ihr mir ihn geben ...«

Er zögerte etwas.

»Das ist so, als ob ich meinen Kopf in Eure Hände legte«, entgegnete Brühl leise.

»Ich nehme an, daß Ihr selbst Euren Kopf mir anvertrauen würdet«, unterbrach ihn Liechtenstein.

»Ohne Zweifel«, fuhr der Minister fort, »doch wenn sich der Plan in Euren Händen befinden wird, dann gibt es keine andere Alternative mehr: einer von uns muß fallen. Euch ist bekannt, Fürst, wie sehr der König mit ihm verbunden ist ...«

Liechtenstein sprang von seinem Stuhl hoch:

»Aber wir haben die Königin, wir haben den Pater Guarini, wir haben Euch, den Pater Vogler und Faustina!«

Brühl lächelte.

»Und Sulkowski hat die Schwäche und das Herz des Königs.«

»Fürwahr, schwache Menschen pflegen eigensinig zu sein«, entgegnete der Fürst, »aber auf solche kann man immer, wenn man langsam und geschickt zu Werke geht, einwirken. Nicht plötzlich, denn sonst würde ihre Schwäche, die sie selbst empfinden, ihren Widerspruchsgeist wecken. Man muß sie so nehmen, daß sie gar nicht merken, daß sie genommen werden, und sich einbilden, selbständig zu handeln. Wozu haben wir denn den rechtschaffenen Pater Guarini!«

»Sulkowski ist der Jugendgefährte des Königs, er ist sein Vertrauter in jenen Angelegenheiten, die der König niemandem anvertraut.«

»Ich bestreite es nicht: die Arbeit ist schwer, ich halte sie aber auch nicht für unausführbar ...«, entgegnete Liechtenstein. – »Aber der Plan? Bei Gott! Habt Ihr ihn gesehen? Habt Ihr ihn gelesen?«

Brühl bremste mit kaltem Gesicht und eisiger Haltung das ungeduldige Drängen des Fürsten.

»Erlaubt, Fürst, daß wir zuerst von den Bedingungen sprechen.«

»Mit dem größten Vergnügen.«

»Ich bedaure es, da ich Sulkowski aus anderen Gründen schätze. Er ist dem König treu ergeben und glaubt, er könne Sachsen mächtig machen. Jedoch, wenn sich sein Einfluß vergrößert, kann ihn sein Ehrgeiz auf gefährliche Bahnen lenken. Sulkowski weiß unsere heilige Königin nicht genügend zu würdigen, er achtet die Geistlichkeit zu wenig ...«

»Aber mein lieber Brühl«, unterbrach ihn Liechtenstein, »ich kenne ihn genauso gut wie Ihr, vielleicht sogar noch besser, weil er sich vor mir nicht verstellt; ich kenne ihn von seinem letzten Aufenthalt mit dem König in Wien.«

»Sulkowski muß gestürzt werden«, sagte Brühl entschieden, »mehr verlange ich nicht, doch das muß ich verlangen, das Wohl des Königs und des Staates erfordert es. Dann werde ich imstande sein, mich allein zu halten, und in mir werdet Ihr den treuesten Diener des kaiserlichen Hauses haben.«

»Aber der Plan? Der Plan?« wiederholte Liechtenstein. »Gib ihn her, ich bin mit allem einverstanden. Möge es kosten, was es wolle.«

Brühl schob scheinbar widerwillig seine rechte Hand unter den Tuchrock und suchte nach der Seitentasche; der Fürst erbebte, er rückte näher heran und erhob beide Hände.

Mit seinen weißen Fingern hob Brühl langsam ein Schriftstück in die Höhe und hielt es vor des Fürsten Augen.

In diesem Augenblick, als das Papier den Besitzer wechseln sollte, klopfte es an der Tür. Der Kammerdiener meldete:

»Graf Sulkowski!«

Sofort war das Schriftstück in der Tasche Brühls verschwunden. Er selbst saß bequem in seinem Sessel, hatte seine kleine, emaillierte Tabaksdose aus der Weste gezogen und schnupfte.

Sulkowski maß von der Schwelle her mit den Augen Liechtenstein und Brühl. Mit größerer Neugier als den Gesandten betrachtete er seinen Gefährten. Brühl verneigte sich und streckte ihm lächelnd die Hand entgegen. Sulkowski rief aus:

»Das ist mir ein früher Vogel! Schon am folgenden Tage nach seiner Hochzeit läuft er von seiner jungen Frau weg und treibt sich auf den Gesandtschaften herum. Ich wähnte Euch noch zu Füßen Eurer Gattin.«

»Die Pflichten gehen vor«, entgegnete Brühl. »Mir wurde gesagt, der Fürst führe nach Wien, da mußte ich ihm doch meine Aufwartung machen.«

»Ihr fahrt nach Wien, Fürst?« fragte der erstaunte Sulkowski und nahm auf dem Sofa Platz. »Ich weiß nichts davon.«

Liechtenstein schien etwas verlegen zu sein.

»Ich weiß noch nicht, vielleicht ... vielleicht«, stotterte er nach einer Weile, »gestern habe ich so etwas am Hofe gesagt, und nun sehe ich, daß der allwissende Brühl heute auch schon davon weiß.«

Er lachte auf, Sulkowski zuckte mit den Achseln.

»Also das ist noch nicht sicher ...«

»Ich weiß noch nicht, es könnte sein«, entgegnete Liechtenstein, Brühl einen bedeutsamen Blick zuwerfend. »Ich erwarte noch einige bestimmte Depeschen. Wenn sie eintreffen, dann werde ich fahren, wenn es mir auch leid tut, Dresden zu verlassen.«

Das Gespräch wandte sich Klatschgeschichten zu.

## III

Die vertraulichsten Beziehungen bestanden noch zwischen den beiden Rivalen, obwohl sich bereits zwischen ihnen ein Kampf entspann, der für Uneingeweihte unsichtbar blieb. An jenem Morgen unterhielt sich Sulkowski mit seinem Vertrauten Ludovici über die Heirat der Franziska Kolovrath.

Ludovici war weit mißtrauischer als sein Vorgesetzter.

»Herr Graf«, sagte er, »diese Eheschließung sollte uns zu denken geben. Graf Brühl hat sich nicht nur mit einer Kolovrath verheiratet, sondern zugleich mit dem österreichischen Hof, mit Pater Guarini, der Oberhofmeisterin und in gewisser Beziehung sogar mit der Königin. Dieser Brühl ist süß wie Honig, aber er war es, der Fleury und Manteuffel ein Bein stellte und Wackerbarth und Hoym zu Fall brachte, er hat Watzdorf nach Königstein gebracht, und Hoym durfte sich mit seiner Erlaubnis aufhängen. Ich traue diesem Brühl nicht.«

Sulkowski zuckte mit den Achseln und lachte.

»Mein lieber Ludovici«, erwiderte er hochmütig, »bedenke doch, wer ich bin und wer sie waren! Mich kann er selbst mit Pater Guarini und den Österreichern nicht stürzen ... Diesen Guarini werde ich mitsamt dem ganzen Regiment der Jesuiten hinausschmeißen. Die Königin bekommt andere Leute für ihren Hof. Diese Geistlichen haben mir schon genug zu schaffen gemacht. Ich kann sie nicht ausstehen. Was jedoch Watzdorf und Hoym betrifft, so bist du im Irrtum: Ich selbst habe sie entfernt, ich selbst, nicht er!«

»Nun, so ist Eure Exzellenz sein Werkzeug. ›Is fecit, cui prodest‹ – der hat es getan, dem es Nutzen versprach. – Als Advokat denke ich immer an diesen Grundsatz. Watzdorf hat ihm seine Franziska verführt.«

»Erteile mir in Hofangelegenheiten nur keine Belehrungen«, entgegnete Sulkowski. »Ich weiß, was ich tue. Ihr könnt ja alle nicht wissen, wie sehr meine Stellung gefestigt ist.«

»Daran zweifle ich nicht im geringsten«, entgegnete Ludovici trocken und verbeugte sich.

Diese kurze Unterredung ging jedoch Sulkowski nicht aus dem Sinn. Obwohl der Graf keinem seiner ergebensten Vertrauten, zu denen Ludovici zählte, eine Andeutung über seine Besorgnis machte, so mißtraute er jedoch Brühl schon seit langem. Besonders fiel ihm auf, daß dieser, nach seinem Dafürhalten, viel zu oft bei Friedrich August war, ihn ständig begleitete und stundenlang gemeinsam mit den Hofnarren und dem Pater Guarini schweigend Dienst tat. Der König gewöhnte sich an sein Gesicht.

Schon einige Male hatte er die Abwesenheit Brühls bemerkt und nach ihm gefragt. Bald konnte er ihn nicht mehr missen.

Sulkowski glaubte sich dadurch keineswegs gefährdet, aber er wünschte keinen Rivalen, war eifersüchtig und darauf bedacht, allein die königliche Huld zu besitzen.

»Brühl muß fort ...«, sagte er sich im stillen. »Ein Vorwand wird sich leicht finden lassen. Der König muß vorbereitet werden ...«

Am selben Tage noch, nach dem Mittagessen, als der König sich seiner Gewohnheit gemäß in sein Zimmer zurückzog, um sich dort sogleich bis aufs Hemd auszukleiden und den Schlafrock anzuziehen, sich in den Lehnstuhl zu setzen und die Pfeife anzuzünden, stand Sulkowski schon wie immer auf seinem Posten.

Man brachte ins Vorzimmer ein geheimnisvolles Paket, das er persönlich abnahm und in das Zimmer des Königs trug. Der König war während seiner Italienreise durch das Betrachten von Meisterwerken der italienischen Malerei verwöhnt worden. Er wünschte seinem Vater ähnlich zu sein und ahmte dessen Vorliebe für Musik und das Weidwerk, für Prunk und Theater und sogar für die Leipziger Messen nach. Desgleichen übernahm er dessen Liebe zu Gemälden und Kunstwerken. Man könnte sagen, daß er mit großer Leidenschaft förmlich nach Bildern jagte, sich in sie verliebte und durch sie die schon zu Augusts II. Zeiten bedeutende Gemäldesammlung der Dresdener Galerie bereichern wollte.

Wollte man sich bei Seiner Majestät einschmeicheln, so war der beste Weg, ihm schöne Kunstwerke zu empfehlen oder zu schenken. Der Anblick eines schönen Bildes verwandelte den sonst teilnahmslosen und phlegmatischen August III.; er wurde ein ganz anderer Mensch, seine Augen leuchteten auf wie beim Gesange der Faustina ... Seine Gedanken schienen lebhafter im Kopfe zu kreisen, und sein Mund, der sonst immer so mit Worten geizte, brachte sogar Ausrufe und ganze Sätze hervor.

Im größten Kummer konnte die Aussicht auf die Vorstellung in der Oper oder den Anblick eines schönen Bildes das Antlitz des Königs erhellen. Ebenso wie die anderen kannte auch Sulkowski diese Schwäche seines Herrn.

Aus der Pfeife Augusts III. stiegen soeben die ersten Rauchwolken auf, als Sulkowski mit einer Schatulle auf der Schwelle erschien. Der König sah ihn an, richtete sich auf und streckte, ohne ein Wort zu sagen, gierig seine Hand danach aus; denn er hatte schon erraten, was das Päckchen enthielt, das ihm sein Liebling persönlich überbrachte.

Die Augen Seiner Majestät strahlten auf ... Da er nicht zu sprechen liebte, nahm er auch nicht die Pfeife aus dem Mund, sondern drängte Sulkowski nur mit Bewegungen seiner Hand und seines ganzen Körpers, den Inhalt zu enthüllen.

»Eure Majestät«, begann der Favorit leise, »das ist ein Meisterwerk der Kunst, ganz gewiß, aber ... aber ...«

»Aber was?« stieß der König beinahe unwillig hervor und runzelte die Stirn.

»Aber der Gegenstand ist ein klein wenig zu mythologisch, und wenn, was Gott verhüte, jetzt Eure Gemahlin hinzukäme ...«

Der König verdüsterte sich und hörte mit dem Drängen auf. Sein Gesicht wurde ernst, er wiegte bedeutsam den Kopf hin und her.

Sulkowski stellte die Schachtel in eine Ecke des Zimmers. August folgte ihm mit den Augen.

»Und wer hat es gemalt?« fragte er.

»Ein italienischer Meister«, entgegnete Sulkowski. »Es ist ein Meisterwerk Tizians. Wenn es auch nur ein kleines Bild ist, die Ausführung ist wunderbar.«

Als der König den Namen vernahm, verneigte er sich, als ob er Tiziano Vecellio in eigener Person begrüßte.

»Gran maestro! Maestro!« hauchte er.

Als wäre damit die Besprechung des Bildes abgetan, begann Sulkowski auf ein anderes Thema überzugehen. Der König sah ihn an; anscheinend begriff er ihn nicht ganz. Er hörte ihm zu, wurde nachdenklich und sprach dann vor sich hin: »Troppo mitologico! Hm ...«

Nach einer Weile, als der Minister schon bei der Jagd angelangt war, unterbrach ihn der König: »Was stellt es dar?«

Der Graf holte mit der Hand in der Luft aus.

»Eine sehr unanständige Szene.«

»Oh, pfui! Verstecke es! Wenn die Königin käme oder Pater Guarini ... Oh, pfui, pfui!«

Trotzdem ließ er die Schatulle nicht aus den Augen.

»Es wird wohl am besten sein, wenn ich das da hinaustrage«, bemerkte Sulkowski und griff nach dem verpackten Bild.

Der König wagte nicht zu widersprechen, aber er legte das Gesicht in Falten. »Aber was denn? Was stellt es dar ...?«

»Den Moment, wo Vulkan Mars und Venus in flagranti überrascht und ihnen ein Netz überwirft«, sagte er ruhig.

Der König kniff die Augen zusammen und machte eine abwehrende Handbewegung. »Pfui, pfui!« rief er entrüstet.

Sulkowski nahm das Bild unter den Arm.

»Nun, das Betrachten eines Gemäldes, eines Kunstwerkes ist ja nur eine läßliche Sünde, ich werde eben Pater Guarini beichten ... Drei Paternoster, und die Sache hat sich ...«

Er streckte die Hand aus. Sulkowski lächelte, öffnete die Schatulle, hob den Deckel hoch, suchte nach dem richtigen Licht und näherte das Bildchen den Knien des Königs. August ließ die Pfeife zu Boden fallen.

Das war tatsächlich ein kleines Meisterwerk, eine Miniatur, die Gestalt jener Schönen, die Tizian auch zu seiner Venus und Danae Modell gestanden hatte; ein Frauenkörper von unerhörtem Reiz, aber wirklich in einer äußerst mythologischen Situation.

Der König blickte voll Gier auf das Kunstwerk, aber es war zu sehen, daß er sich seiner Neugier und Bewunderung schämte. Röte bedeckte seine Wangen; er tat so, als stieße er das Bild weg. Und doch wandte er keinen Blick davon. Er wiederholte dauernd bewundernd und zugleich tadelnd: »Un gran maestro!« Seine Augen funkelten.

Vielleicht hatte er vergessen, daß ihm jemand zuhörte, oder er übersah absichtlich die Anwesenheit Sulkowskis und flüsterte vor sich hin:

»Diese Venus ist sehr schön ... Welch klassische Formen! Diese Anmut, was für ein herrliches Bild.«

Plötzlich fiel ihm etwas ein. Er schaute sich um, schob das Bild fort, spuckte aus, bekreuzigte sich und sagte streng:

»Weg damit! Fort! Ich möchte nicht mein Seelenheil gefährden ... Wie kannst du mir solche Sachen zeigen ...«

»Aber es ist doch nur ein gemaltes Bild, Eure Majestät!«

»Tizian ist ein großer Meister, aber weg mit dem Bild, weg!«

Sulkowski schloß schnell das Kästchen und schickte sich an, es hinauszutragen, doch der König hielt ihn am Arm zurück.

»Warte, laß es lieber hier in der Ecke, damit es die anderen nicht verdirbt. Wir werden dann weiter sehen ... Wir verbrennen es...«

»Solch ein Kunstwerk verbrennen?«

Der König versank in Nachdenken, schwieg und zog an seiner Pfeife. Der Minister hatte das Bild hinter das Sofa geschoben und war auf seinen Platz zurückgekehrt. Die Miniatur hatte August tief beeindruckt, er brummte ununterbrochen:

»Diavolo incarnato, der leibhaftige Teufel!« Er zuckte mit den Achseln. »Aber ein wunderbares Bild; wenn dieser Mars nicht wäre und man die Venus zu einer büßenden Magdalena umarbeiten könnte, hinge ich es in meinem Zimmer auf.«

»Eure Majestät, in der Kunst gibt es nichts Unanständiges: man schätzt den Pinsel des Meisters.«

Der König schwieg.

»Und ich muß dem Pater Guarini beichten.«

»Allergnädigster Herr«, antwortete Sulkowski, als er die Worte vernahm, »der Pater selbst würde mit Vergnügen dieses Bild betrachten, ohne dabei an das Beichten zu denken.«

»Du bist ein Lüstling«, brummte der König, »schweig!«

So endete also das Gespräch über Tizians Venus. Da Brühl nicht anwesend war, fragte der König mehrmals nach ihm. Sulkowski seufzte. August blickte zu ihm auf.

»Wie ich sehe, verdrängt mich Brühl aus der Gnade Eurer Majestät. Das schmerzt Euren alten, treuen Diener sehr. Ich muß gestehen, daß ich schon allein deshalb Brühl nicht mehr lieben kann.«

Der König räusperte sich bedeutsam.

»Ich streite nicht ab, er ist ein nützlicher Mensch, aber er hat seine Fehler. Er macht mir Sorgen. Er mischt sich überall ein, reißt alles an sich … Er wirft mit Geld um sich, liebt den Luxus …«

»Oh, oh!« stieß der König kopfschüttelnd hervor.

»Es ist doch so, Allergnädigster Herr.«

»Mein Vater hat ihn sehr geschätzt«, erwiderte August kurz, »das genügt.«

Sulkowski verstummte traurig. Dem König tat er leid.

»Sulkowski, sei ohne Sorgen, für euch beide ist genug Platz, und du wirst bei mir immer an erster Stelle stehen.«

Nach diesen Worten, die für den sonst so schweigsamen König eine nicht geringe Anstrengung bedeuteten, beugte sich Sulkowski über seine Hand und küßte sie ergriffen.

Der König schloß ihn in seine Arme.

»Du bist mein alter Freund, doch ich brauche Brühl.«

Dieses Mal ging es Sulkowski noch nicht darum, sich seines Rivalen zu entledigen; er wollte die Angelegenheit nur ins Rollen bringen, um gelegentlich auf sie zurückzukommen und langsam auf den König einzuwirken. Er konnte sich auch wirklich nicht über Brühl beklagen, aber er beobachtete mit einer gewissen Unruhe, daß August in immer größere Abhängigkeit von ihm geriet.

Der König saß aufrecht und nachdenklich da, rauchte seine Pfeife und zwinkerte ab und zu mit den Augen, wie er es immer dann tat, wenn er sich bewußt wurde, wie wohl es ihm in der Welt erging. Da klopfte es bescheiden an die Tür. Nur privilegierte Personen hatten zum Zimmer Seiner Majestät immer Zutritt, es konnte nur Brühl oder Pater Guarini sein. Herein trat der Jesuit, mit gefalteten Händen und einem ergebenen Lächeln auf den Lippen. Der König begrüßte ihn mit einem freundlichen

Kopfnicken, räusperte sich und rauchte augenzwinkernd seine Pfeife weiter. Einige Schritte von ihm stand der schweigende Sulkowski. Der Jesuit ließ seinen Blick im Zimmer umherschweifen; sein Auge blieb schließlich auf dem Kästchen hinter dem Sofa haften. Verwundert über das Vorhandensein eines ihm unbekannten Gegenstandes, machte sich der Pater auf, um festzustellen, was das wohl wäre. Es war leicht zu erraten, wohin der Pater seine Schritte lenkte, der König errötete stark und schaute vorwurfsvoll auf Sulkowski. Der Minister sprang herbei, vertrat dem Geistlichen den Weg und flüsterte ihm etwas ins Ohr. August entschuldigte sich eilig und sagte murmelnd zu Guarini:

»Ich habe es nicht gesehen, ich wollte es nicht anschauen, diese Mythologie!«

»Ach«, erwiderte lachend der Pater, »Eurer Majestät kann Mythologie gefährlich werden, aber mir Altem doch wohl kaum.«

Sulkowski hielt ihn zurück, der Pater drängte, der König war sehr beschämt, verlegen und über seinen Minister ärgerlich. Guarini gab jedoch nicht nach und wiederholte nur einige Male:

»Ach! Wenn es schon einmal hier ist, muß man's auch betrachten.«

Sulkowskis Lage wurde immer peinlicher, denn mit diesem Bild kompromittierte er gewissermaßen den König, der in der Welt als ein Mensch von strenger Moral und Sitte gelten wollte.

»Hört Ihr«, rief Guarini dem Minister zu, »zeigt Ihr mir das Bild nicht, so muß ich annehmen, Ihr hättet hier Gott weiß was für ein Scheusal und wolltet zugleich zwei Göttern dienen: den Staat regieren und Euch mit Kunst beschäftigen. Eine von den beiden Aufgaben erfüllt Ihr schlecht; denn: Chi lepri caccia, una non piglia e l'altra lascia ... Wer nach zwei Hasen jagt, kann den einen nicht fangen und läßt den anderen laufen.«

Die letzte Anspielung verletzte Sulkowski. Er ging zur Ecke hin; der Jesuit folgte ihm. Der König wandte seinen Kopf zum Fenster. Der Deckel wurde aufgeklappt. Guarini setzte sich auf den Fußboden und klatschte in die Hände.

»Ein Meisterwerk«, rief er, »wundervoll! Aber warum sagt Ihr, das Bild sei unmoralisch? Gewiß, die Schuldigen ereilt die verdiente Strafe, Vulkan fängt sie ein, und Vulkan vertritt hier in der Vorstellung der Heiden die Gerechtigkeit Gottes. Was die Venus anbelangt, die Ärmste ist etwas zu unbekleidet, aber ...«

Der Jesuit winkte mit der Hand ab. Der König sah ihn an, lächelte beglückt über diese Lektion und rief gleich Sulkowski zu:

»Zeig her, zeig her!«

Der Minister brachte ihm wiederum das Bild. Mit sichtlichem Interesse betrachtete der König die herrliche Venus, als plötzlich das Schlimmste, was eintreten konnte, geschah, wovor allen so graute und das nun als notwendige Strafe auf unnötige Neugier folgte.

Alle waren über das Bild gebeugt und in den Anblick der unglücklichen Venus Tizians versunken, als – wie wenn ein Blitz eingeschlagen hätte – die Tür zu den Zimmern der Königin aufging. Die Königin Josepha mit ihrem hochmütigen, habsburgischen Gesicht, dessen unangenehme Züge abstießen, erschien wie eine Rachegöttin auf der Schwelle.

Sofort wurde der Deckel zugeschlagen. Pater Guarini zog sich zum Fenster zurück, der König schaute hoch aufgerichtet zur Decke hinauf, und Sulkowski versuchte, die Schatulle geschickt zu verbergen und damit zu entkommen. Doch kann den argwöhnischen und eifersüchtigen Augen einer Frau jemals etwas entgehen? Mit einem Blick hatte Josepha alles erfaßt und erraten. Sie errötete, runzelte die Brauen und ging erregt auf den König zu, der sich langsam zu ihrer Begrüßung erhob.

»Heute wird eine Oper gegeben«, sagte er, »Faustina singt.«

»Ja?« erwiderte die Königin und blickte Sulkowski an. »Aber ich sehe, daß ihr euch hier an etwas anderem ergötzt habt, worauf auch ich neugierig bin. Was verbirgt denn der Graf dort so sorgfältig?«

Die Königin beschäftigte sich mit Malerei und war in der Kunst genügend bewandert, um an der Form des Päckchens den Inhalt zu erraten. Der König, der ihre Strenge und außergewöhnliche, fast übertriebene Einfachheit kannte, geriet in Verwirrung und sagte:

»Es war nur eine kleine italienische Malerei, etwas Übermütiges, Mythologisches ...«

Die errötete und ärgerliche Josepha blickte wieder auf Sulkowski.

»Auch ich liebe die Kunst sehr, aber nicht jene Kunst, die den niedrigsten tierischen Instinkten des Menschen dient. Mag der Pinsel noch so vollendet geführt werden, er kann doch nicht einen unsauberen Gedanken aufwiegen.«

Die Königin hatte das Gefühl, daß es nicht angebracht war, auf der Öffnung der Schatulle zu bestehen. Sie stellte sich aber das Bild vielleicht schlimmer vor, als es in Wirklichkeit war. Sulkowski konnte leicht erraten, wie sehr sie ihm übelnahm, daß er dem König solche Bilder brachte. Und in der Tat, ständig glaubte die häßliche Königin, ihr nähme jemand den Mann weg oder die Höflinge verwickelten ihn in ähnliche Liebschaften wie die seines Vaters, und für einen Weg dazu hielt sie den Anblick dieser Art von Bildern.

Pater Guarini gab der Unterhaltung geschickt eine andere Wendung; er deckte Sulkowski, rettete den König, indem er von den Zänkereien der italienischen Schauspieler zu sprechen begann, die er stets beschwichtigen mußte, die, heute behoben, schon morgen wieder mit neuer Gewalt ausbrachen.

Josepha blieb düster und nachdenklich. Sie verstand nicht, ihre Gefühle zu verbergen, und hatte es auch nicht nötig, sich zu verstellen. Der König wußte, daß ihm unter vier Augen eine strenge Ermahnung wegen der Einräumung allzu großer Rechte und Freiheiten an Sulkowski blühte ... Er seufzte nur, sah sehnlichst der Stunde der Oper entgegen, um im Entzücken über die Musik alle vom menschlichen Leben untrennbaren Sorgen zu vergessen, die einen sogar auf einem Thron belästigten, wo man halbe Tage im Schlafrock Pfeife rauchen, mit den Augen blinzeln und sich lächelnd Gebilden der langsam spielenden Phantasie hingeben konnte.

Sulkowski und Guarini schlichen sofort hinaus, um das Ehepaar allein zu lassen, da dies das beste Mittel war, die Königin wieder in gute Laune zu versetzen.

## IV

Eines der beliebtesten und kostspieligsten Vergnügen des Sächsischen Hofes während der Herrschaft Augusts des Starken und seines Sohnes waren Oper und Musik. Diese konnten sich nicht nur neben den besten Theatern und Kapellen Europas sehen lassen, sondern übertrafen sie sogar in vielen Beziehungen.

Die Auswahl der Opernsänger wurde zu Zeiten Augusts des Starken sehr sorgfältig vorgenommen; auch der Sohn hielt es so, denn er begeisterte sich für Musik. Wenn er den Tönen lauschte, war er von dem ihm so verhaßten Sprechen befreit und hatte die Möglichkeit, sich ganz seinen Träumen hinzugeben, die fast sein ganzes Leben ausmachten. Die französischen Gesangsolisten, das heißt die Sänger des Königs, an deren Spitze der Komponist Louis André stand, bildeten eine Gruppe von zwanzig Stimmen. Sie wurden durch Deutsche, wie den Tenor Götzel, und Italiener verstärkt. Annibali, Alt, nahm hier den ersten Platz ein. Das Hoforchester unter der Leitung des berühmten Hasse, der dem Namen nach der Mann der Faustina war, umfaßte etwa fünfzig Personen, zwei Komponisten (einer davon war der Tscheche Zelenka), den Konzertmeister und eine Menge Solisten. Unabhängig davon bestand eine polnische Kapelle, die man auch die ›kleine Kammermusik‹ nannte; sie zählte siebzehn Mitglieder und wurde von Schultze geleitet. Der König nahm sie mit, wenn er für längere Zeit nach Warschau reiste. Abwechselnd spielte man französische Opern und Komödien; elf Herren und sechzehn Damen teilten sich in die Partien und Rollen. Um die Aufführung abwechslungsreich zu gestalten, existierte ein französisches Ballett: sechzig Franzosen unter Herrn Favier. Aber wer vermag das alles aufzuzählen? ... Ungeheure Summen verschlangen diese Vergnügungen und der Unterhalt der dazu unbedingt erforderlichen Leute. Die Aufführung von Hasses Oper ›Ezio‹, zu der der italienische Dichter Metastasio das Libretto geschrieben hatte, erforderte ungeheuren Aufwand. Am Triumphzug Cäsars, des Siegers über die Barbaren, nahmen auf der Bühne hundert Pferde teil, der ganze römische Senat, Heerführer, Liktoren, die Prätorianische Garde, die leichte und schwere Reiterei und das Fußvolk. Das Gold und Silber für die Kriegsbeute war eigens aus der königlichen Schatzkammer dem Theater geliehen worden. Die Zuschauer waren entzückt, das Orchester dröhnte, und man erinnert sich noch an die Tatsache, daß der Paukenschläger vor Begeisterung an diesem Abend in sein Instrument ein Loch schlug. Achttausend Wachskerzen beleuchteten die Oper. Zweihundertfünfzig Personen bevölkerten die Bühne, und der Maschinist Servandoni war speziell aus Paris herbeigeholt worden. Die Aufführung mancher Oper kostete an die hunderttausend Taler. Einen außerordentlichen Reiz übten auf August III. die immer noch schöne Gestalt und die bezaubernde Stimme der Faustina Bordoni aus. Oft wiederholte man monatelang die gleiche Oper, aber der verträumte König wurde niemals müde, den ewig wiederkehrenden Melodien zu lauschen, die so lieblich seine Phantasie anregten.

Gerade damals war es, als neben Faustina, Alleinherrscherin der italienischen Mimen, die sogenannte ›Faustina II.‹, Theresia Albuzzi, in Erscheinung trat. Beide mochten im gleichen Alter stehen, die forsche Albuzzi war vielleicht etwas schöner als die Bordoni. Man sprach allgemein, daß Brühl sie besonders protegiere.

Man sollte an diesem Tage – wer weiß, zum wievielten Male – die ›Cleofida‹ wiederholen. Der König hatte schon in seiner Loge Platz genommen, die das Theater füllenden Zuschauer warteten auf den Beginn der Vorstellung ..., doch der Vorhang ging nicht hoch.

Da mußte doch etwas Außergewöhnliches vorgefallen sein! Die italienischen Schauspieler, vor allem la diva Faustina, besaßen ihre Sonderrechte, man wartete daher geduldig.

Unterdessen entlud sich hinter den Kulissen ein Gewitter. Faustina wollte nicht neben Theresia singen ... Theresia schwor, sie würde mit dieser unwürdigen Bordoni niemals die Bühne betreten.

Dunkel und rätselhaft blieb für alle, was der eigentliche Grund ihres Streites war. Die beiden jähzornigen Frauen hatten sich wie Tollwütige ineinander verbissen, und obwohl sie ihren Zungen freien Lauf ließen, erklärte doch keine den Anlaß, der zu diesem starken Zerwürfnis geführt hatte.

Pilaja, die dritte Sängerin, die weniger ehrgeizige Pläne hegte, stand mit verschränkten Armen da und hörte wie ein Zuschauer einer ausgezeichneten Komödie diesem Sprudel von wenig gewählten und kaum salonfähigen Straßenausdrücken zu.

Mancher Ausruf drang sogar durch die Kulissen bis in den Saal zu den Zuschauern. Sulkowski, den das beunruhigte, schickte einen Pagen hinter die Bühne.

Der Page kam zurück, konnte aber nichts weiter berichten, als daß Neptun in eigener Person dort mit seinem Dreizack nötig wäre, um die aufgepeitschten Wogen zu glätten. Sulkowski flüsterte dem König einige Worte ins Ohr; der Page bekam den Auftrag, den einzigen zu holen, der in dieser Situation helfen konnte, der zu beschwören und zu besänftigen verstand, nämlich den Pater Guarini.

Hinter den Kulissen standen sich mittlerweile Faustina und Theresia wie zu einem Kampfe gegenüber. Beide waren schon kostümiert und für die Aufführung geschminkt, doch keine achtete darauf, daß ihr Streit die Farben, mit denen sie die Gesichter bemalt hatten, und die kostbaren Kostüme in Mitleidenschaft zog.

Aus einiger Entfernung beobachteten dieses Duett der Verwünschungen kostümierte Indianer mit Pfeifen und hörten ruhig dem Streit wie dem Getöse eines rauschenden Wasserfalles zu.

Ein Zweikampf wäre vielleicht unvermeidlich gewesen, wenn nicht wie ein ›deus ex machina‹ in seinem aschgrauen Rock der Pater hereingestürmt wäre. Bei seinem Anblick verstummten beide Rivalinnen, es schien, als wollten sie sich nun beide mit vereinten Kräften auf diesen ungebetenen Vermittler stürzen. Der Jesuit musterte sie kurz und nahm zuerst die ›Königin‹ Faustina beiseite.

Mit milden Worten nahm er ihre Beichte entgegen.

Nach dem Kampf trat die zu erwartende Ruhe ein. Man vernahm nur das Orchester, das die Instrumente stimmte.

Die Bordoni schritt geradewegs von dieser Beichte zum Spiegel, was als gutes Zeichen galt. Der Pater nahm nun die Albuzzi ins Gebet und drohte ihr mit dem Finger vor seiner ungeheuren Nase. Theresia war dem Weinen nahe. Man flüsterte lange. Endlich breitete der Jesuit die Arme aus und rief:

»Pace! Friede! Wenn du eigensinnig bist, meine liebe Theresia, so kannst du cader della padella nella brage (vom Ofen auf die Schnauze fallen).

Schluß nun. Die Kapelle soll mit der Ouvertüre beginnen; der König wartet!«

In diesem Augenblick erschien auch Brühl hinter der Bühne. Er blickte zuerst auf Faustina und grüßte sie, dann auf die Albuzzi, der er heimlich ein Zeichen gab. Das Orchester setzte ein, und unter den Klängen der Musik nahmen alle ihre Plätze ein.

Guarini nickte dem Minister zu, und beide gingen gemeinsam durch einen engen Seitengang hinaus. Hier herrschten die Maschinisten, die Blitz und Donner, dem Himmel und selbst den Göttern geboten. (Die letzteren wurden an Drähten auf die Erde herabgelassen.) Sie erreichten schließlich ein leeres Zimmerchen. Der Frisiertisch und die herumliegenden Kleidungsstücke ließen leicht die Garderobe einer jener Damen erkennen, die vor wenigen Minuten sich noch erbittert in den Haaren gelegen und jetzt schon wieder ihre Triller, voll Heiterkeit und Frohsinn, begannen.

Guarini und Brühl nahmen beide schweigend und erschöpft nebeneinander Platz und blickten sich in die Augen. Der Jesuit begann zu lächeln:

»Hier sind wir vor neugierigen Augen und Ohren geschützt. Wir befinden uns im Schlupfwinkel der kleinen Natter Albuzzi, hier sind wir sicher. Laßt uns anfangen ...«

Er schlug ihm mit der flachen Hand aufs Knie.

Brühl flüsterte dem Pater ins Ohr:

»Fürst Liechtenstein hat den Plan bereits in den Händen, er bringt ihn nach Wien.«

»Va bene, geht in Ordnung!« entgegnete Guarini. »Ich habe die Königin vorbereitet. Ich weiß aus ganz sicherer Quelle, daß Sulkowski droht, uns alle vom Hofe zu jagen, den König von seiner Frau zu trennen, um ihm eine andere zu geben.«

Der Jesuit lachte spöttisch und zog die Schultern hoch:

»Leider kommen diese Gedanken etwas zu spät!«

Brühls Gesicht verfinsterte sich.

»Mit unserem Herrn, diesem gutmütigen Menschen, muß man umzugehen verstehen«, fuhr Guarini fort. »Ihm ist kein Vorwurf zu machen, daß er von seinem Vater die Leidenschaften geerbt hat, die er nun bekämpfen muß. Die Heilige Schrift nennt das ›für die Sünden der Väter büßen‹. Als August der Große ihm das Leben schenkte, pflanzte er in ihm gleichzeitig seine unbezähmbare Natur fort. Der fromme König wird ihr nicht gewachsen sein. Man muß zumindest zu verhindern versuchen, daß die Sünde Anstoß erregt, man muß sie geheimhalten, vor den Augen der Welt verhüllen und nicht den geringsten Verdacht aufkommen lassen. Wenn wir vom König vollkommene Enthaltsamkeit verlangten, könnte es zu einer Explosion kommen, die uns alle unter ihren Trümmern begraben würde. Diese Tatsachen sind nun einmal nicht wegzuleugnen ... Sulkowskis Rechnung geht nicht auf, der arme Teufel hat sich verrechnet: der Platz ist besetzt, die Angelegenheit schon erledigt; aber der König wird ihm niemals, obwohl er ihn liebt, sein Geheimnis anvertrauen. Die Herren der Situation sind wir! Und ich freue mich, weil ich überzeugt bin, eine Seele zu retten ... Was Sündhaftes an dieser Tat ist, nehme ich auf mich!«

Sie setzten ihr Gespräch im Flüstertone fort.

»Sulkowski«, meinte Brühl, »langweilt sich etwas. Er ist General von Friedrichs Gnaden und kann im Frieden durch Heldentaten keinen Lorbeer ernten. Er erwähnte, daß er gern einen militärischen Ausflug an den Rhein unternehmen möchte. Ob ihm nicht der König selbst diesen Gedanken eingegeben hat! Während dieser Zeit ...«

Guarini brummte und gab ihm zu verstehen, er brauche den Satz nicht zu vollenden, er habe sowieso schon verstanden, und bestätigte nur durch ein Kopfnicken die Richtigkeit seines Rates.

»Ich werde dem König mitteilen, der rechtschaffene Sulkowski müßte nach so schwerer Arbeit ein wenig ausruhen ... Und unser Vorhaben wird glücken.«

Der Jesuit schnippte mit den Fingern wie ein Gaukler vor der Nase Brühls und erhob sich:

»Geh zum König«, riet er, »stimme einen Lobgesang auf Faustina an, damit du ihm gefällst.« Er legte seinen Mund an das Ohr des Ministers. »Halte Sulkowski nicht zurück, wenn er sich dem König nähern will. Nach gewissen Anzeichen zu schließen, wird er unserem Herrn einige Ratschläge erteilen wollen, die der König nicht annehmen, ja mit Entsetzen zurückweisen wird, und das wird uns nützen, das wird uns sogar sehr viel nützen ...«

Pater Guarini lachte zufrieden auf, wackelte mit dem Kopf, öffnete die Tür, glitt in das Dunkel des Labyrinths hinter den Kulissen hinaus und tauchte darin unter, wie ein Mensch, der ausgezeichnet mit den Örtlichkeiten vertraut war. Weit mehr Schwierigkeiten bereitete es Brühl, sich wieder vorsichtig durch diese Finsternis zum Licht hindurchzutasten. Doch schon nach wenigen Minuten sah man ihn wieder in der Loge des Königs.

Unzählige Kerzen erhellten den Saal. Sämtliche Plätze waren von Angehörigen des Hofes besetzt, die ebenso prunkvoll wie zu Augusts des Starken Zeiten auftraten. Die erst kürzlich aus Polen eingetroffenen Senatoren saßen auf den besten Plätzen. Ihre kostbaren Gewänder mit den goldumrandeten Gürteln, den Knöpfen aus Rubinen und den mit Brillanten besetzten Schnallen erregten allgemeine Bewunderung. Der König schenkte ihnen ab und zu ein freundschaftliches Lächeln.

Unter den Frauen strahlten die herrlichsten Sterne des Hofes: die prunkvoll gekleidete Gräfin Moszynska, die stolze Gemahlin Brühls, die stille Gattin Minister Sulkowskis, die Frauen der Gesandten, weiter das weibliche Gefolge der Königin und schließlich alle, die zum Hofe Zutritt hatten.

Der König sah mit besonderer Aufmerksamkeit immer dann auf die Bühne, wenn die schöne Faustina zu sehen war, er lauschte ihrer Stimme und schloß in seligem Rausche die Augen, als träume er von Engeln. Manchmal spendete er der Sängerin Beifall. Alle Zuschauer folgten seinem Beispiel, und die Damen schwenkten die Tücher.

Nur selten löste der König seinen Blick von der Bühne und ließ ihn über den Saal schweifen. Wenn sich seine Augen manchmal in die bunten Reihen der Schönen verirrten, ließ er sie nur ängstlich auf ihnen ruhen, um sie bald wieder auf Faustina zu richten.

Seine Bewunderung für die Italienerin wurde durch deren bezaubernde Stimme gerechtfertigt, durch seine Liebe zur Musik entschuldigt.

In der Loge, fast dem König gegenüber, saß die vornehm gekleidete Frau des Ministers Brühl, die sich leicht auf die Brüstung stützte und ihren Gedanken nachhing. Ihre auffallende, kühne und herausfordernde Schönheit zog aller Augen auf sich. Nur der König schien sie nicht zu sehen oder – wollte sie nicht bemerken, er wich ihr aus, übersah sie, und wenn August III. nicht als dieser gutmütige, ehrliche Mensch bekannt gewesen wäre, so hätte man den Verdacht haben können, daß er etwas zu verbergen wünschte.

Direkt neben Frau Brühl saß die bescheidene Gräfin Sulkowska, das ehemalige Fräulein von Stein-Jettingen und einstige Hofdame Josephas. Ihr ruhiges, schönes Gesicht hatte nichts von jenem erregenden Zauber an sich, mit dem Frau Brühl auch das gleichgültige Auge anlockte. Im Parkett saßen zwei junge Polen, der Starost Tarlo und Dzialynski, die beide die Frauen musterten. Der letztere flüsterte seinem Nachbarn ins Ohr:

»Starost, meiner Seel, wir sind hier wie die Jünglinge im Feuerofen; der Mensch weiß nicht, wohin er den Blick lenken soll. Schaue ich geradeaus, da steht eine Italienerin wie eine Marmorstatue, halb entblößt, und trillert, daß es einen abwechselnd heiß und kalt überläuft, wende ich mich nach rechts, wo eine vornehm gekleidete Dame sitzt, so gerate ich in die wie zum Fang ausgeworfenen Netze ihrer Augen; blicke ich nach links ... Starost, überzeuge dich selbst, was für ein Wunder.«

Der junge Tarlo blickte zur Seite, und seine Augen sogen sich förmlich an jener Erscheinung fest, die sich heute zum ersten Male dem Hofe zeigte.

Neben der Gräfin Sulkowska und unter ihren Fittichen, dem König gegenüber, saß ein junges Mädchen. Niemand kannte es. An der Tatsache, daß sie die Gräfin begleitete, an ihrer Kleidung, an ihren Gesichtszügen war leicht zu erraten, daß sie einem berühmten Geschlecht angehörte und edler Abstammung war.

Die damaligen Schönen zeichneten sich im allgemeinen durch üppigere Formen aus als die heutigen. Selten fand jemand Gefallen an kleinen und durchsichtigen Mädchen. Die berühmten Geliebten Augusts II. glichen alle kräftigen Amazonen, die Jagd, Flinte und Pferde liebten, das Aussehen von Waldgöttinnen hatten und eine Begegnung mit Tier oder Mensch nicht fürchteten. Die Unbekannte neben der Gräfin Sulkowska gehörte auch zu jenem vollen Frauentyp und sah einer gesunden, frischen Blume ähnlich, die auf einem kräftigen Stengel blühte. Weiß, rosig, mit einem Körper wie Diana, schwarzen Augen und ebensolchen Brauen blickte sie stolz und mutig drein. Man fühlte aber, daß diese Sicherheit eher auf Unschuld, auf Unkenntnis der Welt beruhte als auf Lebenserfahrung. Ihre Augen nahmen mit kindlichem Entzücken und großer Unbefangenheit alles das wahr, was sie umgab.

Ein schwarzes Kleid und die Spitzen, die nur scharlachrote Bänder und ein wenig Gold verzierten, unterstrichen noch ihre bezaubernde Schönheit, auf die alle Blicke der Neugierigen fielen und die oft die fieberhafte Frage auslöste: »Wer ist denn das?«

Auch Frau Brühl musterte mit neugierigen Blicken ihre unbekannte Nachbarin. Die Gräfin Moszynska ließ kein Auge von ihr. Die männliche Jugend beeilte sich, Näheres von der Dienerschaft der Gräfin Sulkowska zu erfahren. Trotz der Trinkgelder brachten sie nichts weiter heraus, als daß es sich bei der Fremden um eine aus Wien stammende Verwandte der Gräfin handelte.

Als Sulkowski bemerkte, daß Brühl gegangen war, um seine Frau zeremoniell zu begrüßen, und daß sich der Rest der Dienerschaft etwas entfernt hatte, neigte er sich zum Ohre des Königs und sagte leise:

»Allergnädigster Herr, Kunstwerke sind der Bewunderung wert, aber auch die Werke der Schöpfung verdienen, mit einem Blick gewürdigt zu werden. Obwohl die Komtesse von Stein nur eine entfernte Verwandte meiner Frau ist, erlaube ich mir doch, die Aufmerksamkeit Eurer Königlichen Hoheit auf ihre auserlesene Schönheit zu lenken. Weder Tizian noch Veronese oder Raffael haben etwas Ähnliches geschaffen.«

Als der König diese Worte vernahm, wandte er sich fast erschrocken zu seinem Minister um, sah ihn mit einem Blick an, der zugleich Bewunderung und eine Art Vorwurf enthielt, und gab sich dann wieder dem Zauber der schönen Stimme Faustinas hin.

Sulkowski trat zurück. Er kannte seinen Herrn schon so gut, daß er genau wußte, in seinem Inneren würde sich der gleiche Kampf abspielen wie damals wegen des verbotenen Bildes von Tiziano Vecellio. Seine Vermutung sollte sich nicht als falsch erweisen. Der König ließ sehr vorsichtig seine Augen umherwandern; er gab vor, etwas anderes zu suchen, in Wirklichkeit lenkte er seinen Blick dorthin, wo er das schöne Antlitz der Wienerin wußte.

Wie betroffen und erschrocken sah er wieder weg.

Nach einer Weile sandte der König, der nicht mehr wagte, seinen Kopf zu wenden, nur noch seinen Blick zu ihr hin. Das Haupt Augusts III. war auf die Bühne gerichtet, aber die Pupillen unter den halbgeschlossenen Lidern suchten den neuen Stern. Schneller, als sie ihr Ziel gefunden, wichen sie wieder zurück. Bei ihrer Wanderung mußten sie auch Franziska streifen, die, sicherlich ganz zufällig, ihren weißen Finger an ihr Marmor-Näschen gelegt hatte, was wie eine Drohung aussah.

In diesem Moment klatschte der König der Sängerin Beifall, gerade so, als ob er nur ihrer Stimme gelauscht und ihrem Spiel zugeschaut hätte. Der ganze Saal folgte seinem Beispiel. Der aufmerksame Beobachter hätte bemerken können, daß die Sängerin ihre Brauen, unwillig über den König, zusammenzog, Frau Brühl ihn ungehalten ansah, die Gräfin Moszynska die Blicke ihres Mannes beobachtete und boshaft lächelte. In den verschiedensten Ecken und Winkeln wurden von weniger bekannten Persönlichkeiten Blicke getauscht, die herrschaftlichen Logen beobachtet; ein flüchtiges Aufblitzen der Augen antwortete ihnen von dort. Endlich brauste der Schlußchor, der alle Stimmen vereinte, auf und erhob sich wie ein großer bunter Regenbogen in der Luft ... Alle gerieten in Bewegung; die Oper war zu Ende. In den Logen brachen die Damen auf, und das Fräulein von Stein, die Heldin dieses Abends, erhob sich, als wollte sie ihre herrliche Figur zeigen. Der König wagte schon nicht mehr, in diese Richtung zu sehen.

Er verließ seine Loge, als die letzten Klänge der Musik verhallten.

»Der Mensch müßte nach einem solchen Schauspiel«, rief Dzialynski dem jungen Tarlo zu, »geradewegs zur Beichte gehen ... Wir, die eine solche Wollust der Augen und Ohren nicht gewöhnt sind, kommen betrunken heraus. Bis sich im Kopfe und in der Brust alles wieder beruhigt und ordnet, wird sich der Mensch ganz schön anstrengen müssen. Das, mein lieber Herr, nennt man ›in Versuchung geführt werden‹, wahrlich, so ist es.«

Tarlo lachte hell auf. »Ich weiß nicht, ob man irgendwo in der Welt auf einmal so viele schöne Frauen beieinander sehen kann.«

Sein Begleiter warnte:

»Sirenen sind das, mein Guter, man müßte sich, um vor ihnen sicher zu sein, nicht nur die Ohren verstopfen, sondern auch die Augen verkleben.«

Der Hof ging heute wie gewöhnlich nach der Vorstellung und dem Abendessen noch vor Mitternacht auseinander. Brühl nahm die Befehle des Königs entgegen und fuhr nach Hause. Sulkowski blieb. Pater Guarini, der oft noch abends zu kommen pflegte, um den König zu unterhalten, zeigte sich an diesem Tage nicht mehr.

Frosch und Storch schliefen bereits in ihren Winkeln. August III. zog wieder seinen geliebten Schlafrock über und rauchte nach dem Abendessen in seinem Zimmer eine Pfeife; denn in den Appartements, die er gemeinsam mit der Königin bewohnte, war der Tabak nicht geduldet. Alle, die diesem Genusse frönten, besaßen zu diesem Zweck besondere Zimmer. Und die Frauen, die in ihm damals einen Feind witterten, haßten ihn.

Der König befand sich also allein mit seinem Liebling. An diesem Abend war Sulkowski besonders gut aufgelegt, August III. noch nachdenklicher als sonst.

»Allergnädigster Herr«, begann der Minister, »ich weiß nicht, ob Ihr geruht habt, Euer königliches Auge auf Adelheid von Stein zu richten. Was ist sie doch für eine Schönheit! Wieviel Anmut und Liebreiz besitzt sie! Wenn unser seliger Herr, König August der Starke, noch am Leben wäre, so bin ich überzeugt, daß er kein Auge von ihr gelassen hätte.«

Der König drehte sich rasch um, sah Sulkowski an und schwieg, obwohl er seinen Mund zum Sprechen öffnete.

Sulkowski lachte, beugte sich über die Hand des Königs und küßte sie:

»Ich bin ein alter Diener Eurer Majestät. Ich kann mich nicht genug über Eure Tugend wundern. Den Königen steht doch etwas mehr zu als gewöhnlichen Sterblichen; Eure Königliche Majestät lebt aber wie ein armer Edelmann und wagt nicht einmal, die Schönheiten dieser Welt anzublicken. Während der heutigen Aufführung bemerkte ich, wie die Frauen mit heimlicher Anbetung zur Sonne aufsahen, aber die Sonne wollte sie nicht sehen. Adelheid von Stein gestand meiner Frau, daß sie nie einen schöneren Mann als Eure Königliche Majestät gesehen hat.«

Dann verstummte er. Der König klopfte seine Pfeife aus und traute sich nicht, seinen Minister anzuschauen, er spiegelte sogar vor, dem Verführer nicht zugehört zu haben.

»Faustina hat wie eine Göttin gesungen!« sagte er, dem Gespräch eine andere Wendung gebend.

»Aber Faustina wirkt doch mit ihrem Gesang und ihren Reizen nur noch auf der Bühne. Wenn ich mich nicht sehr irre, hat sie schon die Dreißig überschritten, und die Italienerinnen werden früh alt. Die Stein ist ein wahrer Engel, aber Ihr habt der Schönen nicht mal einen Blick gegönnt.«

August blickte statt einer Antwort Sulkowski an und zuckte mit den Achseln.

»Es möge mir gestattet sein, offen meiner Bewunderung für Euch Ausdruck zu verleihen: Heilig könnt Ihr sein, doch glücklich – nur schwerlich. Es tut mir wahrhaftig um meinen König und Herrn leid. Das ist doch hier ein Kloster und kein Königshof.«

August III. hörte zu, zupfte an seinem Schlafrock herum, sah bald zur Decke empor, bald auf den Boden nieder und spuckte ab und zu aus.

»Erlaubt Ihr, Majestät, daß meine Frau die Komtesse von Stein am Hofe vorstellt?« fragte der Minister, den das Schweigen des Königs nicht einschüchterte.

»Bei der Königin, bei der Königin«, warf August mit einer gewissen Ungeduld ein.

»Sie ist eine Waise, die ihre Eltern verloren hat und fast ohne Angehörige dasteht, eine ganz entfernte Verwandte meiner Frau. Wir möchten uns ihrer annehmen. Mit der gütigen Protektion Eurer Majestät könnten wir für sie am Hofe leicht einen Mann finden. Ich sehe, daß ihr hier alles außerordentlich gut gefallen hat und sie gern in Dresden bliebe.«

Er sprach nicht weiter, auf ein Wort oder ein Zeichen des Königs wartend. Das Schweigen seines Herrn verwirrte ihn, er glaubte, diesem stummen König gegenüber noch deutlicher werden zu müssen. Er trat noch näher heran und fuhr leise fort:

»Falls die Stein Euch wirklich gefiele, könnte doch niemand irgendein Verhältnis vermuten. Eure Majestät können nicht ewig so leben ...

Während er dies sagte, sah er den König an, der erbleichte, die Augen schloß und dessen Hände zu zittern begannen. Sulkowski erschrak und verstummte plötzlich. August stand aus dem Lehnstuhl auf und sah sich hilfesuchend um. »Sulkowski«, rief er mit gedämpfter Stimme, »ich, ich will dir nicht zürnen ... Ich will nicht, aber du, du vergißt dich!«

Mit großen Schritten durchquerte der König das Zimmer. In sein bleiches Gesicht kam allmählich wieder Farbe. Er kämpfte offensichtlich mit sich selbst, um keinen Wutanfall zu bekommen. Er biß sich auf die Lippen.

Noch nie hatte der Favorit den König über irgend etwas derartig aufgebracht gesehen. Er bekam einen Schreck, beugte das Knie und streckte seine Hand nach der des Königs aus. August III. zögerte ein wenig, reichte sie ihm aber schließlich.

»Ich bitte dich, kein Wort darüber, das ist erledigt, vergessen. Die Stein soll abreisen, bitte.«

Nach diesen Worten drehte er sich rasch um.

»Morgen«, begann nach kurzem Schweigen der König wieder, »sendet nach Hubertusburg Hunde und Leute voraus, ich habe seit langem nicht mehr gejagt. Brühl und Ihr selbst begleitet mich ... und die Königin, selbstverständlich. Ich will dort drei Tage lang auf die Jagd gehen, am ersten Tag auf Hirsche, am zweiten par force und am dritten dann auf Birkhähne.«

Sulkowski verbeugte sich:

»Ich werde sofort die Befehle erteilen.«

»Alles soll bereit sein, wir brechen zeitig auf.«

Dann verabschiedete er mit einem Kopfnicken seinen Minister, der dastand und sich immer noch nicht fassen konnte, und lenkte seine Schritte den Gemächern der Königin zu. Der besorgte Minister stürzte ihm nach und verlangte noch einmal die königliche Hand. August schien den Vorfall schon vergessen zu haben. Er reichte sie ihm ohne Zögern und lächelte seinem Favoriten so gleichgültig und gutmütig wie immer zu.

Am nächsten und an den folgenden Tagen jagte man in der Nähe von Hubertusburg und in den umliegenden Wäldern. Der König war wie gewöhnlich, wenn die Jagd glücklich verlief, in glänzender Laune. Brühl und Sulkowski begleiteten ihn. Am ersten Abend erwähnte die Königin etwas, was sie von Pater Guarini, der Sulkowski sehr liebe, gehört habe: Der Graf sehne sich sehr nach einem militärischen Ausflug an den Rhein oder nach Ungarn. Man erkläre das Verlangen aus seinem Wunsche, sich im militärischen Handwerk zu üben, um so Sachsen noch besser dienen zu können. Der König hörte seine Frau an und schüttelte den Kopf:

»Er ist auch so ein ausgezeichneter Feldherr. Ich kann ihn nicht entbehren.«

Josepha drängte ihn nicht weiter. Am dritten Tage kehrte man von der Jagd nach Dresden zurück. An diesem Abend befahl der König ein Scheibenschießen auf dem Schloßhof, er vergnügte sich damit bis spät in die Nacht hinein und war sehr fröhlich. Die üblichen Gesellschafter mußten gemeinsam mit ihm ihre Geschicklichkeit erproben. Brühl, der ein hervorragender Schütze war, bemühte sich eifrig, den König nicht an Treffern zu überbieten.

Kaum einen Tag gönnte sich Friedrich Ruhe und begab sich dann von neuem zur Jagd, diesmal nach Klappendorf. Am darauffolgenden Tag stellte er bei Großenhain einem Hirsch nach, am dritten frönte er seiner Leidenschaft bei Stauchitz und nächtigte in Moritzburg.

Am anderen Morgen kehrte er, da Faustina singen sollte, nach Dresden zurück. In der Oper wagte er kaum um sich zu blicken. Die Damen des Hofes saßen wie sonst auf ihren Plätzen. Friedrich August sah nur auf Faustina. Erst später, als er neben sich den General Baudissin bemerkte, überflog er, indem er sich ihm zuwandte, mit den Augen die Logen.

Die Gräfin Sulkowska war ohne Begleitung, niemand saß an ihrer Seite. Der König atmete irgendwie freier. Er brummte einige Male etwas dem alten Hofmann zu, der sich dann ehrerbietig verbeugte. Als der Gesang wieder begann, glitten seine Augen auf dem Wege zur Bühne nur noch über die schöne Brühl, die in Gedanken versunken dasaß, aber den Eindruck erweckte, ihr wäre die ganze Welt vollkommen gleichgültig. Sie maß den König mit einem Blick voll unaussprechlicher Verachtung.

## V

Kurz darauf, am 7. Oktober, beging man auf Hubertusburg feierlich das Geburtstagsfest des Königs. August III. achtete sehr darauf, daß die alten Bräuche und die Hofetikette eingehalten wurden; darin unterstützte ihn auch die Königin. Alles, was August II. in Dresden eingeführt hatte, wurde hoch in Ehren gehalten. Der ganze Hof trat in Galakleidung an. Von acht Uhr morgens an wartete man im Saal auf den König, der hier vorüberzukommen pflegte, wenn er sich zur Messe begab. Alle trugen an diesem Tag zitronengelbe Uniformen, hatten aber schon Stiefel an, denn gleich nach dem Frühstück war eine Jagd angesetzt. Sofort nach der Messe zogen der König, die Königin und alle, die am Hofe lebten und ihnen gefallen wollten, in der wunderschönen Morgensonne zum Rubensteiner Kreuz. Hier eröffnete man die Jagd, und der König stellte mit Leidenschaft den bereits umzingelten Hirschen nach. Sulkowski, Brühl, der alte General Baudissin und alle Höflinge leisteten ihrem Herrn Gesellschaft, der in der besten Stimmung war. Gleich am Morgen bereitete ihm seine Gemahlin eine liebe Überraschung, indem sie ihm zum Andenken ein von ihr gemaltes Selbstporträt schenkte. Gerührt küßte er die Hand der hohen Künstlerin und befahl, das kostbare Bild in seinem Zimmer aufzuhängen. Sulkowski war es mit Hilfe Guarinis gelungen, ein sehr schönes Bild des Giacomo Palma aus Venedig zu beschaffen, das er nun dem König zu Füßen legte. Brühl erfreute seinen Herrn mit einem in Holland gekauften Rembrandt. Bilder bereiteten dem König immer große Freude. Die Kunstwerke, die ihm gefielen, ließ er dann stets in sein Zimmer stellen, betrachtete sie lange genau, ohne ein Wort zu sprechen. Und erst, nachdem er sich satt gesehen, durften sie in die neue Galerie gebracht werden.

Drei Hirsche wurden an diesem Tage zur Strecke gebracht, was die Fröhlichkeit des Königs noch hob; dies alles vermochte zwar nicht, ihn zum Reden zu bewegen, aber er lachte, zwinkerte mit den Augen, trug den Kopf hoch, und sein ganzes Antlitz strahlte vor innerer Zufriedenheit. Besonders Sulkowski bedachte er einige Male mit einem bedeutungsvollen Lächeln, so, als ob er die Erinnerung an den peinlichen Vorfall von neulich verwischen wollte. Frühzeitig wurde die glückliche Jagd abgeschlossen; dem Rotwild schlug man die Geweihe ab und brachte sie im Triumphzug auf Hubertusburg, wo die Mittagstafel bereits gedeckt war. Die ganze Zeit über war die Königin, wie immer, nicht von der Seite ihres Gemahls gewichen. Obwohl ihr Gesicht deutlich Spuren von Ermüdung aufwies, bemühte sie sich jedoch, zu lächeln und allen gegenüber entgegenkommend zu sein. Sogar Sulkowski erntete, als er sich ihr näherte, einige freundliche Worte.

Sofort nach dem Mittagessen bestieg man die bereitstehenden Pferde und Wagen und kehrte nach Dresden zurück, wo den König die Oper und drei Ballette, das Lächeln der Faustina und eine von Hasse speziell zu Ehren Seiner Majestät komponierte Kantate erwarteten. Um fünf Uhr hob sich in dem verschwenderisch beleuchteten und mit Hofleuten und Neugierigen in festlicher Kleidung überfüllten Theater der Vorhang, und Faustina, die sich für diesen Tag besonders sorgfältig geschmückt hatte, betrat die Bühne, die Augen auf die königliche Loge heftend.

Dort saß strahlend August III. in einer glücklichen Verfassung da, schweigend, ruhig und voller Befriedigung darüber, daß sein Leben programmäßig ohne jede Störung wie ein Uhrwerk ablief. Das war alles, was er vom Schicksal verlangte, keinen Ruhm, keine Kriegstaten, sondern nur die Ruhe, die ihm ermöglichte, gemächlich zu speisen, dabei über die Späße seiner Hofnarren zu lachen, eine Pfeife zu rauchen, sich schöne Bilder anzusehen, dem Geplauder des Paters zu lauschen, den Gesang Faustinas zu genießen und ohne Sorgen um das Morgen schlafen zu gehen.

Um die dunklen Zwischenakte dieses Lebens, die in tiefstes Geheimnis gehüllt waren, durfte keine Menschenseele außer den wenigen Vertrauten wissen. Niemand kannte den König und dessen Charakter besser als Sulkowski. Ihm blieb nur der verborgene Winkel verschlossen, wo die unerbittlichen Leidenschaften brodelten, die sich vor der Welt und den Menschen schämten.

Allein Pater Guarini, der Beichtvater Seiner Majestät, kannte dieses Geheimnis. Nur er war in der Lage, Mittel und Wege zu einer vollkommenen Herrschaft über den König aufzuzeigen. Nach seinen Hinweisen handelte Brühl, mit Hilfe seiner Frau und der Oberhofmeisterin bemächtigte er sich dieser bisher unbesiegbaren Festung und ward ihrer Herr, noch bevor Sulkowski an einen Angriff gegen sie dachte. Als dieser jenen unglücklichen Schritt unternahm, war es bereits zu spät. Man hatte den Platz schon besetzt, keiner konnte sich mehr – selbst der vertrauteste Freund nicht – zu dieser Feste Zutritt verschaffen. Brühl, der ausgezeichnet vorzuspiegeln verstand, er wisse nichts und wolle nichts wissen, der sich nie durch Anspielungen verriet, auf dessen Schweigen, das in seinem eigenen Interesse lag, Verlaß war, saß daher viel fester als Sulkowski im Sattel, der in seiner Blindheit nichts von all dem bemerkte und sogar nicht einmal vermutete, daß dem König jemand anders nötiger als er selbst sein könnte.

Nach jener Geschichte mit Fräulein Stein fühlte er sich noch stärker. Er sah das Ganze als einen Beweis dafür an, daß niemand ihm den König auf ähnliche Art und Weise abspenstig machen könnte, wo es ihm selbst nicht geglückt war, ihn an eine Frau zu binden. Gerade jetzt, wo er sich so sicher glaubte und von seinem Einfluß so überzeugt war, stand er am Rande eines unsichtbaren Abgrunds. Faustina strengte sich an diesem Tage besonders an, und die Koloraturen entströmten ihrer Brust wie Perlen aus taufrischem Wasser. Der König hatte seinen Blick erhoben und lächelte verzückt. Sie allein schien seine Aufmerksamkeit in Anspruch zu nehmen, nur Faustina nahm ihn gefangen ... Wer aber genauer hinsah, dem konnte nicht entgehen, daß er ab und zu verstohlen zur Gräfin Brühl hinüberblickte.

Die Frau des Ministers war an diesem Tage wirklich bezaubernd. Man wunderte sich allgemein, woher das Ehepaar die Mittel für den unglaublichen Luxus nahm, der die ehemalige Komtesse Kolovrath umgab. Franziska wollte offenbar die Schönste sein. Sie hatte an diesem Abend ein weißes, golddurchwirktes Kleid angelegt, das ihr eine jungfräuliche Anmut verlieh. Eine wunderbare, zu ihrem lieblichen Gesicht passende Frisur, deren lange Locken auf die weißen Schultern herabfielen, die Brillanten an den Ohrläppchen, die wie zwei Sterne glitzerten, über die Stirn ein Diamantendiadem mit einer großen funkelnden Perle in der Mitte, Brabanter Spitzen, deren mattes Weiß malerisch von dem schillernden Atlas ihres Gewandes abstach, am Ausschnitt die Blumen, deren lebendige Farbe der Liebe sich von der schneeigen Haut abhob – all das machte sie zur Königin des Abends.

Schön war auch die Gräfin Moszynska mit ihrem strengen Gesicht, das an die Cosel erinnerte, aber mit der Frau des Ministers konnte sie sich nicht messen. Hunderte von Augenpaaren bewunderten Franziska, aber jene gönnte keinem einen Blick. Auf eine Hand gestützt, hatte sie den Kopf zur Bühne gewendet, doch ihre Augen starrten leer in einen Winkel.

Man beneidete Brühl, er lächelte. Wer konnte erraten, was in seinem Herzen vorging? Auch er war zu Ehren des Königs, wie seine Frau, prächtig gekleidet, jung und frisch sah er aus und machte eher den Eindruck eines lebenslustigen Nichtstuers als den des meistbeschäftigten Ministers, auf dessen Schultern die Verantwortung für das Schicksal des Landes lastete. Nach dem ersten Akt trat ein französisches Ballett unter der Leitung von Herrn Favier auf, mit dem berühmten Solotänzer Desnoyers und den Damen Rottier und Vauriaville, die, als Schäferinnen kostümiert, wie Göttinnen aussahen.

Die Elite des Hofes, die vornehmsten Herren und schönsten Damen, wurden nach der Oper zu einem festlichen Abendessen gebeten. Diese Einladung erfolgte in Anknüpfung an die traditionellen Essen Augusts des Starken; früher wurden diese freilich mit kleinen Orgien im vertrautesten Kreise abgeschlossen.

Schon zeitig hatte man im sogenannten »Riesen-Saal« des Schlosses Tausende von Kerzen angezündet. In der Mitte wartete eine prunkvolle, für achtzig Personen gedeckte Tafel auf die Gäste. Etwas erhöht stand der Tisch für das königliche Paar, das selten jemandem gestattete, die ausländischen Gesandten nicht ausgenommen, an seiner Seite Platz zu nehmen. Gemäß der österreichischen Hofetikette wurden nur Kardinäle aufgefordert, dort zu speisen; man machte jedoch eine Ausnahme mit den ersten Ministern. Gleich nach der Oper begaben sich alle in den Festsaal. Selten konnte man den König in so guter Laune wie heute sehen. Die Königin war wie immer finster, unruhig und traurig. All die Schönheiten, die sie umgaben und in deren Glanz ihre Majestät verblich, bedrückten und ärgerten sie, obwohl ihr der König nicht den geringsten Anlaß zur Eifersucht gab. Im Gegenteil, er war zärtlich und aufmerksam und sah keine einzige der Frauen an. Feierlich wurden die Schüsseln hereingetragen und das Essen gereicht. Nach jedem »Hoch« verkündete die Kapelle auf der Galerie mit Trompetenstößen und Trommelwirbeln der Stadt, daß ein Toast ausgebracht worden war, und die Kanonen gaben Salven zu Ehren des Königspaares ab. Alle erhoben sich nach zehn Uhr gut aufgelegt von ihren Plätzen. Der König zog sich mit Sulkowski und Brühl schnell auf sein Zimmer zurück. August III. schritt durch die Reihen der spalierbildenden Damen mit hocherhobenem Kopf und blickte etwas gekünstelt geradeaus. Als er jedoch an der Gräfin Brühl vorbeikam, die ihn kühn ansah, tauschte er mit ihr blitzschnell einen unbeobachteten Blick aus.

Sulkowski bemerkte nichts davon. Er trug sich gerade mit der Absicht, die gute Stimmung seines Herrn auszunutzen, um mit ihm vertraulich zu sprechen; er wünschte Brühl loszuwerden, wußte aber nicht, wie er es anstellen sollte. August bedachte einen jeden seiner beiden Minister an diesem Tage mit dem gleichen Wohlwollen.

Sie waren schon in dem Zimmer angelangt, wo der Garderobenmeister mit dem Schlafrock wartete. Die Kammerdiener stürzten herbei, um dem König beim Ablegen des Festgewandes behilflich zu sein. Beide Minister standen neben ihrem heute so glücklichen Herrn. Sulkowski wartete, bis sich die Diener entfernten, und flüsterte dann leise dem König einige Worte zu. Dieser antwortete nur mit einem unmerklichen Lächeln und wies auf Brühl.

Diesem war das Zeichen seines Herrn nicht entgangen; er kam näher.

Sulkowski sprach leise und lebhaft auf Brühl ein. Die Worte schienen nicht ganz nach dem Geschmack des Ministers zu sein, denn er sah seinen Herrn fragend an, zögerte etwas, als ob er bedauerte, jetzt gehen zu müssen, doch dann verbeugte er sich gehorsam und entfernte sich. August III. lächelte, setzte sich, zeigte auf die sich hinter Brühl schließende Tür und sagte mit der ihm eigenen lakonischen Kürze:

»Nichts geht doch über dich und Brühl.«

Daß der König auch Brühls Namen nannte, mochte eine bittere Pille für Sulkowski sein; er mußte sie schlucken. Friedrich betrachtete mit sichtlicher Freude die in seinem Zimmer aufgestellten Bilder, welche ihm am heutigen Tage überreicht worden waren. Sulkowski beobachtete ihn und hätte nur zu gern des Königs Gedanken erraten. Nach einiger Überlegung meinte er:

»Brühl ist wirklich aus vielen Gründen sehr wertvoll. Auch Ihr fahrt gut mit ihm. Er ist gefügig und bescheiden, führt alle Befehle aus und widerspricht niemals, er läßt sich von mir leiten, ich bin mit ihm sehr zufrieden.«

Der König nickte nur. Es mochte ihn vielleicht etwas verwundern, daß Sulkowski mit Brühl so zufrieden war, aber er ließ sich nichts anmerken.

Der Minister ging im Zimmer umher und fuhr fort:

»Ich habe nicht die geringste Veranlassung, mich zu beklagen, daß es bei den uns gemeinsam übertragenen Aufgaben zu Reibungen käme. Brühl hat eine gute Auffassungsgabe, er ist ein befähigter Mensch, hat aber den Fehler ...«

Der König sah ihn scharf an. Sulkowski ließ sich nicht beirren und schloß:

»... der Verschwendungssucht, er lebt auf zu großem Fuße ... Das wird uns viel kosten.«

Sulkowski stand vor dem König und wollte seine Meinung hören. August räusperte sich laut, sah zur Decke auf und ... schwieg.

»Ein guter Mensch, ein guter Mensch«, murmelte er schließlich, weil er merkte, daß der Graf eine Antwort erwartete. Seine weitere Ansicht tat der schweigsame Herr kund, indem er mit der Hand auf die Stuhllehne schlug und sich wieder in die Betrachtung der Kunstwerke versenkte.

»Wenn Ihr mir gestatten wolltet, meine Gedanken voll darzulegen?« hub Sulkowski wieder an.

August nickte nur mit dem Kopfe.

Der Minister blieb stehen, beugte sich etwas nach vorn und begann leise:

»Nicht jetzt, denn jetzt benötigen wir Brühl noch, aber später müßte man ihn mit irgendeiner Schenkung ehren und entlassen. Seine Verschwendungssucht wird er sich doch nicht abgewöhnen, wir könnten mit kleinen Beamten auskommen, viele Ausgaben sparen und so verhindern, daß ihm ehrgeizige Gedanken kommen. Ich fürchte nicht, daß im Herzen meines Herrn für einen Nebenbuhler Platz ist, aber warum sollten wir ihn ins Unglück stürzen und ihn hochmütig werden lassen? In Böhmen würde der Kaiser, auf Eure Bitte hin, die Kolovraths sicher mit Gütern belehnen. Sie könnten sich dort niederlassen.«

Sulkowski sah seinen Herrn an, um die Wirkung seines Vorschlages festzustellen, aber der König war so in den Anblick der Bilder versunken, daß es schien, er wolle sich dabei durch kein Wort stören lassen, geschweige denn sich mit dem Plane seines Vertrauten befassen.

Der Graf fügte nach einer Weile hinzu:

»Später, später!«

August drehte sich schließlich zu ihm um, enthielt sich aber jeder ablehnenden oder zustimmenden Äußerung und tat die Angelegenheit mit seinem Schweigen ab.

Und wieder widmete sich der König seinen Bildern, er ließ sich dabei leuchten, schaute sich ein paarmal im Zimmer um, warf einen Blick in den Spiegel, strich sich das Kinn und gähnte. Dies war das Zeichen, daß er sich zur Ruhe begeben wollte, und für Sulkowski ein Wink, zu gehen.

Von dem Ergebnis der heutigen Abendaudienz nicht sonderlich erbaut, küßte er seinem Herrn die Hand und ging dann sehr langsam hinaus.

Während sich all das im Schlosse abspielte, ließ sich Brühl, der unter irgendeinem Vorwande entlassen worden und diesem Befehl demütig nachgekommen war, nach Hause tragen. Es war schon sehr spät. Ein sonderbarer Zufall fügte es, daß nur wenige Schritte vor seiner Sänfte eine zweite, ähnliche getragen wurde. Er erkannte in der Insassin seine Frau. Fast gleichzeitig wurden beide Sänften im Flur des Palais abgesetzt, und das Paar stieg aus. Brühl, der nur sehr selten seiner Frau begegnete, bot ihr äußerst höflich den Arm. Zuerst wunderte sie sich darüber und wollte ablehnen, doch nach kurzem Überlegen nahm sie mit einem unterdrückten, spöttischen Lachen vorsichtig den Arm ihres Mannes und ging mit ihm, ohne ein Wort zu sagen, langsam nach oben.

Brühl schwieg ebenfalls, solange sie die Stufen emporstiegen. Oben, im Saal, obwohl sich Franziska seiner Gesellschaft entledigen wollte, gab er sie nicht frei und begleitete sie in ihre Zimmer. Und wieder befanden sie sich in jenem Ankleidezimmer, in dem sie am ersten Abend nach der Hochzeit mit einem so interessanten Gespräch ihr gemeinsames Leben begonnen hatten ... Seit jener denkwürdigen Unterhaltung begegneten sie einander nur flüchtig oder in Gegenwart von Zeugen. Jeden Morgen pflegte die Mutter ihrer Tochter einen Besuch abzustatten, sie nahm sie mit sich, und oft hielt sie Franziska unter den verschiedensten Vorwänden davon ab, nach Hause zurückzukehren. Brühl hatte nur die Pflicht, jeden Wunsch seiner Frau zu erfüllen. Er tat es immer mit der größten Zuvorkommenheit. Im übrigen kamen sie schlecht und recht zusammen aus, wie zwei Menschen, die sich gegenseitig fast fremd sind, gemeinsam leben und sich doch bemühen müssen, dem anderen möglichst wenig in den Weg zu kommen. Brühl war geduldig und höflich. Manchmal ertappte er seine Frau, wie sie ihn neugierig betrachtete und versuchte, mit Blicken sein Inneres zu ergründen, doch dann floh ihn ihr Auge sofort.

Franziska hatte sich inzwischen sehr verändert. Sie war noch kühner und launischer geworden, sie hatte gelernt, im Hause zu befehlen und zu verlangen, daß ihrem Willen sofort gehorcht wurde. Brühl traf sie in den verschiedensten seelischen Verfassungen an: einmal war sie unnatürlich fröhlich, dann wieder von einer unbarmherzigen Spottlust gepackt, bisweilen gegenüber anderen Männern so kokett, daß sogar in ihm, der die Rolle des Gleichgültigen und Resignierten spielte, die Eifersucht wach wurde. Franziska wurde mit jedem Tag schöner. Obwohl Brühl in die Moszynska verliebt war, obgleich man ihn zärtlicher Beziehungen zur schönen Albuzzi verdächtigte, so war er doch jung und konnte diesen Reizen seiner Frau gegenüber nicht gleichgültig bleiben, die ihn selbst und seine leidenschaftlichen Blicke zu verspotten schienen ...

Als sie das Ankleidezimmer betraten, machte sich Franziska frei, trat vor den Spiegel und warf die Handschuhe und den Schmuck auf den Frisiertisch. Sie schien darauf zu warten, daß Brühl sich verabschiedete und entfernte, und blickte den hartnäckig Verweilenden verwundert an. Dieser Blick sagte deutlich: ›Ihr seid noch hier?‹ Ein unerklärliches Lächeln überflog Brühls Gesicht, gleichsam als Antwort: ›Ja, meine Gnädigste, ich warte!‹

»Haben wir miteinander etwas zu besprechen?« fragte sie gleichgültig.

»Vielleicht gestattet Ihr mir, Platz zu nehmen, auszuruhen und wenigstens Eure Schönheit mit dem Auge bewundern zu dürfen.«

Franziska drehte sich zu ihm um, lachte und zog dabei ihre weißen Schultern hoch; aber sofort wandte sie sich wieder dem Spiegel zu. Brühl war jedoch nicht entgangen, daß ein leichter Anflug von Koketterie in dieser Bewegung lag.

»Ihr müßt doch zugeben, meine Gnädigste, daß meine Lage ziemlich eigenartig ist?«

»Das stimmt, meine ebenfalls; aber weder Ihr noch ich haben Ursache, uns darüber zu wundern.«

»Ihr habt mir die Hoffnung gelassen, daß Ihr vielleicht einmal ..., wenigstens aus einer Laune heraus, etwas für Euren Mann übrig haben könntet.«

»Ah, vielleicht! Ich kann mich nicht mehr daran erinnern«, erwiderte sie gleichgültig. »Eines ist sicher, daß ich dazu nicht die geringste Lust verspüre. Fahrt nur zur Moszynska, um Karten zu spielen, oder zur Albuzzi, um Euch zu vergnügen, doch mich laßt in Ruhe. Du langweilst mich!«

»Ich bitte, mir nur einen Augenblick Gehör zu schenken.«

»Bitte, aber dann sprechen wir über irgend etwas anderes.«

»Vielleicht vom König?« schlug ihr Brühl eifrig vor.

»Ich weiß nicht, ob es mir gestattet ist«, gab Franziska lachend zu bedenken.«

»Aber so unter uns ... Wir haben doch keine Sentiments, sondern nur gemeinsame Interessen.«

»Ihr habt recht, also bitte ...«

»Wie ist der König auf Sulkowski zu sprechen?« fragte Brühl.

Lange erfolgte keine Antwort.

Ein Blick in die Seele dieser Frau hätte offenbart, daß sie diese Frage irgendwie verletzte. Ihr wurde nun klar, wie wenig sie diesem Manne bedeutete, diesem Menschen, den sie aus einer seltsamen Laune heraus reizen wollte und dem sie gleichzeitig zu gefallen wünschte, um dann das Vergnügen auszukosten, ihm eine Abfuhr erteilen zu können. Die nüchterne Frage ihres Mannes kränkte sie, sie ließ sich jedoch nichts anmerken.

»Ah«, begann sie plötzlich, »wollt Ihr, daß ich offen spreche? Sulkowski, Ihr und sogar der König langweilt mich entsetzlich! Was gehen mich Eure Ambitionen und Euer Zwist an? Ich will leben! Aber der König ist nur eine tote Puppe.«

»Um Gottes willen!« stieß Brühl händeringend hervor.

»Uns hört doch niemand«, fuhr Franziska gleichgültig fort. »Ihr befahlt mir, diese Puppe zu unterhalten, oder besser, Ihr gabt sie mir zum Spielen. Niemals könnt Ihr aber von mir verlangen, daß ich sie lieben soll! Ihr wißt selbst am besten, was unser König ist ... Ein schöner, guter, aber zu nichts fähiger Mann – er ist leidenschaftlich ohne das geringste Gefühl, treu ohne Mut, fromm und abergläubisch, aber sinnlich und voller Vergnügungssucht, verschlossen, furchtsam, gedankenarm und ... langweilig, zu Tode langweilig.«

»Gnädigste«, rief Brühl aus, »und wenn das alles wahr wäre, so schickte es sich für Euch nicht, so zu sprechen, und für mich nicht, es anzuhören.«

»Laßt uns gähnen!« schlug Franziska vor, riß ihren Mund weit auf und sank, wie von Müdigkeit überfallen, in den Lehnstuhl. Den Kopf ließ sie nach vorn fallen und die Arme kraftlos herabhängen. In dieser melancholischen, gespielten Haltung war sie unvergleichlich schön. Brühl beobachtete sie und seufzte.

»Ihr habt nach Sulkowski gefragt?« sagte sie langsam.

Der Minister bejahte mit einer Kopfbewegung.

»Wer kann wissen, was in der Puppe, Friedrich genannt, vorgeht, ob in ihr ein Herz schlägt, ob sie eines Gefühls fähig ist, ob sie jemanden liebt, jemanden gern haben kann? Sulkowski ist ihm genauso zur Gewohnheit geworden wie die Hofnarren. Mehr weiß ich nicht.«

»Aber wir, wenn wir den König beherrschen wollen – Ihr und ich, ich durch Euch –, müssen Sulkowski entfernen.«

»Und ihn wie Watzdorf nach Königstein bringen?« fiel die Gräfin ein, und ihre Züge verfinsterten sich.

Die Erinnerung an diesen Menschen richtete sich wie eine Wand zwischen ihnen auf; der Minister wurde verlegen.

»Ich gebe Euch mein Ehrenwort, daß nicht ich Watzdorf nach Königstein gebracht habe, sondern Sulkowski.«

»Das Ehrenwort eines Ministers? Eines Diplomaten?«

»Nein, das eines anständigen Menschen«, beteuerte Brühl und legte die

Hand aufs Herz. »Denn meine Eifersucht war nicht der Grund zu seiner Beseitigung ... Darauf habe ich bisher noch kein Recht gehabt.«

»Was heißt das, ›bisher‹? Hofft Ihr, jemals dazu ein Recht zu bekommen?«

»Ja, es scheint mir so«, entgegnete Brühl höflich. »Wenn es nicht heute ist, so ist es morgen, wer weiß, wann? Ihr werdet Euch langweilen und doch einmal geruhen, Euch Eures Dieners zu erinnern.«

»Ich glaube, darauf werdet Ihr lange warten müssen«, flüsterte Franziska.

»Ich werde geduldig sein ...«

»Croyez-y et buvez de l'eau«, riet die Gräfin höhnisch.

Brühl erbebte, gewann jedoch sofort seine Fassung wieder: »Ihr müßtet nur helfen, Sulkowski bald zu stürzen.«

Franziska sah ihn an und erwiderte:

»Ja, meine Mutter rät mir das gleiche. Man sagt, ich müßte bedenken, er könne Fräulein von Stein oder irgendeine andere am Hofe einführen.«

Sie zuckte mit den Achseln und fuhr fort:

»Aber was geht das mich an?«

»Ihr liebt doch Brillanten, schöne Kleider, den Luxus, das Leben?« fragte Brühl. Ihre Blicke kreuzten sich. »Ihr könntet in der Verbannung und in der Armut nicht leben.«

Franziska schien der gleichen Meinung zu sein.

»Nun gut, wir werden Sulkowski stürzen, das soll meine Rache für Watzdorf sein. Es wird ein unterhaltendes Spiel werden. Dieser stolze und übermütige Mensch wird zu Fall gebracht.«

Wieder gähnte sie.

»Also, alles erledigt?« fragte sie. »Gute Nacht!«

Brühl machte keine Anstalten zum Gehen.

»Gerade darüber müßte man sich unterhalten. Man kann ihn doch nicht von heute auf morgen beseitigen? Vorsicht ist geboten, man muß ...«

Er schickte sich an, groß und breit seine ganze Theorie zu entwickeln. Franziska sprang ungeduldig vom Stuhle auf. »Dazu sind Instruktionen notwendig, nicht wahr?« unterbrach sie ihn lächelnd. »Aber wozu bin ich denn eine Frau? Ihr glaubt, Ihr müßtet mich erst lehren, wie man die List gebraucht, wie man tropfenweise Gift verspritzt, verderbenbringende Worte flüstert? Wie man Zweideutigkeiten, die zu töten vermögen, fallen läßt, einen leichten Verdacht ausspricht, der die Stellung des anderen untergräbt? Mein Herr, ich bin am Hofe aufgewachsen, ich habe euch, den Meistern, zugesehen. Ich hatte eine Lehrerin in meiner Mutter, ich habe schon in der Wiege das Lügen mitbekommen, die Kunst des Betrügens, die Neigung zum Heucheln!« Sie brach in ein Lachen aus, das fast verzweifelt klang. »Ihr könnt beruhigt sein, ich verstehe es, ihn zu Fall zu bringen, und wenn ich will und Lust verspüre, so werde ich Euch und ...«

Sie verstummte plötzlich, preßte ihr Tuch an die Augen, begab sich ernst und schweigend in ihr Schlafzimmer und schlug die Tür hinter sich zu. Man hörte, wie der Schlüssel im Schloß umgedreht wurde. Brühl blieb allein zurück.

## VI

In einem Gäßchen hinter der Mauer der Altstadt, das allmählich zur Elbe abfiel, stand in einem Garten inmitten von Bäumen ein kleines Haus. Eine Mauer mit einem breiten Tore, das dem einer Burg glich, beschützte es. Der ganze Bau verriet, daß er erst vor kurzem errichtet worden war. Deutlich sah man das Bemühen des Baumeisters, ihn schöner als die anderen Häuser zu gestalten. Die Wände hatte er mit Girlanden aus steinernen Blumen geschmückt; um die Fenster rankten sich Verzierungen. All das erweckte den Eindruck, als wäre der harte Sandstein eine weiche Masse, die ein Hauch der Phantasie in die gefälligen Formen eines bisher nicht gesehenen Baustiles verwandelt hatte. Nirgends verlief eine Linie lange gerade. Die Laune des Architekten zwang sie, sich zu biegen, zu neigen, sich zu Ovalen zu schließen und Ecken abzurunden. Dazwischen sprossen überall unvermutet Blätter hervor, auch Traumgebilde von Früchten, trockene Zweige, die sich sterbend in einer Umarmung vereinigten.

Auf dem Tore standen zwei Vasen, man hätte glauben können, sie seien aus Italien entführt und hier aufgestellt worden, um die Erinnerung an das schöne Land zu wecken. An der einen Seite des Hauses war ein kleiner, efeuumrankter Vorbau angebracht, der einem weinumwachsenen italienischen Balkon, einer ›pergola‹, ähnelte.

Das Haus wandte seine Vorderfront der Elbe zu, als ob es die Stadt nicht sehen wollte. Aus der Ferne leuchtete das Japanische Palais herüber. Obwohl die Bäume noch jung waren, gediehen sie prächtig und spendeten schon Schatten. Zwei alte Linden mit morschen Stämmen, die die Zeiten überdauert hatten, breiteten weit ihre Zweige aus.

An einem Herbstabend saß auf dem steinernen Balkon im ersten Stock des Hauses ganz allein eine Frau. Sie machte wirklich den Eindruck der verkörperten Sehnsucht. Jung und schön war sie und doch so traurig wie die Nacht. Sie runzelte die schwarzen Brauen, und in ihren dunklen Augen glänzten ungeweinte Tränen. Die Ellbogen stützte sie auf die Knie, die weißen Hände hielten den nach vorn geneigten Kopf umschlossen. Ihre Augen blickten schwermütig in weite Fernen.

Leicht konnte man in ihr eine Italienerin erkennen, denn so wunderbar gedeihen nur die Frauen und die Blumen in jener südlichen, warmen Sonne; so schöne Formen verleiht Mutter Natur nur ihren auserwählten Kindern in der von Orangenblüten und Meeresluft gewürzten Atmosphäre. Auf die rosigen, halbgeöffneten Lippen, zwischen denen die Perlenzähne schimmerten, verirrte sich ein Liedchen. Ein Gedanke unterbrach es, die Stimme riß ab, um nach einer Weile unwillkürlich verträumt und verhalten wieder einzusetzen, dann wieder zu ersterben und in einem Seufzer auszuklingen.

Sie hielt stille Zwiesprache mit sich selbst, von Sehnsucht durchdrungen, von der Langeweile geplagt und des Lebens müde. Ihr Lied entsprang der Gewohnheit, ihre Tränen strömten jedoch aus dem Herzen. Sie trug ein Hauskleid, wie man es in Italien zu tragen pflegte. Vielleicht träumte sie von dem warmen italienischen Herbst, denn der Tag war heiß und die Luft fast schwül. Deshalb ließ sie auch ihr weißes Kleid von den Schultern heruntergleiten, gestattete ihren langen schwarzen Haaren, sich aufzulösen, und den Füßen, in leichte Pantoffeln zu schlüpfen. Die halbentblößten Arme lagen wie zum Modell einem Meister der Schnitzerei bereit. Ihr Alter war schwer zu erraten. Die erste Jugend mochte kaum vorbei sein und die Jahre begonnen haben, wo man sich nach ihr zurücksehnt, die Zukunft herbeiwünscht und sich gleichzeitig vor ihr fürchtet. Ihre Augen hatten schon das Weinen gelernt und die Lippen oft Küssen zugelacht, schienen sie aber jetzt nicht zu begehren. Ihre Gedanken schweiften irgendwo in der Ferne, weit hinter Meeren und Bergen, weilten nicht hier an der traurigen Elbe und unter dem blassen Himmel des Nordens.

Manchmal, wie von einer inneren Welle getragen, wiegte sie sich sitzend hin und her; dann quoll die Weise voller aus ihrer Brust, eine Träne rann über ihre Wange, und ihr Auge schien danach schwärzer und feuriger zu sein.

Links von ihr ging die Sonne wie ein apfelsinenfarbiger Ball unter. Dorthin richtete sie den Blick. Da störte die Stille der engen Gasse ein Geräusch; eilige Schritte kamen näher. Ihr Widerhall drang an das Ohr der versonnenen Frau und weckte sie aus ihren Träumen. Sie fuhr zusammen, erhob sich und lauschte.

Man klopfte am Tore. Erschrocken wickelte sie sich in ihr Kleid, raffte ihr Haar zusammen, lief ins Haus und verschwand.

Man klopfte zum zweiten Male. Drinnen blieb alles ruhig.

Erst als das dritte Klopfen erklang, wurde die Pforte geöffnet. Ein alter, zerlumpter Mann, der über die Unterkleidung einen verblichenen Samtumhang geworfen hatte und auf den grauen, zerzausten Haaren eine verschossene Wollmütze trug, schaute neugierig durch den Spalt. Draußen stand ein in einen Mantel gehüllter junger Mann mit einem schönen Gesicht. Der Fremde fragte nicht lange, sondern trat sofort ein. Der Alte schloß brummend die Pforte und folgte ihm schwerfällig.

Der Besucher drehte sich zu ihm um und fragte in italienischer Sprache, ob Theresia zu Hause sei. Der Alte bejahte gleichgültig. Mit schnellen Schritten eilte der Ankömmling dem Hause zu, dessen Türen zum Garten hin weit offenstanden. Der Flur war leer, durch die gegenüberliegende Tür sah man zwei prächtig blühende Lorbeerbäume in großen Kübeln stehen. Auf den Treppen herrschte Stille. Als der Gast die Tür öffnen wollte, gab sie nicht nach. Auf sein beharrliches Klopfen hin erschien endlich eine alte, ärmlich gekleidete Frau mit schütterem weißem Haar, die einen Blick auf ihn warf und ihn einließ. Die geschmackvoll eingerichteten Zimmer hätten einen fröhlichen Eindruck machen können, stimmten aber irgendwie traurig.

Eine Menge von Dingen, Kleidungsstücken, durcheinandergeworfenen Noten lag in der größten Unordnung auf den neuen, aber schon beschädigten Möbeln herum. Die Glastür zum Balkon stand offen. Der Gast ging hinaus, fand aber nur den niedrigen Hocker vor, den die Italienerin bis vor wenigen Augenblicken noch eingenommen hatte. Die Aussicht war so schön, daß er verweilte, um sie zu genießen, und nachsann.

Plötzlich raschelte hinter ihm ein Kleid. Langsam trat die gleiche Frau, die wir soeben betrachtet haben, heraus, nur hatte sie jetzt ein dunkles, weites Kleid übergeworfen und die Haare nachlässig aufgesteckt. Nur die Füße waren nackt geblieben, und ihr Gesicht zeigte nach wie vor den gleichen gelangweilten Ausdruck.

Der Gast wandte sich zu ihr um und grüßte. Sie dankte mit einem Kopfnicken. Sie sprachen miteinander italienisch.

»Was fehlt dir?« fragte der Besucher.

»Ich bin krank, ich vergehe vor Langeweile und Sehnsucht«, antwortete unlustig die Italienerin. »Hier kann man nicht leben, nein, nein!«

»Woher kommen diese Anwandlungen der Verzweiflung?«

»Aus der Luft!« rief die Schöne und warf sich auf das Sofa. Der Mann nahm einen Stuhl und setzte sich neben sie. Sie stützte sich auf die Hände, deren weiße Finger mit Ringen überladen waren.

»Aus der Luft!« wiederholte sie. »Hier kann man nicht atmen, nicht leben, hier muß man zugrunde gehen!«

»Was ist dir? Ich bitte dich, was ist geschehen?«

»Ihr fragt noch? Ihr seht es doch«, rief sie seufzend.

»Also hat dich schon wieder die Sehnsucht gepackt?«

»Sie hat mich ja noch nie verlassen.«

»Daran trägt wohl wieder Faustina die Schuld«, sagte der Gast.

Brühl war es, wie man leicht erraten konnte.

»Faustina?« wiederholte sie und warf ihm einen zornigen Blick zu. »Immer habt ihr alle nur ihren Namen auf den Lippen und im Sinn.«

»Warum bemühst du dich nicht, Faustina in den Schatten zu stellen, dem Allergnädigsten Herrn zu gefallen, sie zu besiegen? Sie ist älter ...«

»... eine steinalte Hexe ist sie«, unterbrach ihn Theresia gereizt, »eine häßliche Taschenspielerin, aber mit diesem König da ...«

»Bitte mehr Respekt vor Seiner Majestät!«

Theresia verzog ihren Mund:

»Also werde ich gar nichts sagen.«

Eine Weile saßen sie schweigend da.

»Ich will dir einen guten Rat geben«, hob Brühl wieder an, »wenn du singst, wende dich dem König zu, blicke ihn an, lächle ihm zu, sei kokett. Wenn er dir Beifall klatscht, wirst du Königin sein.«

»Ja, und mittlerweile ist die alte Faustina Königin. Der König hat Leidenschaften, pfui, und dabei weder Augen im Kopf noch Geschmack. Sie singt mit kratzender Stimme, die Hälfte ihrer Haare ist bereits grau. Was tut's? Sie ist die Diva, und wir sind Komparsen!«

Schmerz klang in ihren Worten mit.

»Höre mich an, Theresia«, tröstete sie Brühl, »verzweifle nicht, das wird anders. Faustina wird nach Italien zurückkehren, und du bleibst hier.«

»Ich wünschte, es wäre umgekehrt«, murmelte die Sängerin und verstummte plötzlich.

»Heute haben wir leider keine Zeit, darüber zu sprechen«, fuhr Brühl fort, »gleich muß jemand an das Tor klopfen, der alte Beppo soll ihn einlassen. Bisher konnte ich mich nirgends frei und ungestört mit Pater Guarini unterhalten. Ich erwarte ihn hier. Reiche ihm etwas Süßes, nur nicht deine Lippen, die die süßesten von der ganzen Welt sind, und laß uns allein.«

Theresia hörte ihm gleichgültig zu, dann stand sie, wie zum Gehorsam gezwungen, vom Sofa auf, ging träge zur Tür, rief ihre alte Mutter und flüsterte ihr einige Worte zu. Brühl spazierte ungeduldig mit gesenktem Haupte im Zimmer umher.

Die Italienerin kehrte zurück und nahm wieder ihren Platz auf dem Sofa ein.

Dumpfe Schläge an der Pforte veranlaßten sie, wieder aufzustehen. Sie bereitete den Empfang Guarinis vor, indem sie sich im Zimmer umsah und es erst jetzt hastig aufzuräumen begann.

Eilige Schritte hallten im Treppenhaus wider; auf der Schwelle erschien der Jesuit mit seinem schmalen Gesicht, seiner langen Nase und gutmütigem Lächeln.

Er erblickte die geschäftige Theresia und rief ihr zu:

»Laßt das sein! Ich bin hier kein Gast, sondern zu Hause bei meinen Leuten. Beppo hat mir die Hand geküßt, die Alte wäre mir beinahe um den Hals gefallen. Es ist mir direkt leichter ums Herz, wenn ich bei Glaubensbrüdern bin.«

Theresia küßte dem Pater ebenfalls die Hand, nahm, was sie zusammenraffen konnte, und verschwand.

Brühl ging rasch auf Guarini zu.

»Was gibt's?« fragte Brühl. »Fährt er? Fährt er nicht?«

»Er fährt«, entgegnete lachend der Jesuit, »der König persönlich hat ihm geraten, er müsse sich nach der Arbeit zerstreuen. Versteht Ihr mich? Außerordentlich geschickt haben wir das eingefädelt. Niemals hätte ich erwartet, daß die Königin in der Lage ist, sich so glänzend zu verstellen. Mit dem größten Mitgefühl für Sulkowski überredete sie den König, er solle ihn selbst dazu ermuntern: ›Ich weiß‹, sagte sie, ›daß dir Sulkowski sehr fehlen wird, daß du dich nach ihm sehnen wirst ... Wir werden ihn nicht ersetzen können, aber er macht sich doch tot bei der Arbeit. Er ist zum Soldaten geboren, für ein tätiges Leben ... Gönne ihm ein wenig Ruhe, mag er reisen und ein wenig Pulver riechen, er wird verjüngt zurückkehren.‹ Der König hat dafür seiner Gemahlin die Hand geküßt und war über die Fürsorge, die sie seinem Freunde entgegenbrachte, sehr erfreut ... ›Noch heute werde ich Sulkowski empfehlen abzureisen und ihm ein schönes Geschenk für die Reise mitgeben‹, versicherte er ihr. Man soll dabei nicht sparsam mit Geld sein; er soll fahren, er soll fahren!« rief Pater Guarini.

Brühl stimmte ein:

»Er soll fahren!«

»Er wird einige Monate wegbleiben«, sagte der Jesuit, »wir werden genügend Zeit haben, um seine Verabschiedung vorzubereiten. Der König wird sich seiner entwöhnen.«

Brühls Züge erhellten sich.

»Was Ihr während dieser Zeit zu tun habt, brauche ich Euch wohl nicht zu sagen«, fügte Guarini hinzu. »Geht nicht persönlich gegen ihn vor, denn das wäre unklug. Überlaßt das der Königin und mir. Sulkowski hat sich hier mit seiner Überheblichkeit genug Feinde gemacht: Wenn erst die Leute merken, daß ihn das Glück verlassen kann, werden sie uns ohne Aufforderung helfen ... Ihr müßt die Rolle seines treuen Freundes bis zum Ende spielen.«

»So habe ich mir das Ganze auch gedacht«, bestätigte Brühl, »ich werde sogar warten, bis man mich von seiner Abreise unterrichtet, vielleicht etwas dagegen protestieren und behaupten, ohne Sulkowski nur schwer auskommen zu können.«

»Ausgezeichnet«, rief der Pater aus, »dem fliehenden Feind eine goldene Brücke bauen ... Wenn der König Geld fordert, so gebt ihm viel.«

»Und wenn es das letzte wäre«, versicherte Brühl und rieb sich die Hände. Dann schien er sich an seine Pflicht zu erinnern, umarmte den Pater und küßte ihm dankbar die Hand.

»Aus den Augen, aus dem Sinn«, sagte der Italiener leise, »der König wird ihn vergessen, Ihr müßt seinen Platz einnehmen.«

Sie begannen beide im Zimmer auf und ab zu gehen. Der Pater wurde nachdenklich.

»Seine Frau läßt er hier, damit sie ihn über alles unterrichtet«, erwog er bedächtig.

»Man müßte sie mit zuverlässigen Menschen umgeben.«

»Einer würde schon genügen«, bemerkte lächelnd der Jesuit, »aber dort ist es wahrscheinlich sehr schwierig ... Selbst einen Kandidaten für diese Funktion zu finden, ist nicht leicht.«

Sie flüsterten sich gegenseitig etwas zu.

»Steter Tropfen höhlt den Stein«, stellte Guarini fest.

Aus dem Nebenzimmer kam in diesem Augenblick langsam Theresia. Schon aus Achtung vor dem Priester hatte sie sich umgekleidet. Sie brachte eine Schale mit Früchten herein, die sie lächelnd auf den Tisch stellte.

Der Geistliche klopfte ihr, so wie es in Italien Sitte war, auf die Schulter, sie küßte seine Hand. Er zog aus seiner Soutane Medaillons hervor, die an einer Schnur aufgereiht waren, gab eins Theresia und legte noch zwei, eins für die Mutter und eins für den alten Beppo, auf den Tisch, wofür er zum Dank noch einen Handkuß erhielt.

Noch lange sprachen die beiden Gäste miteinander, leise, aber angeregt. Der Minister nahm demütig die Instruktionen entgegen, doch aus seinem versonnenen Wesen und seiner Zerstreutheit war leicht zu entnehmen, daß er jetzt schon selbst damit beschäftigt war, sein Vorgehen zu überlegen. Es war schon ziemlich dunkel, als sich der Pater auf den Heimweg begab. Theresia trat ein, um Brühl etwas mitzuteilen oder eine Bitte an ihn zu richten, aber auch dieser war nun in Eile und versprach, später wiederzukommen.

Sie blieb wieder allein und nahm nachdenklich und traurig wie vorher im leeren Zimmer Platz. Die alte Mutter kam still mit gefalteten Händen herein und setzte sich ihr gegenüber. Eine sehnsüchtige Stimmung hatte die beiden erfaßt. Ein Anlaß zu einem Gespräch lag auch nicht vor, also seufzten sie nur.

Die Lampen waren noch nicht angezündet, um nicht durch die offene Tür die Mücken anzulocken, die am Ufer der Elbe genauso stachen wie in Italien, als wieder am Tor geklopft wurde. Theresia erhob sich nicht einmal, obgleich sie vielleicht neugierig war, wer nun kommen könnte. Wer vermochte ihr hier schon eine Freude zu bereiten?

Auf der Treppe unterhielt sich jemand italienisch mit Beppo. Die Albuzzi erkannte die Frauenstimme, strich sich die Haare glatt und sprang auf. Die Mutter erhob sich ebenfalls. In der Dämmerung zeichnete sich an der Tür die hohe Gestalt einer Frau ab, die vornehme Kleidung trug und ein stolzes Gesicht besaß. Sie war wirklich prächtig geschmückt mit ihrem seidenen Gewand, der schönen Frisur, all den Spitzen und ihrem geliebten italienischen Glitzerzeug.

Voller Verwunderung erkannte Theresia ihre Feindin und Rivalin Bordoni-Hasse, die berühmte Faustina.

Die Königin, deren Reich hinter den Kulissen lag, musterte das Zimmer ihrer Widersacherin und schien zu überlegen, wie sie das Gespräch beginnen sollte.

Theresia stand ihr schweigend gegenüber.

»Siehst du, ich komme zu dir, ich!« rief lachend Faustina. »Ich habe vergeblich darauf gewartet, daß du zu mir kommst, um den Frieden wiederherzustellen. Ich sehe, ich muß als erste die Hand reichen! Ach, meine liebe Theresia, wir sind doch beide Italienerinnen, beide sind wir unter dem schönen Himmel geboren, unter dem Orangen und Zitronen blühen; statt uns unser Leben zu erleichtern, machen wir es uns gegenseitig schwer. Gib mir die Hand, laß uns Schwestern sein!«

Theresia zögerte, schluckte, brach dann in Tränen aus und warf sich Faustina an den Hals.

»Ich bin nie deine Feindin gewesen«, rief sie schluchzend, »ich habe dir nicht deinen Geliebten genommen, kein böses Wort gesagt.«

»Ach, genug davon, hör auf! Begraben wir die Vergangenheit«, entgegnete Faustina, »vergessen wir sie, fassen wir uns an den Händen und gehen wir gemeinsam den Weg. Unser Leben ist auch so schon traurig und schwer genug. Die anderen vergiften es uns; wir sollten dies nicht tun.«

Faustina seufzte.

»Ich bin zu dir gekommen, weil du mir in der Seele leid tust. Doch was vermögen ein guter Rat und ein liebes Wort? Beide kommen zu spät, und was eintreten soll, wird keine Macht der Welt ändern können.«

Sie verstummte für einen Augenblick. Die Mutter Theresias ging langsam hinaus. Die Albuzzi ließ sich auf einen Hocker zu Faustinas Füßen nieder, stützte den Kopf in die Hände, wie sie es vorher getan, und versank in Nachdenken.

»Die Menschen beneiden uns um unser Glück«, fuhr Faustina fort, »und wir müssen die Tränen hinunterschlucken. Das ist nicht unsere Welt ..., und an ihrem Hofe muß man sich so vorsichtig wie auf dem Glatteis bewegen, um nicht auszugleiten und zu fallen. Zum Glück habe ich den König hinter mir, und der bleibt meiner Stimme treu. Ein gutmütiges Geschöpf, das in seine Loge wie zur Krippe geht, und ich schütte ihm das Futter in Form eines Liedes hinein.«

Sie lachte auf, beugte sich über Theresia und küßte sie auf die Stirn.

»Du tust mir leid, du bist in schlechte Hände geraten, Albuzzi ...«

Sie dämpfte ihre Stimme. Theresia blickte sich ängstlich um und flüsterte dann leise und vorsichtig:

»Ich fürchte mich selbst vor meiner eigenen Mutter!«

»Und ich fürchte mich vor niemandem«, erwiderte die Bordoni, »aber kennst du auch diesen König der Zukunft, der dir sein Taschentuch zuwarf?« – Ihr schauderte. – »Das ist ein schrecklicher Mensch! Er ist ja so lieb, so süß, so gut, aber sein Lachen klingt wie das Zischen einer Schlange. Er kann lächeln, hat aber kein Herz. Und dabei ist er so fromm, so demütig ...«

Und Faustina schüttelte sich.

»Ich bin wirklich hergekommen, um dich zu beklagen, denn er wird in aller Kürze über uns alle herrschen, und wehe derjenigen von uns, die sich ihm dann zu widersetzen wagt: Poverina, Ärmste!«

Theresia schwieg. Faustinas Wangen glühten.

»Zu dir kann er vielleicht gut sein! Doch wenn du so wie ich jeden Tag das Stöhnen und die Klagen über die Unterdrückung hören und die zurückgehaltenen Tränen in den Augen der Menschen sehen würdest, oh, oh, wie würdest du ihn hassen.«

»Meine gute Faustina«, sagte endlich Theresia, »du hast dir einen Tag ausgesucht, an dem in meinen Augen die Tränen noch nicht versiegten, ach, wir sind hier sehr arm. Ich schlafe, höre im Traume das Rauschen meiner Adria und glaube dann, wieder dort am Abend auf der Schwelle des Hauses zu sitzen. Glühwürmchen flimmern in der Luft, Andrea klimpert auf der Gitarre ... Ein Lied erklingt, der Wind trägt den Duft von Blumen und Blättern heran. Ich wache auf und lausche, draußen rauscht es wirklich, aber es ist der Sturm, er bringt Schnee mit sich, eine verhaßte Sprache ertönt, Menschen lachen, deren Fröhlichkeit verletzt und deren Liebe demütigt.«

Theresia schlug die Hände vors Gesicht.

»Meine liebe Theresia«, beruhigte sie die Bordoni und küßte sie, »deshalb dürfen wir uns das Leben nicht gegenseitig schwer machen, sondern müssen uns auf diesem Dornenpfade helfen.«

Sie reichte ihr die Hand und flüsterte ihr zu:

»Hüte dich vor dem, der sich deiner bemächtigt hat! Er ist schrecklich. Möge dich die Madonna beschützen.«

Theresia erhob sich langsam und geleitete sie zur Tür.

»Addio«, sagte sie, »Gott möge dich für dein gutes Herz belohnen; du trafst mich traurig an, jetzt ist mir leichter, wo ich weiß, daß wir beide füreinander und nicht gegeneinander sind.«

So trennten sie sich. Und die in ihre Gedanken vertiefte Faustina befahl den Sänftenträgern, die am Tore warteten, sie nach Hause zu bringen.

Durch die Fenster der Sänfte konnte man alles sehen, ohne selbst erkannt zu werden. Von der Gasse, in der das neue Haus der Albuzzi stand und darauf wartete, daß sein erhabener Protektor es mit einem Kuppelbau in der Friedrichstadt vertauschte, erreichte die Sängerin rasch das Stadttor und die Stadt. Durch eine schmale Gasse mußte sie hindurch, um zur Schloßstraße zu gelangen. Zerstreut blickte sie vor sich hin. Draußen war es noch nicht so dunkel wie in den Häusern; die Gesichter der Vorübergehenden waren leicht zu erkennen. Vom Schlosse her kam ihr rasch eine Sänfte entgegen. Sie erkannte, oder besser, sie erriet in ihr Sulkowski, dessen bleiches Gesicht mit dem schwarzen Schnurrbart an ihr in der Dämmerung vorüberglitt.

Die Scheiben der beiden Sänften hätten sich beinahe berührt. Faustina klopfte, als ob ein Entschluß plötzlich in ihr gereift wäre, an das Fenster ihrer Sänfte, gerade als die Sulkowskis vorbeigetragen wurde, und rief: »Haltet an!«

Sulkowski, der nachdenklich in seinem Polster gesessen hatte, schob den Kopf hinaus ... Die Träger setzten die Sänften so ab, daß die Fenster einander genau gegenüberstanden und die Insassen sich unterhalten konnten.

Faustina ließ das Fenster herab und lehnte sich erregt hinaus. Der Minister beugte sich leicht verwundert zu ihr hin.

»Exzellenz, befehlt den Leuten, sich etwas zu entfernen, oder gestattet mir, italienisch zu sprechen. Ich muß, selbst wenn es mich das Leben kosten sollte, mit Euch sprechen.«

Der Graf erbebte und entgegnete:

»Schöne Diva, wenn es sich um einen Streit handeln sollte, so ist Pater Guarini dafür zuständig; wollt Ihr aber eine Gnade erbitten, so wendet Euch an unseren Herrn, den König, der Euch nie etwas abschlägt. Ich ... habe keine Zeit, schöne Frau.«

»Graf, es geht nicht um mich, auch nicht um Gunstbeweise, denn damit werde ich überschüttet. Ich verlange auch nichts von Euch, nichts ... Es geht um Euch und um den König!« sprach mutig Faustina.

Sulkowski schien den Sinn ihrer Worte nicht zu verstehen, dennoch ließ er die Tür öffnen, stieg aus der Sänfte und trat nahe an die Sängerin heran.

»Ich stehe zu Eurer Verfügung und lausche Euren Worten«, sagte lächelnd der Minister.

»Ach, wenn Ihr mir doch auch Glauben schenken wolltet!« seufzte die Italienerin.

Der Graf schwieg, man spürte seine Ungeduld, die er mit Mühe zurückhielt.

»Graf«, fuhr lebhaft Faustina fort, »ist es wahr, daß Ihr uns verlaßt, daß Ihr zu verreisen beabsichtigt, Euch zurückzieht und das Feld Euren Feinden überlaßt?«

Sulkowski lachte auf und erwiderte gelassen:

»Ich habe keine Feinde, und wenn ich so glücklich wäre, welche zu haben (denn ich würde es als Auszeichnung ansehen, indem ich meinem Herrn diene, Feindschaft zu ernten), so würde ich mich durchaus nicht vor ihnen fürchten.«

»Traut Ihr mir etwa nicht?« unterbrach ihn die Bordoni. »Wollt Ihr nicht einer armen Sängerin aufrichtig gegenüber sein? Denn hinter den Kulissen sieht man viel von der Welt, dort lernt man die Menschen besser als in den Salons kennen. Ich wünsche Euch nur Gutes, Graf, weil ich weiß, daß Ihr den König liebt und das Wohl dieses Landes wollt, das ich als meine zweite Heimat ansehe. Ihr seid sauber und wünscht, daß man Euch zugetan ist; die anderen denken nur an sich, das Land kümmert sie nicht im geringsten.«

Sulkowski runzelte die Stirn.

»Wer denn, wer?«

»Wie? Seid Ihr etwa so blind?« rief Faustina, in Eifer geratend. »Seht Ihr denn gar nichts? Muß ich Euch das alles erst enthüllen und zeigen? Sogar die Königin neidet Euch die Gunst des Königs. Ihr besitzt einen Feind in der Person des allmächtigen Paters und einen Rivalen in Brühl. Die seit langem vorbereitete Verschwörung haben sie jetzt in die Tat umgesetzt: Ihr werdet von hier fortgeschickt, damit man Euren Platz besetzen und Euch das Herz des Königs rauben kann! Und Ihr merkt das nicht! Ihr verzichtet aus freien Stücken auf Eure Zukunft! Dieser Mensch wird alles an sich reißen, für Euch wird dann kein Platz mehr sein.«

Sie stieß diese Worte händeringend hervor. Sulkowski stand da, hörte sie an, aber das alles beeindruckte ihn nicht sonderlich. Er erschauerte nur, und Röte überzog sein blasses Gesicht.

»Liebe Faustina, das sind wirklich nur Hirngespinste. Ich verreise, habe aber selbst darum gebeten. Ich habe keine Feinde, besitze aber das Herz des Königs, das mir so sicher ist, daß keine Macht der Welt es mir abspenstig machen kann ... Beruhigt Euch, Signora, das alles sind dumme Gerüchte, die an jedem Hofe wie Mücken über Tümpeln herumschwirren. Glaubt mir, blind war und bin ich nicht. Mich zu betrügen, sich meiner zu entledigen, ist nicht leicht.«

Er brach in ein fröhliches Lachen aus und fuhr fort:

»Und, Signora Faustina, seid versichert, ich danke Euch für die Besorgtheit um meine Person, für Eure guten Absichten. Keine Menschenseele soll etwas von unserem Gespräch erfahren, es bleibt unter uns.«

Er verneigte sich und wollte gehen, aber Faustina streckte die Hände nach ihm aus und rief:

»Graf! Ist es überhaupt möglich, daß Ihr bis zu einem solchen Grade von Blindheit geschlagen wäret! Ist denn so etwas denkbar? Euer edler Charakter läßt keinen Verdacht auf Verrat in Euch aufkommen. Aber er tritt doch schon offen zutage. Alle sehen das, was Ihr nicht sehen wollt.«

»Das ist doch alles nur Einbildung, Vermutung, Verleumdung! Brühl schuldet mir viel und könnte es nicht wagen, gegen mich vorzugehen, selbst gemeinsam mit so gewaltigen Verbündeten nicht wie der Allergnädigsten Königin und dem ehrwürdigen Pater ...«

Er schüttelte den Kopf.

Faustina schwieg und ließ den Blick sinken.

»So ist also das, was kommen soll, nicht zu ändern. Wem es bestimmt ist, am Hofe zu sein, wird heilig oder in Verzweiflung sterben ...«, sagte sie vor sich hin. »Addio, Herr Graf, möge Euch die Vorsehung auf dem Hin- und Rückweg beschützen ... Bleibt nicht allzulange ... Vielleicht werdet Ihr Euch einmal an die Warnung der dummen Faustina erinnern, doch dann wird es schon zu spät sein.«

Sie senkte traurig den Kopf. Sulkowski ergriff gerührt ihre Hand:

»Gute, schöne Faustina, glaubt mir, ich bin Euch sehr dankbar. All das, was Ihr getan habt, zeugt für ein großes Herz. Solche gibt es nur wenige bei uns, und ich weiß sie zu schätzen. Doch ganz so schlimm steht die Sache noch nicht ... Ach nein! Den König kann ich meinen Freund nennen, ich baue auf ihn, und er wird mich nicht enttäuschen. Seid ohne Sorge um mich.«

Faustina erwiderte kein Wort und ließ sich in die Polster zurücksinken. Der Graf lächelte ihr zu, verneigte sich und stieg in seine Sänfte.

Doch jetzt änderte er seinen Entschluß und befahl, zum Brühlschen Palais getragen zu werden. Es war zu einer Stunde, wo er sicher war, Brühl anzutreffen. Sulkowski war so mit seinen Gedanken beschäftigt, daß ihm der Weg dorthin im Fluge verging. Bei Brühl brauchte er weder nach dem Hausherrn zu fragen noch sich anzumelden; Hauptsache, der Minister war zu Hause. Die Türen taten sich damals überall dem allmächtigen Sulkowski wie im Königsschlosse von selbst auf.

Brühl war zu Hause.

Sulkowski fragte nicht lange und eilte die Treppen hinauf. Er bemerkte dabei nicht, daß ihm ein Page zuvorkam, der durch eine andere Tür schlüpfte, um seinem Herrn den Besuch zu melden.

Brühl beriet sich gerade mit Hennicke. Rasch entließ er ihn. Bevor Sulkowski, der eine ganze Flucht von Sälen und Zimmern zu durchqueren gezwungen war, sein Kabinett erreichte, fiel Brühl im Betstuhl vor dem Kruzifix auf die Knie nieder, faltete die Hände und vertiefte sich in ein heißes Gebet.

Die Leichtigkeit, mit der er diese Stellung einnahm, bewies, daß er sie nicht zum ersten Male anwendete, um einem überraschend eintretenden Besucher vorzuspielen, er habe ihn beim Gebet angetroffen. Die Erscheinung dieses vornehm gekleideten Hofmannes, im Samtrock, mit seinem Degen und der kunstvoll gekräuselten Perücke, hätte vielleicht, wie er so Zwiesprache mit dem Herrgott hielt, lächerlich wirken können, doch ein Gebet verbot solche Anwandlungen.

Wie die Zeitgenossen bezeugen, traf man Brühl oft in so tiefer Andacht an.

Sulkowski öffnete, ohne vorher zu klopfen, die Tür und hielt erstaunt an der Schwelle inne. Zum ersten Male überraschte er Brühl beim Gebet, er wollte fast seinen Augen nicht trauen und blieb regungslos stehen. Brühl tat so, als hätte er das Öffnen der Tür nicht gehört, verharrte in seiner Stellung, den Rücken der Tür zugekehrt, mit erhobenem Kopfe und stieß laute Seufzer aus. Endlich holte er mit der rechten Hand aus, neigte das Haupt und begann sich mit einer solchen Inbrunst, mit solch einem Eifer an die Brust zu schlagen, wie ein Bettler vor der Kirche es tut, wenn er sich ein Almosen verdienen will. Sulkowski rührte sich nicht. Er konnte ja nicht ahnen, daß das Ganze reine Heuchelei und Komödie war, denn er war unangemeldet und überraschend gekommen, auch gestattete die Abenddämmerung nicht, das Nahen der Sänfte auf der Straße zu beobachten.

Diese stumme Szene währte ziemlich lange. Brühl neigte sich bis zum Boden, bildete mit weit ausgebreiteten Armen ein Kreuz, nur das Murmeln der Gebete war zu hören. Immer, wenn er die rechte Hand hob, bekam der Graf den daran hängenden Rosenkranz zu sehen. Schließlich räusperte sich Sulkowski.

Als Brühl das Geräusch vernahm, sprang er wie erschrocken auf, erblickte Sulkowski und bedeckte seine Augen mit den Händen.

»Ah, mein lieber Graf, ich bitte um Verzeihung ..., ich schäme mich ... Ihr habt mich bei frommer Übung angetroffen. Manchmal verlangt die Seele danach, sich ihrem Schöpfer zu nähern. So viel Zeit opfern wir irdischen Vergnügungen, wenigstens einen Augenblick wünsche ich Gott und dem Gebet zu weihen.«

»Dann bitte ich Euch um Vergebung«, erwiderte, langsam eintretend, Sulkowski. »Eure Frömmigkeit erbaut mich wirklich. Verzeiht, daß ich Euer Gebet unterbrach!«

»Ach, es ist schon beendet!« rief Brühl und lud seinen Gast ein, auf dem Sofa Platz zu nehmen.

Zwei Kerzen brannten schon auf dem Tisch.

Ein Mensch, der so betet, dachte Sulkowski, kann nicht schlecht und verdorben sein, das ist unmöglich.

Ein Stein fiel ihm vom Herzen. Er sah Brühl an. Dieser hatte das Aussehen eines noch unter dem Eindruck des Gebetes stehenden Menschen, der noch verzückt war und den die Ekstase noch umfing.

»Nun«, sagte Sulkowski langsam und machte es sich auf dem Sofa bequem, »wißt Ihr, daß ich verreise?«

Brühl blickte ihn an und zeigte keinerlei Gemütsbewegung, nur sein Gesicht war sehr traurig.

»Ihr tut, was Euch gefällt«, entgegnete er ruhig, »ich habe Euch weder diese Reise angepriesen noch dazu geraten! Ehrlich gesagt, war und bin ich gegen sie. Vor allen Dingen deshalb, weil Euch niemand beim König ersetzen kann, das wäre eine vergebliche Mühe. Zu Euch kann und muß ich offen sein, es ist meine Pflicht. Es fällt mir schwer, dies auszusprechen. Unsere Königin ist eine heilige, fromme, dem König getreue Gattin, aber eine Frau. Ihr Einfluß, den nur der Eure eindämmen konnte, wird nun stärker werden; der König wird in vollkommene Abhängigkeit von ihr und Pater Guarini geraten. Ihr habt mich beim Gebet überrascht. Ihr seht, daß ich fromm bin; ich bin zum Katholizismus übergetreten und bin ein ehrlicher Anhänger unseres Glaubens. Aber ich sähe nur ungern, wenn ausschließlich die Geistlichen auf unseren König Einfluß hätten. Unser teurer Herr hört sowieso schon zuviel auf sie und stößt seine sächsischen Untertanen dadurch ab.«

Sulkowski hörte ihm mit größter Aufmerksamkeit zu.

»Mein lieber Brühl«, pflichtete er ihm bei, »Eure Worte sind durchaus richtig, ich teile voll und ganz Eure Meinung. Das alles stimmt, doch Ihr bleibt ja hier, und ich werde bald zurückkommen. Ihr verargt mir meine Reise, aber ich bin Soldat. Der König vertraut mir den Oberbefehl über die Truppen an, ich rechne mit Krieg. Ich habe unseren Herrn überzeugt, daß er unvermeidlich ist, daß Sachsen die Lage Österreichs ausnützen und seine Rechte geltend machen muß. Das ist der Grund, weshalb ich mir militärische Fertigkeiten aneignen will. Meine Reise entspringt, wie Ihr seht, nicht einer Laune.«

»Und ich wollte, Ihr führet nicht«, widersprach Brühl.

»Ihr sagt, ich bliebe hier, doch ich übe auf den König nicht einen solchen Einfluß aus.«

»Wißt Ihr, was unterdessen die Leute schwatzen?« fragte Sulkowski.

Brühl sah erstaunt auf.

»Es ist wirklich interessant«, begann Sulkowski, »man warnt mich, ich sollte auf der Hut sein, Ihr hättet mit Pater Guarini gegen mich eine Verschwörung angezettelt und schicktet mich absichtlich auf Reisen, um meine Stellung zu unterhöhlen und mich zu stürzen.«

Brühl schlug die Hände zusammen, sprang vom Stuhle auf und stieß entrüstet hervor:

»Her mit diesem Verleumder! Von mir, von mir wagt man so etwas zu sagen? Ha! Es gibt nichts auf der Welt, was man nicht beschmutzen könnte. Von mir!! Ich und Pater Guarini! Ich, der ich ihn wie das Feuer fürchte. Ich und die Königin, die mich nicht leiden kann, nun urteilt selbst! Ich sollte Euch angreifen, ich elender Wurm, einen Menschen, den der König seinen Freund nennt! Ach, das wäre schrecklich, wenn es nicht so dumm und niederträchtig wäre.«

»Aber, aber, beruhigt Euch!« rief Sulkowski gleichmütig aus und lachte. »Ich wiederholte nur das Ganze, um Euch zu beweisen, was die Leute träumen und was sie glauben. Denkt doch nicht, daß ich Euch nicht traue und irgendeine Befürchtung hege.«

Nach einer Weile fügte er noch hinzu:

»Einem ehrgeizigen, aber kurzsichtigen Menschen wäre so etwas zuzutrauen, doch er würde es sehr bereuen. Ich bin des Königs sicher. Vor mir hat er keine Geheimnisse.«

Er hob verächtlich die Schultern.

»Das alles ist richtig«, sagte Brühl bewegt, »aber weil die Leute so reden, so wäre ich um so mehr dafür, daß Ihr die Reise nicht antretet.«

»Entschuldigt bitte, das ist ja gerade der Grund, weshalb ich fahren muß, um diese Dummköpfe zu überzeugen, ihnen zu beweisen, daß ich niemanden fürchte, über ihr Gerede lache und es verachte.«

Er zuckte mit den Achseln, und Brühl machte eine verächtliche Handbewegung.

»Und daß es keinen Sinn hat! Das alles ist doch in irgendeinem Winkel ausgedacht worden oder aus Berlin gekommen, wo man den Klatsch für Sachsen macht ... Das ist dumm.«

»Mein lieber Brühl, bei mir ist alles zur Reise vorbereitet, morgen fahre ich nach Prag ab«, warf Sulkowski ein, absichtlich dem Gespräch eine andere Wendung gebend. »Es hat seinen guten Grund, weshalb ich diesen Weg wähle. Ich muß mir die strategische Lage Prags anschauen, denn wir werden gezwungen sein, die Stadt zu nehmen und rasch zu besetzen. Ich will erkunden, wieviel Kräfte dazu benötigt werden und welchen Weg man wählen muß. Morgen früh geht es los. Erlaubt, daß ich mich von Eurer Frau verabschiede.« Brühl läutete.

Ein Kammerdiener in golden betreßter Livree trat ein.

»Ist meine Frau im Hause?« fragte er den Kammerdiener.

»Jawohl.«

»Ist sie allein?«

»Ich glaube ja, Exzellenz.«

»Melde den Grafen Sulkowski, der sich verabschieden will, und mich.«

Der Kammerdiener eilte davon. Im Zimmer herrschte Schweigen.

»Die Herrin läßt bitten!«

Sulkowski stand schwerfällig, als ob er müde wäre, vom Sofa auf und begab sich, von Brühl gefolgt, in den Salon.

Trotz der Aufregung, die Brühl soeben erlebt hatte, sah man ihm nichts davon an; innerlich kochte es in ihm, aber er lächelte gleichmütig.

Im Salon erwartete sie stehend die schöne Franziska Brühl. Sie war gerade von einer Nachmittagsgesellschaft bei der Königin zurückgekommen, die täglich von vier bis sechs Uhr stattzufinden pflegte. Wie immer war sie prachtvoll gekleidet. Ihre Schönheit strahlte, doch zog diese nicht an, sondern rief nur Staunen und Bewunderung hervor. Irgendwas Wildes blitzte in ihren Augen, eine gewisse Grausamkeit lag manchmal in dem Lächeln ihrer Lippen. Unruhe ergriff einen, wenn man sie ansah. Jene Unruhe, die ihre Seele erfüllte.

Sie blickte Sulkowski an.

»Ich komme, um mich Eurem Gedächtnis zu empfehlen«, sagte mit einer gewissen Herablassung gleichgültig Sulkowski und neigte leicht das Haupt. »Es ist Euch sicherlich bekannt, daß ich mich auf eine Reise begebe. Es tut mir leid, einen so lieben Hof zu verlassen, aber es liegen dafür zwingende Gründe vor. Zum Glück habe ich die Hoffnung, daß ich nicht lange fernbleiben werde.«

»Ah!« ließ sich Franziska vernehmen, »soeben erfuhr ich auf dem Empfang bei unserer Allergnädigsten Herrin, daß uns der Graf verläßt. Das hat mich sehr gewundert.«

»Hat denn Euer Gatte nichts davon erwähnt?« fragte Sulkowski.

»Mein Gatte?« rief die Gräfin und verzog ihr Gesicht, »mein Mann ist so beschäftigt, daß wir uns manchmal einen ganzen Monat nicht sehen, obwohl wir in einem Hause wohnen. Ich bin gezwungen, von fremden Leuten etwas über ihn zu erfahren.«

»Dafür solltet Ihr Euren Mann bestrafen!«

»Ach nein«, lachte Franziska ironisch, »er ist frei, und ich auch. Kann es ein schöneres Verhältnis im Ehestand geben? Wir haben beide keine Zeit, unser überdrüssig zu werden, und deshalb sind wir glücklich.«

Sie blickte spöttisch zu ihrem Mann hinüber. Brühl nahm ihre Worte fröhlich auf und lachte so echt, wie er konnte.

»Und die Gräfin, Eure Gattin, bleibt hier?« erkundigte sich Frau Brühl.

»Leider! Ich muß sie allein lassen«, bedauerte Sulkowski, »obwohl es mein größter Wunsch wäre, sie auf ein Pferd zu setzen, um mich bei der Kampagne von ihr begleiten zu lassen. Doch es ist unmöglich.«

»Gedenkt Ihr Krieg zu führen?« fragte Franziska.

»So ist es! Wünscht mir Erfolg, damit es mir gelingt, Euch einen Türkenkopf mitzubringen.«

»Ich entbinde Euch davon«, entgegnete sie schalkhaft. »Graf, bringt nur Euren Kopf ganz nach Hause, das wird uns genügen. Mit Lorbeer gekrönt, wird er sich einst auf einer Medaille gut ausnehmen.«

Der Gedanke an die Medaille rief die Erinnerung an Watzdorf in ihr wach. Ihre Pupillen leuchteten wild auf; sie verneigte sich und sagte: »Ich wünsche Euch viel Glück!«

Ihre Augen sprachen aber etwas anderes.

Sulkowski machte wiederum eine lässige Verbeugung.

Franziska begab sich in ihr Zimmer zurück. Der Hausherr nahm seinen Gast freundschaftlich am Arm, und beide kehrten, vertraulich flüsternd, ins Kabinett zurück.

## VII

An einem grauen Winterabend, einige Monate nach der Abreise Sulkowskis, trat Pater Guarini beim König ein. Gewöhnlich befand sich August III. zu dieser Stunde bei der Königin oder in der Oper, hörte Musik oder vergnügte sich beim Schießen.

Besonders gern wählte sich August Tiere als Ziel aus, so daß man manchmal verendete Pferde an die Stadtmauer warf; wenn sich dann herumirrende Hunde um das Aas balgten, so schoß Seine Majestät auf sie von der Mauer herab. Da aber die Gefahr bestand, daß Mangel an Hunden eintreten könnte, so erschoß man sie nicht, sondern verwundete sie nur, damit sie sich, wenn die Verletzung etwas zugeheilt, später wieder zu einer ähnlichen Vesper einfinden konnten. Aber an diesem Tage war weder Schießen vorgesehen noch eine Oper angesetzt; auch zur Königin zu gehen, um Musik zu hören, zog es August nicht sonderlich. Zweimal waren schon seine Kämmerer erschienen, er hatte sie mürrisch weggeschickt. Dies bedeutete, daß er sich in schlechter Stimmung befand. Man setzte davon Pater Guarini in Kenntnis, der sofort zum König eilte.

Nur er allein konnte aus Friedrich herausbekommen, was ihn bedrückte. Anderen gelang das nicht.

Der alte Geistliche betrat das Zimmer. Wie immer war sein Gesicht ruhig, fröhlich und zum Lachen bereit.

Der König sah ihn finster an und wandte seinen Kopf ab.

Trotz des nicht gerade freundlichen Empfanges setzte sich der Pater auf einen Hocker, stützte den Kopf in eine Hand und begann:

»Darf man Eure Majestät fragen, weshalb Eure Stirn so umwölkt ist? Euer treuer Diener grämt sich darüber.«

August drehte sich um, nickte, brummte etwas Unverständliches und griff nach der Pfeife. Schweigen trat ein.

»Es würde Eurer Majestät Erleichterung verschaffen, wenn Ihr Euch mir anvertrauen wolltet«, sprach ihm der Pater zu.

»Eine Dummheit!« sagte der König.

»Es lohnt nicht, sich zu ärgern«, riet der Priester.

»Eine Dummheit!« wiederholte August.

Nach diesen Worten stand er auf und begann stöhnend auf und ab zu gehen. Wie immer, wenn er schlechter Laune war, stieß er mit dem Fuße alles zur Seite, was ihm im Wege lag, oder besser, was ihm im Weg zu liegen schien.

Guarini sah zu ihm wie zu einem strahlenden Stern auf.

»Das ist nicht gut«, fuhr er fort, »daß Eure Königliche Majestät bei der großen Arbeit, die Ihr zu bewältigen habt, sich kein Vergnügen gönnt. Der Mensch bedarf unbedingt der Zerstreuung. Der heilige Johannes, der Evangelist, besaß auf Patmos, wohin ihn Kaiser Domitianus verbannt hatte, ein gezähmtes Rebhuhn.«

»Ein Rebhuhn!« wiederholte der König nachdenklich. »Ich jage lieber auf Birkhühner; ein Rebhuhn ist ein so kleines Wild.«

Und wieder nahm er seine Wanderung im Zimmer ächzend auf.

»Musik wäre nötig, die Oper, Bilder oder Jagd«, schlug der Beichtvater vor.

August winkte ab.

»Wo ist Brühl?« fragte der Jesuit.

»Ah, Brühl! Dieser vortreffliche Brühl! ... Aber er ist beschäftigt, der Ärmste ist beschäftigt, mag er ausruhen. Brühl ist ein guter Mensch.«

»Ein ausgezeichneter!« pflichtete ihm Guarini bei. »Haben Eure Majestät über ihn irgendeine Klage oder Beschwerde?«

»Aber wieso denn! Brühl ..., dieser goldige Brühl!« sagte der König, ließ aber den Kopf hängen.

Es war schwer, etwas aus ihm herauszubekommen.

»Eure Majestät sehnen sich, wie mir scheint, schon nicht mehr so nach Sulkowski.«

Der König fuhr zusammen und blieb plötzlich stehen.

Guarini erkannte, daß er an eine Wunde gerührt hatte.

»Das ist so mit Sulkowski ... Seht Ihr Pater«, stammelte August, »Josepha liebt ihn nicht. Man muß doch Sulkowski gern haben? ... Hm, hm? Sprich!«

Der Pater schwieg. Obwohl August seine Frage direkt an ihn gerichtet hatte, so wie eine Pistole auf die Brust, kam keine Antwort.

Der König, der nicht zu sprechen liebte, wiederholte leise: »Pater, muß man Sulkowski nicht gern haben?«

Der Jesuit dachte sehr lange nach. Es war ein entscheidender Augenblick, man mußte beim Angriff geschickt vorgehen. Er erwog, wie er ihn beginnen sollte. Er wartete schon seit langem darauf, nun war die bewußte Stunde gekommen, man mußte also Stellung nehmen:

»Eure Majestät, ich persönlich habe nichts gegen Sulkowski. Als Katholik ist er kalt und gleichgültig; das ist wahr ... Ich hatte auch immer den Eindruck, daß er unserer heiligen Königin und Herrin nicht genug Achtung und Ehrerbietung bezeigt.«

»Oh, oh, oh!« unterbrach ihn der König.

»Wenigstens urteilen die Leute, die anderen, so«, ließ sich Guarini nicht beirren. »Eigenwillig ist er, das stimmt, die Gnade Eurer Majestät hat in ihm einen ungeheuren Hochmut hervorgerufen.«

Der König schwieg mit finsterem Gesicht und hörte zu.

»Allergnädigster Herr«, rief der Jesuit lebhaft aus und trat an ihn heran, »wir sind allein, uns hört niemand außer Gott. Ich bitte Euch, antwortet mir nach bestem Wissen und Gewissen wie bei der Beichte: Hat Sulkowski seinen König und Herrn niemals in Versuchung zu führen versucht??«

August machte große Augen, errötete, drehte ihm plötzlich den Rücken zu und begann, ohne zu antworten, wieder im Zimmer auf und ab zu gehen. Sein Schweigen war Antwort genug. Guarini lachte leise in sich hinein.

»Ist das nicht eine Frechheit? Hm? Ich verstehe sogar, daß ein Diener und Freund aus Liebe zu seinem Herrn auch manchmal etwas auf sein Gewissen nehmen will, aber er hätte warten können, bis man ihm von oben dazu einen Wink gab.«

Mit gesenktem Haupte spazierte der König umher.

»Die Königin hat das gefühlt«, fuhr der Pater fort, »was sollen wir uns darüber wundern. Aber genug davon. Oder ist es nicht allgemein bekannt, daß er sich mit Eroberungsplänen auf Kosten Österreichs trägt, sich gegen ein Haus wendet, dem wir unsere Königin verdanken, und gegen unsere heiligsten Versprechen ...«

August ließ sich wie ermüdet auf einen Stuhl sinken und sah den Sprechenden an.

»Und das schlimmste vom Ganzen ist sein Ehrgeiz und die Überzeugung, ihm sei alles, was er will, erlaubt, er könne mit seinem König und Herrn machen, was ihm gefiele. Es gibt Leute, die dies aus seinem eigenen Munde gehört haben. Etwas Demut oder ... Demütigung würde ihm nicht schaden. Oder ist es etwa gut, wenn die Leute reden, daß er in Sachsen regiert und nicht unser Allergnädigster König?«

»Na, na, na!« stammelte August. »Wer sagt das? Wer? Den muß man aufhängen!«

»Diejenigen sagen es, die gehört haben, wie Sulkowski prahlt ...«

»Er prahlt! Das ist schlecht!« unterbrach ihn der König. »Ich werde ihm die Ohren langziehen.«

Guarini sah, daß die gereichte Dosis der Arznei für einmal stark genug war, und schwieg. Erst nach einigen Minuten beugte er sich über die Hand des Königs:

»Allergnädigster Herr, vergebt, verzeiht, vergeßt! Ich bin Geistlicher, und das Kleid, das ich trage, verpflichtet mich, die Wahrheit zu sagen. Die anderen können sich dem entziehen, ein Priester aber muß das sagen, was er auf dem Herzen hat. Und zu wem soll er aufrichtiger sein denn zu dem, der das Volk regiert und der nur selten die Wahrheit zu hören bekommt.«

»E vero, das stimmt«, bestätigte der König.

Aber aus seiner Stimme und seinem Gesicht merkte Guarini, daß dem König das Gespräch schon zuviel wurde. Er überlegte schon, womit er ihn aufheitern könnte, und war sicher, daß die von ihm ausgestreute Saat später aufgehen würde.

Ob Guarini nun ein Mittel zur Unterhaltung ausfindig gemacht hätte, wissen wir nicht, doch da trat der Kämmerer ein und meldete, daß Seine Majestät in den Zimmern der Königin Musik erwarte.

»Gehen wir«, sagte seufzend August.

Guarini verneigte sich, und beide verließen das Kabinett. Diener leuchteten dem König.

Die Gemächer der Königin sahen jetzt, da sie Josepha bewohnte, ganz anders aus als früher.

Keine Spur von Glanz und Prunk, sondern nur Einfachheit und Strenge herrschten hier, aber trotzdem blieb die Erhabenheit des kaiserlichen Hauses von Habsburg gewahrt.

Die Bilder, die die Wände schmückten, zeigten fast alle religiöse Motive. Außerdem ersetzten religiöse Symbole, Kruzifixe, Reliquienschreine in den Zimmern die sonst üblichen Ziergegenstände.

Ihr ganzer Hof, der von der Oberhofmeisterin und dem Hofmarschall der strengen Etikette gemäß geleitet wurde, setzte sich aus älteren Frauen zusammen, die man so ausgewählt hatte, daß ihre Schönheit den König in keine Gewissenskonflikte bringen konnte.

An diesem Tage sollte im großen Musiksaal der Konzertmeister Johann Georg Pisendel, der berühmteste Geiger seiner Zeit, im Vereine mit einigen der besten Solisten seine Kunst unter Beweis stellen. Außerdem sollte Pantaleon Heberstreit, der sonst mit Pisendel im Geigenspiel wetteiferte, sich auf einem von ihm selbst erfundenen Instrument produzieren. Es war eine Art verbessertes Cembalo.

Für das Flötenspiel waren zwei Meister angekündigt: Buffardia, ein unvergleichlicher Virtuose, und sein Rivale Quantz, beides hervorragende Künstler. Es wurde also etwas geboten.

Die schon leicht verstimmte Königin wanderte in Erwartung ihres Mannes umher, der endlich eintritt. Sie schritt rasch auf ihn zu und bemühte sich, in seinen Zügen zu lesen. Sie entdeckte nur seine Unzufriedenheit. Dagegen war aber die Musik ein gutes Mittel. Wenn der König sich bequem hinsetzte, die Augen halb schloß, Buffardia ihm auf seiner Flöte vorsang, dann verflogen die Wolken, und die Stirn des Herrn heiterte sich auf.

Der König eilte durch die Reihen der stehenden Hofgesellschaft zu seinem Platz. Josepha blieb etwas hinter ihm zurück und winkte Pater Guarini heran.

Zu einem längeren Gespräch reichte jedoch die Zeit nicht. Der Italiener flüsterte ihr nur zu:

»Poca roba, eine kleine Sache ... Sulkowski.«

Die Königin beschleunigte ihren Schritt und erreichte fast gleichzeitig mit August die für das Paar bestimmten Plätze. Offensichtlich hatte man nur noch auf das Erscheinen des Allergnädigsten Herrn gewartet, denn die Kapelle setzte mit einer wunderbaren, rauschenden Ouvertüre ein, die der König aufmerksam anhörte.

Aber Josephas Gesicht sah man während der Musik an, daß sie ihr Mann oder irgendwelche wichtigen Angelegenheiten mehr beschäftigten als das Konzert. Umsonst gab sich Pisendel mit seinem Fiedelbogen die größte Mühe, die Königin schien ihn nicht zu hören. Unter der Hofgesellschaft befand sich auch Frau Brühl, die neben ihrer Mutter saß. Direkt hinter dem Stuhle des Königs stand in straffer Haltung Brühl, ein unschuldiges Lamm, das den Blick senkte, so bescheiden, als wäre er nicht der erste und einzige Minister.

Pater Guarini, der an ihm vorüberglitt, flüsterte ihm unauffällig zu:

»Der Krieg hat begonnen, der Feind wehrt sich, alle Kräfte müssen konzentriert werden. Deshalb Vorsicht! ...«

Brühl gab vor, nichts gehört zu haben und sich nur an der Musik zu ergötzen. Man spielte schon das Duett, in welchem Buffardia und Quantz versuchten, sich gegenseitig zu überbieten. Der König hatte jetzt die Augen ganz geschlossen und ließ sich beim Genuß der Musik durch nichts stören. Wer beobachtet hätte, mit welch spöttischem Blick ihn Franziska von der Seite her betrachtete, wäre über die Verachtung erschrocken, mit der sie August anzusehen wagte.

Gleich hinter ihr stand das Gefolge des Ministers, dem man gestattet hatte, dem Konzert beizuwohnen. Unter Brühls Leuten fiel ein schöner, junger Mann auf, der Watzdorf derartig ähnelte, daß man glaubte, ein Gespenst vor sich zu sehen.

Der Blick Franziskas glitt manchmal langsam zu ihm hin, blieb auf seinem schönen Antlitz haften und suchte seine Augen; ihre Blicke verschmolzen, und Röte stieg in die Wangen des jungen Mannes. Brühl, der absichtlich nicht in diese Richtung sah, erbleichte, sooft jener errötete. Es schien, als ob seine ermüdeten Augen zuckten, sein Mund sich bewegte; doch das mußte wohl auf die Wirkung der Musik zurückzuführen sein.

Das Konzert dauerte ziemlich lange, dann wurde das Abendessen gereicht. An einem besonderen Tische speiste das Königspaar, an dem des

Marschalls der Hof. Der König aß und trank mit einem solchen Genuß, daß man denken konnte, er habe alles um sich her vergessen. Doch gleich nach der Tafel wünschte er, in Begleitung Brühls sein Zimmer aufzusuchen.

Der größte Teil des Hofes zerstreute sich, die Frauen blieben zur Abendandacht. Es war nämlich Sitte, an bestimmten Tagen der Woche Gebete und Litaneien unter der Leitung des Paters zu sprechen. An diesen Betstunden nahmen die Personen, die zur näheren Umgebung der Königin gehörten, immer teil.

Auch heute fanden Exerzitien in der kleinen Hauskapelle der Königin statt, und erst danach entließ man den Rest des Hofes.

Pater Guarini wollte ebenfalls gehen, aber die Königin winkte ihn heran. Die Oberhofmeisterin trat sofort zurück und hielt sich in gebührender Entfernung.

»Was gab es, mein Vater? Der König ...«

»... hat selbst von Sulkowski angefangen. Es schmerzt ihn sehr, daß gewisse Personen gegen ihn sind. Da ich gefragt wurde, konnte ich nicht schweigen und mußte den Krieg beginnen.«

»Und weiter, weiter?« drängte die Königin neugierig.

»Ich habe ziemlich lange geredet, so viel, wie ich durfte, um den König nicht zu ermüden«, erklärte Guarini. »Ich habe alles gesagt, was ich auf dem Herzen hatte.«

»Und der König?«

»Er hat schweigend zugehört.«

»Was glaubt Ihr, hat es ihn beeindruckt?«

»Sicherlich, aber man muß die Attacken wiederholen. Sulkowski kommt zurück, die Sache duldet keinen Aufschub; er muß den König schon bekehrt vorfinden, sonst kommen die Gewöhnung, die alte Freundschaft wieder zum Durchbruch, Sulkowski wird seinen alten Platz einnehmen, und nichts wird ihn davon zu vertreiben vermögen. Allergnädigste Herrin«, fügte Guarini hinzu, »verlangen wir nicht zuviel: wir können nicht fordern, daß ihn das Schicksal Hoyms ereilt. Seine Schuld ist nicht so groß, es ist sogar unmöglich, sie ihm nachzuweisen. Wenn er nur geht, soll es uns genügen.«

»Uns genügen?« entrüstete sich Josepha. »Kennt Ihr denn die Schwäche des Königs für ihn nicht? Wird sie sich nicht später wieder bemerkbar machen und Sulkowski sie zu nützen wissen? Wird er nicht Mittel und Wege finden? Ein gottloser Mensch – denn das ist er, das ist sicher – ist zu allem fähig. Habt Ihr ihn schon einmal in der Kirche gesehen, wenn es nicht befohlen war? Ihr wißt doch, daß er nie die Fastentage einhält.«

Die Königin schüttelte sich, hielt einen Augenblick inne und fuhr dann fort:

»Ich gebe nicht nach. Ihr müßtet auch handeln, Brühl kann es nicht.«

»Wenn, dann im letzten Augenblick«, flüsterte der Pater, »und wenn, nur sehr vorsichtig. Für ein gutes Werk muß man alle Hebel in Bewegung setzen. Gott wird uns beistehen, Gott wird helfen. Wann kehrt er zurück?«

»Seine Frau rechnet jeden Tag mit seiner Ankunft. Er schrieb dem König, daß er im Laufe dieser Woche zurückkehrt. Wir müssen uns beeilen!« entgegnete die Königin.

Guarini machte eine tiefe Verbeugung und entfernte sich.

Am nächsten Morgen befand sich Brühl, wie gewohnt, sofort nachdem der König aufgestanden war, im Zimmer seines Herrn. Der Dienst strengte nicht an, war nur langweilig. Meist schwieg August. Man mußte dastehen, ihn ansehen und sein Lächeln und Räuspern mit einer Verbeugung erwidern.

Viel mehr Sorgen hatte Brühl, die hohe Person des Königs mit einer zuverlässigen Wache zu umgeben. Seine Ruhe mußte gesichert werden, niemand durfte ihn unverhofft stören. Bei allen Audienzen, ohne Ausnahme, war Brühl verpflichtet, anwesend zu sein. Wenn der König zur Messe ging, wurde vorher der Weg sorgfältig von fremden Personen geräumt. Niemand konnte sich in Abwesenheit des Ministers ohne dessen Erlaubnis dem König nähern. Es scheint, daß König August, der die Ruhe über alles liebte und Überraschungen fürchtete, darüber sehr froh war; denn niemals versuchte er, sich von dieser Bevormundung zu befreien, und bezeigte seinen Wächtern große Dankbarkeit. Nach der Messe und nach den notwendigsten Audienzen, während deren der zerstreute Herr sich nur zu wenigen höflichen Worten aufschwang, blieb Brühl mit ihm ganz allein.

Er ahnte schon, wovon heute die Rede sein würde, denn der König ging unruhig im Zimmer auf und ab, blieb öfter bei ihm stehen, zwinkerte mit den Augen, lächelte traurig, wandte sich ab, kam wieder, blieb wieder hartnäckig stehen und konnte sich nicht entschließen, das Gespräch zu beginnen. Schließlich legte er seinem Minister die Hand auf die Schulter und fragte:

»Brühl, was hältst du von Sulkowski?«

Obwohl der Graf auf diese Frage vorbereitet war, zögerte er mit der Antwort und senkte den Blick.

»Allergnädigster Herr«, entgegnete er sehr geschickt, »ich habe sicherlich von ihm die gleiche Meinung wie Eure Königliche Majestät.«

»Weißt du denn, was ich von ihm halte?«

»Das weiß ich nicht, doch ich bin ein treuer Diener meines Herrn, und diejenigen, die er gern sieht, sind für mich Freunde, die aber, die ihm nicht lieb sind, meine Feinde. Eure Königliche Majestät waren so gnädig, zwei meiner Brüder in Eurer Nähe unterzubringen. Nun, wenn einer von ihnen das Unglück hätte, den Zorn des Königs zu verdienen, dann würde ich mich von ihm lossagen.«

Die Züge des Königs klärten sich auf.

»Brühl, ich liebe dich!« rief er.

Der Minister beugte sich über die Hand seines Herrn.

»Brühl, ich liebe dich sehr«, fuhr August fort, »und deshalb möchte ich gern deinen Rat hören. Man macht mir angst ...«

Er sah Brühl fest in die Augen.

»Sei offen, sprich ...«

»Ich persönlich habe nichts gegen Sulkowski. Aber Eure Gnade, die mich demütiger macht, läßt ihn übermütig werden. Sicherlich hat er sich vielleicht manchmal gebrüstet, er könne tun, was er wolle, und das nicht nur in Staatsangelegenheiten, sondern auch mit dem Allergnädigsten Herrn. Das kann sein ...«

»Hh! Das kann sein, sagst du? Das kann sein, ach ja! Das kann sogar sehr sein«, sagte der König. »Ehrlich gesagt, von Musik versteht er nicht viel und von Bildern auch nur wenig. Hauptsache, sie sind nackt, sie sind nackt! Höre, pst«, fügte der König hinzu, »daß es nur nicht Guarini zu Ohren kommt, was er einmal für eine Venus angebracht hat. Was hatte ich für Verdruß mit der Königin! Sie befahl, sie zu verbrennen. Und sie war doch sehr schön ... Nun, und auch das ist wahr, daß er sich manchmal erlaubte ...«

Er hielt mitten im Satz inne, starrte auf das Fenster, wurde nachdenklich und gähnte.

»Was meinst du«, fragte er, »ist das ein echter Ribera, den sie mir gestern aus Venedig geschickt haben?«

Brühl zuckte mit den Achseln.

»Ich bin in diesem Falle ganz der Ansicht Eurer Königlichen Hoheit.«

»Es kann ein Ribera sein«, murmelte der König.

»Ja, es könnte ein Ribera sein«, bestätigte Brühl.

»Es könnte aber auch ein Frate sein ...«

»Oh, sicherlich, es ist einem Frate sehr ähnlich.«

»Du kennst dich in Bildern aus, Brühl!«

»Ich lerne von Eurer Königlichen Majestät.«

Höchst zufrieden begann August im Zimmer umherzuspazieren, blieb bei Brühl stehen und flüsterte ihm ins Ohr:

»Die Königin will, daß ich ihn fortjage. Ihr hat nämlich jemand hinterbracht, daß er mich zur Untreue verleiten wollte.«

»Niemand kann Eure Königliche Hoheit dessen verdächtigen!« schrie Brühl. »Niemand! Alle wissen um Euer mustergültiges Leben ...«

»Ich werde niemals zulassen, daß man mich verdächtigt! Niemals, niemals! Lieber will ich ... Lieber will ich ...«

Er konnte nicht weitersprechen.

Brühl näherte sich ihm und sagte leise: »Keine Menschenseele, niemand kann Eure Königliche Hoheit dessen beschuldigen.«

Er legte die Hand aufs Herz.

»So muß es auch sein«, flüsterte August, und noch leiser werdend, wisperte er ihm ins Ohr: »Glaubst du, daß er etwas weiß? Daß er einen Verdacht hegt? Hm, hm?«

»Es steht felsenfest, daß er nichts weiß und gar nichts wissen kann. Wenn er aber dauernd hier sein wird, könnte er, unaufhörlich herumspionierend, vielleicht ..., wer kann es wissen ...«

Der beunruhigte König richtete sich auf:

»Wenn es so ist, dann muß er entfernt werden. Ja, ja! So wird es besser sein. Du wirst ihn mir ersetzen.«

Brühl beeilte sich wieder, die Hand seines Herrn zu küssen. Die Stirn Augusts war allerdings umwölkt, er seufzte tief. Die Trennung von seinem Jugendfreund fiel ihm offensichtlich schwer. Eine Träne glitzerte in seinem Auge.

»Brühl, das ist nun beschlossen, so will es die Königin, Guarini rät dazu, du hast nichts dagegen. Aber wie, wie? Sprich ... Rede doch ...«

Der Minister schlug die Augen zu Boden, legte den Finger an die Lippen und nahm eine nachdenkliche, kummervolle Haltung ein. Der König beobachtete sein Mienenspiel und seine Bewegungen und erwartete, daß Brühl nun sein Urteil abgäbe.

»Allergnädigster Herr«, begann er halblaut, »Gründe, ihn in Ungnade fallen zu lassen, sind genügend vorhanden: Man braucht ihn nur daran zu erinnern, daß er sich seinem König und Herrn gegenüber zu große Vertraulichkeit erlaubte. Niemals werde ich Eurer Königlichen Hoheit zu allzu großer Strenge raten. Es genügt, ihn aus Eurem Antlitz zu verbannen, das wird für ihn die größte Strafe sein. Die Entfernung vom Hof wird ihn wie das härteste Urteil treffen. Zur Verhaftung würde ich nicht raten.«

»Du hast recht«, murmelte der König, »sogar eine kleine Leibrente werde ich ihm aussetzen.«

Er sah Brühl an. Dieser pflichtete seinem Herrn bei und verbeugte sich.

»Also: Verbannung!« fügte August hinzu. »Und wie das in die Wege zu leiten ist, überlasse ich dir. Regle die Sache so, daß mir keine Unannehmlichkeiten erwachsen, ich keine lange Auseinandersetzung mit ihm habe. Nichts! Nichts! Er soll einfach wegfahren ...«

Mitten im Gespräch fiel August, der schon ganz glücklich darüber war, daß er sich einer Sorge entledigt und sie auf fremde Schultern abgewälzt hatte, etwas ein:

»Brühl, melde der Königin, ich hätte mit ihr zu sprechen. Wenn sie nicht betet, so malt sie. Und wenn sie malt, kann ich zu ihr kommen.«

Brühl schlüpfte sofort hinaus. Fünf Minuten später eilte der König, von einem Kämmerer begleitet, zu den Zimmern seiner Gemahlin. Er traf sie wirklich bei der Pastellmalerei an. Ein junger Künstler stand mit zurückgestreiften Ärmeln, die Kreide in der Hand, ehrfurchtsvoll hinter der Königin, die vor einer Staffelei mit einem aufgespannten Bogen Papier saß. Das begonnene Bild eines Christuskopfes war darauf zu sehen, an dem gerade die erlauchte Künstlerin arbeitete. Manchmal wandte sie sich an ihren Gehilfen. In Wirklichkeit trug Josepha nicht viel zum Gelingen dieser Arbeit bei, denn ihr Gehilfe änderte während ihrer Abwesenheit die falschen Linien und verbesserte die undeutlichen Züge. Am nächsten Tage bildete sich dann Josepha ein, sie selbst hätte es gemalt, und empfand über ihre Leistung höchste Befriedigung. Auf diese Art und Weise ging die Arbeit am Bild vor sich. Schließlich sagte man dazu ›ein eigenhändig gemaltes Werk der Königin‹, und der ganze Hof bewunderte das Talent der Kaisertochter.

Als der König eintrat, stand Josepha nicht einmal auf, sondern wies nur auf das begonnene Bild. Der König stellte sich hinter sie und betrachtete lange mit Entzücken das Pastell, das, seit gestern von der Königin noch wenig verdorben, heute noch recht gut aussah. Schließlich machte ihr der König ein Kompliment, sah den Künstler von der Seite her an und bedeutete ihm, er möge sich in den angrenzenden Saal begeben, was der arme Maler unter Verbeugungen, bei denen er fast mit der Stirn den Boden berührte, sofort tat.

August sah sich nach allen Seiten um und beugte sich dann zum Ohre Josephas hinab:

»Also«, sagte er leise, »es wird geschehen, wie du wünschtest: Wir werden Sulkowski entfernen. Ich bin nur gekommen, um dir das zu sagen.«

Die Königin drehte sich rasch um und lächelte ihrem Mann zu.

»Aber, pst, kein Wort!« fügte August hinzu. »Male! Brühl wird das machen. Ich will mich damit nicht herumärgern.«

»Das brauchst du auch nicht«, flüsterte ihm Josepha zu, »rufe Pater Guarini ..., Brühl, sie werden das erledigen.«

August wollte nicht länger darüber sprechen und lenkte das Gespräch auf das Bild:

»Zu den Farben muß ich gratulieren, très fin, sehr fein, sehr frisch sind sie. Liotard hätte es nicht besser gemacht. Mein Wort darauf. Du malst sehr schön ... Laß es nur nicht von dem Maler verderben und höre auf keinen Rat.«

»Er spitzt mir nur die Kreiden an«, sagte die Königin.

»Ein schöner Kopf! Ich hänge ihn in meinem Zimmer auf, wenn du ihn mir zu schenken geruhst.« Er lächelte galant. Da es noch nicht Zeit zum Mittagessen war, verneigte sich der König, küßte die Hand Josephas und ging. Unterwegs befahl er dem in den Saal vertriebenen Künstler, wieder zur Königin zu eilen, um ihr zu helfen.

Das Antlitz des Königs drückte jetzt Zufriedenheit darüber aus, daß er eine Last abgewälzt hatte und von einer großen Sorge befreit war. Ganz anders als gestern sah er aus: die Stirn heiter, ein Lächeln auf den Lippen, er atmete frei und konnte an etwas anderes denken. Es ging ihm nicht so sehr um Sulkowski, als daß er in der ihm so teuren Ruhe gestört werden konnte und einige Tage seines Lebens verbittert und vergiftet bekäme. Er war bereit, einen Menschen zu opfern, aber er wollte nur so schnell wie möglich die ganze Sache hinter sich bringen und dann nicht mehr daran erinnert werden. Für den Abend war ein Scheibenschießen bei Fackelbeleuchtung angesetzt.

Als er danach in seine Zimmer zurückkehrte, war er nicht wiederzuerkennen.

Infolge der außergewöhnlichen Ereignisse hielt sich Brühl immer bereit. Er wich nicht von der Seite des Königs.

Sein Herr sah ihn an, lachte und sagte:

»Die Sache ist erledigt. Am Nachmittag Schießen, am Abend Musik und am anderen Tag die Oper ...«

Lebhaft näherte er sich dem Wartenden:

»Niemand soll ihn erwähnen: die Angelegenheit ist abgetan ... Nicht einmal den Namen, nicht einmal den Namen, bitte ...«

Er überlegte einen Augenblick.

»Nehmt Euch, wen Ihr wollt, zur Hilfe. Das überlasse ich Euch. Wenn ich nur nichts mehr davon höre.«

Er dachte nach und schloß:

»Hör mal, Brühl, das ist doch ein Ribera ...«

»So ist es, Allergnädigster Herr!« bestätigte der Minister.

# VIII

Der Karneval versprach in diesem Jahre besonders glänzend zu verlaufen. In Sachsen ging alles nach Wunsch; die Edelleute, die zu winseln wagten, schickte man zwecks ›innerer Sammlung‹ nach Pleißenburg. In Polen sicherten der Pazifikationslandtag und der Tod des letzten der Sobieski die Ruhe. Faustinas Stimme besaß noch immer den gleichen Zauber, und an Hochwild herrschte in den Wäldern um Hubertusburg kein Mangel. Auf der letzten Leipziger Messe, die der König besucht hatte, wurde eine Unmenge von Pferden und Jagdhunden angeboten. Ein Tag nach dem anderen verstrich wunderbar, gemäß einem vorher genau festgelegten Plan.

Die Ankündigung der Rückkehr Sulkowskis störte diesen glückseligen Frieden und rief Angst und Unruhe hervor. Sie beschleunigte den Sturmangriff der Königin und beschwor einen Urteilsspruch gegen Sulkowski herauf. Man erwartete, daß man dem Favoriten sogar den Zutritt zu seinem Herrn verwehren würde.

Hennicke und seine Gehilfen ließen alle Wege und Landstraßen besetzen. Wachen standen an den Toren. Verkleidete Posten hielten sich in einiger Entfernung von dem Hause Sulkowskis bereit, damit sofort bei seinem Eintreffen entschiedene Maßnahmen ergriffen werden konnten.

Die Wagen dieses Ministers, Generals und Oberhofmeisters waren schon eher angekommen. Seine Frau beabsichtigte, ihm in Richtung Prag entgegenzufahren. Das war es ja gerade, was man befürchtete, und sehr geschickt setzte die Gräfin Kolovrath sie vom Willen der Königin in Kenntnis, sie solle sich bereithalten, zum Hofe zu eilen, wenn ein diesbezügliches Zeichen erfolgen würde, und sich nicht von Dresden entfernen. Die Gräfin mußte sich wohl oder übel fügen.

Noch vor Einbruch der Dämmerung befand sich Sulkowski am 1. Februar 1738 schon in Pirna, wo er die Pferde nur kurz verschnaufen lassen wollte, um noch am gleichen Abend nach Dresden abzureisen. Im Wirtshaus hatte ein vorausgeeilter Kurier alles für den Empfang des Ministers vorbereitet. Keine Menschenseele vermutete, ja ahnte etwas von dem überraschenden Sturz des Grafen. Alle Bewohner des Städtchens, Beamte, Bürgermeister, der Rat in Festtracht, standen in der Kälte vor der Wirtschaft und erwarteten die Ankunft desjenigen, den man für allmächtig hielt und vor dem alle zitterten.

Der Kurier hatte das Eintreffen Seiner Exzellens für vier Uhr angesagt. Doch weil am Vorabend Schneetreiben eingesetzt hatte und man sich auf den verwehten Gebirgsstraßen oft den Weg freischaufeln mußte, zögerte sich die Ankunft hinaus.

Gerade hielten alle Augen in Richtung Prag Ausschau, als von Dresden her ein Reiter, in einen Mantel gehüllt, auf einem dampfenden Pferde angeritten kam und vor dem Wirtshaus abstieg. Die ›Krone‹ war der beste Gasthof des Ortes. Ihr Besitzer, Jonas Hender, ein mutiger und tüchtiger Mann, sprang dem Reiter entgegen. Ein andermal wäre er ihm willkommener Gast gewesen, doch heute mußte er ihm sagen, daß für ihn kein Platz da wäre.

In der alten, traditionellen Schankwirtskleidung, mit der vorgebundenen schneeweißen Schürze und der Pelzmütze, trat Jonas höflich an den Fremden heran. Sein rotbackiges, fröhliches Gesicht reizte die Menschen zum Lachen.

»Ich bitte um Vergebung ... Wir erwarten Seine Exzellenz Graf Sulkowski. Ich habe in meinem Hause keinen Winkel mehr frei, weder für das Pferd noch für Euch. Aber im ›Palmenzweig‹ werdet Ihr – wenn es auch nicht so wie bei mir ist – eine recht gute Aufnahme und einen guten Menschen finden, es ist mein Schwager.«

Der Fremde schien Jonas kaum Gehör zu schenken. Die Zügel hatte er dem Pferd übergeworfen und sah zerstreut zum Wirtshaus hinüber. Er mochte in mittleren Jahren sein, aber auf sein Alter konnte man nur nach seinen Augen und den sie umgebenden Falten schließen; denn er hatte – sicherlich der Kälte wegen – die untere Hälfte des Gesichtes hinter einem Tuch verborgen und die Mütze tief in die Stirn gezogen.

»Ja, ebendarum«, brummte er hinter seinem Tuche, ohne es abzunehmen, »weil Seine Exzellenz hier halten wird, muß auch ich hier einkehren. Ich bin zu ihm geschickt worden.«

Der Besitzer der Herberge verneigte sich und ergriff eigenhändig die Zügel des Pferdes.

»Ah, dann ist es etwas anderes«, rief er aus, »das ist etwas anderes! Bitte, tretet ein, wärmt Euch auf. Heißer Wein mit Gewürzen steht bereit. Gegen Kälte ist doch Glühwein am besten, das ist erprobt! Das Pferd wird in den Stall geführt.«

Auf einen Wink des Wirtes hin stürzte ein Knecht herbei und nahm sich des ermüdeten Schimmels an. Jonas, in der Hoffnung, etwas zu erfahren, geleitete den Ankömmling ins Haus. Er musterte ihn dabei genau, um zu erraten, wer er sei. Aber weder aus der Kleidung noch aus dem Gesicht konnte er etwas ersehen. Er war gewöhnlich gekleidet und bediente sich eines reinen Deutsch ohne sächsische Färbung, sein sicheres Auftreten kennzeichnete ihn als Hofmann. Doch wiederum konnte er kein bedeutender Mann sein, denn ein solcher wäre nicht ohne Diener, zu Pferde, in einem derartigen unansehnlichen Mantel angekommen.

Jonas verstand, mit scharfem Blick die Bedeutung der Menschen abzuschätzen, immer gleich den entsprechenden Ton zu treffen und mit ihnen so umzugehen, wie es sich jedem einzelnen gegenüber gebührte. Doch in diesem Falle wußte er nicht, wie er sich zu benehmen hatte. Aber er hoffte, nach der Enthüllung des Gesichtes herauszukriegen, ob er es mit einem Stallknecht zu tun hatte oder mit einem Beamten. Allerdings versetzte ihn in Erstaunen, daß der Fremde beim Betreten des Hauses den höchsten Amtspersonen der Stadt, die draußen im Froste standen, keinerlei Ehrerbietung bezeigte. Er konnte daraus schließen, daß sich sein Gast als etwas Höheres betrachtete, doch die Höflinge und die, die nur den Herren dienten, waren ja allesamt so eingebildet ...

Für einen so großen Herrn wie Sulkowski mußten viele Zimmer bereitgehalten werden, denn er kam mit großem Gefolge, und man durfte ihm keine Beschränkung im Raum zumuten. Infolgedessen war nur noch die Stube des Wirtes frei. Dorthin bat Hender den Unbekannten.

Hier konnte man wirklich gemütlich ausruhen. Im Kamin, an dem die rotwangige Hausfrau etwas kochte, flackerte ein lustiges Feuer. Zwei Mädchen sprangen um sie herum und halfen ihr. Die Stube war schön eingerichtet und mit sauberen Möbeln reich versehen. Hender war dem Fremden beim Ablegen des schweren Mantels und des Tuches behilflich, und es entpuppte sich eine magere, knochige, seltsame, unsympathische Gestalt mit einem unangenehmen Schreibergesicht. Die Augen schienen einen schier durchbohren zu wollen, die Lippen verzogen sich ganz eigenartig.

Als Jonas, der ein unvergleichlicher Menschenkenner war, ihn betrachtete, sagte er sich gleich: Das ist irgendein gefährlicher Mensch.

Aber es war angebracht, den so schrecklich aussehenden Boten aus der Hauptstadt um so freundlicher zu bewirten. Obwohl die Einwohner der sächsischen Stadt Pirna oft als Schildbürger bezeichnet wurden, besaß doch der aus dieser Stadt gebürtige Hender viel Klugheit. Er wischte mit dem Schürzenzipfel einen Stuhl ab, rückte ihn näher an das Feuer heran und lud den Fremden zum Platznehmen ein. Jener nahm alle Aufmerksamkeiten des Wirtes gleichgültig hin. Ihn bedrückte offensichtlich etwas, und irgendwelche traurige Gedanken schienen ihn zu beschäftigen.

Einige Male versuchte der Wirt, ein Gespräch anzuknüpfen, aber er bekam keine Antwort. Auf einer Untertasse brachte er ein Glas Glühwein und reichte es lächelnd dem Gast. Dieser nahm es einfach und nickte nicht einmal mit dem Kopfe.

Das muß jemand ganz Bedeutendes sein, dachte Jonas bei sich, ganz bestimmt!

Er verdoppelte also seine Höflichkeit und befahl den Kindern, den Gast nicht zu stören. Plötzlich erklangen Trompetenstöße und Peitschenknallen. Am Eingang wurde Gemurmel laut. Sulkowski war eingetroffen.

Wie der Blitz fegte der Hausherr zu seinem Empfang hinaus.

Der unbekannte Gast rührte sich nicht, behielt sein Glas Wein in der Hand und hing seinen Gedanken nach. Auch das hatte seinen Grund. Eben führte man den Minister im Triumphzug zu den für ihn bestimmten Zimmern. Der Lärm war groß. Der ermüdete Herr dankte allen und schickte sie dann sofort nach Hause. Die Dienerschaft schleppte Kisten mit Lebensmitteln herbei.

Hender, den man im eigenen Hause aufgefordert hatte, ›nach Hause zu gehen‹, betrat mit saurer Miene wieder seine Stube und wunderte sich nicht wenig über den Unbekannten, der grübelnd Wein trank und, ins Feuer starrend, unangenehme Gesichter schnitt. Er schien nichts zu sehen und zu hören, sogar den Hausherrn nicht.

Dieser blieb stehen und fühlte sich verpflichtet, laut zu verkünden:

»Seine Exzellenz geruhte, soeben einzutreffen!«

Der merkwürdige Gast nickte und verzog den Mund – augenscheinlich überlegte er. Er leerte sein Glas, zog die Uhr hervor, warf einen Blick darauf, legte die Stirn in Falten, schüttelte dann den Kopf, griff nach der Mütze und ging hinaus …

Wenn Herr Jonas Hender gelegentlich in Dresden gewesen wäre, um dort etwas in höheren Ämtern zu erledigen, so hätte er jetzt in seinem Gast den Rat Ludovici wiedererkannt.

Langsam und fast widerwillig legte der Rat seine Hand auf die Türklinke und betrat das Gastzimmer, ohne um Erlaubnis gefragt zu haben.

Hier war schon der Tisch gedeckt, die Dienerschaft eilte geschäftig hin und her, der junge Adjutant des Generals stand am Fenster, und Sulkowski lag mit ausgestreckten Beinen auf dem Sofa, um sich von der Reise auszuruhen. Als er in der Tür das vertraute Gesicht Ludovicis erblickte, sprang er strahlend auf und rief:

»Ihr seid's! Das ist wunderbar! Ihr hattet den guten Einfall, mir entgegenzueilen. Prachtvoll! Ich bin Euch wirklich sehr dankbar, so werde ich doch etwas über Dresden erfahren. Die letzten Briefe waren nüchtern und nichtssagend. Wie geht es dir, Ludovici, wie geht es dir?«

Das Gesicht des Rates, der sich irgendwie traurig verbeugte, verkündete nichts Gutes. Er begrüßte schweigend seinen Herrn.

Ludovici schickte einen bedeutungsvollen Seitenblick zu dem Adjutanten hinüber. Sulkowski begab sich ins Nebenzimmer, wo auch ein Feuer im Kamin brannte. Das langgezogene und geheimnisvolle Gesicht Ludovicis verwunderte ihn.

Der Graf befand sich in der besten Stimmung. Am Rhein und in Ungarn, wo ihn überall Briefe, sein Name und Rang empfohlen hatten, war er glänzend aufgenommen worden. Mit den Ergebnissen seiner Reise sehr zufrieden, stolzer als je und mit noch stärkerer Selbstsicherheit als zuvor kehrte er nun zurück.

Kaum waren sie in dem anderen Zimmer eingetreten, überschüttete er den Rat mit Fragen. Es erfolgten nur knappe Antworten. Ludovici schien keinen Mut zu haben, mit der Sprache herauszurücken. Traurig betrachtete er die Freude seines Herrn, die er mit einem einzigen Wort vernichten, ja vielleicht sogar in Verzweiflung verwandeln sollte.

Er ließ Sulkowski ausreden, der lachend über seine Erfolge, die ihm zuteil gewordenen Ehrungen und die gemachten Erfahrungen ausführlich berichtete. Es schien, als ob er sich in Zukunft den Ruhm des Moritz von Sachsen versprach.

Ludovici blickte ihn an und schüttelte nur den Kopf.

»Was ist mit dir, Rat? Bist du durchgefroren, oder hat dich das Reiten so durchgeschüttelt? Du machst ja den Mund kaum auf!«

Ludovici sah sich nach allen Seiten um.

»Ich habe auch keinen Grund, mich damit zu beeilen«, entgegnete er finster, »denn ich bringe nichts Gutes.«

»Ist meine Frau gesund?«

»Gott sei Dank.«

»Ist der König gesund?«

»Ja, ja er ist gesund! Aber …«

Der Rat schaute auf den Grafen und fuhr traurig fort:

»Das bringe ich Euch: Eure Exzellenz, Ihr werdet ihn nicht mehr so vorfinden, wie Ihr ihn verlassen habt. Vieles ist anders geworden … Ich war immer gegen Eure Reise, habe davon abgeraten.«

»Aber was ist denn schon Schlimmes passiert?« warf Sulkowski leicht hin.

»Das Schlimmste … Eure Feinde haben Euch angeklagt, die Königin an der Spitze, Guarini, der gerissene Graf Brühl … Es hat keinen Zweck, das Leid in kleinen Dosen zu verabreichen – wir sind verloren …«

Sulkowski blickte ihn an, als hätte er einen Menschen vor sich, der den Verstand verloren hat und wirres Zeug berichtet. Er zuckte mit den Achseln und lachte laut auf:

»Was redest du da? Du träumst wohl?«

»Ich gäbe viel darum, wenn es nur ein Traum wäre!« antwortete Ludovici düster. »Es ist nicht an der Zeit, sich Illusionen hinzugeben, es gilt, sich zu retten, wenn es überhaupt noch möglich ist. Ich bin hierher geeilt, habe mein Letztes gewagt und mich aus der Stadt gestohlen, um Euch zu warnen. An allen Toren stehen Wachen, an Eurem Hause Spione ... Wenn Ihr in Dresden so eintrefft und man Euch am Tore erkennt, werdet Ihr nicht einmal mehr zum König vorgelassen. So lauten die Befehle!«

»Aber das kann doch nicht sein!« stieß der Graf erregt hervor. »Das ist ein dummer Scherz. Irgend jemand hat dir solchen Unsinn eingeredet, und du hast ihm gutherzig geglaubt. Es gibt auf der Welt keinen Menschen, der mir das Herz des Königs rauben könnte. Das ist unmöglich, das ist Schwindel und eine niederträchtige Lüge! Darüber kann ich nur lachen! Mich, mich will man nicht zum König lassen? Ludovici, du bist wahnsinnig geworden ...«

Der Rat stand mit verschränkten Armen vor seinem Herrn und sah ihn fast mitleidig an.

Sulkowski begann lebhaft im Zimmer auf und ab zu gehen und lachte manchmal vor sich hin.

»Wo hast du diese dummen Gerüchte her?« fragte er.

»Aus der zuverlässigsten Quelle«, sagte langsam mit Grabesstimme Ludovici. »Ich habe nur mein Wort gegeben, daß ich die Person, die mich warnte und Euch entgegeneilen hieß, nicht verraten werde. Ich sage die heilige Wahrheit.«

»Um Gottes willen! Wie konnte das geschehen?« rief Sulkowski nun leicht beängstigt aus. »Sprich!«

»Der König ist schwach«, berichtete Ludovici, »die Königin ist eine Frau, und dazu eine eigensinnige, Pater Guarini der geriebenste aller Menschen; und Brühl versteht ausgezeichnet, mit seinen Händen für uns Fremde ein Grab zu schaufeln. Das ist das ganze Geheimnis. Ihr habt aus Eurer Abneigung gegen die Mönche kein Hehl gemacht, nun seht Ihr die Früchte ihrer Arbeit. Alles ist beschlossen. Die Verschwörer erzwangen vom König Eure Entlassung, obwohl er sich lange sträubte. Ihr habt mit einer kleinen Leibrente in eine ehrenvolle Verbannung zu gehen, damit Ihr Brühl nicht daran hindert, Millionen einzustecken. Man fürchtet Euren Einfluß, die Schwäche des königlichen Herzens. Folglich wird man Euch nicht zu ihm lassen.«

Sulkowski runzelte die Brauen.

»Bist du dessen sicher?« fragte er kurz.

»Vollkommen. An den Toren haben die Posten entsprechenden Befehl, das Schloß wird ebenfalls bewacht. Ihr bekommt Euren Abschied, sobald Ihr Euch nur in der Stadt zeigt.«

»Und der König will mich nicht einmal sehen?« stieß der Graf hervor.

»Der König ist ein Sklave«, erwiderte Ludovici.

Sulkowski dachte einen Augenblick nach.

»Wenn Ihr gedenkt, mit Eurem ganzen Gefolge in die Stadt einzuziehen«, hub der Getreue wieder an, »so ist die Sache verloren. Ihr fallt ihnen dann in die Hände. Vielleicht gibt es einen Weg, trotzdem zum König zu gelangen. Geht hin! Ihr habt auf ihn Einfluß, versucht zu handeln. Aber das wird ein Kampf auf Leben und Tod sein, mit der Königin, dem Beichtvater und Brühl.«

Die Stirn in Falten gelegt, ging Sulkowski lange im Zimmer umher, näherte sich endlich dem Rat und schlug ihm auf die Schulter. »Weißt du das ganz sicher?«

»So sicher, wie ich vor Euch stehe.«

»Nun, dann schweige ... Ich fürchte mich vor ihnen allen zusammen nicht: mich kann man nicht so einfach zerquetschen wie Hoym und die anderen. Ich bin hart ... Wir werden sehen ... Laß dir nicht das geringste anmerken. Gehen wir essen. Ich reite mit dir nach Dresden. Das Gefolge bleibt hier, und wir werden in wenigen Stunden unerkannt in der Hauptstadt sein. Ich bin neugierig, wer es morgen wagen wird, mir den Zutritt zum König zu verwehren! Wir werden sehen ... Wir können doch durch die Tore kommen, ohne erkannt zu werden?«

»Es muß uns gelingen«, antwortete der Rat kurz.

»Laß uns essen. Wenn wir nichts zu uns nehmen, werden die Leute stutzig. Komm!«

Mit diesen Worten führte er ihn in das Gastzimmer zurück, wo die Speisen schon aufgetragen waren. Sie begannen, schweigend oder sich über unbedeutende Dinge unterhaltend, sich zu stärken. Aber Sulkowski rührte kaum etwas an. Er trank Wein und zerbröckelte das Brot und streute es auf den Tisch vor sich hin. Der ermüdete Rat aß für alle.

Sulkowski wandte sich an seinen jungen Adjutanten:

»Graf Alfons, Ihr seid müde, und auch die Pferde sind es. Übernachtet hier in Pirna. Ich will meiner Frau eine Überraschung bereiten. Ich werde einen Pferderücken besteigen und mich gemeinsam mit dem Rat auf den Weg nach Dresden machen.«

Der Adjutant zeigte großes Erstaunen. Sulkowski reiste gewöhnlich bequem und mit einem gewissen Prunk. Dies Inkognito in einer so häßlichen Jahreszeit, bei schneeverwehten Wegen, zu später Stunde erschien ihm seltsam.

Sulkowski bemerkte in seinen Blicken die Verwunderung und fügte mit einem gezwungenen Lächeln hinzu:

»Daran ist nichts Außergewöhnliches. Manchmal muß man dem jugendlichen Übermut auch im Alter Genüge tun.« Nach diesen Worten nahm er den Grafen zur Seite und gab ihm leise einen Auftrag.

Der Adjutant ging sofort hinaus.

Sulkowski stand schweigend und nachdenklich da.

Kurz darauf warteten zwei frische Pferde gesattelt am Tore der ›Krone‹. Dem Minister wurde geraten, wenigstens einen Diener oder Stallknecht mitzunehmen, aber er lehnte es entschieden ab. Der Ritt war für den Advokaten, der heute schon einmal den Weg von Dresden nach Pirna zurückgelegt hatte und nicht besonders an das Reiten gewöhnt war, noch anstrengender als für seinen Herrn; doch er wollte Sulkowski nicht allein lassen.

Zum Glück für die beiden hellte sich der Himmel auf; es schneite nicht mehr, und nur ein starker Frost meldete sich für die Nacht an. Die Pferde kannten den Weg, den sie öfter zurückgelegt hatten, schon gut. Es genügte, die Zügel freizugeben, und sie trabten von selbst auf der gepflasterten Landstraße dahin. Die Sonne sank schon im Westen, als der Graf, vom Advokaten gefolgt, im schnellen Trab losritt. Sie wechselten kein Wort miteinander. Bald brach die Dämmerung herein, doch der Schnee erhellte das Dunkel, und die Pferde leitete ihr Instinkt. Schnell ließen sie die am Wege liegenden einzelnen Ansiedlungen, Häuser und Herbergen hinter sich.

Es war schon finster, und es wurde schon Nacht, als zahlreiche Lichter Dresden ankündigten. Immer mehr belebte sich die Landstraße. Leichte Schlitten, Reiter, Fußgänger und schwere Wagen überholten einander unter lauten Zurufen. An dem klaren Himmel zeichneten sich in der Ferne die Silhouetten der schwarzen Türme der Kirchen ab. Sulkowski verlangsamte den Trab und wartete, bis ihn Ludovici eingeholt hatte.

»Da sie die Tore bewachen«, begann er, »ist eine gewisse Vorsicht geboten.«

»Eure Exzellenz, Ihr hüllt Euch am besten in Euren Mantel und reitet diesmal hinter mir als mein Begleiter. Die Tore werden bewacht, aber man achtet vor allem auf Equipagen mit einem großen Gefolge. So sollt Ihr ja zurückkehren.«

»Du sagtest, daß sie auch mein Haus bewachen?«

»Gewiß«, bestätigte Ludovici.

»Infolgedessen werde ich mich nicht nach Hause begeben, sondern bei Euch unterschlüpfen, oder ich müßte versuchen, dort ungesehen zu Fuß hineinzugelangen …«

»Dazu würde ich nicht raten«, unterbrach ihn der Rat. »In der heutigen Zeit kann man sich nicht auf seine Diener verlassen. Ihr könntet gesehen und Eure Ankunft würde gemeldet werden.«

Sulkowski ließ sich die Worte durch den Kopf gehen und lachte bitter auf.

»Das ist lustig! Wer hätte heute morgen geahnt, daß ich in Dresden nirgends sicher übernachten kann?«

Er zuckte mit den Achseln.

»Wenn es wirklich so schlecht um mich steht«, sagte er nach einer Weile mit einem Anflug von Stolz, »so will ich niemanden gefährden. Mein lieber Ludovici, sorge nur dafür, daß das Pferd zur Poststelle gebracht wird. Ich werde zu Fuß gehen und ein Nachtlager finden. Ich weiß, was ich zu tun habe.«

Sulkowski wendete sein Pferd und verhüllte sein Gesicht. Ludovici ritt voran, der Minister ließ sich im Sattel zusammensinken und folgte dem Rat mit der Miene eines Knechtes, der seinen Herrn begleitet.

Sie näherten sich dem Stadttore. Und wirklich, wie immer standen dort Posten. Der Rat rief ihnen einen erfundenen Namen zu. Den beiden Berittenen schenkte man keine besondere Aufmerksamkeit, ohne Zwischenfall gelangten sie in die Stadt.

Sie hatten sich schon einige Pferdelängen vom Tore entfernt, als ein Soldat Ludovici nachstürzte.

»Woher kommt Ihr? Vielleicht aus Pirna?

»So ist's, aus Pirna«, antwortete der Rat.

»Habt Ihr nicht etwas über Seine Exzellenz, den Grafen Sulkowski, gehört, der heute hier eintreffen sollte?«

»O ja«, rief gutmütig Ludovici und wandte sich im Sattel dem Fragenden zu, »das Wirtshaus ›Zur Krone‹ war für Seine Exzellenz bestellt, aber es traf ein Kurier mit der Meldung ein, daß er erst in einigen Tagen aus Prag abreisen wird.«

Der Soldat lief davon, offensichtlich darüber erfreut, daß die Posten nun von der strengen Wache während der Nacht befreit wären. Der Rat und der Graf ritten weiter.

Die Stadt war, wie immer in der Karnevalszeit, noch ziemlich belebt. In der Nähe der alten Post saß Sulkowski ab, übergab Ludovici sein Pferd, flüsterte ihm einige Worte zu und schritt zu Fuß, in Gedanken vertieft, seinem Haus entgegen.

Seit der Frage des Soldaten am Tore zweifelte er schon nicht mehr an der Wahrheit der Warnung seines Vertrauten. Er mußte also sehr vorsichtig beim Betreten seines Hauses sein. Er schwankte sogar etwas, ob es nicht besser wäre, an einem anderen Orte zu übernachten, aber sein Stolz verbot ihm, sich wie ein Verbrecher zu verstecken. Es ging ihm nur darum, unbemerkt von seiner Dienerschaft, der er nicht traute, ins Haus zu gelangen. Sulkowski, der seit langem nicht mehr gewohnt war, ähnliche geheime Ausflüge zu unternehmen, zu derartigen Mitteln und Wegen Zuflucht zu nehmen, war zuerst ziemlich ratlos.

Ein sonderbares Gefühl überkam ihn, als er die Straßen sah, die Menschen, die er erkannte, die an ihm vorüberfahrenden Kutschen – das ganze fröhliche Karnevalstreiben. Niedere Beamte und Diener der verschiedenen Höfe gingen an ihm vorbei. Er sah sie, aber sie hätten niemals in dem vermummten, zu Fuß gehenden Menschen jenen Allmächtigen vermutet, vor dem sie noch unlängst beinahe auf die Knie gesunken wären. Die eigene Lage kam ihm beinahe wie ein Märchen vor, das ganze Abenteuer wie ein Traum, die Gefahr wie eine Einbildung. Er ärgerte sich fast, daß er an all das glaubte. Er verglich die Stellung, die er eingenommen hatte, mit dem bevorstehenden Sturz und wollte nicht begreifen, daß so etwas eintreten sollte.

Von diesen Gedanken erfüllt, schritt er irgendwie sicherer aus. Noch hundert Schritte vom Haus entfernt, bemerkte er bereits einige Gestalten, die dort herumspazierten und auf jemanden zu warten schienen. Das bewies ihm, daß die Wachen am Tore wirklich auf ihn gelauert hatten. Sooft sich ein Wagen näherte, sprangen andere, in Winkeln und Verstecken verborgene Menschen hervor, umkreisten ihn und musterten die Insassen. Sulkowski bog in eine Seitengasse ein, er wußte nicht, was er anfangen sollte. In diesem Moment erinnerte er sich eines Menschen, dem, so schien es ihm, er vertrauen konnte. Es war der Pater Vogler, ein Jesuit und einstiger Beichtvater des Königs, ein alter Mann, der sich anscheinend freiwillig vom Hofe zurückgezogen hatte und seinen Platz Pater Guarini überließ.

Er lebte in der Stadt, kümmerte sich um nichts, zeigte sich selten am Hofe und widmete sich nur seinen Büchern. Dieser ehemalige Liebling des Königs war der Gunst Seiner Majestät verlustig gegangen, weil er nicht verstand, ihn zu unterhalten, sich nicht bemühte, zu gefallen; so hatte man seine Stellung langsam untergraben. Pater Vogler war ein schweigsamer, strenger und arbeitsamer Mensch, aber geheimnisvoll und zurückhaltend. Als Beichtvater und Kaplan des Hauses Sulkowski besaß er das Vertrauen der Familie. Der Minister hatte sich seine Zuneigung erworben. Obwohl Vogler fern von den Intrigen des Hofes lebte, schien ihn sogar Pater Guarini zu fürchten und bezeigte ihm größte Hochachtung. Vogler machte aus seiner Abneigung gegen Brühl kein Hehl. Wenn er auch nur wenig zu sprechen pflegte, so war es doch nicht unbekannt, daß dieser ganze Hof und alles, was sich dort abspielte, nicht seinem Geschmack entsprach.

Sulkowski erinnerte sich jetzt daran, daß ihn vor seiner Abreise der Pater ermahnt hatte, nicht allzulange fernzubleiben, sich nicht zu sehr auf die Gunst des Königs zu verlassen und denen, die treue Freundschaft heuchelten, nicht leichtfertig zu glauben.

Pater Vogler müßte von allen am besten über die Vorkommnisse unterrichtet sein. Der Graf war gezwungen, den Altmarkt zu überqueren und durch die belebte Schloßstraße zu schleichen, wo der Jesuit wohnte. Er hüllte sich sorgfältig in seinen Umhang und huschte an den Hauswänden entlang, um nicht erkannt zu werden. Kutschen rollten zum Schloß, Sänften waren dorthin unterwegs. Eine davon erkannte er als die Brühls, die Heiducken, im Trab laufend, in die gleiche Richtung trugen. Er lächelte mit einer Bitterkeit, die er jetzt zum ersten Male im Leben kennenlernte. Er wußte selbst nicht, warum ihm jene Straßenszene in den Sinn kam, wo man Erell auf einem Esel durch die Stadt getrieben hatte; ihm schien, das Schicksal des unglücklichen Zeitungsschreibers habe ihn ereilt.

Das von Vogler bewohnte Haus gehörte zum Schloß. Der Eingang befand sich in einer kleinen Seitenstraße, die jetzt in tiefem Dunkel lag. Die Haustür stand noch offen, aber im Flur war das Licht schon gelöscht, und er mußte im Finstern hinauftappen. Sulkowski wußte, daß Vogler im zweiten Stockwerk wohnte. Nur mühsam tastete er sich bis zur Tür und läutete.

Er schlug den Kragen vors Gesicht und mußte lange warten, bis ihm ein kleiner Junge mit einem brennenden Kerzenstumpf in der Hand die Tür öffnete.

»Pater Vogler?«

Der Knabe betrachtete ängstlich den Fremden und schwankte, was er antworten sollte.

»Pater Vogler?« wiederholte der Graf lauter. »Eine dringende Angelegenheit, eine sehr dringende!«

Der Kleine wußte sich keinen Rat, ließ die Tür offen und sprang mit der Kerze davon. Erst nach einer Weile kam er zurück und forderte mit einer Handbewegung den Fremden zum Eintreten auf. Sulkowski lief, ohne den Mantel abzulegen, in das Zimmer des Paters.

Es war eine Gelehrtenstube. In der Mitte stand ein mit Folianten beladener Tisch, an den Wänden waren einfache Regale angebracht, auf denen in großem Durcheinander ganze Stöße von Büchern und Papieren standen oder lagen. Auf dem Tisch brannte ein abgeschirmtes Licht. Von dem davorstehenden, mit Leder bezogenen eingesessenen Stuhl erhob sich ein magerer, großer Mensch mit kahlem Kopfe und zusammengekniffenen Augen. Der nächtliche Besuch erstaunte ihn sichtlich. Der Pater heftete seine geschwächten Augen auf den Eingetretenen, der noch immer im Mantel dastand. Erst als sich der Junge entfernt und hinter sich die Tür geschlossen hatte, warf Sulkowski die Kopfbedeckung ab, enthüllte das Gesicht und näherte sich dem Pater, der seine Hand ergriff und vor Verwunderung aufschrie.

»Pst!« zischte Sulkowski.

Vogler umarmte ihn schweigend und drückte ihn auf einen Stuhl. Dann ging er ins Vorzimmer zu dem Jungen hinaus, um ihm entsprechende Anweisungen zu geben.

Der Graf stützte die Ellbogen auf den Tisch, schwieg und sann nach.

»Ich sehe«, sagte mit zittriger Stimme der zurückkehrende Jesuit, »daß Ihr schon alles wißt, obwohl hier in der Stadt noch kein Mensch etwas weiß. Hat Euch auch niemand gesehen?«

»Ich komme direkt von der Reise. In Pirna erfuhr ich von dieser Verschwörung, die mir soeben Eure Worte bestätigen, wie ich den Eindruck habe. Also ist das alles wahr? Man hat es gewagt?«

Vogler zuckte mit den Achseln und bejahte bedächtig:

»So ist's, mit dieser Überraschung erwarten Euch gute Freunde. Man wird Euch nicht zum König lassen.«

»Eben das muß mir gelingen. Ich muß sie überraschen und allen zum Trotz mit dem König sprechen!« rief Sulkowski. »Diese Herren irren sich, der König kann wohl in meiner Abwesenheit ein Urteil unterschreiben, aber wenn er mich sehen wird, wenn ich nur eine Stunde mit ihm sprechen kann, erlange ich meine frühere Macht über ihn wieder, und dann ... Dann«, Sulkowski sprang auf und reckte die geballten Fäuste hoch, »werde nicht ich gehen, sondern die, die mich anzugreifen wagten.«

Er verstummte. Vogler rang die Hände.

»Es kommt darauf an, daß ich irgendwo ein Nachtlager finde und dort bis morgen früh bleiben kann, damit meine Ankunft nicht bekannt wird. Am Hofe ist sicherlich niemandem Befehl erteilt worden, mich nicht einzulassen. Von Rechts wegen ist mir jederzeit der Zutritt zu Seiner Majestät gestattet. Niemand kann ihn mir verwehren. Um elf Uhr ist der König allein, Brühl ist nicht bei ihm.«

Der Jesuit hörte aufmerksam zu und zeigte nicht, was er vom Plan des Grafen hielt.

»Ihr habt nichts zu verlieren, Ihr müßtet es versuchen. Es ist notwendig, es geht nicht anders.«

»Würdet Ihr wagen, mir ein Nachtlager bei Euch zu gewähren?« fragte Sulkowski mit einem verzweifelten Lächeln.

Ohne zu zögern, antwortete Vogler:

»Bitte. Allerdings kann ich Euch nur ein bescheidenes anbieten, doch meine Wohnung steht zu Eurer Verfügung. Hier seid Ihr in Sicherheit, denn zu mir kommt niemand oder nur höchst selten jemand. Macht es Euch bequem, Graf, und möge Gott der guten Sache beistehen.«

Ins Sulkowskis Augen blitzte es auf.

»Wenn ich bis zum König vordringe, so bin ich überzeugt, den Sieg davonzutragen ...«

»Gott gebe es!« flüsterte Vogler.

Am nächsten Morgen teilte Hennicke Brühl mit, Sulkowski würde erst in einigen Tagen eintreffen. Man sandte einen geheimen Agenten nach Prag, der ihn dort und auf der Rückkehr überwachen sollte. Am Hofe hielt man die ganze Verschwörung streng geheim. Die Gräfin Sulkowska, die von der Königin höflich im Schloß empfangen wurde, ahnte nicht das geringste. Der König hatte seine gute Laune wiedergewonnen, und der Karneval versprach wie immer ein glänzendes Fest zu werden.

In frühen Morgenstunden war Brühl schon beim König. Er nahm die Befehle entgegen und fuhr dann wieder in sein Palais, Pater Guarini als Aufpasser bei August zurücklassend. Zu Hause zog er sich um, weil die Etikette vorschrieb, daß die Kleidung einige Male am Tage gewechselt wurde. Dann ließ er sich in der Sänfte zur Gräfin Moszynska tragen. Er ging jetzt bei ihr wie in seinem eigenen Hause aus und ein. Der Graf Moszynski war vor einigen Monaten gestorben, seine Frau nun Witwe, und Brühl war sowohl ihres Herzens sicher als auch der Tatsache, daß sie ihre Hand niemandem wieder reichen würde. Sein zärtliches Verhältnis zu der schönen Gräfin war kein Geheimnis. Täglich beriet er sich mit ihr; allabendlich, wenn Brühl in seinem Hause empfing, fuhr die Witwe zu ihm. Man wußte, daß sie ihn beherrschte. Sehr oft, wenn Hennicke dem Minister eine dringende Mitteilung zu machen hatte – denn sich Rat zu holen, brauchte er nicht –, suchte er ihn bei der Gräfin.

An diesem Tage betrat Brühl dieses Haus in der Absicht, sich auszuruhen. Die Gräfin lag mit einem Buche in der Hand auf dem Sofa. Sie trug noch Trauerkleidung und sah in ihr schön und erhaben aus.

Als sie Brühl auf der Schwelle erblickte, rief sie ihm von weitem zu:

»Sulkowski? Was gibt's? Ist er angekommen?«

»Noch nicht. Aus Pirna traf die Nachricht ein, er käme erst in zwei Tagen.«

Friederike schüttelte sichtlich unzufrieden den Kopf.

»Da stimmt doch etwas nicht«, bemerkte sie, »das ist verdächtig. Seine Frau sagte mir, daß er spätestens gestern eintreffen sollte. Es konnte ihn jemand warnen ...«

»Das ist unmöglich! Niemand weiß es.«

Die Gräfin lachte laut auf.

»Rechnen wir doch einmal die in das Geheimnis eingeweihten Personen zusammen«, sagte sie, hob ihre schöne weiße Hand und begann sie an den Fingern aufzuzählen:

»Die Königin, die Kolovrath, der König, Guarini, Ihr ich und sicherlich auch Eure Frau, die es bestimmt erraten hätte, wenn sie nicht davon unterrichtet worden wäre. Nehmen wir noch Hennicke hinzu ... Habt Ihr schon jemals gehört, daß ein Geheimnis, das acht Personen bekannt ist, lange ein solches geblieben wäre?«

Brühl tat das geringschätzig ab.

»Selbst wenn er es erfahren hätte, könnte es ihn nicht mehr retten. Die Königin hat ihrem Manne wegen Sulkowski dermaßen zugesetzt, daß er um des lieben Friedens willen auf ihn verzichten muß.«

Das Gespräch wandte sich bald anderen Dingen zu. Brühl war trotz seiner äußeren Ruhe nachdenklich und düster. Um die Mittagszeit ergriff er seinen Hut und wollte sich schon von der Gräfin verabschieden, die ihn zurückzuhalten versuchte, als es an der Tür klopfte und, ohne eine Aufforderung abzuwarten, Hennicke wie ein blasses Gespenst ins Zimmer stürzte.

Seine entstellten Züge und allein die Tatsache, daß er so stürmisch in den Salon eindrang, verkündeten irgendeine Katastrophe. Die Gräfin sprang auf. Brühl lief auf ihn zu. Hennicke brachte kein Wort heraus und blickte sich wie irr nach allen Seiten um.

»Was ist dir? Hennicke! Komm zu dir!« schrie Brühl.

»Was mir ist? Sulkowski hält sich seit gestern heimlich in der Stadt auf. Um elf Uhr erschien er im Schloß und ging, ohne jemand zu fragen, zum König hinein. Pater Guarini, der bei August war, erzählt, der König sei weiß wie die Wand geworden. Der Graf tat so, als ob er nichts wüßte und auch nichts vermutete. Er kniete nieder, begrüßte den König mit den innigsten Worten und erklärte, sein erster Schritt und sein größter Wunsch wäre es gewesen, seinem Herrn zu Füßen zu fallen. Der König war gerührt und umarmte ihn. Sulkowski begann fröhlich über seine Reise, seine Abenteuer zu berichten, brachte den König zum Lachen und übernahm, ohne jemanden zu fragen, seine alten Pflichten. In diesem Augenblick, in dem ich das berichte, befindet sich Sulkowski beim Allergnädigsten Herrn. Im Schloß herrscht Bestürzung, die Königin weint, Pater Guarini schleicht bleich umher ... Alles, alles ist verloren.«

Brühl und die Moszynska sahen sich an. Der Minister schien nicht erschrocken, sondern stark gereizt zu sein. Er kniff die Lippen zusammen.

»Hör zu, Hennicke, Sulkowski kann doch nicht den ganzen Tag über dort bleiben. Ich habe keine Lust, ihm zu begegnen. Melde mir, wenn er nach Hause geht. Wirklich, ausgezeichnet hat man die Tore bewacht und meine Befehle sehr gewissenhaft ausgeführt!« fügte der Minister trocken hinzu.

Er näherte sich der Gräfin, küßte ihr die Hand, flüsterte einige Worte und nickte Hennicke zu, mit dem er sich entfernte.

Die von dem Rat in so knappen Worten beschriebene Szene war in der Tat sehr interessant. Im Schloß hätte kein Gespenst einen größeren Eindruck machen können als der unverhofft erscheinende Sulkowski, der, ohne um Erlaubnis zu fragen, beim König eintrat. August war zuerst ganz starr vor Schreck, denn nichts auf der Welt haßte er mehr als Vorwürfe und Streitigkeiten. Pater Guarini konnte trotz aller Selbstbeherrschung seine Verwirrung nicht verbergen. Sulkowski gab sich den Anschein, in fröhlicher Stimmung zu sein, kniete zur Begrüßung vor ihm nieder, erzählte dann seine Erlebnisse und freute sich über das Glück, das Antlitz des Königs sehen zu dürfen. Das beruhigte August schon etwas. Pater Guarini fiel nur auf, daß der König fast kein Wort von sich gab, nur lächelte und brummte.

Der Pater hatte anfangs vor, dem Gespräch bis zu Ende beizuwohnen und seinen Posten nicht zu verlassen. Aber dann kam ihm in den Sinn, daß es seine Pflicht war, die Königin von dem Vorfall in Kenntnis zu sezten, damit sofort die notwendigen Maßnahmen ergriffen werden konnten. Obwohl sich der König unruhig umschaute, mußte Guarini, nachdem er fast eine Stunde zugehört hatte, die beiden allein lassen. Sulkowski sprach heiter und bewegt, aber wie im Fieber. Wenn er auch mit keinem Wort seine Lage berührte, sich nicht anmerken ließ, daß er genau wußte, was ihn erwartete, so konnte man doch an seiner Erregung, an der Kühnheit, mit der er auftrat, erkennen, daß er alles auf eine Karte – auf die letzte – gesetzt hatte. Der König sah sich um, als ob er es mit der Angst zu tun bekäme, und setzte eine immer strengere Miene auf. Mitunter ließ er sich aufheitern, fiel aber sogleich wieder in seine kalte Steifheit zurück.

Solange sich Pater Guarini im Zimmer befand, sprach der Graf nur von seiner Reise und seinen Erkundungsfahrten. Aber kaum hatte sich die Tür hinter dem Jesuiten geschlossen, änderte er den Ton und Gegenstand seiner Rede.

»Allergnädigster Herr«, sagte er, »mit unaussprechlicher Sehnsucht bin ich hierher geeilt. Ich hatte irgendein unangenehmes Gefühl, doch das hat sich, Gott sei Dank, nicht als richtig erwiesen, und das Herz Eurer Königlichen Hoheit bürgt mir dafür, daß ein solches Gefühl auch in Zukunft niemals wahr wird. Ich diene Euch von Jugend auf, Euch habe ich mein Leben geweiht und bin bereit, es ganz für Euch zu opfern. Ich habe mir Eure Gnade und Euer Vertrauen erworben. Mein Gewissen ist rein. Ich fürchte nicht die Verschwörungen meiner Feinde, wenn ich solche haben sollte. Doch glaube ich nicht, daß ich welche besitze, denn ich habe niemandem etwas Böses zugefügt ...«

Der König hörte mit gezwungener Aufmerksamkeit zu, die bei ihm nichts Gutes bedeutete.

Sulkowski bat noch einmal um die Hand seines Herrn, um sie zu küssen. Der verwirrte König reichte sie ihm brummend, trat dabei von einem Fuß auf den anderen, erwiderte aber kein Wort, das zu verstehen gewesen wäre. Der Graf ereiferte sich und redete mit immer größerer Glut.

»Mein König, mein Herr, deinem Herzen vertraue ich wie Gott! Möge Gott nur verhüten, daß es mir umstürzlerische Intriganten mit tückischen Verleumdungen rauben.«

»Oh«, unterbrach August, »hier gibt es keine Intriganten!« »An welchem Hof würden sich solche nicht einschleichen? Welches Kleid würden sie nicht anziehen?« – Sulkowski lachte. – »Allergnädigster Herr, ich bin Soldat und bin gewohnt, wie ein Ritter um mich zu schlagen. Ich verstehe nicht, meine Worte in Watte zu wickeln. Es gibt schlechte Menschen, und diejenigen, die am liebenswürdigsten, am demütigsten und dienstfertigsten tun, das sind gerade die gefährlichsten. Mein Herr und König, ich will nicht die anderen nennen, aber Brühl ... Dieser Brühl muß entfernt werden, oder er wird alles an sich reißen und Eurer Königlichen Hoheit die wahren Freunde rauben, um selbst hier zu herrschen und zu befehlen.«

Während dieser Worte blickte er dem König voll ins Gesicht, das sich mit glühender Röte überzog, um dann sofort wieder zu erbleichen und bläulich anzulaufen. Die Augen Augusts bekamen einen wilden Ausdruck, wie ihn verhaltene Wut hervorruft. Sulkowski, der ihn kannte, wußte, daß es genügte, einen Ausbruch einmal zu besiegen, um seinen den Frieden liebenden Herrn in seine Gewalt zu bekommen. Der Anfall dauerte niemals lange. Der König empfand manchmal ein gewaltiges Bedürfnis, die Fesseln zu sprengen, doch kaum hatte er seine Kräfte versucht, so wich er davor zurück, was ihn ihre Anwendung kosten würde. Der Graf hatte ihn schon mehrmals in ähnlicher Verfassung erlebt, und anstatt sich zu fürchten, wurde er immer kühner.

»Allergnädigster Herr«, rief er und holte den König ein, der langsam aufgestanden war und sich zum Fenster zurückgezogen hatte, »Ihr haltet mit Recht das Andenken Eures großen Vaters hoch in Ehren, möge er

Euch ein Vorbild sein. Dieser erlaubte niemandem, über ihn zu herrschen: weder der Königin noch den Günstlingen, weder den Ministern noch den Mönchen. Er gebot ihnen allen. Eure Königliche Hoheit, Ihr braucht nur zu winken, nur zu wollen, zu befehlen, und verstummen würde, wer murrt, wie weggeblasen wäre, was auf Euch lastet und Euch einengt ... Man muß den Mut zum Leben und Herrschen aufbringen. Man muß die Kräfte und Fähigkeiten nutzen, die der Herrgott verlieh. Die Fesseln müssen gesprengt werden!«

Der König hörte mit immer größerem Entsetzen zu, er hielt sich die Ohren zu, und statt einer Antwort zog er sich immer mehr zum Fenster zurück.

Sulkowski, der schon so weit gegangen war, daß er sich nicht mehr zurückziehen konnte, schmiedete – wie es ihm dünkte – das Eisen, solange es heiß war.

»Ich fühle«, sagte er, »daß ich mich an große Dinge wage, aber ich tue es aus Liebe zu meinem Herrn, den ich so groß sehen möchte wie seinen Vater und ebenso glücklich. Was ist dieses Klosterleben schon wert! Ihr begehrt die Ruhe, doch ihr werdet sie haben mitten im Ruhm und Ansehen, wenn Ihr nur zu winken geruht und Euren Willen energisch verkündet. Diese ungebetenen Beschützer, wie Pater Guarini und Herr Brühl, müssen entlassen werden. Die Königin, die heilige Frau mit den großen Tugenden, möge für uns beten und durch ihr Beispiel wirken. Und wir, Allergnädigster Herr, ziehen in Kürze aus, um Ungarn zu erobern, denn Seine Kaiserliche Majestät, Karl VI., wird nicht mehr lange leben. Erst im Feldlager werdet Ihr aufatmen, Allergnädigster Herr!«

Sulkowski lachte wieder.

Der König sah trübe zum Fenster hinaus. Keine Bewegung und kein Wort verrieten seine Gedanken. Er langweilte sich offensichtlich.

Glücklicherweise zeigte in diesem Augenblick auf dem Gang Lärm die Mittagsstunde an; der König verließ seinen Platz, als wollte er nicht auf das Gefolge warten. Sulkowski trat an ihn heran und mußte sich seiner Hand fast gewaltsam bemächtigen, die er dann mit heißen Küssen bedeckte. Der König errötete.

Eben trat der Oberhofmarschall ein und traf den Grafen dabei an, wie er sich auf solch innige Weise von seinem Herrn verabschiedete, daß er nicht den geringsten Zweifel daran hegte, der Favorit bliebe weiterhin in Gnaden.

Einen Teil des Gespräches belauschte händeringend die Königin persönlich mit Guarini hinter der Tür.

Sulkowski trat wie geblendet aus dem Zimmer des Königs, selbstsicher und davon überzeugt, daß er alles ändern könne und ihm keine Gefahr mehr drohe. Mit seinem alten Hochmut und seiner gewohnten Überheblichkeit begrüßte er die Höflinge und Beamten, denen er im Schlosse begegnete, und ließ sich, nach einem kurzen Gespräch mit ihnen, eine Hofsänfte bringen und wünschte, nach Hause getragen zu werden. Seiner Meinung nach war alles zu einem glücklichen Ende gebracht worden. Er verließ sich auf das Herz des Königs, er sah den Kampf, der sich in seinem Innern abspielte, doch war er überzeugt, daß er gesiegt hatte. Zu Hause begrüßte er seine Frau mit heiterer Miene, befahl Ludovici, die Beamten zu rufen, am Nachmittag die Papiere zu bringen und Bericht über die Tätigkeit während seiner Abwesenheit zu erstatten.

Ludovici kam eilends herbei und bekam den Auftrag, bis zum nächsten Tage all die Punkte, die Brühl am schwersten belasten konnten, aufzustellen, Belege für Mißbräuche, falsche Rechnungen, Rückstände usw. zu beschaffen.

Der Rest des Tages und die ganze folgende Nacht sollten zum Sammeln des wichtigsten Beweismaterials verwendet werden.

Nachdem der Rat diese Befehle erhalten hatte, eilte er sofort davon, um für ihre Ausführung zu sorgen.

Während sich das im Hause Sulkowskis zutrug, saß der König an der Mittagstafel. Er wollte zuerst keinen Bissen zu sich nehmen. Doch man kannte ihn zu gut, um nicht das wirksamste Mittel anzuwenden. Frosch und Storch standen hoch aufgerichtet in der Nähe der königlichen Tafel und maßen sich mit Blicken, die einen in Kürze ausbrechenden Kampf anzeigten. Frosch spreizte die Beine weit auseinander, vergrub die Hände in den Taschen und wollte Storch nicht einmal ansehen; nur ein- oder zweimal blinzelte er ihn scheel von der Seite an. Storch verzog den Mund, kniff die Augen zusammen, wies mit dem Finger auf ihn und rückte allmählich an ihn heran. Damit diese Bewegung nicht bemerkt würde, ließ er seine Beine fest zusammengepreßt, aber er schob sich leise, den ganzen Körper an die Wand gelehnt, an seinen Gegner heran, der ihm scheinbar keine Beachtung schenkte.

Als er sich schon fast hinter Frosch befand, hob er plötzlich das Knie und schleuderte ihn damit in die Luft. Der überraschte Frosch schrie auf, der König sah zu ihnen hin, und sein Gesicht erhellte sich.

Gewöhnlich begannen die beiden ihre Narreteien mit ausdrucksvollem Mienenspiel, ohne ein Wort zu sprechen. Froschs Schrei war ein Zeichen, daß nun der Kampf mit den Zungen geführt würde. Beide waren wegen ihrer fröhlichen Wortgefechte berühmt, die den König jeden Tag ergötzten.

»Verräter!« brüllte Frosch und nahm Storch gegenüber Aufstellung. »Du hast nicht den Mut, mich, einen Helden, offen anzugreifen und zum Kampf herauszufordern, denn du weißt, daß ich dich zu Staub zermalmen und mit einem einzigen Hauch deine unreinen Überreste in alle Winde blasen würde! Du überfällst mich hinterlistig, gemein, niederträchtig, aber wart nur, der verdienten Strafe wirst du nicht entgehen!«

Storch spielte den Eingeschüchterten und Reuevollen, verdrehte seine Augen so, daß nur noch das Weiße von ihnen zu sehen war, fiel plötzlich auf die Knie, faltete die Hände und schien um Gnade zu bitten. Frosch rührte das nicht im geringsten; er warf sich auf den Knienden, und es fügte sich so, daß er über Storchs Kopf purzelte und mit den Füßen an seinen Schultern hängenblieb. Storch packte ihn an den Fersen und begann ihn im Zimmer herumzuschleppen. Währenddessen bearbeitete Frosch mit beiden Fäusten seinen Rücken, erwischte schließlich die Ohren seines Widersachers, und beide fielen zu Boden. Der König vergaß alles, lachte und beugte sich weit vor, damit ihm nichts von dem königlichen Schauspiel entging. Das Ganze gab ihm sogar seinen Appetit wieder, sofort begann er gierig zu essen.

Die Königin, deren Herz ganz von Kummer erfüllt war und die das Schauspiel gar nicht amüsierte, zwang sich doch zum Lachen.

Kurz darauf spielten Frosch und Storch an einem niedrigen Tisch Dame, rissen sich dabei gegenseitig auf eine ergötzliche Art und Weise die Perücken vom Kopf und jagten herum.

All das hob, im Vereine mit einigen Gläsern guten Weines, bedeutend die Stimmung des Königs, so daß Josepha nicht daran zweifelte, man würde nach dem Essen die wichtige Angelegenheit, die keinen Aufschub duldete, in Angriff nehmen können.

Brühl und Pater Guarini warteten in den Zimmern des Königs. Der Minister hatte nicht gezögert, nun schon auf eigene Verantwortung, im Schloß den Befehl zu geben, daß man Sulkowski bei seinem Erscheinen sagen sollte, Seine Majestät könne ihn nicht empfangen. Die Kämmerer waren zu jeder Ausrede berechtigt, sollten aber unter keinen Umständen den Grafen vorlassen.

Das war ein offener Kampf. Man wußte nicht, wer den Sieg davontragen würde, denn die Worte Sulkowskis waren beim König nicht ohne Wirkung geblieben; aber Josepha hatte einen Teil der wichtigsten Ausrufe des Grafen und seiner Anfeuerungen, unabhängig und frei zu werden, gehört ...

Wie immer wünschte der König, sich nach dem Mittagessen bis zum Beginn der Oper oder der Konzerte in den Schlafrock zu hüllen und seine

Tür für Zudringlinge zu schließen. Schon verabschiedete er sich von Josepha, ohne etwas von Sulkowski zu erwähnen, als diese ihn selbst im Kabinett deshalb ansprach:

»Mein lieber August, ich habe gehört, was dir Sulkowski sagte und wozu er dich bewegen wollte.«

»Wo? Wie?«

»Ich stand an der Tür«, entgegnete Josepha, »und es war sehr gut, daß ich mich zufällig dort befand. Du bist ein Engel mit deiner Güte, aber ein König dürfte das nicht sein. Dieser Kerl hat die Majestät des Königs beleidigt, mich, dich. Er erdreistete sich, sich so weit zu vergessen, dir ein gottloses Leben anzuraten. August, wenn der Fuß dieses Menschen weiterhin den Boden des Hofes berührt, werden uns der Zorn und die Strafe Gottes verfolgen. Du hast es gelitten ...«

»Ah, und was denn? Und wie denn?« stammelte August. »Das quält mich alles. Ich brauche Ruhe. Hinausjagen ... Na ... Hinausjagen!«

»Erteile sofort Befehle!«

August nickte gehorsam. Die mißtrauische Königin aber schickte sofort nach Pater Guarini und flüsterte ihm zu, er solle unverzüglich handeln.

Brühl wartete, unsicher und finster, auf seinen Herrn. Als er ihn erblickte, sagte er nichts. August schüttelte nur vorwurfsvoll den Kopf, drohte ihm und ließ sich auf einen Stuhl fallen.

Fast im gleichen Augenblick trat verbindlich lächelnd der Jesuit ein.

»Ah, ah! Der Verlorene hat sich wiedergefunden! Eure Majestät, Sulkowski ist zurückgekehrt. Er scheint begriffen zu haben, daß er umsonst das Glück in der weiten Welt suchen wollte. Bleib im Lande und nähre dich redlich ... Es gefiel ihm hier nicht mehr, aber er ist wiedergekommen, weil es woanders noch schlechter war!«

August begann seine Pfeife zu rauchen und zeigte mit ihr auf Brühl:

»Der da ist schuld! Hm? Weshalb haben sie ihn hereingelassen? Die Königin hat zugehört, er hat Dummheiten geredet ... Pfui!«

»Nicht ich bin schuld, sondern es hat uns jemand verraten, Allergnädigster Herr«, beteuerte Brühl.

»Mach, was du willst!« fuhr der König lebhaft fort. »Ich will überhaupt nichts mehr davon sehen und hören. Schreibt einen Befehl, legt ihn zur Unterschrift vor, schickt ihn weg ...«

»Aber es ist doch kein Grund zur Sorge vorhanden! Man braucht sich nicht die Laune verderben zu lassen und Schaden an der Gesundheit zu nehmen, Eure Majestät«, fügte Guarini hinzu. »Faustina singt heute gemeinsam mit der Albuzzi. Sie leben in der zärtlichsten Eintracht miteinander und lieben sich wie zwei Turteltäubchen.«

August sah sich um und brummte:

»Amor, quel che piace! Eine Liebe, die gefällt!«

Diese Worte waren der Anfang eines italienischen Liedes, das er beinahe gesummt hätte. Doch gleich nahm ihn wieder die Pfeife in Anspruch.

Pater Guarini, der darauf bedacht war, seinem Herrn die trüben Gedanken zu vertreiben, hatte es so eingerichtet, daß man jetzt ein wunderbares Porträt des venezianischen Malers Giorgio Barbarelli hereinbrachte, das direkt aus der Heimatstadt des Künstlers geschickt worden war. Bei seinem Anblick sprang der König erfreut auf und rief:

»Ah, che bello! Oh, wie schön!«

Er vergaß alles.

»Welche Weichheit, welche Süße ... Was für wunderbare Farbtöne, wie lebendig!« lobte er, sich am Kunstwerk ergötzend. Seine Augen glänzten.

Eine halbe Stunde später bat Faustina wegen irgendeiner äußerst wichtigen Theaterangelegenheit um Audienz, die ihr gewährt wurde.

Alle zogen sich zurück. Mit einer außergewöhnlich angeregten Plauderei unterhielt sie den König fast eine Dreiviertelstunde. Als sie das Zimmer verließ, sandte ihr August einen so strahlenden Blick nach, als ob es auf der Welt keine Minister, keine Staatsangelegenheiten und überhaupt keine Sorgen gäbe. Alle schwarzen Wolken waren verflogen – bis auf eine.

So einfach war es nicht, der Königin und den anderen an der Verschwörung beteiligten Personen die Sorgen zu vertreiben. Man kannte die Kühnheit Sulkowskis, die Schwäche des Königs für ihn, die Mittel, die er anwenden konnte, um sich beim König Eintritt zu verschaffen. Sulkowski war mit den Gewohnheiten des Königs vertraut und hatte am Hofe viele Freunde und Schützlinge. An diesem Tage stellte man infolgedessen überall Wachen auf: am Palais des Grafen, der nicht daran dachte, sich zu rühren, an der Oper, am Schloß, den Seiteneingängen, am Aufgang der Treppe, die zu den königlichen Appartements führte ...

Pater Guarini wich nicht einen Augenblick von der Seite des Königs. Die Königin wachte. Brühl hielt Beratungen ab, eilte umher. Die Gräfin Moszynska fuhr in Dresden herum. Hennicke und alle seine Untergebenen, Globig, Loß, Stammer, eine Unmenge von Sekretären und Dienern Brühls verteilten sich in der Stadt und begaben sich auf die ihnen zugewiesenen Plätze.

Diese Bewegung störte Sulkowski nicht im geringsten, der seines Sieges sicher war und Berichte vorbereitete, mit denen er seine Gegner zur Strecke bringen wollte. Der auf seinen Auftritt vom Morgen stolze Graf war überzeugt, er habe damit einen so großen Eindruck auf den König gemacht, daß alle anderen Einflüsse unwirksam würden.

Seine bedeutend weniger vertrauensselige Frau fuhr abends zur Königin. Sie wurde nicht sofort empfangen. Dadurch beunruhigt, bat sie dringend um eine kurze Audienz und wurde auch schließlich vorgelassen.

Josepha empfing sie sehr kühl, doch auf Anraten Guarinis sollte sie die Rolle einer in Hofangelegenheiten völlig unbewanderten Frau spielen, die sich in nichts einmischt.

Die Gräfin Sulkowska, die ehemalige Hofdame der Königin, besaß ihre Gunst und hatte durch nichts eine Änderung der Gefühle ihrer Herrin verdient. Sie betrat das Zimmer, in dem Josepha, über ein frommes Buch gebeugt, saß, und wußte nicht, wie sie das Gespräch beginnen sollte.

Mit gekünsteltem Lächeln meldete sie der Königin, sie sei gekommen, um mit ihr das Glück über die Rückkehr ihres Gatten zu teilen. Dann kam sie geschickt auf die Gerüchte zu sprechen, wonach Feinde am Werk wären, um ihm zu schaden.

»Meine liebe Gräfin«, unterbrach sie die Königin, »sprechen wir von etwas anderem, ich bitte darum. Ich widme mich meinen Kindern, dem Gebet, der Kunst, mische mich aber in keinerlei Hofangelegenheiten und Intrigen und möchte auch darüber gar nichts wissen.«

Noch einmal wagte die Gräfin einen Vorstoß, doch Josepha wiederholte kalt:

»Ich weiß von nichts. Der König berät sich nie mit mir, ich mische mich nicht in die Angelegenheiten meines Mannes.«

Nach diesen Worten gab die Königin dem Gespräch eine andere Wendung. Sie sprach von einem neulich bekehrten und getauften Israeliten, dessen Patin die Gräfin war, von den Fastengottesdiensten, die vom Aschermittwoch an abgehalten wurden. Die Gräfin Sulkowska stand auf und verabschiedete sich traurig.

Ob sie an die vorgespielte Unwissenheit der Königin glaubte und daran, daß diese sich von allen Intrigen des Hofes fernhielt – ist schwer zu sagen. Sie war gewohnt, ihrem Mann zu vertrauen, und fuhr ziemlich ruhig nach Hause.

Spät am Abend suchte Ludovici den Minister auf. Er war in einer Stimmung, die nichts Gutes verhieß. Er brachte die Nachricht, daß er bei der Suche nach Aktenmaterial auf unüberwindliche Schwierigkeiten gestoßen sei und die Beamten nicht an ihren Plätzen in den Ämtern angetroffen habe. Ein gewisses Durcheinander sei zu bemerken gewesen. Ihn selbst habe man mit fadenscheinigen und lächerlichen Ausreden abgespeist. Für morgen könne er auf keinen Fall die gewünschten Papiere fertig vorlegen.

# IX

Es gibt solche Charaktere wie Sulkowski, die bis zum letzten Augenblick eine Gefahr nicht sehen und nicht an sie glauben wollen. Weder das, was ihm seine Frau von ihrem Empfang bei der Königin erzählte – sie verheimlichte durchaus nicht, daß Josepha überaus kalt und gleichgültig gewesen war –, noch das, was nun Ludovici berichtete, vermochte ihm seine Sicherheit und den Glauben an die Zukunft zu nehmen.

Es schien ihm, der König sei viel zu sehr an ihn gewöhnt, um ohne ihn auskommen zu können. Er war überzeugt, daß das letzte Gespräch – wenn man von einem solchen überhaupt reden kann – seinen Herrn stark beeindruckt hatte. Die Gräfin Sulkowska, eine bescheidene und furchtsame Frau, die den sächsischen Hof kannte, die anderen Höfe und auch das, was man Herrengunst nennt, schwebte in tausend Ängsten, obwohl sie sich nichts anmerken ließ. Wenn man in Sachsen in Ungnade fiel, zumal wenn noch Feinde ihre Hand im Spiele hatten, kam man nicht nur mit einfacher Amtsenthebung und Verbannung davon. Das wußte sie genau. Darauf folgte gewöhnlich unter irgendeinem Vorwand die Beschlagnahme der Güter und sehr oft lebenslängliches Gefängnis ohne Gerichtsurteil. Fiel Sulkowski in Ungnade, konnte er seinen Feinden immer noch durch seine Beziehungen zum französischen und preußischen Hofe gefährlich werden. Was war natürlicher als die Befürchtung, sie würden ihn, um ihrer Sicherheit willen, einkerkern? In banger Sorge verbrachte die Gräfin die Nacht und verbarg ihre Tränen, um ihren Mann nicht zu entmutigen.

Der Graf war dagegen ausgezeichneter Laune. Er gestand seiner Frau, was er dem König gesagt und welchen Eindruck er auf ihn gemacht hätte. Er schmeichelte sich, die von den Feinden ausgeworfenen Netze zerrissen zu haben, und behauptete, nun würde alles so wie früher, die feindliche Clique gestürzt, die Königin kaltgestellt und dafür gesorgt, daß sie aufhörte, gefährlich zu sein.

Am nächsten Morgen, am 5. Februar – trotz der anstrengenden Reise schlief der Graf nicht lange –, wachte er zur gewohnten Stunde auf, kleidete sich an und fuhr wie früher zum König ins Schloß.

Wäre er etwas schlauer und weniger selbstsicher gewesen, so hätte er sofort bemerken müssen, daß alle Höflinge, die ihn trafen, ernster wurden, einige ihm heimlich aus dem Wege gingen und daß diejenigen, die eine Begegnung mit ihm nicht vermeiden konnten, sich außergewöhnlich wortkarg verhielten und kühl waren. Sulkowski besaß früher die Erlaubnis, jederzeit zum König zu gehen, wo sich sein Herr auch befinden mochte.

Ihm war bekannt, wo er ihn zu dieser Zeit finden konnte. Er eilte daher geradewegs zu den Zimmern des Königs, aber Löwendahl vertrat ihm höflich den Weg und erklärte ihm, der König sei in seinem Kabinett mit dringenden Angelegenheiten beschäftigt und habe befohlen, niemanden, ohne Ausnahme, einzulassen.

»Aber das kann sich doch nicht auf mich beziehen!« rief Sulkowski und lächelte.

»Ich weiß es nicht, vielleicht wird sich das später aufklären, aber ich, verzeiht, Herr Graf, muß mich genau an die Befehle halten und wage nicht, sie irgendwie auszulegen.«

Sulkowski wollte sich nicht zu einem Streit herablassen; er nahm sich vor, sich später für das unziemliche Verhalten zu rächen, machte ihm von weitem eine Verbeugung, drehte ihm den Rücken zu und ging. Er beschloß, um elf Uhr erneut vorzufahren, da dann der König alle empfing. Als er die Treppe hinabstieg, sah er in einiger Entfernung die Sänfte Brühls, und das war für ihn wie ein Schlag ins Gesicht. Aber nur Geduld, sagte er zu sich selbst. Geduld! Das sind die letzten Anstrengungen dieser Herrschaften, sie werden doch nicht wagen, mir die Tür vor der Nase zuzumachen. Wir werden sehen …

Er fuhr zur Kanzlei Ludovicis und fand ihn blaß und verwirrt vor.

»Die Papiere? Habt Ihr die Papiere?« fragte der Graf.

»Bisher habe ich sie nicht, ich stelle das zusammen, was schon vorhanden war. In dem Verhalten der Beamten mir gegenüber liegt etwas Rätselhaftes, das nichts Gutes und für uns Günstiges verheißt. Sie meiden mich, oder besser, sie fliehen vor mir wie vor einem Aussätzigen.«

»Das verstehe ich sehr gut«, erklärte lachend Sulkowski, »wer seinen eigenen Untergang nahen sieht, muß doch den Kopf verlieren. Ich konnte noch nicht bis zum Allergnädigsten Herrn vordringen. Man sagte mir, er sei in seinem Kabinett beschäftigt. Das muß ja eine tüchtige Beratung sein, wo besprochen wird, was mit diesem Sulkowski, der durch alle Rechnungen einen Strich macht, anzufangen sei.«

Wieder lachte er, Ludovici seufzte, dachte aber nicht daran, ihn über seinen Irrtum aufzuklären.

Sulkowski erwog einen Augenblick, ob er nicht zu Brühl fahren sollte. Eigentlich hätte sich jener schon längst bei ihm melden müssen, dieses Versäumnis stellte auch eine Art Kriegserklärung dar.

Er hat kein reines Gewissen, sagte er sich im stillen, er wagt nicht, mir unter die Augen zu kommen. Vielleicht ahnt er schon seine Verabschiedung und packt sein Bündel. Denn das steht fest, daß ich ihn hier nicht mehr lange frei umherlaufen lasse.

Ludovici war an diesen Tagen nicht zur Unterhaltung aufgelegt, er schwieg, war nachdenklich, überhörte, wenn man ihn ansprach, wanderte im Zimmer umher und stöhnte. Das belustigte Sulkowski fast.

Er wußte nicht, was er nun eigentlich anfangen sollte, und entschloß sich, spaßeshalber die Gräfin Moszynska aufzusuchen, um zu sehen, wie sie ihn aufnehmen und wie sie selber erschrecken würde.

Er begab sich also zur Gräfin, aber hier entschuldigte man sich, es sei noch zu früh und die Gräfin wäre noch nicht angekleidet. Er kehrte nach Hause zurück. Auf der Schwelle traf er seine besorgte Frau.

Sulkowski scherzte über ihre Angst und sagte, er würde sofort wieder zum König fahren. Die Gräfin erwiderte kein Wort. Es war dreiviertel elf, als er sich zum Schlosse begab. In den Vorzimmern warteten nur wenige Personen. Frosch und Storch, die nur in Anwesenheit des Königs so lustig waren, saßen mit dem üblichen Gesicht gelangweilter Menschen da und verspürten nicht die geringste Lust, Possen zu treiben. Storch hatte vom Fall her noch Schmerzen in den Knien. Frosch sah finster wie die Nacht aus, und nichts wies an ihm auf seine fröhliche Veranlagung hin. Er saß hier, weil es seine Pflicht war, doch sein Herz und seine Gedanken weilten zu Hause.

Als Sulkowski sich dem Zimmer des Königs näherte, kam ein Page gelaufen und meldete, der Allergnädigste Herr befände sich gerade bei Ihrer Majestät. Zur Königin wollte und konnte Sulkowski nicht gehen. Dort mußte man sich anmelden, und es hätte sein können, daß man ihn nicht empfing. Einige Male ging er im Vorzimmer auf und ab. Er wußte nicht, was er nun unternehmen sollte, und ging dann wieder zu seiner Sänfte hinunter. Schon wollte er sich nach Hause tragen lassen, da er aber wußte, daß seine schnelle Heimkehr seine Frau beunruhigen würde, zog er vor, sich noch eine Zeitlang irgendwo aufzuhalten.

Dieses ständige Beschäftigtsein des Königs konnte ihm zu denken geben. Er vermutete wirklich Intrigen, glaubte aber nicht an ihren Erfolg. Er beschloß, mit Ausdauer und Gelassenheit diese Hindernisse zu überwinden, auf seinem Posten auszuharren, keine Ungeduld zu zeigen, und war immer noch von seinem Sieg überzeugt.

Er kam an Faustinas Haus vorüber und entschied sich einzutreten. Er kannte die Verehrung des Königs für die Sängerin und ihre Kunst und hegte die Hoffnung, wenn er hier auch nichts Neues erführe, doch wenigstens einige Anhaltspunkte von ihr zu bekommen.

Im Vorzimmer schlug ihm das Gewirr von italienischen Stimmen entgegen. Er wollte sich schon zurückziehen, um nicht in falsche Gesellschaft zu geraten, als sich die Tür öffnete und Amore Voli, Monticelli, Albuzzi,

Puttini, Pilaja sowie einige Franzosen schimpfend und zeternd aus dem Zimmer herausstürzten. Beim Anblick Sulkowskis verstummten alle sofort, machten ihm Platz und verbeugten sich tief vor ihm.

Faustina, die sie hinausgejagt hatte, erschien auf der Schwelle. Der Besuch des Grafen wunderte und verwirrte sie etwas; mit gezwungenem Lächeln bat sie ihn einzutreten.

»Exzellenz, wann seid Ihr angekommen? Wir haben noch nichts von Eurer Rückkehr gehört.«

»Ach, ich bin ja auch bisher halb inkognito hier«, entgegnete lachend der Graf. »Stellt Euch bitte vor, schöne Frau, daß ich mich seit gestern vergeblich um das Glück bemühe, das Antlitz meines Herrn zu sehen. Dreimal war ich im Schloß, und zweimal wurde ich nicht empfangen. Ich!« fügte Sulkowski hinzu und wies mit dem Finger auf sich. »Ich fange zu glauben an, daß ich durch meine monatelange Abwesenheit den Hof und seine Gewohnheiten nicht mehr zu verstehen vermag, und komme deshalb zu Euch, um mich aufklären zu lassen.«

»Graf, Ihr erlaubt Euch, mit mir einen Scherz zu treiben!« entgegnete die Italienerin und sah ihn aufmerksam und zugleich mitleidig an. »Ich kenne den Hof nur von der Bühne her. Dort bin ich eine Königin oder eine Göttin, aber wenn ich die Bretter verlasse, so bin ich nur ein unwissendes Wesen, dem nicht bekannt ist, was draußen in der Welt vorgeht. Deshalb kann ich Euch nichts sagen.«

»Und dennoch«, begann Sulkowski von neuem mit leiserer Stimme, »sagt mir, habt Ihr etwas gehört? Hat sich hier über meinem Haupte ein Gewitter zusammengeballt, das mit Hilfe Eures Freundes Guarini heraufbeschworen wurde ...«

»Nichts, aber auch gar nichts weiß ich«, erwiderte kopfschüttelnd Faustina. »Ich habe genug Sorgen mit dem Theater. Es könnte ja sehr gut möglich sein, daß gegen Euch, Graf, eine Verschwörung im Gange ist, aber Ihr braucht sie doch nicht zu fürchten.«

»Ich tue es auch nicht, sondern möchte mir nur Klarheit darüber verschaffen, was da eigentlich los ist.«

»Neid und Rivalität wird die Ursache sein«, entgegnete die Bordoni. »Für uns Theaterleute ist das nichts Neues: eine ganz alltägliche Sache.«

»Und die Medizin dagegen?«

Faustina zuckte mit den Achseln.

»Wer kann, zieht sich zurück, flieht, und wer Lust zum Kämpfen verspürt, der muß sich schlagen und den Platz behaupten, denn Ruhe wird er nirgends und niemals finden.«

Sulkowski wagte nicht, auf die Warnungen zurückzukommen, die sie ihm vor einigen Monaten erteilt hatte. Jetzt aber war ihr Verhalten ganz anders: Faustina fürchtete sich.

Als Sulkowski sah, daß er nicht viel erfahren konnte, erkundigte er sich nach der neuen Oper, nach der Musik, nach Hasse. Er ging noch ein paarmal im Salon auf und ab und verabschiedete sich dann von Faustina.

Er entschied sich, direkt nach Hause zu fahren. Trotz seines bisher unerschütterlichen Selbstvertrauens war seine Stirn umwölkt, und er mußte sehr an sich halten, um nicht die Ungeduld zu zeigen, die sich seiner allmählich bemächtigt hatte.

Vor seinem Palais stand eine Equipage des Hofes. Die Baronesse Löwendahl, die Tochter des Oberhofmeisters, weilte bei seiner Frau. Sulkowski ging hinein in den Salon.

Auf dem Kanapee saßen die beiden Damen, in ein lebhaftes und sorgenvolles Gespräch vertieft. Als die Baronesse Löwendahl, ein temperamentvolles, nicht mehr allzu junges Persönchen, das stets über alles am besten unterrichtet war, ihn eintreten sah, sprang sie auf und eilte ihm entgegen. Ihr Gesicht zeigte heftige Verwirrung und außergewöhnliche Erregung.

»Der Graf wird mir das alles am besten erklären können!« rief sie, indem sie Sulkowski begrüßte. »Am Hofe haben irgendwelche Veränderungen stattgefunden, oder man ist dabei, sie vorzubereiten. Wir können nicht verstehen, was das sein kann.«

»Aber woraus folgert ihr denn das, meine Damen?« fragte der Hausherr.

»Ich weiß es ganz genau«, versicherte eifrig die Baronesse, »vor einer Stunde schickte der König nach dem alten General Baudissin, der an Podagra daniederliegt, und befahl ihn zu sich. Der General, der kaum an einem Stock im Zimmer herumgehen kann, ließ sich beim König entschuldigen und begründete es mit seinem Leiden. Trotzdem schickte man zum zweiten Male nach ihm, und ich habe mit eigenen Augen gesehen, daß er sich aufmachen mußte und zum Schlosse gefahren ist.«

»Ich kann mir nicht denken, was das heißen soll«, entgegnete ruhig Sulkowski, »zweimal war ich im Schloß, aber beide Male habe ich, ihr werdet lachen, es so getroffen, daß ich den König nicht sehen konnte.«

Der Graf lachte auf, Fräulein Löwendahl plapperte weiter:

»Seit einigen Tagen wird davon gesprochen, daß Baudissin, der schon wiederholt vergeblich um seine Entlassung bat, sie nun endlich bekommen soll. Damit widerfährt ihm nichts Schlechtes, denn schon seit langem hätte er der Ruhe bedurft. Weit schlimmer wäre es, wenn, wie man behauptet, auch mein Vater entlassen werden sollte.«

»Das glaube ich nicht«, wandte Sulkowski ein, »da ich aber einige Monate fern von Dresden weilte, verstehe ich das alles nicht. Ich bin nicht auf dem laufenden.«

Die Baronesse sah ihn an.

»Es läßt sich dafür leicht eine Erklärung finden. Für die neuen Kreaturen benötigt man die Plätze.«

»Still, still!« fiel die Gräfin ein. »Fürwahr, ich fürchte mich schon, ein Wort ...«

Der Graf hob die Schultern.

»Die Angst ist unnötig«, sagte er, »das wird sich bald alles ändern.«

Während dieser Worte war ein Kammerdiener eingetreten und meldete:

»Seine Exzellenz, der Oberhofmeister Baron Löwendahl, und Seine Exzellenz, General Baudissin.«

Alle blickten einander an. Die Tochter des Oberhofmeisters erbleichte und zog sich zum Sofa zurück.

»Ich lasse bitten!« rief Sulkowski und ging zur Tür.

Sofort traten die eben angemeldeten Besucher ein. Als Löwendahl seine Tochter erblickte, warf er ihr einen verwunderten Blick zu, als wolle er ihr einen Vorwurf daraus machen, daß sie sich hier befände.

Die Begrüßung verlief kühl. Sulkowski empfing seine Gäste steif und zurückhaltend und konnte sich den Anlaß ihres Besuches nicht erklären. Er wies ihnen Stühle an, doch Baudissin näherte sich ihm und sagte:

»Erlaubt uns, Graf, mit Euch ohne Zeugen zu sprechen. Wir kommen im Auftrage des Königs.«

Das Gesicht Sulkowskis veränderte sich nicht, er zeigte sofort auf die Tür des angrenzenden Kabinetts.

Die Frauen, die nichts von dem leisen Gespräch hörten, saßen erschrokken und neugierig da.

Die bleiche Gräfin zitterte, da sie fühlte, daß der Besuch nichts Gutes bedeuten konnte. Die Baronesse wollte wegfahren, konnte sich aber nicht dazu entschließen, die Gräfin hielt sie fast mit Gewalt zurück.

Als sich die drei Herren allein im Kabinett sahen, zog Baudissin, ein alter, gehorsamer Haudegen, mit sichtlichem Unbehagen aus der Tasche seines Frackes ein Schreiben hervor, einen aus der königlichen Kanzlei abgeschickten und von August eigenhändig unterschriebenen Befehl.

Schweigend überreichte er ihn Sulkowski. Dieser stand, als hätte er die Schwelle einer anderen Welt überschritten, bleich und wie vom Blitz getroffen da. Mit bebenden Händen ergriff er den Befehl, las und verstand nichts. Sulkowski machte den Eindruck eines Wahnsinnigen.

Löwendahl, dem er leid tat und dem viel daran lag, möglichst schnell wieder von hier wegzukommen, stellte sich hinter den Grafen, als er bemerkte, daß dieser schwieg und nichts zu begreifen schien, und begann laut und langsam das Schreiben vorzulesen.

Es enthielt nur wenige kurze Sätze:

»Da Seine Königliche Majestät August III. bemerkt hat, daß der Graf Sulkowski zu wiederholten Malen, so auch bei seiner letzten Vorsprache, sich vergessen und Seine Königliche Hoheit beleidigt hat, befand Er es für richtig, diesen der Ämter zu entheben, die er bei Seiner Majestät innehatte, und ihn aller seiner Pflichten zu entbinden. Doch in Anbetracht seiner langjährigen Dienste geruhte Er, ihm das Gehalt eines Generals zu belassen.«

Sulkowski hatte vielleicht etwas Schlimmeres erwartet, wenn er das in Erwägung zog, was schon manchen anderen ereilt hatte. Er sah sich das Schreiben genauer an, faßte sich und wurde wieder Herr seiner selbst.

»Der Wille Seiner Majestät«, sagte er, »ist mir heilig. Obgleich ich mich, sicherlich auf Grund gewisser Intrigen meiner Feinde, ungerecht behandelt fühle, so werde ich das, was mir bestimmt ist, ertragen. Selbst wenn ich mich sogar gegenüber der Person Seiner Majestät vergessen haben sollte, so war das ganz gewiß eine Folge meiner Liebe zu Seiner Majestät und nicht Mangel an Hochachtung.«

Baudissin und Löwendahl antworteten nichts. Sulkowski, vor dem sie noch vor kurzem auf die Knie gefallen wären, bekam an ihrem Verhalten zum erstenmal zu spüren, was es hieß, in Ungnade gefallen zu sein.

Von ihrer früheren Artigkeit war nichts mehr übriggeblieben. Baudissin behandelte ihn wie seinesgleichen, und Löwendahl ging mit ihm wie mit einem Untergebenen um. Ihre Gesichter verrieten ihre Verlegenheit und den Wunsch, sich möglichst rasch zu entfernen.

Beide machten von weitem eine heuchlerische Verbeugung, Sulkowski erwiderte ihren Gruß und führte sie in den Salon zurück. Hier verabschiedeten sich die beiden nur aus der Ferne von den auf dem Sofa sitzenden Frauen und gingen dann schnell hinaus.

Der Graf, der sich schon nicht mehr viel von seiner Bestürzung anmerken ließ, geleitete sie höflich in den Flur und kehrte dann so ruhig zu seiner Frau zurück, daß sie an seinem Gesicht nicht zu erraten vermochte, was geschehen war. Die Besprechung hatte also nicht umsonst im geheimen stattgefunden.

Das Fräulein Löwendahl saß immer noch da, in der Hoffnung, etwas zu erfahren.

Man traute sich nicht, ihn zu fragen.

Sulkowski trat gelassen an den Tisch und blickte seine Frau an, deren Antlitz ängstliche Neugier ausdrückte.

»Ich beglückwünsche Euch«, sagte er mit einer Stimme, in der ein leichtes Zittern mitklang, »wir sind frei. Seiner Majestät hat es gefallen, mich aus seinen Diensten zu entlassen. Dies schmerzt mich ganz und gar nicht, wenn es mir auch um meinen lieben Herrn leid ist. An diesem Hofe aber, bei den bestehenden Verhältnissen, wäre es auch für einen ehrlichen Menschen schwer, auszuharren.«

Seine Frau ließ sich auf das Sofa fallen und schlug die Hände vors Gesicht.

»Meine Teure«, fuhr der Graf fort, »beruhige dich bitte, der Grund meiner Entlassung soll sein, daß ich mich gegenüber dem König vergaß, was heißt, daß ich ihm die unliebsame und unerwünschte Wahrheit sagte. Der Herr geruhte, mir das Gehalt eines Generals zu lassen, und schenkte mir die unschätzbare Freiheit«, fügte er hinzu und streckte seiner Frau die Hand entgegen. »Wir werden baldmöglichst nach Wien fahren.«

Das Fräulein Löwendahl blickte voll Bewunderung zu dem Grafen auf. Sie konnte die Ruhe nicht begreifen, mit der er seinen Sturz aus der Höhe hinnahm. In der Tat gebot der Stolz dem Grafen, ein Erlebnis weder stark zu empfinden noch ihm nach außen hin Ausdruck zu verleihen. Schnell hatte er sich von seiner ersten Erstarrung erholt und ertrug nun mit männlicher Würde alles, was ihm das Los bestimmt hatte.

Es konnte gut möglich sein, daß er noch mit einer Änderung rechnete …

Die Gräfin weinte.

Die Baronesse merkte, daß sie hier überflüssig war, denn sie konnte nicht helfen und verhinderte durch ihre Anwesenheit eine Aussprache des Ehepaars. Schweigend drückte sie die Hand ihrer Freundin und glitt leise hinaus.

Die Gräfin drückte ihr Gesicht in die Polster.

»Meine Liebe«, sprach ihr der Graf zu, »ich flehe dich an, sei tapfer. Es schickt sich für uns nicht, daß wir uns etwas anmerken lassen. Wir verdanken der Liebe des Königs, daß ich noch nicht nach Königstein geschickt werde, um dort den Platz Hoyms einzunehmen, und daß man, anstatt mein Vermögen zu beschlagnahmen, mir ein Gehalt bewilligt. Die Verbannung nach Übigau, zu der ich verurteilt worden bin, ist nicht so schrecklich und schließt nicht die Hoffnung aus, dieses Gerüst umzustürzen, das die geschickte Hand des braven, süßen Brühl, meines treuen Freundes, errichtet hat … Fasse dich, ich bitte dich darum.«

Aber es war nicht leicht, die Tränen zum Versiegen zu bringen.

Sulkowski sagte nichts, blickte auf die Uhr, reichte seiner Frau den Arm und führte sie, leise auf sie einredend, in ihre Zimmer.

## X

Nichts vermag den Menschen besser die Verachtung für sein eigenes Geschlecht zu lehren, als wenn er beobachtet, wie eine plötzliche Veränderung auf seine Mitmenschen wirkt, eine Veränderung, die durch den Ruin und den Sturz eines bis vor kurzem noch abgöttisch verehrten Lieblings der Götter verursacht wurde.

In ihrem Verhalten liegt dann so viel Niedertracht und so viel Erbärmlichkeit, daß sich einem das Herz zusammenkrampft. Aber nur in solchen Stunden kann man die Welt wirklich kennenlernen und seine Brüder auf die Probe stellen. Wer nicht selbst eine derartige Krisis erlebt, nicht selbst empfunden hat, wie es im Herzen dabei aussieht, kann nicht begreifen, welche Bitterkeit es dann erfüllt. Sulkowski, der seit frühester Jugend mit dem Kronprinzen zusammen war und in ihm immer nur einen Freund sah, hatte nie im entferntesten daran gedacht, daß ihn ein derartiges Geschick ereilen könnte. Er trug sein Schicksal mit kaltem Stolz, aber er vermochte sich nicht der tiefsten Verachtung zu erwehren, die schon allein das Benehmen der zwei königlichen Boten in ihm hervorgerufen hatte.

Sofort nach dem Empfang des Befehls schickte er nach Ludovici. Der Rat verdankte ihm alles, er war ihm bis jetzt treu geblieben, aber ... die Angst um seine Zukunft und seine Stellung waren der Grund dafür, daß er jetzt nicht mehr dem Ruf Sulkowskis folgte und sich entschuldigen ließ, er sei mit einer dienstlichen Angelegenheit beschäftigt. Infolgedessen werde ich ihn also besuchen müssen, und wenn es nur ist, um ihm die Papiere abzunehmen. Aber vielleicht befinden sich diese schon in den Händen Brühls, und Ludovici hat sich damit seine Verzeihung erkauft, erwog der Graf kalt.

Sulkowski wartete für ein erneutes Vorsprechen im Schloß eine Nachmittagsstunde ab und begab sich dorthin.

Der Weg war ein wahrhaftiger Dornenpfad.

In der Stadt wußte man bereits seit zwei Stunden vom Sturz des Ministers. Obwohl er höchstens mit seinem Hochmut seine Untergebenen verletzt haben konnte, niemandem ein Leid zugefügt hatte und zu vielen überaus gütig gewesen war, fühlten sich dennoch alle verpflichtet, ihm zu zeigen, wie sehr sie sich über sein Unglück freuten.

Er kam an der Kanzlei Brühls vorbei. Die Schreiberlinge erspähten ihn durchs Fenster: sie stürzten mit der Feder hinterm Ohr, Hände in den Taschen, lachend in den Gang, auf die Straße hinaus, um den Herrscher von gestern und heute Verdammten anzugaffen.

Sulkowski hörte und sah alles, was sich um ihn herum abspielte, besaß aber so viel Selbstbeherrschung, daß er sich nicht umdrehte und auch nicht zu erkennen gab, daß er etwas bemerkte. Er ging langsam vorbei, doch noch lange verfolgten ihn ihr Gespött und ihre Rufe.

Auf Schritt und Tritt begegneten ihm Menschen, die ihn noch gestern untertänig gegrüßt hatten und heute so taten, als ob sie ihn nicht sähen, oder ihn aufdringlich, ohne den Hut zu lüften, ansahen, um ihn fühlen zu lassen, daß sie sich über ihn lustig machten.

Kutschen rollten vorbei, neugierige Gesichter schauten heraus und folgten ihm mit den Augen. Im Schlosse hätte der Anblick eines wieder auferstandenen Toten keinen größeren Eindruck machen können: Man flüsterte, zog sich zurück, lachte, ging ihm aus dem Wege – so empfingen ihn alle.

Niemand wagte, ihm den Eintritt zu verwehren, aber sogar die Dienerschaft machte dem Grafen nicht mehr Platz. Bei dieser allgemeinen Stimmung war es schwer, jemanden anzusprechen, und keinen gab es, den er fragen konnte.

Sulkowski wäre vielleicht zurückgeschreckt und wäre umgekehrt, aber er hatte es sich vorgenommen, noch einmal den König zu sehen.

Da er den Tagesablauf kannte, war es ihm ein leichtes, zu berechnen, wann der an eine sehr regelmäßige Lebensführung gewöhnte König durch die Garderobe zur Königin gehen würde. Hier war er glücklicherweise allein. Zwar würden die Diener dem König seine Anwesenheit melden und ihn warnen können, aber er setzte schon alles aufs Spiel.

Etwa eine Viertelstunde blieb der Allmächtige, der noch unlängst Hof und König beherrscht hatte, allein in der Ecke und bedachte, welche seltsamen Wege ihn das Schicksal führte. Ganz in Gedanken vertieft, stand er noch da, als sich die Tür öffnete. Der König trat in Begleitung des Kämmerers ein, ohne ihn zu bemerken. Als sich ihm Sulkowski plötzlich zu Füßen warf, wollte er erschrocken zurückweichen.

Der Graf umschlang seine Knie.

»Allergnädigster Herr«, rief er aus, »Ihr dürft nicht Euren Diener verjagen, ohne ihn gehört zu haben! Seit meiner Kindheit hatte ich das Glück, meine Pflichten an der Seite des Königs treu zu erfüllen.«

Das Gesicht des erbleichten Königs drückte große Verwirrung und Schrecken aus. Stoßweise brachte er hervor:

»Sulkowski … Ich kann nicht … Geh … Ich will nichts hören.«

»Im Namen Gottes flehe ich Euch an«, fiel der Graf ein, »ich verlange nichts als das, daß ich als anständiger Mensch von hier gehen kann, denn ich fühle mich so, und mein Gewissen ist rein. Geruht, Königliche Hoheit, Euch der Jahre zu erinnern, während der ich Euch gedient habe:

Habe ich mir je etwas zuschulden kommen lassen, war ich Euch untreu gewesen, habe ich mich vergessen und Euch nicht die geziemende Ehrerbietung bezeigt? ... Es gibt Leute, die mich beseitigen wollen, damit das eifrige Auge, das ihr Treiben beobachtet, nicht mehr wachen kann. Sie wollen mich deshalb entfernen, weil ich treu bin. König ...« Sulkowski sah zu ihm auf.

August bedeckte mit zitternden Händen die Augen, stampfte ungeduldig mit dem Fuße auf und wiederholte:

»Ich will nichts hören ...«

»Ich will mich nur rechtfertigen.«

»Genug«, rief August, »ich bin fest entschlossen, mich von Euch zu trennen. Das ist nun nicht mehr zu ändern. Weder Euch noch Eurer Familie noch sonst irgend jemand wird etwas geschehen ... Sei unbesorgt, aber geh, geh, geh!!«

Der König sprach so heftig, so angstvoll, als befürchte er, es könnte sie jemand in dieser Situation überraschen oder die Tränen könnten ihn weich machen.

»Allergnädigster Herr«, schrie der Graf in seiner Verzweiflung und sprang auf, »ich erbitte nichts als die Erlaubnis, für die mir von Eurer Königlichen Hoheit erwiesene Gunst und alle Wohltaten zum letztenmal meinen Dank auszusprechen. Um eine letzte Gnade bitte ich, gestattet mir, Eure Hand, der ich so viel Gutes schulde, zu küssen.«

Dem König kamen ebenfalls fast die Tränen, doch hinter ihm stand der Kämmerer, ein Zeuge und Spion zugleich. Er streckte seine bebende Hand dem Grafen entgegen, der sie mit Küssen bedeckte.

»Mein König, und die gleiche Hand stößt heute mich Unschuldigen zurück, mich Unschuldigen! Ich wiederhole es, denn ich hätte höchstens aus meiner übermäßigen Liebe zu meinem Herrn heraus sündigen können.«

August wurde immer ängstlicher und unruhiger.

»Genug!« schrie er. »Ich kann und will Euch nicht anhören. Ich befehle Euch, sofort das Schloß zu verlassen.«

Sulkowski schwieg schon, verneigte sich und gab den Weg frei. August schritt vorbei und eilte sogleich zu der Türe, die zu den Zimmern der Königin führte. Sofort schloß sie sich hinter ihm.

Der Graf brauchte einige Zeit, um wieder zu sich zu kommen und sich zu erholen, er lehnte sich gegen die Wand, preßte die Hand an die Stirn, verharrte so eine Weile und wollte gerade gehen, als ihm der zurückkommende Kämmerer auf gröbste Art mitteilte, er dürfe hier nicht länger verweilen:

»Der Allergnädigste Herr befiehlt Euch durch mich, sofort das Schloß zu verlassen und Euch nicht wieder am Hofe zu zeigen. Es ist der Wille Seiner Majestät, daß Ihr Euch in Übigau niederlaßt.«

Sulkowski blickte ihn stolz an und ging, ohne ein Wort zu erwidern, hinaus.

Er war zutiefst erregt, doch verstand er sich zu beherrschen. Der letzte Versuch war gescheitert. Es blieb ihm nichts weiter übrig, als den Kelch bis zur Neige zu leeren, ohne mit der Wimper zu zucken. Das Bedürfnis irgendeiner Rache begehrte in ihm auf, doch er unterdrückte es. Er wußte, daß er damit mehr seinen Feinden als sich selbst nützen würde.

Er begab sich nach Hause, um seine vor Aufregung kranke Frau zu beruhigen und um ihr zu versichern, daß sie nichts zu befürchten hätten.

Die Verbannung nach dem dicht bei Dresden gelegenen Übigau ließ die Hoffnung auf eine Begegnung mit dem König und vielleicht auf eine Aussprache mit ihm offen. Sulkowski wollte daher sofort das ihm dort zugewiesene Palais beziehen, aber seine Frau verbot ihm, davon zu reden, und wollte nichts darüber hören:

»Brühl wird sich nicht damit zufriedengeben, wir werden in seiner Hand sein! Er wird einen Grund zu erneuten Verfolgungen finden. Fahren wir sofort weg! Fliehen wir aus dem verfluchten Sachsen ... nach Polen, nach Wien, ich folge dir, wohin du willst, aber nur nicht hierbleiben!!«

Während des ganzen Abends trieben sich in der Nähe von Sulkowskis Haus Leute herum, Neugierige standen in Gruppe beisammen, beobachteten die Fenster, verfolgten jede Bewegung und dürsteten danach, sich an den Zuckungen des Opfers zu weiden. Sulkowski schaute manchmal, hinter den Vorhängen verborgen, auf diese niederträchtige Bande mit Verachtung und Empörung hinab. Im Laufe des Abends kam niemand zu ihm, niemand meldete sich an. Nur ein amtliches Schreiben wurde dem Kammerdiener im Flur übergeben. Seine Königliche Hoheit befreite den Grafen Sulkowski damit von seinen Pflichten als Minister des Äußeren, Oberhofkämmerer und Oberhofmarschall. Der Graf warf es auf den Tisch und sagte kein Wort.

Am gleichen Abend veranstaltete Brühl einen Empfang. Kurz vor dem Eintreffen der Gäste begab sich der Minister in den Saal, um für ihren Empfang bereit zu sein. Sein Gesicht verriet große Erregung und Unruhe, er war von diesem schweren Kampf ermüdet. Er hatte sich gerade in einen Sessel sinken lassen, als von der anderen Seite seine Frau eintrat. Der seinen Gedanken nachhängende Minister bemerkte sie nicht; sie hatte Zeit, ihn zu betrachten. Mit leichtem Spott sah sie ihn an.

Schließlich erblickte er sie und erhob sich.

»Ich muß Euch beglückwünschen«, begann Franziska, »Ihr seid der Herr der Situation, König von Sachsen und Polen, Hennicke ist Euer Stellvertreter. Loß, Stammer und Globig sind die Vizekönige! Nicht wahr?«

»Und Ihr seid Königin«, entgegnete Brühl lachend, »sogar in einem doppelten Sinne ...«

»So ist's«, scherzte Frau Brühl, »ich bin dabei, mich an diese meine Lage zu gewöhnen, und finde sie durchaus erträglich.«

Sie zuckte mit den Achseln.

»Möge das Ganze nur länger als das Königreich Sulkowskis dauern! Ich vergaß«, flüsterte sie schalkhaft, »daß Ihr Euren Thron vernünftigerweise auf Frauenschultern stützt. Die Königin, ich, die ich die andere Königin bin, die Moszynska, die Sternberg – das will schon etwas heißen –, ohne die Albuzzi in Betracht zu ziehen, denn die ist überzählig ...«

»Ihr seid selbst daran schuld, wenn ich fremde Hilfe beanspruchen und woanders Herzen suchen muß ...«

»Ach, Herzen, Herzen!« unterbrach ihn seine Frau. »Weder Ihr noch ich haben ein Recht darauf, von Herzen zu sprechen. Wir haben Launen, aber keine Herzen, Sinne, doch keine Gefühle, aber ... so ist es besser.«

Sie wandte sich von ihm ab.

»Gestattet mir ein Wort«, bat Brühl, an sie herantretend, »ein Wort nur, später kommen die Gäste, und ich werde nicht das Glück haben, mich mit Euch unterhalten zu können.«

»Nun, was gibt's?«

Brühl beugte sich dicht zu ihrem Ohr:

»Ihr kompromittiert Euch!«

»Womit, zum Beispiel?«

»Diese Burschen aus meiner Kanzlei ...«

Franziska errötete und setzte eine stolze, zornige Miene auf. »Ich habe meine Launen! Und niemand kann sie mir verbieten. Ich bitte Euch, Euch nicht darum zu kümmern, genausowenig, wie ich mich in Eure Angelegenheiten, Herr Minister, einmische. Bitte sehr!«

»Meine Gnädigste!«

Bei diesen Worten, die einen kleinen ehelichen Streit einzuleiten schienen, kam die Gräfin Moszynska, lebhaft und strahlend, herein. Sie ging auf Franziska zu, reichte ihr die Hand und rief laut:

»Also, Sieg! Sur toute la ligne, Sieg auf der ganzen Linie! In der ganzen Stadt spricht man nur davon. Man wundert sich, man zittert ...«

»Man freut sich«, fügte Brühl hinzu.

»Nun, das weiß ich nicht«, fuhr die Moszynska fort, »aber uns soll genügen, daß wir uns über den Sturz dieses Prokonsuls freuen. Wir sind doch nun eine große Familie und brauchen uns nicht vor diesem hochmütigen Herrn zu verbeugen.«

»Was gibt es Neues? Was gedenkt er zu unternehmen?« fragte der Minister.

»Wenn Ihr ihn kennt«, rief die Moszynska, »so müßtet Ihr es wissen. Selbstverständlich wird er sich nach Übigau begeben, wird dort bleiben, sein Haupt schütteln, wie er es schon immer gemacht hat, und wird nicht versäumen, dem König zu begegnen, zu intrigieren, um wieder in Gunst zu kommen.«

Brühl lachte hell auf:

»Ja, das ist sehr wahrscheinlich, aber, meine Verehrteste, von Übigau ist es nicht weit bis Dresden, aber auch nicht weit nach Königstein ... Ich zweifle ..., zweifle ...«

Die eben eintretende Gräfin Sternberg, die Gattin des neuen österreichischen Gesandten, eine schöne, schwarzäugige Wienerin mit einem stolzen Antlitz und einem vornehmen Auftreten, die ebenfalls für eine Beraterin und Geliebte Brühls galt, mischte sich ohne lange Begrüßung in das Gespräch ein:

»Ich wette, sie werden nach Wien fahren.«

Die Moszynska zog Brühl zur Seite, und die beiden anderen Damen begannen sich leise zu unterhalten.

Brühl verzog das Gesicht.

»Ihr habt einen Fehler gemacht«, sagte die Moszynska, »niemals darf man auf halbem Wege stehenbleiben. Er wird sich rächen. Man hätte ihn einsperren sollen ...«

»Der König hätte dazu im ersten Moment nicht seine Einwilligung gegeben«, gab Brühl zu bedenken. »Hätten wir zuviel auf einmal verlangt, so wäre er offen dagegen aufgetreten, und dann wäre Sulkowski in der Lage gewesen, unsere Köpfe rollen zu lassen. Das ist das eine, und zum anderen: Ich kenne den Grafen, und deshalb fürchte ich ihn nicht, ein Schwachkopf, zu einer Verschwörung ist er nicht fähig. Bevor er nach Übigau abfährt, werde ich Beweise dafür finden, daß er sich zwei Millionen Taler angeeignet hat. Und dann haben wir die Begründung für Königstein.«

»Brühl«, warf die Moszynska lachend ein, »zwei Millionen Taler ..., und du ...«

»Ich besitze keinen Groschen!« beteuerte der Minister. »Ich ruiniere mich mit meinem Auftreten, mit dem ich meinem Herrn Ehre machen will, ich habe Schulden ...«

Er näherte sich dem Ohr der Gräfin:

»Glaubt nicht, daß ich so töricht wäre, meinen Feind laufenzulassen, ohne ihm den Garaus zu machen, aber ich muß das in zwei Zügen erledigen. In Übigau, wo er sich aufhalten muß und von wo er mir nicht so schnell entwischt, kann ich ihn jederzeit fassen. Inzwischen sammle ich Beweise für Unterschlagungen. Der König wird sich in einigen Wochen zu allem bereit erklären.« Er begann seltsam zu lachen. Der plötzliche Eintritt des Oberhofmeisters Löwendahl zwang ihn, die Gräfin zu verlassen, die sich langsam wieder zu den anderen Frauen gesellte.

Löwendahl und Brühl traten etwas beiseite.

»Wie hat er es aufgenommen?« erkundigte sich Brühl.

»Zuerst war er starr, dann legte er ein mannhaftes Herz und großen Stolz an den Tag.«

»Und dennoch«, zischte Brühl, »hat er, wie mir der Kämmerer Friesen berichtete, den König in der Garderobe überfallen und sich ihm zu Füßen geworfen.«

»Das kann sein«, bemerkte Löwendahl, »aber ...«

Er konnte nicht aussprechen, denn der Kammerdiener an der Tür gab Brühl ein Zeichen. Er mußte sich bei seinem Gast entschuldigen, um sich zu überzeugen, welch wichtiger Grund vorliegen konnte. Von einer leichten Unruhe befallen, schritt er durch den Salon. Obwohl der König sorgfältig bewacht wurde, befürchtete Brühl immer noch, der ehemalige Favorit könnte seinem Herrn einen Brief zukommen lassen oder sich selbst trotz des Verbotes ins Schloß einschleichen. Man wußte um die Beziehungen Sulkowskis zu Pater Vogler. Wenn auch der Jesuit nur selten beim König vorsprach, so gewährte man ihm als Geistlichen doch jederzeit Audienz.

Im Kabinett wartete Hennicke, bequem in einem Sessel sitzend. Zwar erhob er sich, als der Minister eintrat, doch sah man deutlich, daß er ihm nicht allzuviel Achtung entgegenbrachte und daß Brühl ihn notwendiger brauchte, als er den Minister.

»Was gibt es Wichtiges?« fragte der Minister vorwurfsvoll. »Die Leute können annehmen, es sei etwas vorgefallen.«

»Ach, laßt sie es ruhig glauben«, erwiderte Hennicke ungeduldig, »Eure Exzellenz, Ihr geht Eurem Vergnügen nach, während ich arbeite, ich kann mich nicht nach Euren Launen richten.«

»Was? Du! ... Bist du verrückt geworden?«

»Ich?« entgegnete Hennicke ruhig.

»Du vergißt dich!« rief Brühl.

Hennicke brach in lautes Lachen aus.

»Na, na, reden wir nicht davon, Exzellenz, mögen Euch alle für einen großen Menschen halten, doch ich ...« Hennicke machte eine wegwerfende Handbewegung.

»Was würdet Ihr, Exzellenz, schon ohne Hennicke sein?«

»Und du ohne mich?« brummte ärgerlich Brühl.

»Ich bin eine Gabel, mit der jeder Minister essen muß, das ist etwas anderes.«

Brühls Ton wurde etwas milder:

»Nun, was gibt es denn? Sprich!«

»Anstatt mir zu danken, scheltet Ihr. Hennicke war ein Lakai, das stimmt, aber gerade deshalb, weil er einer war, liebt er nicht die Erinnerungen an die Behandlung, die ihm früher zuteil wurde.«

Während dieser Worte brachte er Papiere zum Vorschein.

»Das ist's, was ich bringe. Ludovici habe ich beschwatzt und ihm versprochen, daß er Geheimer Rat in einer Abteilung werden wird, und ich verbürge mich dafür, daß er ein so geheimer sein wird, daß es keine Menschenseele erfährt. Haha! Ich habe schon Hinweise. Es sind Gelder aus der Steuerkasse genommen worden, Belege liegen vor, es bestehen Rückstände in der Kriegskasse. Hoho! Es wird sich noch viel finden lassen! Wovon hätte er sich denn sonst seine Güter gekauft! Er hat doch den ehemaligen Besitz des Königs Leszczynski erworben.«

»Beweise sind dafür nötig«, sagte Brühl.

»Ja, schwarz auf weiß«, bestätigte Hennicke.

»Und bis wann können sie vorliegen?«

»In einigen Tagen.«

»Wir brauchen uns nicht übermäßig zu beeilen«, schlug Brühl vor, »denn der König muß nach seiner ersten großen Anstrengung Atem schöpfen. Faustina wird singen, Pater Guarini plaudern, wir werden etwas Pulver verschießen. Die Szene in der Garderobe wird in Vergessenheit geraten, dann können wir erst an den zweiten Akt herangehen. Die Hauptsache ist, daß niemand das Geheimnis verrät, keiner etwas Derartiges vermutet, damit Sulkowski keinen Verdacht schöpft und ausreißt ...«

Hennicke, der seinen Vorgesetzten genau beobachtete, fügte hinzu:

»Man muß ihm eine geheime Wache hier und in Übigau beigeben. Wir müssen es so einrichten, daß er einige seiner Lakaien verliert. Er hat schon nicht mehr viele, statt der alten schieben wir ihm einige Diener von uns zu, die ihn bewachen und uns über alles berichten werden.«

»Sehr gut«, lobte Brühl.

»Ich hoffe, daß der Gedanke etwas taugt, denn ich überlege immer alles gut«, fügte Hennicke hinzu.

»Wenn er uns nach Wien, nach Preußen oder nur nach Polen entwischt«, sagte Brühl nachdenklich, »so wäre das eine höchst unbequeme und peinliche Angelegenheit.«

»Bah! Und eine gefährliche obendrein«, erwiderte Hennicke und schob sich seine Perücke zurecht. »Obwohl er kein allzu kluger Kopf ist, darf man doch keinen seiner Feinde unterschätzen.«

»Folglich ist die Sache abgemacht«, flüsterte Brühl, »Ihr beschafft die Beweise für seine Schuld. Mir, der ich sein Erbe antreten werde, ziemt es nicht, offen gegen meinen Gefährten und Rivalen aufzutreten. Beim König setze ich mich laufend für ihn ein und bitte für ihn. Diese Papiere wird Graf Wackerbarth-Salmour überbringen, als wäre man zufällig auf sie gestoßen. Das ist bereits verabredet.«

Er wollte sich schon entfernen, doch wandte er sich noch einmal leise an seinen Mitarbeiter:

»Hör zu, Hennicke, du kannst dich nicht aus der Stadt entfernen, das beste wird sein, wenn man Globig für diese Angelegenheit verwendet. Solch einen Gast wie Sulkowski kann man doch nicht in der ersten besten Zelle unterbringen, zumal er höchstwahrscheinlich dort länger wohnen wird. Verstehst du? Mag Globig eine Spazierfahrt unternehmen. Es fährt sich jetzt gut mit dem Schlitten, es ist Fastnacht, na ja ... Er soll dem Kommandanten einen Besuch abstatten und sich einige saubere Zimmer für den Grafen ansehen, damit er es auch nicht allzu schlecht hat. Dort stehen ja jetzt genug leer. Ohne etwas zu verraten und ohne durchblicken zu lassen, für wen die Zimmer bestimmt sind, soll sie Globig reinigen lassen, aber alles muß so geschehen, daß man dort nichts vermutet.«

Hennicke begann laut zu lachen.

»Exzellenz, vergeßt mich nicht! Für so ein kostbares Wild gebührt mir ein kleines Andenken.«

»Erst wenn wir es hinter Gittern haben«, entgegnete Brühl. »Mein lieber Hennicke, du sagst, ich solle dich nicht vergessen, aber mir will scheinen, daß du immer selbst am besten an dich denkst.«

»Ganz wie Eure Exzellenz!« grinste der Rat verschmitzt, indem er die Papiere zusammenlegte. »Wir sind beide aus dem gleichen Holz geschnitzt, weshalb sollten wir einander etwas vormachen! Wir kennen uns doch gut.«

Brühl wagte nicht, obwohl der Ex-Lakai mit ihm ziemlich respektlos umsprang, ihn zurechtzuweisen, im Gegenteil, er war freundlich zu ihm, er brauchte ihn eben.

Mit heiterem Gesicht kehrte der Minister in den Salon zurück, wo schon die Tische zum Kartenspiel bereitstanden. Frau Moszynska, die auf ihn wartete, trommelte mit ihren kleinen Fingern auf dem Tisch und bemerkte:

»Setzt Euch, um diese Zeit müßten alle dienstlichen Angelegenheiten längst ruhen.«

## XI

Im Fasching herrschte dieses Mal mehr Fröhlichkeit als in den vergangenen Jahren. Alle waren bemüht, den König aufzuheitern, auf dessen Stirn oft eine Wolke von Traurigkeit und Sehnsucht lag. In den Stunden nach dem Essen gähnte er manchmal, und die Witze des Paters Guarini verfehlten ihre Wirkung und verhallten ungehört im Raum. Man bat Faustina, bei ihrem Gesang näher an die königliche Loge heranzutreten und die Lieblingsarien des Königs zu wählen. Frosch und Storch versprach man eine besondere Belohnung, wenn sie doppelt soviel Possen reißen würden. Täglich fand ein Scheibenschießen statt. Die Künstler boten Hervorragendes. Die Feste im Schloß zeichneten sich durch prachtvolle Kostüme und glänzende Einfälle aus. Brühl verließ nur sehr selten das Schloß, und immer, wenn der König allein war, blieb er an der Tür stehen, wartete auf Befehle und erriet die Wünsche seines Herrn. Es geschah auch manchmal, daß August in fröhlicher Stimmung war, sich räusperte und lustig lachte. Aber dann verfinsterte sich mitten im Lachen sein Gesicht. Er wandte sich dem Fenster zu und schien alles zu vergessen. Gleich am nächsten Tag hatte man Sulkowski den Befehl zugestellt, sich umgehend nach Übigau zu begeben. Das dortige Palais war überhaupt nicht dazu eingerichtet, im Winter bewohnt zu werden. Sulkowski mußte Dresden verlassen. Menschen standen auf den Straßen, um ihm ihr Gelächter, ihm Hohn, Verachtung und Spott nachzusenden. Neben der Kutsche des Grafen lief sein gliebter Hund Fido. In der Nähe der Brücke lauerte ihm ein Schütze auf und streckte ihn mit einem Pistolenschuß nieder.

Das geschah am hellichten Tage mitten in der Stadt, und niemand empörte sich. Der freche Kerl triumphierte, die Zuschauer lachten. Das unschuldige Tier war ihr Opfer geworden. Die Gräfin Sulkowska weinte im Wagen, der Graf blickte nicht hinaus und sagte kein Wort. Er trug das alles mit stoischem Gleichmut und tat so, als habe er von all dem nichts bemerkt.

Die niederträchtige Menge geleitete Sulkowski bis hinter die Brücke und lief johlend hinter dem Wagen her. Die Kutscher trieben die Pferde an. Der Graf sah starr in die Ferne und zuckte mit keiner Wimper. Er fühlte sich viel zu erhaben, als daß ihn das alles schmerzen konnte.

Hennicke und die Kanzlei Brühls waren über diese Vorgänge gut unterrichtet (wenn sie nicht sogar selbst daran beteiligt waren). Man berichtete es Brühl: er lächelte nur ... In der Stadt gingen die seltsamsten Gerüchte um.

Wie es auch sei, der neue Minister, der einige Tage danach den bedeutendsten Teil der Ämter des früheren Favoriten übernommen hatte, erfuhr auch durch seine Spione, daß der Sturz Sulkowskis eher Leid als Freude, eher Angst als Hoffnung auf Besserung hervorrief. Überall wurde gemurrt. Brühl wußte einen Ausweg: der König mußte so von der Umwelt abgeschlossen werden, daß kein unangebrachtes Wort bis zu seinen Ohren dringen konnte. Wenige Tage darauf begann die Neubesetzung all der Ämter, deren Inhaber Zutritt zum König hatten. Der Bruder des Ministers wurde mit der Würde des Oberhofmarschalls bedacht, man löste sogar die Pagen und Lakaien ab, die der Anhänglichkeit und gewisser Beziehungen zu Sulkowski verdächtig waren. Dem König wurde alles vorgesetzt, was nur irgendwie seinem Geschmack entsprach, man nahm ihn aber in sorgfältigste Obhut. Das war ihm ganz recht, wenn nur seine Gewohnheiten befriedigt wurden – mehr brauchte er nicht.

Vorerst konnte von einer Entfernung oder Absonderung der Königin, um ihren Einfluß zu vermindern, keine Rede sein. Doch der Plan Brühls sah die Kaltstellung Josephas als allernächste notwendige Aufgabe vor. In aller Stille konnte er sein Vorhaben mit Hilfe seiner Frau vorbereiten. Pater Guarini wäre vielleicht mit einem so radikalen Mittel nicht einverstanden gewesen. Brühl hielt sich für allmächtig, und seine Untergebenen, die kleinen Vizekönige, wie man sie nannte, trugen den Kopf hoch.

Die Furcht vor Sulkowski dauerte jedoch immer noch an. Die ganze Angelegenheit war wohl begonnen, aber nicht abgeschlossen worden. Hennicke sammelte Beweise für Unterschlagungen und für vergeudete Summen. Es ging darum, ihm sowohl das Fürstenbergsche Palais abzunehmen, das ihm der König einst geschenkt hatte, als auch das Palais in Übigau, und schließlich darum, den Rivalen auf Königstein hinter Schloß und Riegel zu setzen. Hierfür gab es viele Beispiele aus der Regierungszeit Augusts des Starken, so daß Brühl, sie sich zum Vorbild nehmend, hoffte, auch das leicht erreichen zu können. Sulkowski blieb eine ständige Gefahr, solange er in Freiheit war. Ein in Wien mit seiner Frau lebender Sulkowski konnte in Zukunft ein schrecklicher Feind werden ...

Auch das trug zur Verstärkung von Brühls Befürchtungen bei, daß der Graf ganz und gar nicht niedergeschlagen war. Man schaffte die benötigten Einrichtungsgegenstände nach Übigau, und die schöne Lage des Palais mit der Aussicht auf die Elbgegend machte die Verbannung dort erträglich. Von seinen Fenstern aus konnte Sulkowski jeden Tag den Turm des Schlosses betrachten, in welchem er noch bis vor kurzem geherrscht hatte.

Der Karneval ging seinem Ende zu, und der Graf verließ nie den ihm bestimmten Aufenthaltsort.

Neugierig beobachtete man jeden seiner Schritte, aber man konnte nichts Ungewöhnliches feststellen. Niemand aus der Stadt begab sich dorthin; die Einsamkeit war vollkommen. Die in Briesnitz eingesetzten Spione hielten vergeblich nach Gästen Ausschau. Diener aus dem Palais fuhren täglich nach Dresden, um Lebensmittel zu holen, aber sie trafen nur mit den Marktfrauen zusammen. Man konnte dem Verbannten nichts zur Last legen.

Was geschah im Palais? Niemand konnte es sagen. Der Graf las ganze Tage hindurch, unterhielt sich mit seiner Frau, schrieb Briefe, aber welchen Weg diese nahmen und wohin sie gingen, war nicht herauszubekommen.

Eines Morgens trat Brühl mit Schriftstücken beim König ein. August haßte nichts mehr als den Anblick von Papieren und die Aussicht auf ein Gespräch über Intrigen. Das kleinste Wort darüber beschwor Wolken und Gähnen herauf. Gewöhnlich kürzte Brühl diese unangenehme Arbeit ab, indem er dem König schon die fertigen Schreiben zur Unterschrift vorlegte. August nahm am Tische Platz, und ohne einen Blick darauf zu werfen, setzte er, als hätte es eine Maschine gedruckt, seine Unterschrift darunter, die immer gleich sauber, deutlich, majestätisch und ruhig war.

Als der König an diesem Tage den Papierstoß erblickte, machte er schon Anstalten, sich dem Frondienst des Unterschreibens zu unterwerfen, aber Brühl blieb unbeweglich stehen und behielt die Papiere in den Händen.

Einige fragende Blicke seines Herrn brachten ihn endlich zum Reden, womit er heute zu zögern schien:

»Allergnädigster Herr! Ich komme heute in einer so unangenehmen Angelegenheit, daß ich sie gern mir und Euch erspart hätte.«

Der König verzog den Mund und zupfte an seiner Perücke.

»Mir wäre es lieber gewesen, wenn ein anderer dies erledigt hätte, aber niemand wollte mich vertreten.« – Brühl seufzte. – »Ich muß infolgedessen das selbst Eurer Majestät unterbreiten.«

»Hm?«

»Eure Königliche Hoheit werden mir bestätigen, daß ich mich in die Angelegenheit mit Sulkowski nicht eingemischt habe ...«

»Das ist vorbei! Genug davon!« unterbrach ihn der König ziemlich ungeduldig.

»Noch nicht ganz«, wandte Brühl ein, »und das ist eben das ganze Unglück. Ich habe seine Ämter übernommen. Ich bin ein gewissenhafter Mensch, ich mußte alles überprüfen.«

Der König schaute mit großen Augen den Sprechenden an. Etwas Drohendes lag in seinem Blick.

»In seinen Papieren und Briefschaften fand sich verschiedenes, was den undankbaren Diener Eurer Königlichen Hoheit auf das schwerste belastet: Unterschlagungen, Defizit in der Kasse …«

Der König räusperte sich laut.

»Aber ich habe doch noch Geld, Brühl?« fragte er lebhaft.

»Ja, aber nicht so viel, wie es eigentlich sein müßte«, erwiderte der Minister und dämpfte seine Stimme. »Weit schlimmer ist es, daß Briefe, Beziehungen und Verbindungen mit verschiedenen Höfen Sulkowski bloßstellen und als einen höchst gefährlichen Menschen kennzeichnen. Wenn er sich nach Polen begibt, so wird er dort, vom Gesetz der Republik geschützt, Unruhe stiften. Fährt er nach Wien, so kann er auch dort eine Gefahr bedeuten. Kurz gesagt, wohin er sich auch begeben mag …«

Während Brühl dies langsam sprach, beobachtete er August genau; er schien den Eindruck seiner Ausführungen feststellen zu wollen, um demgemäß seine Worte zu wählen. Er kannte die Stimmungen und das Gesicht seines Herrn sehr gut, und doch konnte er diesmal nicht erraten, was es verkündete. August hörte ihm erstaunt zu, seine Augen ließ er im Zimmer umherschweifen, sah dann wieder Brühl an, errötete, erbleichte, wurde verlegen. Kein Wort kam über seine Lippen.

Der Minister hielt einen Augenblick inne und wartete. August räusperte sich wieder laut, hustete und heftete seinen Blick herausfordernd auf seinen Minister.

Da er nun schon reden mußte, fuhr er fort:

»Eure Königliche Hoheit kennen mich und wissen, daß ich gegen jede Anwendung von Gewalt bin. Auch ich habe diesen Menschen geliebt, ich war sein Freund, darf ich sagen, solange er meinem Herrn nicht die Treue brach. Heute als Minister, als treuer Diener muß ich mein Herz bezwingen.«

Das Vorgehen in dieser Angelegenheit war sicherlich mit Pater Guarini so verabredet worden, daß der Jesuit während des Gespräches eintreten sollte. Und wirklich, jetzt erschien er. Der König wollte den Besuch des Paters anders ausnutzen, begrüßte ihn und fragte gleich nach Faustina.

»Sie ist gesund und munter!« antwortete der Pater fröhlich. »Gesundheit ist der größte Reichtum, man schätzt sie erst, wenn man sie verloren hat ...«

Brühl stand mit den unglückseligen Papieren da.

»Königliche Hoheit, erlaubt mir, diese unliebsame Angelegenheit zum Abschluß zu bringen«, unterbrach er die beiden. »Pater Guarini weiß über alles Bescheid.«

»Ah! Er weiß Bescheid! Das ist gut!« – Der König wandte sich an den Pater. – »Und was sagt Er?«

Der Pater zuckte mit den Achseln.

»Dasselbe, was der Allergnädigste Herr sagt«, entgegnete er lächelnd. »Ich? Ich bin Kaplan, Priester, mir steht kein Urteil zu.«

Alle schwiegen. August blickte zu Boden. Brühl war leicht erschrocken. Das Ganze schien sich zu verzögern.

»Wenn Euer Allerdurchlauchtigster Vater, August der Starke, noch lebte«, begann Brühl von neuem, »so wäre Sulkowski schon längst in Königstein.«

»Nein, nein«, entgegnete der König, kniff die Lippen zusammen, erbleichte, sah dann Brühl an, erhob sich und begann im Zimmer auf und ab zu gehen.

Guarini stand mit gefalteten Händen da und stieß einen tiefen Seufzer aus.

»Niemals habe ich gefordert, daß jemand streng bestraft würde«, erklärte Brühl. »Ich war und bin für Vergebung, aber in diesem Falle sind deutliche Spuren von Undankbarkeit und Verrat zu sehen.«

Der Jesuit hob den Blick gen Himmel und seufzte wieder.

Er und Brühl folgten jeder Bewegung des Königs mit den Augen und wußten nicht, woran sie waren. Selten war August so undurchsichtig.

Da sie ihn kannten, waren sie sicher, daß sie es fertigbrächten, ihn zu überwinden und zu besiegen. Aber es kam ihnen darauf an, August nicht zu langweilen, denn wurde er müde, grollte er immer denen lange, die daran schuld waren. Brühl schickte zu Guarini einen Blick hinüber, der den Pater aufforderte, den begonnenen Handel zu Ende zu bringen. Der Jesuit anwortete mit einem gleichen Blick, der dasselbe von dem Minister verlangte. August spielte mit dem Fuß an dem auf dem Boden liegenden Teppich, schob ihn zurecht, war aber offenbar mit seinen Gedanken woanders.

»Was befehlt Ihr, Königliche Hoheit?« drängte Brühl.

»Wo? Wie? Was?« brummte der König.

»Mit Sulkowski ...«

»Ach, mit dem, ja ... ja ...«, und der König spielte wieder mit dem Teppich und sah zu Boden.

Schließlich, als ob es ihn große Anstrengung kostete, wandte er den Kopf Brühl zu und zeigte mit der Hand auf den Tisch:

»Die Papiere bleiben bis morgen hier.«

Der Minister geriet in Verlegenheit. Auf keinen Fall wollte und konnte er die Unterlagen dalassen. Obwohl er sicher war, daß der König sie nicht lesen würde, fürchtete er doch, etwas Unerwartetes könnte dazwischenkommen. Er war viel zu vorsichtig und hoffte, die ganze Angelegenheit könnte mit einem einzigen Schlag erledigt werden. Guarini und er wechselten unauffällig einen Blick miteinander.

»Allergnädigster Herr«, schlug leise der Italiener vor, »das alles ist ein so bitterer Brocken, daß es sich nicht lohnt, ihn in zwei Portionen zu zerlegen. So etwas muß man sofort hinter sich bringen. Was gibt es hier zu überlegen?«

Der König äußerte sich nicht dazu. Erst nach einer Weile wandte er sich an Brühl:

»Am Nachmittag Scheibenschießen im Schloßhof!«

Daß der König diesen Befehl gab, war nicht ohne Bedeutung. Brühl wurde immer verwirrter.

»Der letzte Hirsch hat uns viel zu schaffen gemacht«, fuhr August fort, »aber der Bock war auch der Mühe wert.«

Er verstummte für einen Augenblick, seufzte und schloß dann:

»Und der letzte Auerochs ist verendet ...«

Die Uhr zeigte die Stunde an, wo sich der König gewöhnlich zu seiner Gemahlin begab. Er befahl, den Kämmerer zu rufen.

Brühl sah, daß er nichts erreicht hatte und die ganze Arbeit umsonst gewesen war. Er wußte nicht, welchem Umstand er diesen Widerstand zuschreiben sollte. Guarini und er sahen sich an. Der König hatte es mit dem Gehen eilig. Sie mußten sofort hinter ihm das Zimmer verlassen, und Brühl zog den Beichtvater in ein angrenzendes Kabinett hinein.

Unlustig warf er die Papiere auf den Tisch und rief: »Ich verstehe das nicht!«

»Pazienza! Geduld! Auf einen Streich fällt keine Eiche«, beruhigte ihn Guarini. »Bis morgen Geduld, das konnte nicht so einfach durchgesetzt werden. Der König hat nichts gesagt. Er wird sich an diesen Gedanken gewöhnen, und da er nichts mehr als erneute Stürme fürchtet, wird es Euch gelingen.«

Der Minister dachte nach.

»Trotzdem ist es ein schlechtes Zeichen!« erwog er. »Immer noch hat er etwas für Sulkowski übrig.«

Sie berieten sich flüsternd. Der Jesuit begab sich sofort zur Königin,

Brühl ging mit den Papieren nach Hause. Der König, der ein höchst regelmäßiges Leben führte – was uns schon bekannt ist –, ließ in der Zeit nach der Mittagstafel, die man die ›Schlafrockstunden‹ nannte und die er pfeiferauchend zubrachte, nur diejenigen zu sich, die ihn zu unterhalten verstanden. Brühl mußte, wenn er sich um diese Zeit dort einfand, ebenfalls die Pflichten des Ministers vergessen und eine Narrenrolle übernehmen. Da aber in diesen Nachmittagsstunden keinerlei Gefahr drohte – nur die im Hause Beschäftigten wurden ins Schloß eingelassen –, stellte sich der Minister nur selten ein. Der König vergnügte sich mit seinen Narren oder, je nach Laune, mit etwas anderem. Ihm war nur nicht gestattet, jemanden zu rufen, der nicht zum Hofe gehörte. Die Vertrauensleute Brühls hätten, selbst wenn ihnen ein diesbezüglicher Befehl vom König erteilt worden wäre, einen Ausweg gefunden, diesem so lange nicht Folge zu leisten, bis die Erlaubnis des Ministers dazu vorlag.

Aus der Zeit Augusts des Starken war, dem sächsischen Hofe treu, der berühmte Hanswurst des Allergnädigsten Herrn, Joseph Fröhlich, übriggeblieben. Er trug einen silbernen Kammerherrnschlüssel auf dem Rükken, der ein gutes Quart Wein faßte.

Doch der ehemalige Liebling Augusts II. war jetzt nur noch ein Andenken an ihn. Brühl, der ihm nicht traute, hatte es darauf abgesehen, ihn sowie den Baron Schmiedel, den alten Kammerjunker, aus dem Schlosse zu entfernen. Aber in die Entlassung sämtlicher Diener seines Vaters hätte August nicht eingewilligt. Fröhlich hatte sein Haus jenseits der Brücke (das sogenannte Narrenhaus). Es ging ihm gut, und nur selten zeigte er sich am Hofe, aber wenn er erschien, genügte es August, sein pausbäckiges, lustiges Gesicht zu sehen, um aus vollem Halse zu lachen, bevor noch der Narr ein Wort ausgesprochen hatte.

An diesem Nachmittag war Brühl nicht beim König. Frosch hatte von einer Ohrfeige, die ihm von Storch im Scherz verabreicht worden war, eine Geschwulst an der Backe bekommen. Storch bekam zur Strafe Küchenarrest. Es war daher nicht weiter verwunderlich, wenn der König einen Pagen ausschickte, der Fröhlich holen sollte. Da die Streiche Fröhlichs dann besonders gut zur Geltung und zur Wirkung kamen, wenn dem alten Narren gegenüber der Kammerjunker, Baron Schmiedel, mit seinem melancholischen Antlitz Aufstellung nahm, fragte der Page, ob auch Schmiedel gerufen werden sollte. Der König schüttelte den Kopf und wiederholte: »Fröhlich allein.«

Groß war die Verwunderung des alten Hanswursts, als man ihn zum König befahl. Er zog, so schnell er konnte, eines der dreihundert bunten Kostüme über, die noch aus der Zeit Augusts des Starken stammten, hing seinen Schlüssel um, eilte trotz des Sturmes zu Fuß über die Brücke und dachte nur daran, womit er den König unterhalten könnte.

Auch im Leben der Narren gibt es Augenblicke, wo sie nicht zu Späßen aufgelegt sind und andere nicht zum Lachen bringen wollen. Gerade einen solchen Augenblick erlebte der Alte. ›Semper Fröhlich, nunquam traurig‹ (ein Wortspiel: ›Immer fröhlich, niemals traurig‹) stand auf der Medaille, aber in Wirklichkeit erfüllte ihn sehr oft Bitterkeit. Er ließ nie verlauten, daß die jetzige Regierung ganz und gar nicht seinem Geschmack entsprach, daß er die alten Zeiten für viel besser hielt, obwohl sie in Wahrheit gar nicht so gut waren.

Nur die Gewohnheit und die lange Übung, auf Befehl lustig zu sein, vermochten auch diesmal, in Fröhlich einen Funken von Humor zu entfachen, der in seinen Augen blitzte und über seine Züge huschte, als er sich vor den König stellte.

Außer seinem Witz verfügte Fröhlich über große Gewandtheit in Gauklerkunststücken. Diesmal war es für ihn einfacher, mit einem solchen zu beginnen als mit Scherzen.

Fröhlich kniete vor dem König nieder, und nachdem er ihm seine Ehrerbietung bezeigt hatte, erklärte er, er sei, um dem Befehl Seiner Majestät nachzukommen, so sehr gelaufen, daß ihm die Kehle ganz ausgetrocknet sei. Er nahm seinen Schlüssel ab und erlaubte sich, an August die Bitte zu richten, dieser sollte ihm gestatten, mit Rücksicht auf sein Alter und seine Erschöpfung, Wein zu trinken. Der König klatschte in die Hände und befahl dem Pagen, eine Flasche zu bringen.

Inzwischen putzte Fröhlich den leicht mit Grünspan überzogenen Schlüssel, aus dem er trinken wollte, und erzählte, wie hoch er das Geschenk schätze und wie selten er es jetzt benutze. Der Page wartete mit der Flasche, um ihm einzugießen, doch Fröhlich blickte auf den Grund des Schlüssels und stellte mit Entsetzen fest, daß sich dort irgend etwas befand.

»Wer hätte das erwartet!« rief er aus. »Vögel haben sich hier ihr Nest gebaut …« Und wirklich, aus dem Schlüssel flog ein Kanarienvogel. Der König lachte. Doch das war noch nicht alles, der Schlüssel enthielt noch irgend etwas. Fröhlich begann mit kunstvollen Bewegungen bunte Bänder herauszuziehen. Er brachte davon eine ungeheure Menge zum Vorschein, dann kamen noch sechs Taschentücher, Kerzen und Nüsse ans Tageslicht. Wie das alles in dem Schlüssel Platz haben konnte, war Fröhlichs Geheimnis. Er erklärte dann, nicht sicher zu sein, ob sich nicht in diesem verzauberten Schlüssel noch etwas befände, vielleicht eine verzauberte Prinzessin. Deshalb wäre es besser, wenn er aus einem einfachen Glas auf das Wohl seines Herrn tränke. Der Page ging, nachdem er seinen Dienst erfüllt hatte, wieder ins Vorzimmer hinaus. Fröhlich begann seinen König zu unterhalten, indem er die Schauspieler nachahmte und verspottete.

Das alles dauerte etwa eine halbe Stunde. Der König lachte, weil er mußte, aber das aufmerksame Auge Fröhlichs bemerkte, daß er unruhig, aufgeregt und zerstreut war.

Er konnte sich nicht den Grund dafür denken. Mit großem Erstaunen sah er, daß der König zu dem Fenster ging, das am weitesten von allen Türen entfernt war, und ihm mit der Hand ein Zeichen gab, heranzukommen.

Darin lag etwas Geheimnisvolles und Ungewöhnliches. Fröhlich erschrak beinahe. Auf den Zehenspitzen eilte er zum König. Dieser wartete ängstlich und unsicher auf ihn, sich nach allen Seiten unruhig umsehend.

Der verwunderte Narr zerbrach sich vergeblich den Kopf, um eine Lösung des Rätsels zu finden.

»Hör zu, Fröhlich«, sagte der König mit kaum vernehmbarer Stimme, »hm, du mußt laut lachen, laut! Aber höre genau zu, was ich dir sagen werde. Verstehst du ...«

Der Narr verstand bisher noch nichts, aber er nickte und begann so laut zu lachen, daß er mit seinem Gelächter auch die lauteste Unterhaltung übertönt hätte.

Der König packte sein Ohr und zog es fast bis an seinen Mund heran.

»Der treue, ehrliche Fröhlich wird nichts verraten«, flüsterte er. »Heut noch mußt du heimlich nach Übigau, verstehst du! Du sagst ihm – verstehst du –, er soll sofort nach Polen fliehen! Er soll nicht eine Stunde zögern!«

Fröhlich vernahm nur diese Worte und konnte nicht begreifen, daß ihn der König als Geheimboten verwenden wollte. An Sulkowski hatte er noch nicht gedacht. Er machte eine fragende Gebärde.

Der König beugte sich dicht an sein Ohr heran und ließ nur ein Wort fallen:

»Sulkowski!«

Als er es ausgesprochen hatte, sprang er, als sei er selbst vor diesem am Hofe verbotenen Namen erschrocken, einige Schritte zurück. Fröhlich erstarb das Lachen auf den Lippen. Er fürchtete, den König mißverstanden zu haben.

Sein Gesicht drückte wahrscheinlich eine so große Unsicherheit aus, daß der König ihm wieder zu lachen befahl und seinen Befehl nachdrücklich wiederholte.

Er sprach abgehackt, hastig, kurz, ohne Zusammenhang.

Dem Narren wurde endlich doch klar, daß der König den Grafen vor einer Gefahr warnen wollte und ihn nach Polen fliehen hieß.

Um das Ganze unauffällig zu machen, hörte sich August noch eine Zeitlang die Späße des alten Narren an. Dann holte er aus seiner Tasche eine Handvoll Dukaten hervor und schob sie Fröhlich in die Weste.

»Geh«, sagte er.

Fröhlich, der die Hand seines Herrn küssen durfte, ging sofort hinaus. Im Vorzimmer protzte er ein wenig mit seinen Dukaten, ließ sich aber von den Pagen nicht aufhalten und eilte nach Hause.

Er konnte einfach nicht fassen, was er erlebt hatte. Zuerst mußte er seine Gedanken sammeln, zur Besinnung kommen, mit sich selbst zu Rate gehen, wie er diesen seltsamen Befehl des Königs ausführen sollte, der die eigene Umgebung fürchtete und gezwungen war, sich einen Narren zum Vertrauten zu nehmen. Joseph Fröhlich überlegte hin und her und stöhnte.

Die Aufgabe war schwierig. Sogar ein Mensch, der nur wenig das Hofleben und das Schicksal der Favoriten kannte, hätte leicht vermuten können, daß Übigau und seine Umgebung voller Spione stecken mußte und daß es ihrer sogar im Palais nicht mangelte.

Fröhlich war eine allen bekannte Person. Glücklicherweise hatten ihn die oft veranstalteten Maskeraden zur Zeit Augusts des Starken und seines Sohnes gelehrt, wie man sich verkleidete und wie man Gesicht und Haltung bis zur Unkenntlichkeit veränderte. Fröhlich schloß sich in seinem Hause ein und machte sich unverzüglich an die Auswahl der Perücke und des Kostüms.

Es war in den ersten Februartagen. Die Wasser der Elbe standen still, von Böhmen an war sie zugefroren und wie von einer Mauer aus Eis bedeckt. Fröhlich glaubte, daß man vom Fluß aus am sichersten zum Palais gelangen könnte und daß diese Seite am wenigsten bewacht würde. Es war schon ziemlich spät und nicht mehr ratsam, die Stadt zu Fuß zu verlassen. Aber man konnte leicht einen Schlitten nach Briesnitz auftreiben. Fröhlich versprach eine gute Entlohnung und fuhr davon. Die Dorfschenke hallte von Fastnachtslärm wider. Hier hatte sich die schlechteste, aber dafür die fröhlichste Gesellschaft aus der Hauptstadt zusammengefunden. Er befahl dem Kutscher zu warten, verließ selbst die Schankstube durch die Hintertür und eilte zu Fuß der Elbe entgegen.

Er hoffte, ihm würde vielleicht ein glücklicher Zufall bei seinem gefährlichen Auftrag helfen. Übrigens flößte ihm das Bewußtsein, auf Befehl des Königs zu handeln, Mut ein. Er zögerte lange, bevor er schließlich durch die offene Pforte den Hof des Palais und dann den Flur des Hauses betrat. Leere und Dunkelheit empfingen ihn. Sulkowski hatte während seiner besten Zeit nie einen großen Hofstaat gehalten und ihn jetzt noch bedeutend verkleinert. Auch auf den Treppen war es dunkel. Erst als er sie emporgestiegen war, vernahm er menschliche Stimmen. In einem Vorzimmer stritten sich Diener beim Kartenspiel.

Beim Anblick dieses eigentümlich gekleideten Menschen, der so spät auftauchte, sprangen alle erschrocken herbei und stellten Fragen.

Fröhlich erklärte ihnen, daß er dem Grafen nur ganz kurz etwas zu sagen habe, und das so bald als möglich. Der Kammerdiener tastete erst seine Kleidung ab und durchsuchte seine Taschen, da er fürchtete, der Unbekannte könne eine Waffe bei sich tragen und einen Überfall beabsichtigen, dann lief er erst zum Grafen und meldete den Besucher. Im Palais wurde es lebendig. Die Perücke, die Kleidung, das Tuch, das er vor die untere Gesichtshälfte gebunden hatte, machten Fröhlich vollkommen unerkennbar. Man führte ihn in einen Saal, in den erst Licht gebracht wurde.

Sulkowski hatte nur Hauskleidung an, war bleich, aber ruhig und stolz, als ob er immer noch Minister wäre.

Der Gast verlangte, der Diener möge sich entfernen. All das machte einen verdächtigen und beängstigenden Eindruck, aber der Graf zeigte keine Furcht. Als sie unter vier Augen waren, enthüllte Fröhlich sein Gesicht.

»Vor zwei Stunden«, sagte er, »wurde ich zum König gerufen. Aus meinem Munde sollt Ihr seine eigenen Worte hören:

›Heut noch mußt du heimlich nach Übigau … Du sagst ihm, er soll sofort nach Polen fliehen.‹«

Sulkowski hörte ungläubig zu.

»Der König hat dir das gesagt?«

»Ja, der König, und dabei hatte er eine derartige Angst, daß ihn jemand belauschen könnte, als wäre er kein König, sondern ein Sklave.«

»Er ist ein Sklave und wird es immer bleiben«, seufzte Sulkowski. Der Graf wurde nachdenklich.

»Vergelt's Gott!« antwortete er nach kurzem Überlegen. »Du hast dich für mich, vielmehr für den König einer Gefahr ausgesetzt. Wie kann ich dir danken?«

»Nur damit, daß Ihr dem Willen des Königs noch heute nacht gehorcht.«

Der Narr verneigte sich, der Graf blieb wie angenagelt, versonnen stehen.

Hinter Fröhlich hatte sich längst die Tür geschlossen, der Alte kämpfte sich schon durch den Schnee zu seinem Schlitten durch, aber Sulkowski stand, immer noch auf den Tisch gestützt, da und wußte nicht, was er tun sollte.

Er kannte Brühl gut genug, um einzusehen, daß man den Rat befolgen mußte.

Als der König am anderen Tage von der Frühmesse zurückkehrte, hielt ihn Pater Guarini an und erkundigte sich nach seinem Befinden. Seine Majestät antwortete gewöhnlich auf diese Frage mit einem Mittelding von einem Räuspern, einem Lächeln und einem Schluckauf. Übrigens war das Gesicht des hohen Herrn der beste Beweis dafür, daß er nicht krank sein konnte. Von seinem Vater hatte er einen Teil der Kraft und der Gesundheit geerbt, und da er weniger Mißbrauch mit ihnen trieb, machten sie ihm nie etwas zu schaffen. Pater Guarini und die anderen geleiteten August in seine Zimmer.

Der König musterte einige Male mit prüfenden Blicken den Jesuiten, als ob er aus seinem Gesicht etwas ablesen wollte, und sagte endlich lakonisch: »Frost ...«

»Ich empfinde ihn am stärksten, weil ich Italiener bin«, erklärte Guarini, »aber obwohl es so kalt ist, Majestät« – er wurde leiser –, »gibt es doch Leute, die sich trotzdem nicht vor einer Reise fürchten. Ein gewisser Graf, dessen Namen ich nicht aussprechen möchte, da er das Unglück hatte, in Ungnade zu fallen ..., ist heute nacht, wie ich hörte, aufgebrochen, niemand weiß, wohin ...«

Der König antwortete nicht. Er gab sich den Anschein, ihn überhört zu haben.

Im Zimmer des Königs wartete Brühl mit den Papieren, war aber unsicher und machte eine saure Miene.

August schritt rasch auf ihn zu.

»Brühl! Diese Papiere von gestern ... müssen erledigt werden.«

»Es ist schon alles erledigt«, entgegnete der Minister und seufzte.

»Wen! Was?« fragte August und stellte sich überrascht.

»Der Schuldige ist nicht mehr da, Allergnädigster Herr. Er muß ein schlechtes Gewissen gehabt haben. Heute nacht ist er nach Polen geflohen.«

Der König schlug mit der Faust auf den Tisch und machte ein sehr verwundertes Gesicht.

»Ich bin sicher, daß Verrat dahintersteckt«, sagte der Minister, sich unruhig hin- und herwendend. »Er muß doch noch am Hofe Anhänger und Freunde haben, aber früher oder später wird das alles aufgedeckt werden.«

An Stelle einer Antwort öffnete August die riesige Schnupftabaksdose aus Porzellan, die auf dem Tisch stand, und schob sie, ohne ein Wort zu sagen, dem Minister hin.

Brühl verneigte sich und berührte nur mit den Fingerspitzen den Tabak.

»Gejagt wird in der Nähe von Taubenheim«, ordnete der König an, »die Wagen sollen sofort vorbereitet werden.«

Dann ging er zum Fenster.

## XII

Brühl war Sieger. Allerdings beeinträchtigte seine Freude die Tatsache, daß er seinen Feind nicht vollkommen unschädlich gemacht hatte. Lange Jahre mußte er dessen Rache fürchten. Doch Sulkowski unternahm nichts. Er hatte in Polen die ehemaligen Güter des Königs Leszczynski übernommen und besaß ein bedeutendes Vermögen. Der Wiener Hof verlieh ihm den Fürstentitel. Meistens hielt sich Sulkowski in Wien auf und versuchte nicht, sich dem sächsischem König in Erinnerung zu bringen. Nach dem Sturze seines Rivalen hatte Brühl seinen Herrn in die sorgsamste Obhut genommen.

Unsere Erzählung bildet die Einleitung zum Leben Brühls, der bis zum Tode Augusts III. über Sachsen und Polen herrschte, der es fertigbrachte, sich in einen polnischen Edelmann zu verwandeln, und nach seinen eigenen Worten eine der interessantesten Rollen spielte: die eines Günstlings, dem das Glück bis zum Tode hold blieb. Den ganzen Verlauf seines Lebens in Worten wiederzugeben, bedeutete, diesem glänzenden Schauspiel nicht gerecht zu werden. Brühl ist eine historische Gestalt und zugleich ein außerordentlich charakteristischer Typ seiner Epoche. Brühl ist das Spiegelbild der Zeit Augusts III. Wir könnten diese Episode abschließen, ohne etwas hinzuzufügen, wenn uns nicht eine aufschlußreiche Szene überliefert wäre, die wir unserer Erzählung als Epilog folgen lassen möchten. Im Jahre 1756, während des Krieges mit Preußen, als Brühl auf dem Gipfel seiner Macht stand, mußte er, sein ganzes Vermögen, die Schlösser, die Kunstgalerien, die Bibliotheken und Sammlungen dem Sieger überlassend, im Spätherbst sich gemeinsam mit August nach Polen zurückziehen. Die Equipagen des Hofes wurden in Schlesien infolge der schlechten Wegverhältnisse und des Mangels an Pferden in verschiedene Gruppen getrennt. Der König befand sich in der ersten und sein Minister durch Zufall in der letzten Gruppe. Brühl erfaßte eine ungeheure Angst, er könnte in die Hände des preußischen Königs fallen, der ihn haßte. Er wollte daher unter allen Umständen seinen Herrn einholen, um die Reise in seiner Nähe, da er sich dort sicherer fühlte, fortzusetzen.

Doch das Unglück schien ihn wirklich zu verfolgen: Die Pferde hielten nicht durch, die Räder brachen, ein schnelles Vorwärtskommen war unmöglich. Der Herbstregen hatte die Straßen so aufgeweicht, daß die doppelte Anzahl der Pferde für die Kutschen nicht ausreichte. Der Minister mußte wohl oder übel alles über sich ergehen lassen und sich in sein Schicksal fügen. Er stand während dieser Fahrt unter dem Eindruck der Ereignisse, über die ihm schon Nachricht zugekommen war. Seine Verluste, die er erlitten hatte und die durch nichts wettgemacht wurden, betrugen Millionen. Als Flüchtling rettete er sich nun mit dem König nach Polen, wo es unmöglich war, eine so absolute Herrschaft wie in Sachsen auszuüben. Brühl gelang es auch hier mit seiner Gewandtheit, aus vielen Bedrängnissen einen Ausweg zu finden, doch alles war schwieriger und mühevoll. Es nimmt nicht wunder, daß das Antlitz des vom Schicksal früher so Verwöhnten jetzt umwölkt war, daß er sich fast fürchtete und ungeduldig wurde. Innerhalb einer kurzen Zeit war sein schönes Gesicht unsagbar gealtert. Manchmal schien er geistesabwesend zu sein, dann verstand er nicht, was man zu ihm sagte.

Die Nacht brach schon herein, es regnete in Strömen, die Pferde schleppten sich nur noch mühsam vorwärts, als eine der kleinen schlesischen Städte mit ihrem hohen Kirchturm und den erleuchteten Häusern hinter der grauen Regenwand auftauchte. Brühl hoffte, hier den König zu treffen, doch von der Post erfuhr er, daß August drei Meilen weiter übernachtete. Man konnte unmöglich Pferde beschaffen, und die Bediensteten rieten ihrem Herrn wegen des schlechten Wetters, die Nacht über in der Stadt zu bleiben. Brühl wollte Leute nach Pferden ausschicken und setzte eine reiche Belohnung aus. Doch alles war vergeblich. Niemand konnte ihm versprechen, vor dem nächsten Morgen Pferde herbeizuschaffen. Man mußte sich daher auf die Suche nach der einzigen Herberge des Städtchens begeben. Die ziemlich zahlreiche Dienerschaft, die den damals bereits mit dem Grafentitel ausgezeichneten Minister begleitete, lief davon, um für ihn ein entsprechendes Unterkommen zu finden.

In dem Gasthaus ›Zum Roß‹ war kein Platz mehr. Ein sich auf Reisen befindender polnischer Edelmann hatte sich hier mit seinem Gefolge breitgemacht.

Der Minister glaubte, es genüge, seinen Namen zu nennen, und schon würde ihm das Haus zur Verfügung stehen. Denn die polnischen Herren pflegten immer – mit Ausnahme ihrer Landtage – sehr entgegenkommend und artig zu sein. Brühl war sehr mächtig und konnte eine Höflichkeit mit einer Bezirkshauptmannschaft belohnen. Der Kammerdiener Seiner Exzellenz eilte zum Gasthaus, wo er ein prächtiges Gefolge und einen ziemlich herrisch aussehenden Edelmann, den man mit ›Fürst‹ anredete, vorfand.

Der Kammerdiener erkundigte sich nicht einmal nach seinem Namen und brachte seine Bitte vor, die er für einen Befehl hielt.

Er forderte, ein Teil des Hauses sollte Seiner Exzellenz abgetreten werden.

Als der Fürst den Namen des Grafen vernahm, zog er ein merkwürdiges Gesicht, überlegte und entgegnete dem Kammerdiener in einem sehr guten Deutsch, in dem sogar ab und zu der sächsische Dialekt durchklang, daß er zwar nicht das ganze Haus freigäbe, aber es mit dem Herrn Minister teilen würde.

Der Regen und der Sturm peitschten indessen derartig gegen die Fenster der Kutsche, daß die Nässe allmählich nach innen drang. Als der Kammerdiener mit der Antwort zurückkehrte, zögerte Brühl nicht lange. Er nahm die Unannehmlichkeit, in der Herberge eine Bekanntschaft zu schließen, gern in Kauf und befahl, dorthin zu fahren.

Er erwartete, irgend jemand würde ihn empfangen, aber er hatte sich geirrt, niemand kam, um ihn zu begrüßen. Brühl pflegte, wenn man ihn mißachtete, dann besonders höflich, liebenswürdig und zuvorkommend zu sein. Er stieg also mit dem festen Entschluß aus der Kutsche, den polnischen Herrn mit seinem gütigen Wesen zu beschämen. Der Kammerdiener öffnete ihm die Tür. Der Minister trat in das große Zimmer ein, wo im Kamin ein Feuer brannte und zwei Kerzen auf dem Tisch leuchteten. Er suchte mit den Augen jenen Fürsten, von dem man ihm berichtet hatte, und erblickte den etwas abseits stehenden ... Sulkowski. Das unverhoffte Zusammentreffen schien diesen überhaupt nicht zu verwirren. Sulkowski war nur etwas gealtert, aber stolzer als je zuvor.

Der Fürst blieb schweigend stehen, sah seinen Feind von oben herab an und ließ sich nicht zu einer Verbeugung herab. Er maß ihn nur mit kalten und neugierigen Blicken.

Als Brühl Sulkowski erkannt hatte, erbleichte er vor Schreck und wollte zurückweichen. Er glaubte, in eine Falle geraten zu sein. Trotz seiner Selbstbeherrschung verriet sein Gesicht so deutlich seine Bestürzung, daß Sulkowski sich nicht enthalten konnte, laut zu lachen.

Er erinnerte sich wohl auch an den Pater Guarini, an ein italienisches Sprichwort und an die Sprache, die am Hofe gesprochen wurde, denn er begann auf italienisch:

»Si riscontrano gli uomini, e non le montagne.« (Es begegnen sich die Menschen, aber nicht die Berge.)

Brühl stand wie versteinert da. Es war deutlich zu sehen, daß er nicht hierbleiben wollte und konnte.

»Ihr müßt doch das Märchen vom Gewitter kennen«, fuhr Sulkowski fort, »das einst einen Wolf und ein Schaf zusammen in eine Höhle trieb. Ähnlich ergeht es uns beiden heute. Bei solch einem Regen und einem derartigen Sauwetter kann man auch seinem Feind nicht den Unterschlupf verwehren.«

Brühl, sich halb der Tür zuwendend, schwieg immer noch.

»Ich versichere Euch, Graf, daß ich die Situation nicht mißbrauchen werde, um Euch zu quälen«, fügte Sulkowski hinzu. »Eine solche Begegnung ist doch für mich wirklich eine ergötzliche Angelegenheit, besonders da mich eine Fügung des Schicksals nach vierzehn Jahren gerächt hat.«

»Verehrter Fürst!« rief Brühl mit milder Stimme.

»Verehrter Graf!« entgegnete Sulkowski. »Wenn es nach Euch gegangen wäre, so hätte ich jetzt statt eines Fürstentums ein bequemes Quartier auf Königstein.«

»Durchlaucht«, warf Brühl ein, »Ihr schreibt mir eine größere Macht zu, als ich sie in Wirklichkeit besaß. An Eurem Sturz müßt Ihr vor allem Eurer eigenen Unvorsichtigkeit die Schuld geben, dann dem Groll der Königin, mag er berechtigt oder unberechtigt gewesen sein, und schließlich dem Willen Seiner Majestät, dessen Vollstrecker ich nur war.«

»Graf, das alles müßte umgekehrt gesagt werden, so wie es die Geschichte einst berichten wird, daß August nur der Vollstrecker Eures Willens war und ist ...«

»Ihr irrt, Fürst ...«

»Graf, Ihr könnt mich doch nicht für so beschränkt halten, daß ich, der ich die Menschen und die Verhältnisse besser als die anderen kenne, mir einreden ließe, Ihr wäret unschuldig!«

»Ich rufe Gott als Zeugen an!« beteuerte Brühl und faltete die Hände.

»Ja, das ist auch am bequemsten«, entgegnete Sulkowski, »denn dieser Zeuge nimmt an unseren Angelegenheiten keinen so tätigen Anteil, daß er um ihretwillen zur Erde herabstiege. Das beste Urteil Gottes ist das Schicksal, das Euch ereilt hat. Das sind die Früchte Eurer Politik: der Einfall der Preußen in Sachsen und die schmähliche Flucht des Königs!«

Brühl wurde zornig.

»Das ist nicht das Ende, das ist der Anfang! Wir werden ja sehen, wie es den Angreifern und wie es uns ergehen wird!«

»Ja, König und Herr von Ocieszyn, Ihr fahrt, um jetzt ein zweites Königreich zu beglücken, um es in den gleichen Zustand wie Sachsen zu versetzen!« – spottete Sulkowski lachend.

»Bei der Verwaltung Sachsens«, erwiderte Brühl mit einer Verbeugung, »brauchte ich keine Neuerungen einzuführen, es genügte für mich, in die Fußstapfen meines ausgezeichneten Vorgängers zu treten.«

Sulkowskis Augen blitzten auf.

»Euer Vorgänger hat sich die Zukunft Sachsens anders gedacht«, sagte er stolz. »Der Beweis dafür ist ein Plan, den Ihr ihm abgeschwindelt und dem österreichischen Hof über den Fürsten Liechtenstein ausgeliefert habt.«

Brühls Wut stieg:

»Ich? Ich weiß nichts davon!« stieß er verwirrt hervor. »Wenn sich das jemand erlaubt hat ...«

Sulkowski lachte nur, ging im Zimmer umher und vermied dabei, Brühl näher zukommen.

»Hör zu, Brühl, ich rede jetzt zu dir wie früher und ohne Titel!« begann er wieder und drehte sich zu ihm um. »Spiele doch wenigstens nicht vor mir Komödie, das würde dir doch nichts nützen. Genausowenig, wie du vor mir Komödie spielen kannst, kannst du es vor der Geschichte, die sich nicht belügen läßt. Du kannst den Erells und Justs den Mund verschließen, das Schreiben, Reden und Denken verbieten, aber letzten Endes wird man dich doch an deinen Taten erkennen. Du bist in der Lage, dir eine straflose Gegenwart zu erkaufen, aber niemand besitzt die Macht, sich vor der Geschichte reinzuwaschen. Du wirst vor ihr wie vor einem Gottesgericht stehen, nackt und bloß, ohne Maske, Schminke und Puder! Und wenn du dich zeit deines Lebens vor dem Pranger retten konntest, nach dem Tode entgehst du ihm nicht!«

»Mein ganzes Leben liegt offen da!« ereiferte sich Brühl. »Ich habe keine Geheimnisse zu verbergen, ich wünsche mir ein solches Gericht.«

»Ob du es wünschst oder nicht, mein verehrter Graf, du wirst dich ihm nicht entziehen können. Das wäre vergeblich ... Unerbittlich und schrecklich wird es sein!«

»Ich stelle mich ihm, ich habe mir nichts vorzuwerfen. Ihr aber, Durchlaucht, sprecht wie ein Rivale – ich verzeihe Euch –, dem es nicht gelungen ist, das selbst zu erreichen, was mir das Glück in den Schoß fallen ließ ...«

»Wie heißt denn dieses Glück?« fiel ihm höhnisch Sulkowski ins Wort. »Pater Guarini oder ...«

Brühl errötete, der Fürst zuckte mit den Achseln.

»Bei meiner Ehre, Graf, aus der Ferne bewundere ich Euch ... Sagt nicht, daß ich das gleiche wie Ihr an Eurer Stelle vollbracht hätte! Ich bekenne in Demut, daß ich nicht die Hälfte des Bösen und Schlechten, was

Ihr begangen habt, fertiggebracht hätte. Ich wollte den Ruhm, die Macht und die Größe Sachsens. Ich kannte August III., unseren Herrn, als einen edlen, aber unfähigen und trägen Menschen. Ich stand auf der Wacht, um ihn mit meiner Energie zu unterstützen. Alles, was ich besitze, verdanke ich der Hochherzigkeit meines Herrn und nicht irgendwelchen dunklen Machenschaften.«

»Fürst«, unterbrach ihn Brühl, »Ihr geht zu weit!«

Sulkowski wandte sich an ihn, indem er die Schultern hochzog:

»Wir beide können es doch wie die römischen Auguren halten und über die Komödie hinter den Kulissen lachen, ohne etwas voreinander zu verheimlichen! Bei den anderen mögt Ihr als ein unschuldiger Ephraim gelten ..., aber für mich bleibt Ihr der alte, wohlbekannte Brühl, der sich in Pagenuniform vor den Lakaien verbeugte ...«

Das Gesicht des Ministers wurde abwechselnd rot und blaß, Ungeduld ergriff ihn. Deutlich war zu erkennen, daß er manchmal schon dabei war, hinauszugehen, er blieb aber da, als ob er hoffte, sich am Ende doch noch seinem Widersacher nähern und ihm alles erklären zu können. Brühl legte im Umgang mit Menschen viel Geschmeidigkeit, Geschick und Sicherheit an den Tag, immer hielt er Sophismen bereit und war nie um eine Ausrede verlegen. Er kannte die Schwerfälligkeit Sulkowskis und glaubte, schließlich doch den Sieg über ihn davonzutragen. Heute ging jedoch seine Rechnung nicht auf. Die außergewöhnliche Situation verlieh Sulkowski Kraft und Redegewandtheit. Vergeblich suchte Brühl einen Anhaltspunkt. Schließlich bemerkte er leise, jedes Wort langsam aussprechend:

»Fürst, Ihr müßtet schon deshalb etwas rücksichtsvoller gegen Brühl sein, weil Brühl in Polen, wo Ihr Güter besitzt, ebenfalls etwas bedeutet.«

»Ja, aber in Polen, Brühl, gibt es gewisse Gesetze, die mehr als die Minister und vielleicht sogar mehr als noch höhere Persönlichkeiten bedeuten. In Polen muß sich eher Brühl vor mir fürchten, als ich vor ihm. Die Schlachta Großpolens wird zu mir halten, denn ich war Schlachtschitz, bevor ich zum österreichischen Fürsten emporgestiegen bin.«

»Die Auszeichnung, dem polnischen Adel anzugehören, habe ich mit Euch gemeinsam«, unterbrach ihn Brühl.

»Ah! Ein wunderbarer Witz!« rief Sulkowski lachend. »Gibt es denn im ganzen Lande einen Menschen, der nicht wüßte, wie Ihr vom thüringischen zum polnischen Adel gekommen seid? Dieser Euer polnischer Adel ist wie alle Eure Taten nur Lug und Trug!«

»Fürst, wenn Ihr wünscht, daß ich das Haus verlasse ...«, sagte Brühl und schickte sich zum Gehen an.

»Durchaus nicht, denn die Szene ist für mich sehr unterhaltend!« versicherte Sulkowski. »Aber ich wiederhole Euch, daß wir uns keine Komödie vorzuspielen brauchen.« Eine Zeitlang standen sie sich schweigend gegenüber. Man hörte nur den Regen an die Fensterscheiben trommeln und das Wasser von den Dächern und Dachrinnen rauschend herabfließen. Dieses Geräusch war für Brühl eine Drohung, die ihn zwang, in diesem einzigen noch freien Zimmer des Gasthauses, das er mit seinem Feinde teilen mußte, zu bleiben. Der Minister schien etwas zu überlegen.

»Verehrter Fürst«, begann er, »reden wir wie alte Freunde miteinander.«

»... eine höchst fatale Erinnerung!« brummte Sulkowski.

»Zum Beweis, daß ich persönlich gegen Euch nichts hatte, erbiete ich mich, Euch mit dem König auszusöhnen. Die Last der Ämter, die ich zu tragen habe, ist wirklich zu schwer für mich ...«

»Ach ja«, fiel ihm Sulkowski ins Wort, »da wäre allerhand zu teilen. Zählen wir einmal auf: Graf Brühl ist Oberhofkämmerer, Präsident der höchsten Steuerbehörde, Präsident der Generalakzise, Direktor der Naumburger und Merseburger Stiftung, Generalkommissar der baltischen Häfen, Kommandant der sächsischen Truppen in Polen, Oberst eines leichten Kavallerie- und eines Infanterieregimentes, Kapitular der Meißner Stiftung, Propst von Bautzen, Ritter des polnischen Ordens zum Weißen Adler, des russischen Andreaskreuzes und sogar des preußischen Schwarzen Adlers! Ist das alles? Die polnischen Bezirkshauptmannschaften will ich gar nicht erst erwähnen. Hahaha!« Sulkowski lachte.

»Spaß beiseite«, unterbrach ihn Brühl, »ich bin müde, ich bin nicht eifersüchtig! Fahrt nach Warschau, Fürst, ich versöhne Euch mit dem König.«

»Ja, um mich am folgenden Tag in sicherer Obhut auf eine der sächsischen Festungen zu schicken«, stellte Sulkowski fest. »Nein, vielen Dank. Ich bleibe lieber am Wiener Hofe und werde von dort aus Eure genialen Taten bewundern.«

Brühl seufzte und hob den Blick zum Himmel. Er hatte schon damals ein berühmtes Buch über das Gebet verfaßt, das ihn in den Augen der Leichtgläubigen als frommen Menschen erscheinen ließ, in denen der anderen jedoch als Heuchler. Gar zu gern spielte der Minister die Rolle eines unschuldigen Opfers.

»Ah«, rief er, »ich bin doch der unglücklichste Mensch unter der Sonne, trotz aller äußeren Zeichen des Glücks. Ich muß für fremde Schuld büßen, während das Gute, was ich tun konnte, anderen zugeschrieben wird. Niemand kennt mich. Verleumdungen verfolgen mich. Diejenigen, denen ich Gutes wünsche, hassen mich.«

»Ach, mein lieber Graf, die Rolle Zinzendorfs, den Ihr wegen seiner Frömmigkeit aus dem Lande gejagt habt, kommt Euch nicht zu. Ihr spielt sie schlecht ... Die Mährischen Brüder werden Euch nicht aufnehmen, und von solchen Leuten wie ich werdet Ihr nur ausgelacht. Laßt das sein. Wärmt Euch am Kamin, und reden wir nicht mehr.«

Nach diesen Worten ging der Fürst fast bis zum Fenster, wo ein Sessel in der Ecke stand und er nachdenklich und schweigend Platz nahm. Brühl ließ sich weit von ihm entfernt am Ofen nieder und schien nur noch damit beschäftigt zu sein, sich zu wärmen und auszuruhen. Diese seltsame Situation währte eine ganze Weile. Ab und zu schaute einer zum anderen hinüber.

Sulkowski dachte nicht daran, das Schweigen zu brechen. Brühl hatte noch immer die Hoffnung nicht verloren, irgendeine Schwäche des Feindes zu entdecken und seinen Zorn zu entwaffnen. Doch es war schwierig, von neuem zu beginnen, denn er hatte schon versucht, von den verschiedensten Seiten aus vorzustoßen, und hatte eine Abfuhr erhalten. Jetzt konnte er keinen neuen Weg mehr ausfindig machen, der ihn zum Ziele geführt hätte und siegen ließe.

Eine halbe Stunde verstrich. Draußen tobte das Unwetter immer stärker. Im Kamin pfiff und heulte der Herbstwind mit mächtiger und wilder Stimme. Manchmal klirrten die Fenster unter dem Druck des Sturmes, der sich zu entfernen und dann zurückzukommen schien, geschwächt abflaute, um wieder mit erneuter Wut einzusetzen.

Diese seltsame Begleitmusik harmonierte ausgezeichnet mit dem Ton des Gesprächs der beiden Rivalen. Ab und zu schlug die offene Tür der Herberge krachend von selbst zu, daß die Wände des Hauses erbebten. Das Feuer hatte sich allmählich aufgezehrt. Die letzten Flammen züngelten, wie von unsichtbarer Hand gestoßen, in das Zimmer, verbreiteten Rauchschwaden, um dann wieder aufzuflackern und in den Kamin zurückzukehren. Auch der fröhlichste Mensch wäre dem Eindruck dieser Nacht und der tobenden Elemente erlegen.

Manchmal stieß Brühl einen Seufzer aus.

Er wandte seinen Kopf Sulkowski zu, der, wie von allem unberührt, zu schlummern schien.

»Gestattet mir noch ein Wort, Fürst, nicht um mich zu rechtfertigen, sondern ich will mein Gewissen nicht damit belasten, Euch etwas verschwiegen zu haben.«

»Was für ein delikates und empfindliches Gewissen!« höhnte Sulkowski.

»Der König hat heute längst die Kränkungen vergessen. Es wäre leicht, ihn zu versöhnen«, fuhr Brühl fort. »Ich möchte nicht der Vermittler sein, denn Ihr schenkt mir keinen Glauben, aber wenn der Bischof von Krakau oder ...«

»Wollt Ihr mir etwa einreden«, unterbrach ihn Sulkowski, »daß mir der König irgendwann gegrollt hätte? Gebt Euch nicht dieser Täuschung hin, mir war und ist alles bekannt, was vor vierzehn Jahren meinen Sturz verursacht hat. Ich habe schlagende Beweise dafür, daß Ihr den König gewaltsam dazu gezwungen habt, mich in Ungnade fallen zu lassen; daß Ihr ihn bearbeitet habt und Euch die Sache manchen Kampf gekostet hat.«

»Ich? Ich? Das ist nicht wahr, ich protestiere!« entrüstete sich der Minister.

»Brühl«, schrie Sulkowski. »Für wen hältst du mich eigentlich? Ich sollte dir dort eigenhändige Arbeit zuschreiben, wo du sie von fremden Händen verrichten lassen konntest? Du versteht dein Handwerk viel zu gut, um selbst dort anzupacken, wo du die anderen die Kastanien aus dem Feuer holen lassen kannst!«

Brühl zuckte mit den Achseln.

»Nichts ist leichter, als einen Menschen zu verleumden«, sagte er seufzend.

»Und doch trifft manche Verleumdung die Wahrheit«, hielt ihm Sulkowski entgegen. »Wenn ich Euch erklären dürfte, auf wessen Rat hin ich einst in der Nacht Übigau verließ, um der Unterbringung in dem nach Hoym für mich bereitgehaltenen Quartier zu entgehen, so würde ich Euch überzeugen, daß ich über die Angelegenheit gründlichst unterrichtet bin.«

»Ja«, fiel ihm Brühl lebhaft ins Wort, »wenn Ihr wirklich über die Angelegenheit unterrichtet seid, so müßtet Ihr ebenfalls wissen ...«

Er stockte, fuhr aber gleich fort:

»... daß auch ich von Menschen abhängig bin, von Kräften – nennt es, wie Ihr wollt –, deren Werkzeug ich sein muß.«

»Sagt lieber, Graf, Ihr wollt ihr Werkzeug sein!« verbesserte ihn Sulkowski. »Und gerade deshalb, weil ich das nicht konnte und nicht wollte, wurde ich gestürzt. Für diese Rolle war ich nicht geschaffen. Aber Ihr spielt sie wie ein wirklicher Virtuose.«

Er begann leise zu lachen.

»Aber Fürst, Ihr habt doch den König geliebt«, sagte der Minister und unternahm einen weiteren Versuch, »möchtet Ihr Euch ihm nicht gern wieder nähern?«

»Oh! Gewiß, wenn Ihr nicht im Laufen der vierzehn Jahre aus dieser sanften und phlegmatischen Natur eine Puppe gemacht hättet, die Euch gehorsam ist, die die Ruhe mehr als alles andere schätzt, die niemanden zu lieben vermag und mit allem spielt«, antwortete Sulkowski. »Heute diese Ruine eines Menschen zu sehen, wäre mir zu schmerzlich. Die Zukunft wird ihn rächen und Euch auch daran die Schuld geben.«

»Ich habe mir nichts vorzuwerfen. Ich glaube, die Vorsehung selbst hat uns hier zusammengeführt, um die Wunde ganz heilen zu lassen und ein begangenes Unrecht wiedergutzumachen. Ich, von meiner Seite aus, habe alles nur Erdenkliche getan, um den Willen der Vorsehung auszuführen und dem Finger Gottes zu gehorchen.«

»Gott und Brühl! Wie das klingt!« rief Sulkowski höhnisch. »Fürwahr, Ihr habt Zinzendorf um seinen Ruhm beneidet. Ich sah Euch einst in einer seltsamen Verfassung, als Ihr noch zwischen dem sächsischen Protestantismus und dem polnischen Katholizismus schwanktet. Wie man sieht, sind die Grenzen zwischen diesen beiden Religionen aufgehoben worden, statt einer Religion besitzt Ihr zwei! Und daher kommt diese Frömmigkeit.«

»Ich bin Katholik«, verteidigte sich Brühl.

»Ich weiß, in Polen«, bestätigte Sulkowski ironisch, »die Staatsraison ...«

Brühl schwieg.

»Und Ihr müßt sogar ein sehr eifriger Katholik sein, wenn Euch der biedere Guarini so fördert.«

Sulkowski spie aus, beugte sich vor und drückte die Stirn an die Fensterscheibe, um auf den dunklen Hof zu sehen. Dann griff er, ohne ein Wort zu sagen, nach seiner Pelzmütze, ließ Brühl allein und ging auf den Flur hinaus. Der Wind heulte immer noch, und der strömende Regen hatte noch nicht nachgelassen. Trotzdem befahl der Fürst seinem Kammerdiener anzuspannen.

Der Diener wollte etwas einwenden.

»In das erste beste Dorf, in irgendein Gasthaus, in eine Hütte, nur fort von hier!« rief Sulkowski. »Schnell!«

Er betrat nicht wieder das Gastzimmer, wo Brühl zurückgeblieben war, sondern zog es vor, im kalten Hausflur zu warten. Als endlich der Wagen vorfuhr, warf der Fürst sich in die Polster und entgegnete auf die Frage des Dieners:

»Wohin du willst, das ist mir gleichgültig!«

Im Fenster der erleuchteten Gaststube zeichnete sich der schwarze Schatten eines Mannes ab, der zu erspähen suchte, was sich draußen vor dem Hause abspielte. Die Pferde zogen an, und der Kopf verschwand im Dunkeln.

# NACHWORT

## HEINRICH GRAF BRÜHL
(geb. 13.8.1700 in Gangloffsömmern - gest. 28.10.1763 in Dresden)

Zu den umstrittensten Persönlichkeiten des Augusteischen Sachsen zählt Heinrich Graf Brühl, der es als Minister auf 32 Dienstjahre gebracht hat; zwei Jahre war er Minister unter August dem Starken, 30 Jahre Minister unter Friedrich August II. - während dessen gesamter Regentschaft. Eine Woche nach dem Tode seines Gönners (5.10.1763) legte er das eigens für ihn 1746 geschaffene Amt des Ministerpräsidenten nieder, 15 Tage darauf erlag er einem Asthmaleiden. Binnen drei Wochen verstarben der Kurfürst und sein Minister, und mit ihnen endete eine Ära in der sächsischen Geschichte!

Als Kraszewski 1874 diesen Roman schrieb, war das Brühl-Bild keineswegs umstritten. In jedem Lexikon hieß es, daß Brühl ein Verschwender gewesen sei und Sachsen ruiniert habe, daß er ein Günstling war, ein Intrigant, ein Aufwandmacher, ein Ränkeschmied... Ein Zeitgenosse Kraszewskis, der Dresdner Archivar Karl von Weber, meldete gelegentlich Kritik an diesem Klischee an. Dann solle er doch mal zur Feder greifen, suchte ihn ein Brühl-Nachkomme zu ermuntern. Lasse er sich dazu hinreißen, entgegnete v. Weber, werde er jahrelang Akten wälzen müssen, um sich der Angriffe erwehren zu können.

Der Verfemte ruhte schon an die 150 Jahre in der Gruft der Stadtkirche zu Forst, als der angesehene Chronist Otto Eduard Schmidt zu bedenken gab, man übernehme viel zu brav alle preußischen Argumente gegen Brühl. 1929 schrieb Aladar von Boroviczény, als Ausländer unbefangen, sein dickleibiges Buch „Graf von Brühl". Provozierendes Fazit: Brühl sei der „Sündenbock" gewesen. Die längst überfällige Diskussion um ein objektives Brühl-Bild kam zwar schwer in Gang, zeitigte aber Früchte, so mit der Arbeit von Walter May („Sächs. Heimatblätter", 5/1971). In Kraszewskis Buch spiegelt sich noch getreulich wider, was man im vorigen Jahrhundert über Brühl dachte, und hiervon geht ein besonderer Reiz aus! Auf eine fundierte Biographie zielte der brillant schreibende Autor nicht ab. Vielmehr nutzte er den dankbaren Stoff für einen Roman mit geschichtlichem Hintergrund. Die elegant formulierten geistreichen Dialoge, die nie ins Triviale übergehen, bereiten ein Lesevergnügen besonderer Art, und von der Darstellung geht eine große Überzeugungskraft aus. Am Ende sagt sich der Leser: „So war er, dieser Brühl, so und nichts anders!“ Besseres kann einem Autor kaum widerfahren.

Eine Vorfahrin Brühls, Erbin von Oswiecim, hatte sich 1496 aus Livland kommend mit ihrer Familie im thüringischen Gangloffsömmern niedergelassen. Das Tribunal von Petrikau bescheinigte ihm 1748 die polnische Herkunft und den polnischen Adel, so konnte er Mitglied des Sejm werden und Grund und Boden erwerben. Offiziell nannte er sich nun Brühl-Oswiecino. In der Kette der Brühls war er das achte Glied und gehörte somit noch zum sächsischen Altadel.

Mit Gangloffsömmern verband ihn wenig, da er als Fünfjähriger bereits nach Weißenfels kam, wo sein Vater Hans Moritz von Brühl, ein dem Herrscherhaus sklavisch ergebener Mann, das Amt des Hofmarschalls beim Herzog von Weißenfels übernahm. Heinrich von Brühl wurde keine gediegene Ausbildung zuteil. Er kam als Page zur Herzogin-Mutter Friederike Elisabeth, die ihn 1719 während der Leipziger Messe August dem Starken empfahl, der ganz gern zur „Bluterneuerung“ junge Provinzadlige in die Residenz holte. Brühl mußte sich lange gedulden, bevor er endlich 1730 zum Kämmerer aufrückte. Die Sporen verdiente er sich als Regisseur des Zeithainer Lustlagers. Er erlebte eine steile Karriere, war mit 31 Jahren bereits Geheimrat und Minister.

Seine Ehe mit Maria Anna Franziska von Kolowrat-Krakowski lag jenseits des Sensationellen. Zehn Kinder gingen aus dieser Verbindung hervor, von denen vier Söhne und eine Tochter die Eltern überlebten, und in der sich die Gräfin Brühl als Seele einer zwar aufwendigen, aber stilvollen Haushaltung erwies. Kraszewski bringt Eifersucht und Intrigen ins Spiel, läßt Brühl in der Hochzeitsnacht auf dem Sofa im Vorzimmer seiner Angetrauten schlafen. Es gab sie aber nicht mehr, die mit August dem Starken und seinem lockeren Verhältnis zu Frauen eingerissenen Zustände am Dresdner Hof. Friedrich August II. war anders denn sein Vater auf geordnete private Verhältnisse bedacht.

Zu Brühls charakterlichen Schwächen gehörte zweifellos seine Verschwendungssucht, und von jeder an diesem Punkt ansetzenden persönlichen Kritik ging etwas Überzeugendes aus. Nach dem Siebenjährigen Krieg stand das Land am Rande des Ruins. Preußen, das 1756 in Sachsen einfiel und 70 Millionen Taler aus dem Land preßte, schob Brühl die Schuld zu, ebenso wie die neuen Machthaber in Dresden, die den Kurfürsten aus jeder Verantwortung für die allgemeine Zerrüttung heraushalten wollten. Ein Prozeß gegen Brühl wurde angekündigt, aber keine Rechnung ging auf: Mehrere Ämter hatten die Minister und Räte alle, ein hohes Gehalt auch zwischen 15.000 und 25.000 Taler jährlich, selbst der Beichtvater bekam 12.000 Taler. Da ließ sich an Brühls 38.897 Talern jährlich ohne Gefährdung der eigenen Position nicht rühren. Brühl bekam auch nicht als einziger Geschenke. Der Kurfürst hat als „Herr mit dem Seinigen tun können, was er gewollt", erklärte Prinz Xaver 1768 und schlug den Prozeß nieder. Nach der Rechtslage war Brühl nicht zu belangen; wer ihn anklagen wollte, mußte das System anklagen.

Mit Sulkowskis Sturz endet Kraszewskis Roman. Der Leser dürfte Sulkowski bedauern: „Was war er doch für ein Ränkeschmied, dieser Brühl!" Cui bono (Wem zum Nutzen?), pflegte schon Cicero zu fragen, und Sulkowskis Sturz hat Brühl genutzt. Friedrich August II., ziemlich menschenscheu, wollte ursprünglich mit Sulkowski regieren, seinem alten Intimus aus der Kurprinzenzeit, aber er war phlegmatisch, angewiesen auf einen rührigen und sachkundigen Minister. August der Starke hatte mehr als vier Millionen Taler Staatsschulden hinterlassen, und die Krone Polens kostete Geld. Friedrich August II. überließ daher vorerst Brühl die Staatsfinanzen, dem einzigen, der die Materie beherrschte. Die Ministerien (noch Departements genannt) besetzte er doppelt. Sulkowski wurde Co-Minister im Kriegs-, Außen- und Innenministerium. Das führte zu Zwistigkeiten en gros. Brühl erledigte die Arbeit und jagte ständig „der zweiten Unterschrift" nach, da der fürs Militär begeisterte Sulkowski sich zumeist auf den Kriegsschauplätzen tummelte. So ließ sich das Land nicht regieren! Der Kurfürst hatte derweil auch Bedenken, ob das selbstbewußte protestantische Sachsen mit Sulkowski einen Polen und Katholiken als Minister akzeptieren würde.

Die Ära Brühl begann eigentlich erst nach der Entlassung Sulkowskis. Kraszewski bediente sich eines Kniffs: Mehr über Brühl erfährt der Leser erst im nächsten Roman „Aus dem Siebenjährigen Krieg"!

Brühl, fleißig und organisatorisch talentiert, an die Seite eines kunstbeflissenen, der Jagd frönenden, aber trägen Kurfürsten gestellt, sah sich dazu berufen, das Erbe Augusts des Starken zu wahren, was ihm am ehesten als Kunstsammler gelang. Weder vor noch nach ihm haben die Sammlungen eine größere Erweiterung erfahren. Glanzstück wurde Raffaels „Sixtinische Madonna". Epochal auch die Öffnung des Galeriegebäudes für Besucher. Eine absolutistische Staatsverfassung hatte selbst August der Starke wegen des Widerstandes der Stände nur im Ansatz durchzusetzen vermocht, und Brühl befand sich als Minister von vornherein in einer aussichtslosen Situation. Das erklärt zum Teil seine oft als unfruchtbar dargestellte Wirtschaftspolitik. So er die Macht dazu besaß, bewegte er einiges: Die Meißener Porzellanmanufaktur, deren Direktor er war, erlebte eine Blütezeit, und in Forst und in Pförten, dem Kern seines Privatbesitzes, entstand eine leistungsfähige Tuchproduktion. Daß den Wettinern nach dem Tode Augusts des Starken die Krone Polens blieb, war wesentlich Brühls Verdienst. Er galt in Europa als fähiger Diplomat, nur versagte seine Diplomatie letztendlich, und das allein zählte. Sachsen war unter den Druck erstarkter Nachbarstaaten geraten, besonders Preußens, das unter Friedrich II. zur „Abrundung des Staates" nach der Einverleibung Sachsens strebte.

Brühl hat den asketischen Arbeiter und rücksichtslosen Militär Friedrich II. nie verstanden und war gegen den mit eisernem Besen herrschenden Preußenkönig chancenlos. Er maßte sich ein Amt an, das ihn überforderte: Sachsen war innen- wie außenpolitisch von einem Minister im Alleingang nicht regierbar. Unter den Ursachen für das Scheitern Brühls ist daher sein Finanzgebaren erst an letzter Stelle zu nennen.

Taucha, im Mai 1996 *Walter Fellmann*

INHALT

# Die Sachsen-Romane Józef Ignacy Kraszewskis in der chronologischen Reihenfolge Ihrer Handlung:

**1. König August der Starke**

Erzählt wird die Geschichte vom jungen sächsischen Kurfürsten, der auf den polnischen Thron gelangt.

Deutsche Erstübersetzung aus dem Polnischen von Kristiane Lichtenfeld, 320 S., 2 historische schwarz-weiß-Abbildungen, gebunden mit Schutzumschlag
ISBN 3-376-05017-1

**2. Gräfin Cosel**

Erzählt wird ein Frauenschicksal am Hofe Augusts des Starken.

Aus dem Polnischen von Hubert Sauer-Zur, 305 S., 2 historische schwarz-weiß-Abbildungen, gebunden mit Schutzumschlag
ISBN 3-376-05001-5

**3. Flemmings List**

Erzählt wird das intrigenreiche Leben von Feldmarschall Flemming, der den Traum des alternden Königs erfüllen will.

Deutsche Erstübersetzung aus dem Polnischen von Hubert Sauer-Zur, 296 S., 2 historische schwarz-weiß-Abbildungen, gebunden mit Schutzumschlag
Mit einem Nachwort von Dr. Walter Fellmann
ISBN 3-376-05033-3

**4. Brühl**

Erzählt wird vom ehrgeizigen Pagen Augusts des Starken, der sich nach dessen Tod an die erste Stelle im Staate des jungen Königs dient.

Aus dem Polnischen von Alois Hermann 304 S., 2 historische schwarz-weiß-Abbildungen
Mit einem Nachwort von Dr. Walter Fellmann
ISBN 3-376-05002-3